PÁSSAROS DA AMÉRICA

LORRIE MOORE

PÁSSAROS DA AMÉRICA

Tradução de
Maria Cecilia Brandi

1ª edição

Rio de Janeiro, 2021

CIP-BRASIL. CATALOGAÇÃO NA PUBLICAÇÃO
SINDICATO NACIONAL DOS EDITORES DE LIVROS, RJ

M813p
Moore, Lorrie, 1957-
Pássaros da América / Lorrie Moore; tradução de Maria Cecilia Brandi.
– 1ª ed. – Rio de Janeiro: José Olympio, 2021.

Tradução de: Birds of América
ISBN 978-85-03-01280-5

1. Conto americano. I. Brandi, Maria Cecilia. II. Título.

CDD: 813
17 46663
CDU: 821.111(73)-3

Copyright © 1998 Lorrie Moore

Título original em inglês:
BIRDS OF AMERICA

Este livro foi revisado segundo o novo Acordo Ortográfico da Língua Portuguesa.

Todos os direitos reservados. Proibida a reprodução, armazenamento ou transmissão
de partes deste livro, através de quaisquer meios, sem prévia autorização por escrito.

Reservam-se os direitos desta tradução à
EDITORA JOSÉ OLYMPIO LTDA.
Rua Argentina, 171 – 3º andar – São Cristóvão
20921-380 – Rio de Janeiro, RJ
Tel.: (21) 2585-2000.

Seja um leitor preferencial Record.
Cadastre-se no site www.record.com.br
e receba informações sobre nossos
lançamentos e promoções.

ISBN 978-85-03-01280-5

Impresso no Brasil
2021

*Este livro é para minha irmã e meus pais
e para Benjamin*

Sumário

Agradecimentos	9
Disposta	13
Não posso dizer o mesmo sobre certas pessoas	33
A dança americana	53
Vida em comunidade	63
Agnes de Iowa	83
Mímica	101
Quero ver você não chorar	115
Bela nota	127
Se é o que você quer, tudo bem	147
Imobiliária	181
Só existe este tipo de gente por aqui: balbuciar canônico em oncologia pediátrica	215
Mãe maravilhosa	253

Agradecimentos

Por sua generosidade oportuna e profundamente apreciada, gostaria de agradecer à Ingram Merrill Foundation, ao Comitê de Pesquisa em Graduação da Universidade de Wisconsin e à Comissão de Assuntos Culturais do condado de Dane. Também gostaria de agradecer, como sempre, a Melanie Jackson e Victoria Wilson, por sua paciência e seu talento infinitos. Minha gratidão também aos vários editores que leram (e publicaram) algumas destas histórias anteriormente: Pat Towers, George Plimpton, Mike Levitas, Barbara Jones, Bill Buford e Alice Quinn.

Agradecimentos

...não é novidade que vivemos em um mundo
onde a beleza é inexplicável
e de repente arruína-se
e tem as suas próprias rotinas. Não raro estamos
longe de casa em uma cidade sombria e nossos pesares
são difíceis de traduzir para uma linguagem
que os outros compreendam.

Charlie Smith
"The Meaning of Birds"

É *o-ca-li*
Ou *con-ca-ri*, é mesmo *piu*?
É *cuco* na realidade?
Bem menos se diz se o canto da passarada
Quer dizer algo em
Particular, ou nada.

Amy Clampitt
"Syrinx"

Disposta

Como posso viver minha vida sem cometer
um ato com uma tesoura gigante?

"An Interior Monologue", Joyce Carol Oates

Em seu último filme, a câmera havia se detido no quadril, no quadril nu, e, embora não fosse o seu quadril, ela adquiriu a reputação de estar disposta.

— Você tem um corpaço — comentaram os chefes do estúdio durante o almoço no Chasen's.

Ela desviou o olhar.

— *Habeas corpus* — disse, sem rir.

— O quê? — Um quadril que sabia latim. Meu Deus.

— Nada — respondeu ela.

Eles sorriram e começaram a soltar nomes. Scorsese, Brando. O trabalho para eles era um jogo, que jogavam de cabelo engomado. Às vezes, ela se incomodava por *não ser* o seu quadril. Deveria ter sido o seu quadril. Um filme medíocre, com pornografia nauseante. Sabia que era do tipo que erotizava os indisponíveis. Os adulterados e falsos. A dublê. Involuntariamente, ela havia participado. Deixado um quadril se interpor. Um quadril anônimo, indisponível, falso. Ela mesma era tão autêntica quanto um maldito laticínio; disponível como um almoço a qualquer hora.

Mas estava chegando aos quarenta.

Começou a frequentar lojas de sucos. Passava tardes inteiras em lugares chamados I love Juicy ou Orange-U-Sweet. Tomava suco e de vez em quando saía para fumar um cigarro. Tinham-na levado a sério — uma vez —, sabia disso. Discutiam projetos: Nina. Pórcia. Mãe Coragem maquiada. Agora suas mãos tremiam demais, até mesmo tomando suco, *sobretudo* tomando suco, um oxímetro Vantage oscilando entre seus dedos como o mostrador de uma bússola. Recebia roteiros segundo nos quais deveria dizer frases que nunca diria, não usar roupas que jamais deixaria de usar. Começou a receber telefonemas obscenos e postais assinados: "Arrasou, gata." Seu namorado — um diretor com uma crescente reputação de fracassos onerosos, um cara que duas vezes por semana fuzilava com os olhos o peixe ornamental que ela criava e dizia a ele para arrumar um trabalho — virou católico e voltou para a esposa.

— Logo agora que estávamos nos acertando — disse ela, e começou a chorar.

— Eu sei — respondeu ele. — Eu sei.

Então, ela deixou Hollywood. Ligou para seu agente e se desculpou. Voltou para Chicago, sua cidade natal, alugou um quarto no Days Inn por semana, bebeu xerez, engordou um pouco. Deixou que sua vida ficasse bem tediosa; tediosa mas com bolinhos Hostess. Havia momentos arrepiantes de desânimo, quando analisava sua trajetória e se perguntava: "*Como assim?*" Ou pior, quando estava cansada e mal conseguia dizer: "Como...?" Sua vida tinha assumido a forma de um grande erro. Chegou à conclusão de que não recebera as ferramentas adequadas para construir uma vida de verdade: era isso. Deram-lhe uma lata de molho de carne e uma escova de cabelo e disseram: "Aqui está." E ela passou anos pestanejando, confusa, escovando a lata.

Ainda assim, era uma atriz de cinema sem projeção, indicada uma vez para um prêmio importante. Recebia correspondências indiretamente: um aviso, uma conta, um cartão de Ação de Graças. Mas nunca um convite para uma festa, um jantar, uma inauguração, um chá gelado. Lembrou que um dos problemas das pessoas em Chicago era que nunca ficavam solitárias ao mesmo tempo. Viviam a tristeza no isolamento, cambaleantes e insones, e eram levadas por um redemoinho frenético para cantos acolchoados e vazios, desconectadas e sós.

Ela assistia à TV a cabo e fazia pedidos frequentes em uma pizzaria. Uma vida de obscuridade e de uma calma ridícula. Alugou um piano e começou a praticar escalas. Investiu na Bolsa. Pela manhã, anotava os sonhos para descobrir pistas sobre em que apostar. *Disney*, seus sonhos disseram uma vez. *Ações da St. Jude Medical.* Ganhou algum dinheiro e ficou obcecada. A expressão "mina de ouro" ruminava em sua boca. Tentou ser original, o que não é aconselhável em se tratando de ações, e começou a perder. Quando o valor de uma ação caía, ela comprava mais para lucrar quando voltasse a subir. Ficou confusa. Passou a contemplar o lago Michigan pela janela, sua superfície de ardósia encrespada como um quadro-negro danificado.

— Sidra, *o que* você está fazendo aí? — gritou seu amigo Tommy ao telefone em uma ligação interurbana. — Onde você está? Está morando em um estado que faz fronteira com a Dakota do Norte!

Tommy era roteirista e vivia em Santa Mônica. Uma vez, havia muito tempo e sob os efeitos do ecstasy, tinham dormido juntos. Ele era gay, mas os dois tinham gostado muito um do outro.

— Talvez eu me case — disse ela. Chicago não a desagradava. Pensava na cidade como uma espécie de cruzamento entre Londres e o Queens, com uma pitada de Cleveland.

— Ah, *me poupe* — grunhiu ele de novo. — *Sério*, o que está fazendo aí?

— Tenho ouvido fitas de autoajuda e o barulho das ondas — respondeu. E soprou no bocal do telefone.

— Está parecendo um toca-discos com sujeira na agulha. Você devia experimentar a fita cassete dos grilos cantando. Já ouviu a dos grilos cantando?

— Hoje fiz um permanente que ficou horrível. Quando estava na metade do tempo que tinha que ficar com os rolinhos na cabeça, houve um apagão no edifício do salão. Tinham uns homens perfurando alguma coisa em frente ao salão e romperam um cabo.

— Que péssimo pra você — disse ele.

Podia ouvi-lo tamborilar os dedos. Ele tinha se tornado autor imaginário de um livro imaginário de ensaios chamado *A opinião de um homem*, e, quando estava entediado ou se sentia inspirado, costumava citar trechos.

— Já fiz parte de uma banda de rock chamada *Permanente horrível* — disse ele, em vez da citação.

— Fala sério! — Ela riu.

— O *que* você está fazendo *aí*? — perguntou ele novamente, agora em tom baixo e preocupado.

O quarto dela ficava num canto, onde podia ter um piano. Era em forma de "L", como uma vida que de repente dá uma guinada para virar outra coisa. Tinha um sofá e duas cômodas de madeira de bordo e nunca estava tão limpo quanto ela gostaria. O aviso de "Não perturbe" estava sempre pendurado quando as arrumadeiras passavam, então as coisas acabaram fugindo um pouco do controle. Chumaços de poeira e cabelo do tamanho de cabeças pequenas se acumulavam nos cantos do quarto. A sujeira começou a escurecer as molduras e a embaçar os espelhos. A torneira do banheiro estava pingando, mas, cansada demais para chamar alguém, ela amarrou um barbante na ponta, conduzindo as gotas em silêncio até o ralo. Assim, não a incomodariam mais. Sua única planta, voltada para o leste na janela, estava suspensa sobre a pipoqueira e secou até se tornar um monte amarronzado. No peitoril, uma lanterna de abóbora que esculpira para o Dia das Bruxas tinha apodrecido, derretido, congelado e agora parecia uma bola de basquete murcha. Talvez uma bola que ela guardava por razões sentimentais, uma bola do *grande jogo*! O rapaz que lhe levava o café da manhã diariamente — dois ovos pochê e um bule de café — reportou a situação ao gerente, e ela recebeu uma advertência por escrito, enfiada por baixo da porta.

Às sextas-feiras ia visitar os pais em Elmhurst. Para o pai, aos setenta anos, ainda era difícil olhá-la nos olhos. Dez anos antes ele havia assistido ao primeiro filme em que a filha apareceu e a vira tirar a roupa e mergulhar numa piscina. O filme era classificado "para maiores de 13 anos", no entanto, ele nunca mais foi assistir a outro. A mãe ia ver todos os filmes que ela fazia, e depois procurava palavras de incentivo para dizer. Mesmo que fosse uma coisa mínima. Se recusava a mentir. "Gostei de como disse a frase sobre sair de casa, com os olhos arregalados e remexendo nos botões do vestido", ela escreveu. "Aquele vestido vermelho caiu tão bem em você. Devia usar cores mais vivas!"

— Meu pai sempre tira um cochilo quando eu faço uma visita — disse ela a Tommy.

— Cochilo?

— Eu deixo ele constrangido. Ele pensa que sou uma hippie vadia. Uma vadia hippie-de-grife.

— Isso é ridículo. Como eu disse em *A opinião de um homem*, sexualmente você é a pessoa mais conservadora que conheço.

— É, bem...

Sua mãe sempre a recebia calorosamente, com os olhos cheios d'água. Andava lendo livros de brochura fininhos, de um autor chamado Robert Valleys, um sujeito que disse que, depois de testemunhar todo o sofrimento do mundo — as guerras, a fome, a ganância —, descobriu a cura: abraços.

Abraços, abraços, muitos abraços.

A mãe acreditava nele. Apertou a filha por tanto tempo e com tanta intensidade que Sidra, feito um bebê ou um amante, se perdeu no perfume e na familiaridade dela: a pele doce e ressecada, a penugem macia e envelhecida no pescoço.

— Estou muito feliz por você ter deixado aquele antro de iniquidade — disse a mãe, delicadamente.

Mas Sidra ainda recebia telefonemas do antro. Às vezes, à noite, o diretor ligava de uma cabine telefônica, desejando ser perdoado e também filmar.

— Penso em tudo que pode estar passando por sua cabeça e digo: "Ai, meu Deus." Me diz, você pensa nas coisas que eu às vezes imagino que você pensa?

— É claro — respondeu Sidra. — É claro que penso nessas coisas.

— "É claro"?! "É claro" é um termo que não se encaixa nesta conversa!

Quando Tommy ligava, muitas vezes ela era surpreendida por uma súbita onda de prazer.

— Nossa, que bom que é você!

— Você não tem o direito de desertar do cinema americano dessa maneira — dizia ele afetuosamente, e ela gargalhava por minutos sem parar.

Estava começando a ter duas velocidades: o Coma e a Histeria. Duas refeições: café da manhã e pipoca. Dois amigos: Charlotte Peveril e Tommy. Podia ouvir o copo de uísque dele tilintar.

— Você é talentosa demais para morar em um estado que faz fronteira com a Dakota do Norte.

— Iowa.

— Jesus amado, é pior do que eu imaginava! Aposto que é assim que falam aí. Aposto que falam "Jesus amado".

— Eu moro na cidade, aqui as pessoas não dizem isso.

— Você está perto de Champaign-Urbana?

— Não.

— Estive lá uma vez. Pelo nome, achei que seria um lugar diferente. Eu ficava repetindo para mim mesmo: "Champagne, ur*bah* na, *Champagne*, ur*bah* na! Champagne! Urbana!" — suspirou. — E no fim era só um desses lugares no meio do mato. Fui a um restaurante chinês para jantar e pedi um prato com glutamato monossódico *extra*.

— Eu moro em Chicago, não é tão ruim.

— Não é tão ruim, mas não se faz cinema aí. Sidra, e o seu *talento para atuar*?

— Não tenho talento para atuar.

— Como assim?

— Você me ouviu.

— Não tenho certeza. Por um momento achei que você estava com aquela tontura de novo, aquela labirintite.

— Talento... Eu não tenho *talento*. Eu tenho disposição. Que *talento*? — Quando criança, ela sempre contava as piadas mais cabeludas. Já adulta, podia esfacelar um osso e falar abertamente sobre isso. Simples, direta. Nada a detinha. Por que não havia nada que pudesse detê-la?

— Eu consigo esticar a gola de um suéter o suficiente para mostrar uma sarda no meu ombro. Qualquer um que não tenha recebido a devida atenção no maternal sabe fazer isso. Talento é outra coisa.

— Nossa, me desculpe se eu sou apenas um roteirista. Mas alguém meteu na sua cabeça que você deixou de ser uma atriz séria para virar uma oportunista decadente. Isso é ridículo. Você só precisa refazer os contatos por aqui. Além do mais, estar disposta a fazer algo é corajoso, é a essência do talento.

Sidra olhou para suas mãos, já rachadas e enrugadas por causa do clima ruim, do sabonete ruim, da vida ruim. Precisava ouvir a fita cassete dos grilos.

— Mas eu *não* me disponho — disse. — Eu simplesmente já estou disposta.

Começou a frequentar clubes de blues à noite. Às vezes chamava Charlotte Peveril, a única amiga de colégio que lhe restara.

— Siddy, como você está?

Em Chicago, Sidra era considerado um nome caipira. Mas em Los Angeles as pessoas achavam lindo e pensavam que tinha sido inventado.

— Estou bem. Vamos beber todas e ouvir música.

Às vezes ia sozinha mesmo.

— Eu já não vi você em algum filme? — Algum homem podia perguntar, em um intervalo, rindo e com um olhar malicioso.

— Talvez — respondia ela. Então, de repente, ele ficava apavorado e se afastava.

Certa noite, um homem bonito vestindo um poncho, um poncho de má qualidade — e por acaso existiam bons ponchos?, Charlotte perguntou —, se sentou ao lado dela com dois copos de cerveja.

— Você parece atriz de cinema.

Sidra assentiu meio cansada.

— Mas eu não vou ao cinema. Então, mesmo que tivesse feito algum filme, eu nunca teria visto você.

Sidra desviou os olhos do poncho para o xerez, e voltou a olhar para o poncho. Talvez ele tivesse passado um tempo no México ou no Peru.

— O que você faz?

— Sou mecânico de automóveis. — Ele a olhou atentamente. — Me chamo Walter. Walt. — Ele empurrou um copo de cerveja na direção dela. — A bebida aqui é ok, contanto que você não peça para misturarem nada. É só não pedir para misturarem!

Ela pegou a cerveja e tomou um gole. Havia algo nele de que ela gostava: um jeito autêntico por trás da aparência. Em Los Angeles, por trás da aparência só se encontrava *nougat* ou isopor. Ou vidro. O contorno da boca de Sidra estava manchado de xerez. Os lábios de Walt brilhavam de cerveja.

— Qual foi o último filme que você viu? — perguntou ela.

— O último filme que vi... Deixe eu pensar.

Ele estava pensando, mas ela notou que não era o seu forte. Olhou com curiosidade os lábios contraídos, a cabeça inclinada: finalmente um cara que não ia ao cinema. Seus olhos se reviravam como as rodinhas da cadeira de um funcionário de escritório, tentando recordar-se.

— Sabe qual eu vi? — disse ele.

— Não, qual? — Ela estava ficando embriagada.

— Foi um filme de desenho animado.

Animação. Ela sentiu alívio. Pelo menos não era um desses filmes de arte ruins, estrelado por uma atriz de quem ninguém lembra o nome.

— Um homem está dormindo e sonha com um país lindo e pequenino, cheio de gente minúscula.

Walt reclinou-se e olhou ao redor, como se já tivesse terminado.

— *E?* — perguntou Sidra. Com ele, teria que arrancar as informações.

— E? — repetiu ele e endireitou-se. — E aí um dia aquelas pessoas se deram conta de que só existiam no sonho do homem. Eram matéria de sonhos! Se o homem acordasse, deixariam de existir!

Agora ela torcia para que ele não continuasse, tinha mudado de ideia.

— Então, todos se reúnem na cidade e bolam um plano — prosseguiu. Quem sabe a banda não voltava a tocar logo. — Vão invadir o quarto do homem e levá-lo para um cômodo isolado e acolchoado, na cidade dos seus sonhos. Lá vão vigiá-lo para terem certeza de que permanecerá dormindo. E é exatamente isso o que fazem: para todo o sempre se revezam na vigília, atentos e apreensivos, se certificando de que ele nunca acorde. — Walt sorriu. — Esqueci o título do filme.

— E ele nunca acorda.

— Não. — Ele sorriu para Sidra. Ela gostava dele, e achou que ele tinha notado. Walt tomou um gole de cerveja, deu uma olhada em volta do bar e voltou a olhar para ela. — Você não acha esse país incrível? — perguntou.

Ela sorriu, cheia de desejo.

— Onde você mora? E como faço para chegar lá? — perguntou ela.

— Conheci um cara — contou a Tommy, por telefone. — O nome dele é Walter.

— Uma relação forçada. Você está estressada, tem uma *síndrome*, com certeza é isso. Vai forçar esse romance. O que ele faz?

— Algo relacionado com carros. — Ela suspirou. — Quero dormir com alguém. Quando estou dormindo com alguém fico menos obcecada com o correio.

— Mas talvez fosse bom você ficar sozinha por um tempo.

— Como se você alguma vez tivesse ficado sozinho. Quer dizer, alguma vez já ficou sozinho?

— Já fiquei sozinho, sim.

— Tá, e por quanto tempo?

— Por horas — respondeu Tommy e suspirou. — Pelo menos pareceram horas.

— Exatamente. Então não me venha com sermões sobre introspecção.

— Tudo bem. Admito que vendi os direitos de exploração do meu corpo anos atrás, mas pelo menos isso me rendeu bastante dinheiro.

— Eu ganhei algum dinheiro — disse Sidra. — Um pouco...

Walter a encostou em seu carro, no estacionamento. Ele tinha a boca ligeiramente torta, como uma cornucópia, e os lábios carnudos como sanguessuga. Beijava-a com intensidade. Dentro dela algo estava dormente, à espera. Descobriu, no punho frouxo de seu coração, pequenas fossas escuras de dissolução, nas quais se atirou, em queda livre. Foi para casa com ele, dormiu com ele. Contou a ele quem era: uma atriz sem importância uma vez nomeada para um prêmio importante. Também contou que morava no Days Inn. Ele já havia ido lá em uma ocasião, para tomar um drinque na cobertura. Mas não parecia reconhecer o nome dela.

— Nunca pensei que dormiria com uma estrela de cinema — comentou. — Imagino que seja o sonho de todo homem. — E riu de leve, nervoso.

— Apenas não acorde — respondeu ela. E puxou as cobertas até o queixo.

— Ou mude de sonho — completou ele, sério. — É que no filme que eu vi tudo vai bem até que o homem adormecido começa a sonhar com outra coisa. Não acho que ele quisesse isso nem nada, simplesmente acontece.

— Você não tinha me falado dessa parte.

— É verdade — disse ele. — O sujeito começa a sonhar com flamingos e então todos os pequenos habitantes se transformam em flamingos e saem voando.

— É mesmo?

— *Acho* que eram flamingos. Não sou especialista em pássaros...

— Ah, *não*? — disse ela, tentando tirar sarro dele, mas caiu tão mal quanto um chapéu num lagarto.

— Para falar a verdade, acho que nunca vi nenhum filme em que você apareça.

— Que bom — assentiu Sidra por inércia, indiferente, sem prestar atenção nele.

Ele colocou o braço atrás da cabeça, o pulso encostado na nuca. Seu peito, arfante, subia e descia.

— Mas talvez eu tenha *ouvido* falar em você.

Na rádio tocava Django Reinhardt. Sidra ouvia atentamente.

— Incríveis os sons que esse homem produz com as mãos — murmurou.

Walter tentou beijá-la e atrair sua atenção de volta. Embora às vezes se esforçasse, ele não se interessava tanto por música.

— Sons incríveis? — disse ele. — Tipo esse? — Ele juntou as palmas das mãos e simulou barulhos de estalo e sucção.

— É... — murmurou Sidra. Mas ela estava distante, deixando que um vento seco arrebatasse seu corpo até adormecer. — Tipo esse...

Logo ele começou a sentir que ela não o respeitava. Um inseto seria capaz de perceber. Uma maçaneta teria se dado conta. Ela nunca o tinha levado a sério de verdade. Começava a falar de filmes e diretores, em seguida olhava para ele e dizia: "Deixa pra lá." Tinha feito parte de outro mundo. Um mundo do qual já não gostava.

E agora estava em outro lugar. Outro mundo do qual também não gostava mais.

Mas estava disposta, disposta a lhe dar uma chance. Embora tentasse evitar, de vez em quando perguntava sobre filhos, sobre terem filhos, formarem uma família. O que ele achava disso tudo? Ela achava que se algum dia viesse a ter uma vida povoada por crianças, cortadores e aparadores de grama, era melhor que fosse com alguém que não achasse degradante nem banal falar dessas coisas. Será que ele gostava de grandes gramados adubados? E que tal um lindo jardinzinho com pedras? De verdade, o que ele achava daquelas janelas de proteção contra tempestades que vêm com telas para mosquito embutidas?

— Acho que são boas, sim — dizia ele. Ela, então, fazia um gesto dissimulado e bebia um pouco demais. Em seguida tentava não se exaurir refletindo sobre *toda sua vida*. Tentava viver um dia de cada vez, como um alcoólatra: beber, não beber, beber... Talvez devesse usar drogas.

— Sempre achei que um dia teria uma filha e daria a ela o nome da minha avó. — Sidra suspirou e olhou melancólica para a taça de xerez.

— Qual era o nome da sua avó?

Olhando para a boca de cornucópia dele, ela respondeu:

— Vovó, ela se chamava vovó.

Walter gargalhou, parecendo uma buzina.

— Ah, obrigada — murmurou Sidra. — Obrigada por dar risada.

Walter tinha uma assinatura da *AutoWeek*, e costumava folhear a revista na cama. Também gostava de ler manuais de reparo de veículos novos, especialmente Toyota. Sabia muito sobre painéis de controle, luzes de alerta, painéis laterais.

— Está na cara que vocês não combinam — comentou Charlotte, enquanto beliscavam aperitivos em um bar.

— Não é bem assim — respondeu Sidra. — Acho que meu gosto é um pouco mais sutil do que isso. — O problema dos petiscos é que você se entope de comer. — Isso de estar na cara que não combinamos é apenas o começo. É *sempre* assim que eu começo: obviamente sem combinar.

Na teoria, Sidra simpatizava com a ideia de casais em que um não tem nada a ver com o outro, das divergências e confusões, como em uma comédia de Shakespeare.

— Não consigo imaginar você com alguém assim. Ele simplesmente não tem nada de especial. — Charlotte só o encontrara uma vez, mas conhecia sua fama, por outra amiga. "Ele já levou várias para a cama", dissera ela. "Passou o rodo", foi a expressão que ela usou, e logo contou algumas histórias maçantes. — Não deixe ele humilhar você e não confunda falta de sofisticação com doçura — acrescentou.

— Então tenho que ficar esperando alguém especial aparecer enquanto todas as outras garotas desta cidade curtem a vida?

— Não sei, Sidra.

Era verdade. Os homens podiam ficar com quem bem entendessem. Mas as mulheres tinham que sair com os caras mais amáveis, mais ricos e inteligentes, sobretudo inteligentes, senão podiam despertar a vergonha alheia. Podiam dar a entender que era uma questão sexual.

— Sou uma pessoa bem comum — disse ela aflita, de algum modo percebendo que Charlotte já havia constatado isso, que ela sabia esse segredo obscuro e brutalmente óbvio, que fazia Sidra parecer ligeiramente patética, inadequada e até inferior, quando se ia ao fundo da questão.

Charlotte examinou o rosto da amiga, como faróis de um carro encarados por um cervo. As armas não matam pessoas, Sidra pensou. Os cervos, sim.

— Talvez seja por isso que a gente invejava tanto você — admitiu Charlotte com um pouco de amargura. — Você era muito talentosa, conseguia todos os papéis principais nas peças de teatro. Você era o que todas nós sonhávamos ser.

Sidra remexeu a porção de aperitivo diante dela, como se jardinasse um pedaço de terra. Não estava à altura das aspirações de ninguém. Tinha feito tão pouca coisa da vida. Tinha vergonha de sua solidão como se fosse um crime.

— A inveja se parece bastante com o ódio, não acha? — comentou Sidra. Mas Charlotte não respondeu nada, provavelmente queria que a amiga mudasse de assunto. Sidra encheu a boca de queijo feta com cebola e levantou o olhar. — Bom, só posso dizer que estou contente por ter voltado — completou, e um pedaço do feta caiu de seus lábios.

Charlotte observou a cena e sorriu.

— Entendo o que você quer dizer — respondeu, abrindo bem a boca e deixando que toda a comida que havia lá dentro caísse sobre a mesa.

Charlotte sabia ser divertida. Sidra tinha se esquecido disso.

Walter encontrara na locadora alguns filmes antigos em que Sidra atuara. Ela tinha a chave da casa dele. Uma noite foi até lá e se deparou com ele dormindo diante de *A mulher reclusa e o colega de quarto*. O filme era sobre uma moça chamada Rose, que quase não saía porque tinha medo das pessoas. Para ela, todos pareciam alienígenas, sem alma, sem alegria, sem boa sintaxe na fala. Rose foi se descolando da realidade. Walter tinha congelado a imagem na parte cômica, quando Rose liga para uma clínica psiquiátrica e pede que a busquem, mas eles negam. Sidra se deitou ao lado dele e tentou dormir, mas começou a chorar. Ele despertou.

— O que houve?

— Nada. Você adormeceu enquanto me assistia.

— Eu estava cansado.

— Imagino.

— Deixe eu beijar você. Deixe eu achar o seu painel de controle. — Ele estava de olhos fechados. Ela podia ser qualquer pessoa.

— Você gostou do começo do filme? — Essa carência dela era novidade. Assustadora, lhe arrepiava os pelos. Quando ela havia sido assim antes?

— Achei legal — respondeu ele.

— Então, quem é esse cara? Um piloto de corrida? — perguntou Tommy.

— Não, ele é mecânico.

— Aff, você tem que sair dessa, como se sai de uma aula de música!

— *Aula de música?* Mas o que é isso? *Símiles da classe média? A opinião de um homem?*

Ela estava irritada.

— Sidra, assim não dá! Você precisa sair com alguém que seja inteligente de verdade, pra variar um pouco.

— Já saí com caras inteligentes. Saí com um sujeito que tinha dois doutorados. Passamos o tempo inteiro na cama, com a luz acesa, revisando o currículo dele. — Ela suspirou. — Cada coisinha que ele já tinha feito, cada uma, por mais insignificante que fosse. Por acaso você já viu um desses currículos, um *vitae*?

Tommy também suspirou. Ele já conhecia essa história.

— Sim — respondeu. — Achei que Patti LuPone estava maravilhosa.

— Além do mais — continuou ela —, quem disse que ele não é inteligente?

Os carros japoneses eram os mais interessantes. Apesar de que os modelos americanos estavam cada vez mais atrativos, tentando ficar no páreo. *Esses japas!*

25

— Vamos falar do meu mundo — pediu Sidra.

— Que mundo?

— Bom, de algo que me interesse. Algo que tenha a ver comigo.

— Tudo bem. — Ele se virou e diminuiu a luz, criando um ambiente romântico. — Tenho uma dica quente da Bolsa pra você.

Sidra ficou estupefata, descrente, interessada.

Ele disse a ela o nome de uma empresa na qual um colega de trabalho tinha investido. AutVis.

— É o quê?

— Não sei, mas um cara do trabalho disse pra comprar ações esta semana. Vão fazer algum pronunciamento importante. Se eu tivesse dinheiro, comprava.

Sidra comprou na manhã seguinte. Mil ações. À tarde, o valor já havia despencado dez por cento; na manhã seguinte, cinquenta por cento. Ela via a informação passar na parte inferior da tela da TV, no canal de notícias. Tornara-se a principal acionista. A maior acionista de uma empresa em ruínas! Em breve começariam a ligar insistentemente para perguntar o que ela queria que fizessem com a empilhadeira.

— Seus modos à mesa são melhores que os meus — comentou Walter durante o jantar no Palmer House.

— Onde diabos você estava com a cabeça para me recomendar aquelas ações? Como você pôde ser tão idiota e irresponsável? — questionou ela, com o olhar sombrio. Agora podia ver como seria a vida dos dois juntos. Ela gritando, ele gritando em resposta. Ele teria um caso extra-conjugal, então ela faria o mesmo. Acabariam por se afastar cada vez mais, e viveriam nesse afastamento.

— Eu confundi o nome, desculpe.

— Você o quê?

— Não era AutVis, era AutDrive. Fiquei achando que era Vis, de visão.

— Vis, de visão... — repetiu ela.

— Não sou muito bom com nomes — confessou Walter. — O que eu domino são os conceitos.

— Conceitos — repetiu ela de novo.

O conceito de raiva. O conceito de contas. O conceito de um amor patético em extinção.

Lá fora, vinham rajadas de vento úmido da direção do lago.

— Chicago, a cidade dos ventos. É ou não é a cidade dos ventos?

Ele olhou para ela esperançoso, o que fez com que ela sentisse ainda mais desprezo.

— Eu nem sei por que estamos juntos — disse ela balançando a cabeça. — Me diz, por que estamos juntos?

— Não posso responder por você — gritou, olhando sério para ela. E deu dois passos para trás, afastando-se. — É você quem tem que responder! — Ele fez sinal para um táxi, entrou e foi embora.

Sidra voltou andando para o Days Inn, sozinha. Tocou escalas sem fazer barulho. Seus dedos finos e articulados se erguiam e pousavam silenciosamente sobre as teclas do piano, como o pente de metal de uma caixinha de música ou as patas de uma aranha. Quando se cansou, ligou a televisão, zapeou pelos canais e deu de cara com um filme antigo no qual tinha atuado, um misto de história de amor e mistério com assassinato, chamado *Toques finais*. Era o tipo de atuação pela qual se tornara brevemente conhecida: uma intimidade improvisada com o público, em parte caricatural, em parte reveladora. Uma mistura de acanhamento e desdém. Na época não dava a mínima, mais ou menos como agora, só que antes era seu estilo, sua maneira de ser, e não um diagnóstico ou uma abdicação.

Talvez devesse ter um bebê.

De manhã foi visitar os pais em Elmhurst. Com a chegada do inverno, eles tinham vedado a casa com plástico, sobretudo as portas e janelas, de forma que parecia uma obra de arte vanguardista.

— Assim economizamos calefação — disseram.

Tinham se acostumado a discutir sobre a vida de Sidra na presença dela.

— Don, era um filme. Um filme sobre aventuras. A nudez pode ser arte.

— Não foi isso que me pareceu, não foi nada disso que me pareceu! — retrucou o pai, com o rosto vermelho, já saindo da sala. Era a hora do cochilo.

— Como você está? — perguntou a mãe, num tom que parecia de preocupação, mas que na verdade era uma introdução a outro assunto. Ela havia feito chá.

— Eu estou bem, de verdade — disse Sidra.

Tudo o que dizia sobre si agora parecia mentira. Se estava mal, soava como uma mentira; se estava bem, outra mentira.

A mãe brincava com uma colher.

— Eu tinha inveja de você — suspirou. — Sempre tive tanta inveja de você! Minha própria filha! — Ela agora berrava. Começou falando suavemente, mas logo estava aos berros. Era exatamente como na infância de Sidra. Quando ela pensava que a vida tinha voltado a ser simples, a mãe lhe dava uma nova porção do mundo para organizar.

— Eu preciso ir — disse Sidra.

Tinha acabado de chegar, mas queria ir embora. Não queria mais visitar os pais, não queria proximidade da vida deles.

Voltou para o Days Inn e ligou para Tommy. Os dois se entendiam. "Sei como é", ele costumava dizer. Tommy passara a infância cercado de irmãs. Passava boa parte do tempo desenhando mulheres em trajes de banho (Miss Quênia, de Nairóbi!), depois pedia a uma das irmãs que escolhesse a mais bonita. Se discordasse, perguntava à outra irmã.

A ligação estava ruim e, de repente, ela se sentiu muito cansada.

— Querida, você está bem? — perguntou ele, com a voz distante.

— Estou.

— Acho que estou ouvindo mal.

— Acho que mal estou conseguindo falar — disse ela. — Ligo para você amanhã.

Em vez disso, ligou para Walter.

— Preciso te ver.

— Ah, jura? — perguntou ele, cético. Depois acrescentou, com uma doçura que parecia ter capturado habilmente no ar, como uma mosca: — Este país não é incrível?

Ela ficou grata por estar com ele de novo.

— Nunca vamos nos separar, tá? — sussurrou, acariciando-lhe o abdômen. Ele tinha os mesmos pontos fracos de um cachorro: gostava de carinho na barriga, nas orelhas e de cumprimentos efusivos.

— Por mim tudo bem.

— Amanhã vamos sair para jantar em um lugar bem caro, eu pago.

— Hum... amanhã não dá — disse Walter.

— Ah!

— Que tal no domingo?

— Qual o problema com amanhã?

— Eu tenho... Bem, em primeiro lugar, eu tenho que trabalhar e vou ficar cansado.

— E em segundo lugar?

— Vou sair com uma mulher que eu conheci.

— Hã?

— Não tem importância, não é nada. Não é encontro nem nada disso.

— Quem é?

— Eu consertei o carro dela. O cano de descarga estava solto. Ela quer me encontrar para falar disso e quer saber umas coisas sobre catalisadores. Você sabe, as mulheres têm medo de serem passadas para trás.

— Jura?!

— É, então domingo seria melhor.

— Ela é bonita?

— É... — Walter fez uma careta e soltou um grunhido de indiferença. Depois colocou a mão de lado e girou-a levemente para cima e para baixo.

De manhã, antes que ele saísse, Sidra disse:

— Mas não vai dormir com ela.

— *Sidra* — disse ele, repreendendo-a pela falta de confiança ou pelo excesso de controle. Ela não soube dizer qual dos dois.

Naquela noite ele não voltou para casa. Ela ligou diversas vezes, depois tomou seis latinhas de cerveja e pegou no sono. De manhã, voltou a ligar. Por fim, às onze horas ele atendeu.

Ela desligou.

Às 11h30, o telefone dela tocou. Ele disse um "oi" animado, estava de bom humor.

— Posso saber onde você estava a noite toda? — perguntou Sidra. Era isso que ela havia se tornado. Sentiu-se ainda mais baixa, atarracada e despenteada.

Houve um momento de silêncio.

— Como assim? — perguntou ele com cuidado.

— Você sabe do que eu estou falando.

Mais silêncio.

— Olha só, eu não estou ligando para discutir logo de manhã.

— Bem, então você deve ter ligado para o número errado. — Sidra bateu o telefone com força.

Ela passou o dia trêmula e triste. Sentia-se uma mistura de Anna Kariênina com Amy Liverhaus, que costumava gritar do vestiário na quarta série: "Ninguém *me dá valor*!" Caminhou até o Marshall Field's para comprar maquiagem nova.

— Sua pele está bem mais para bege creme do que para marfim — disse a jovem atendente na seção de cosméticos.

Mas Sidra se aferrou ao marfim.

— Sempre me dizem isso — respondeu. — E me dá muita raiva.

À noite ligou para ele, que estava em casa.

— Precisamos conversar — disse ela.

— Quero minha chave de volta.

— Olha, você pode passar aqui pra gente conversar?

Ele chegou com flores: íris e rosas brancas. Pareciam murchas e irônicas. Sidra as colocou em um copo, sem água, apoiadas na parede.

— Tudo bem, reconheço, fui a um encontro. Mas isso não significa que eu tenha dormido com ela.

De repente, ela podia ver a promiscuidade que havia nele. Era uma excitação, uma criatura, um gêmeo inquilino.

— Eu já sei que você dormiu com ela.

— Como pode saber?

— Acorda pra vida! Está achando que eu sou idiota?

Ela cravou os olhos nele e tentou não chorar. Não o amara o suficiente, e ele sentia isso. Na verdade, não o amara nada.

Mas tinha gostado demais dele!

Por isso, ainda assim parecia injusto. Dentro dela um osso brilhante e pálido se abriu. Ela o imaginou sob a luz e falou através dele:

— Só quero saber uma coisa. — Fez uma pausa e, mesmo que não fosse sua intenção, aquilo teve um efeito. — Vocês fizeram sexo oral?

Ele ficou perplexo.

— Que tipo de pergunta é essa? Eu não tenho que responder isso.

— *Você não tem que responder isso?!* Você não tem nenhum direito! — Ela começou a gritar. Tinha perdido o viço. — Foi você quem provocou isso! Agora quero saber a verdade. Sim ou não!

Ele arremessou as luvas do outro lado da sala.

— Sim ou não — repetiu ela.

Ele se jogou no sofá, socou a almofada e cobriu os olhos com o braço.

— Sim ou não — insistiu.

— Sim.

Sidra se sentou no banquinho do piano. Algo escuro e encorpado a percorria por dentro, subindo desde os pés. Alguma coisa leve como um sopro atravessou sua mente: sua casa envolta em plástico queimando até virar alcatrão. Ela o ouviu gemer e uma esperança fugidia, encurralada porém viva no telhado, a fez achar que, talvez, ele implorasse pelo seu perdão, prometesse ser um novo homem. Ela poderia achá-lo atraente como um novo e suplicante homem. Ainda que em algum momento ele tivesse de parar de suplicar. Ele passaria a ser normal. E ela, então, voltaria a detestá-lo.

Ele permaneceu no sofá, não se mexeu nem para dar nem para receber consolo. A escuridão dentro dela a limpou por completo, feito ácido ou vendaval. Ficou vazia.

— Não sei o que fazer — disse ela, com algo paralisando sua voz. Sentia-se roubada de todas as coisas simples: a calma radical da obscuridade, a rotina, as pequenas alegrias domésticas. — Não quero voltar para Los Angeles. — Começou a acariciar as teclas do piano, apertou uma delas e descobriu que estava quebrada: fazia um ruído surdo e atonal, brilhante e debochado, como um osso aberto. Ela odiava sua vida, odiava. Talvez sempre tivesse odiado.

Ele se endireitou no sofá, parecendo consternado e falso — o rosto mal-arranjado. Devia treinar no espelho, Sidra pensou. Ele não sabia como terminar com uma atriz de cinema. Era uma regra dos meninos: nunca terminar com uma atriz de cinema. Pelo menos não em Chicago. Se *ela* terminasse com *ele*, seria bem mais fácil explicar a si mesmo, no futuro, ou a quem quer que perguntasse. A voz dele mudou para algo que pretendia soar suplicante.

— Eu sei. — Foi o que ele disse, em um tom que simulava esperança, fé, caridade ou algo assim. — Eu sei que você pode não *querer*. Para o seu próprio bem. Eu estaria disposto a...

Mas a essa altura ela já estava em outro estado, tinha virado um pássaro; um flamingo, um falcão, um flamingo-falcão. E voava para o alto e para longe, em direção ao vidro turvo da janela, depois de volta, desenhando círculos de um jeito torpe e com os olhos semicerrados.

De repente ele começou a chorar. Primeiro, um choro alto, cheio de "ais". Depois, um choro cansado, como se saísse de um sono profundo, com a cabeça enterrada no poncho jogado no braço da poltrona e o corpo afundado nas almofadas felpudas. Um homem refém do elenco angustiado de seu sonho.

— O que eu posso fazer? — perguntou ele.

Mas o sonho dele já era outro. E ela havia partido, partido pela janela. Partido.

Não posso dizer o mesmo
sobre certas pessoas

Era um medo maior do que o da morte, segundo as revistas. A morte vinha em quarto lugar. Depois da mutilação, em terceiro, e do divórcio, em segundo. O número um, o verdadeiro medo, com o qual a morte nem sequer se comparava, era o de falar em público. Abby Mallon sabia disso muito bem. Por isso gostava do seu trabalho na Testes Escolásticos da América: podia trabalhar com as palavras de maneira privada. O discurso que ela preparava era feito nos bastidores, sozinha, como sapatinhos costurados por elfos: a aranha está para a teia assim como o tecelão está para o *vazio*. Essa frase era dela. Orgulhava-se disso.

E, também, o *vazio* é para o pesar o que a floresta é para um banco.

Mas um dia o diretor e o coordenador regional da TEA pediram que ela subisse. Disseram que ela era boa, mas talvez tivesse ficado boa *demais*, *criativa* demais, então, seria promovida: sairia da sala de redação e iria para os auditórios das escolas de ensino médio da América. Teria que viajar e dar palestras, explicar ao corpo docente das escolas como preparar os estudantes para os exames de admissão às universidades, reunir-se com os alunos de cada ano do ensino médio e responder às dúvidas deles sem titubear, com autoridade e graça.

— Você pode tirar férias antes de começar — disseram, e lhe entregaram um cheque.

— Obrigada — respondeu hesitante.

A vida a brindara com o dom da solidão; levava jeito, mas agora isso não teria nenhuma utilidade profissional. Teria que se transformar em uma pessoa extrovertida.

— Uma pessoa *pervertida*? — perguntou sua mãe por telefone, de Pittsburgh.

— Não, *extrovertida*, sociável.

— Ah, dessas... — respondeu sua mãe, suspirando como se estivesse morrendo, apesar de ser forte como um touro.

De todas as ideias excêntricas de Abby para o aperfeiçoamento pessoal (o vídeo motivacional, os exercícios de respiração, a aula de hipnose), a Pedra de Blarney, com sua permuta promíscua de amor por eloquência ("O dom da palavra", diziam as camisetas), talvez fosse a mais extrema. Talvez. Afinal, tinha havido o casamento com Bob, namorado de muitos anos, depois que seu cachorro Randolph morreu de insuficiência renal e casar-se com Bob parecia a única maneira de superar aquela dor. É claro que ela sempre havia admirado a ideia de casamento — o discurso público e cívico que ele envolve, a inocência reconcedida —, e Bob era grande e acolhedor. Mas não tinha muito a dizer, não era um homem verbal. A raiva lhe enriquecia a sintaxe, mas não o suficiente. Não demorou para que Abby começasse a tratá-lo como uma espécie de bicho de estimação, enquanto em silêncio buscava distrações mais profundas e importantes. Buscava palavras, buscava saídas com palavras. Esforçou-se muito para ficar amiga de um letrista de músicas nova-iorquino (um solteirão meio frio, louro e de olhos violeta). Aliás, ela e quase todas as mulheres de médicos e administradores culturais da cidade. Ele era recém-chegado, não tinha carro e vestia sempre o mesmo terno ocre. "Água, tem água em todo lugar, mas nenhuma gota para beber", disse certa vez o letrista solteiro enquanto escutava, lânguido, o chilrear feminino das suas mensagens telefônicas. No apartamento dele, não havia romances nem estantes de livros. Havia uma cadeira, uma televisão grande, o aparelho de telefone, um dicionário de rimas continuamente retirado da biblioteca e uma mesinha de centro. As mulheres lhe levavam comida, contatos profissionais, encomendas de jingles publicitários e dinheiro de subvenções. Em troca, ele dava a elas pedrinhas sarapintadas que catava na praia ou alguma planta bonita arrancada do parque. Ficava de pé atrás da mesinha para recitar suas canções, em seguida dava um passo para trás e esperava, temeroso, que o seduzissem. Ser atacado e devorado pelas mulheres era, no seu entender, algo análogo aos aplausos. Às vezes, aparecia com um alaúde alugado e dizia:

— Olha, acabo de compor uma melodia para o meu poema da Criação. Cante comigo.

Então, Abby olhava bem nos olhos dele e dizia:

— Mas eu não conheço a melodia, ainda não ouvi. Você disse que acabou de inventar.

Ah, os tormentos suportados por um homem poético! Ele ficou parado atrás da mesinha e quando Abby finalmente se aproximou — apenas para tocá-lo, tomar seu pulso, *talvez pressionar um de seus braços como se tivesse um aparelho de pressão invisível* — ele se encolheu e se encrespou todo.

— Por favor, não pense que sou algum tipo de vírus Epstein-Barr emocional — disse, repetindo um discurso que já havia usado com outras mulheres. — Não sou indiferente nem frio. Sou calmo. Romântico, mas calmo. Tenho desejos, mas ajo com tranquilidade diante deles.

Quando Abby voltou para o marido ("Querida, você está de volta!", exclamou Bob), durou apenas uma semana. Não deveria ter durado mais? — aquela mistura de solidão, desejo e costume que sempre sentira por Bob, aquela mistura com certeza era amor, porque tantas vezes era o que parecia, como poderia não ser amor? Certamente, para a natureza, era amor. A natureza, com seus furacões e suas tempestades, estava contando que aquilo iria bastar? Bob sorriu e não disse nada. No dia seguinte, ela reservou uma passagem de avião para a Irlanda.

Abby não conseguia se lembrar exatamente de como sua mãe tinha passado a fazer parte da viagem. Tinha algo a ver com o câmbio manual, Abby nunca tinha aprendido a trocar de marcha.

— No meu tempo — disse a mãe — todo mundo aprendia. Todas nós aprendemos. As mulheres tinham habilidades. Sabiam cozinhar e costurar. Agora elas não sabem fazer mais nada.

O aluguel do carro com câmbio manual era metade do preço do automático.

— Se você está procurando um motorista — insinuou sua mãe —, eu ainda enxergo a estrada.

— Que bom — disse Abby.

— E sua irmã Theda vai passar o verão no acampamento da sua tia de novo.

Theda tinha síndrome de Down e era adorada pela família. Toda vez que Abby fazia uma visita, Theda gritava: "Olha só para você!" e envolvia a irmã em um grande abraço.

— Theda, é claro, continua amável como sempre — disse a mãe. — Não posso dizer o mesmo sobre certas pessoas.

— Imagino.

— Gostaria de conhecer a Irlanda enquanto posso. Seu pai, quando era vivo, nunca quis ir. Você sabe, eu sou irlandesa.

— Eu sei. Um dezesseis avos.

— Isso mesmo. Seu pai, é claro, era escocês, o que é totalmente diferente.

Abby suspirou.

— Eu diria que os *japoneses*, sim, são totalmente diferentes.

— Os *japoneses*? — exclamou a mãe. — Os japoneses são bem mais parecidos.

Em meados de junho, então, as duas aterrissaram juntas no aeroporto de Dublin.

— Vamos percorrer a ilha inteira, até os lugarejos mais distantes — disse a sra. Mallon no estacionamento do aeroporto, acelerando o motor do Ford Fiesta que tinham alugado. — Porque somos assim, umas *yuppies* loucas.

Abby estava enjoada por causa do voo; e sentar-se onde deveria ser o assento do motorista, mas sem um volante, de repente lhe pareceu emblemático.

Sua mãe saiu do estacionamento com uma guinada e foi até a rotatória mais próxima, mudando de faixa apenas duas vezes.

— Vou pegar o jeito — disse ela. Empurrou os óculos mais para cima no nariz e Abby notou pela primeira vez que os olhos dela tinham ficado leitosos com a idade. Sua condução era trepidante e seu pé tateava o chão do carro tentando achar a embreagem. Talvez aquilo tivesse sido um erro.

— Segue reto, mãe — disse Abby, olhando para o mapa.

Ziguezaguearam na direção norte, afastando-se de Dublin; planejavam conhecer a capital no fim da viagem e ir primeiro a Drogheda. Abby abria o guia, depois o mapa de novo, e outra vez o guia, e a sra. Mallon gritava: "O quê?", "À esquerda?" ou "Não pode ser, deixe eu ver isso." A paisagem campestre da Irlanda se descortinava diante delas: a colcha de retalhos pastoral e os muros de pedra, o aroma de turfa queimada que saía das chaminés como em outro século, os pequenos conjuntos de árvores, os campos fronteiriços repletos de flores silvestres e esterco de ovelhas, a relva aparada e as vacas com etiqueta na orelha, belas como mulheres. Talvez fadas e duendes vivessem em árvores! Abby logo percebeu que para viver naquele ambiente mágico seria necessário acreditar em magia. Viver ali a tornaria supersticiosa, receptiva a segredos, pouco realista. Pessoas literais ou práticas teriam que se mudar, ou então beber.

Seguiram adiante sem muita certeza, passando por placas com nomes de lugares que não estavam no mapa. Sentiam-se perdidas, mas isso não deixava de ter um encanto. As estradas antigas e estreitas, com linhas brancas nas laterais, faziam Abby se lembrar das férias em família quando ela era pequena. Viagens de carro pela Nova Inglaterra ou pela Virgínia, passando pelos pastos, no tempo em que ainda não havia estradas interestaduais, nem copos de plástico, tampouco uma população deprimida pelo asfalto e pelas batatas fritas. A Irlanda era uma viagem ao passado dos Estados Unidos. Estava anos atrás, incólume, como uma história, um sonho ou um riacho límpido. "Estou de volta, me sinto criança de novo", pensou Abby. E, assim como na infância, de repente teve vontade de ir ao banheiro.

— Preciso ir ao banheiro.

À esquerda uma placa dizia "OBRAS ADIANTE" e logo abaixo alguém havia pichado "Não adianta, não".

A sra. Mallon desviou o carro para a esquerda e pisou fundo no freio. À beira da estrada, algumas ovelhas de cara preta, com as ancas marcadas de azul, mastigavam grama.

— Aqui? — perguntou Abby.

— Não quero perder tempo parando em outro lugar onde terei que comprar alguma coisa. Vai atrás do muro.

— Obrigada — respondeu Abby, procurando um lenço de papel na bolsa. Sentia falta da sua casa. Sentia falta do seu bairro. Sentia falta da profusão de bombas de autosserviço nos postos de gasolina (onde, costumava dizer, pelo menos escreviam direito a palavra bombas!). Saiu do carro e caminhou um pequeno trecho da estrada para trás. Em uma das viagens de família, trinta anos antes, ela e Theda precisaram ir ao banheiro, então o pai delas parou o carro e disse: "Vão ao banheiro no mato." Elas ficaram uns vinte minutos vagando pelo bosque em busca do banheiro, até que retornaram e disseram que não tinham encontrado. O pai ficou olhando para as duas, perplexo, depois achando graça, por fim, irritado — seu típico padrão de comportamento.

Abby pulou com dificuldade um pequeno muro de pedras e se agachou, escondida, de olho nas ovelhas. Ela estava um pouco aérea por causa do *jet lag* e, quando entrou no carro, lembrou que tinha deixado o guia em cima de uma pedra e voltou para buscá-lo.

— Pronto — disse, entrando no carro de novo.

A sra. Mallon engatou a marcha.

— Sempre achei que se as pessoas fossem como os animais e fizessem suas necessidades em qualquer canto, em vez de usarem sempre um mesmo lugar determinado, não teríamos poluição.

Abby assentiu.

— Genial, mãe.

— Você acha?

Pararam rapidamente em uma mansão senhorial inglesa, para ver a natureza retalhada em tapetes e molduras, lã e madeira aprisionadas e enquadradas, a terra roubada, embalsamada e laqueada. Abby queria ir embora.

— Vamos sair daqui — sussurrou ela.

— O que houve? — Sua mãe queixou-se.

Em seguida foram visitar uma tumba neolítica, projetada como se fosse o revés de um parto: um estreito corredor de pedra que desembocava em um recinto alto e redondo. Elas tiraram os óculos escuros e observaram os arabescos celtas. "Mais antigos do que as pirâmides", anunciou o guia. Mas, para Abby, ele deixou de mencionar a característica mais importante: a mortífera metáfora maternal.

— Você continua nervosa demais para cruzar a fronteira da Irlanda do Norte? — perguntou a sra. Mallon.

— Ahã — respondeu Abby, mordendo a unha do polegar e arrancando a ponta como se fosse um galho.

— Ah, vamos, controle-se! — disse a mãe.

E assim elas cruzaram a fronteira para o norte, passando por soldados com coletes à prova de bala que patrulhavam as redondezas e pelas cercas de arame farpado de Newry, jovens segurando armas automáticas e andando para trás, de quadra em quadra, e seus parceiros do outro lado da rua, andando para a frente, vigilantes. Helicópteros sobrevoavam a área.

— Isso é um pouco assustador — disse Abby.

— É tudo encenação — respondeu a sra. Mallon despreocupada.

— Uma encenação de meter medo.

— Para quem tem medo à toa.

Abby reparou que este estava se tornando o tema da viagem: ela não era corajosa; sua mãe, sim. E sempre tinha sido desse jeito.

— Você se assusta muito fácil — disse a mãe. — Sempre foi assim. Quando era criança, você não entrava em uma casa a menos que garantissem que não havia balões lá dentro.

— Eu não gostava de balões.

— E na vinda você teve medo no avião — acrescentou.

— Só quando a aeromoça disse que não tinha café porque a cafeteira estava quebrada — respondeu Abby, já na defensiva. — Você não achou isso preocupante? E, além disso, depois de baterem várias vezes com força, não conseguiram fechar a porta de um dos bagageiros. — Abby falou do incidente como se fosse uma lembrança amarga e distante, embora tivesse acontecido no dia anterior. O avião tinha decolado com um terrível solavanco, e enquanto avançava chacoalhando feito um vagão velho de metrô, em especial sobre a Groenlândia, a aeromoça anunciou pelo sistema de alto-falante que não havia com que se preocupar, especialmente se pensássemos em "como o ar é pesado".

Agora a mãe estava se achando o Tarzan.

— Quero ir até aquela ponte de cordas que vi no guia.

Na página 98 do guia havia uma foto de uma ponte de cordas e tábuas, suspensa bem alto entre dois despenhadeiros. A princípio era para os pescadores, mas os turistas também podiam atravessá-la, embora fossem advertidos sobre os fortes ventos.

— Para que você quer ir naquela ponte de cordas? — perguntou Abby.

— *Para quê?!* — respondeu a mãe, que pareceu confusa e logo se calou.

Nos dois dias que se seguiram, foram para o leste e para o norte, margeando Belfast, pela costa, passando por velhos moinhos de vento e fazendas de ovelhas, subindo até penhascos vertiginosos dos quais se podia ver a Escócia, uma lasca pálida no horizonte. Hospedaram-se em uma minúscula pensão, com paredes de estuque e um telhado de palha que lembrava a franja de Cleópatra. Dormiram espremidas e de manhã, no salão de café com uma ampla janela frontal, comeram cereais, fatias de bacon e morcela branca e preta, exaustas, cumprindo burocraticamente o papel de boas hóspedes. "Pois é, os problemas", ambas concordaram, sem que soubessem bem com quem estavam falando. Não era como nos Estados Unidos segregacionistas, onde sempre se sabia. Abby assentiu. Lá fora soprava uma brisa, mas não se ouvia nem o mais leve rumor. Só conseguia vê-la, silenciosamente, mover os galhos de um pinheiro que brilhava ao sol, balançando-os de leve, como se fossem objetos pendurados no espelho retrovisor do carro de outra pessoa.

Abby pagou a conta com seu Visa, tentou carregar as duas malas, mas acabou pegando apenas a sua.

— Tchau! Obrigada! — disseram ela e a mãe ao rapaz da recepção. Quando entraram no carro, a sra. Mallon começou a cantar "Tu-ra-lu--ra-lu-raaa... Lá em Killarney, muitos anos atrás..." Sua voz era rouca, vibrante, um pouco monótona. Mal aparecia atrás de cada nota, tal como um pires sob uma xícara.

Seguiram viagem. Na noite da véspera, um dia inteiro poderia ter um arranjo e uma forma. Quando ele chegava, porém, podia desvanecer no ar tragicamente.

Estavam diante da placa da ponte de cordas.

— Eu quero fazer isso — insistiu a sra. Mallon, virando o volante bruscamente para a direita. Entraram em um estacionamento com chão de cascalho e pararam. A ponte ficava a quatrocentos metros. De longe, nuvens escuras turvavam o céu como uma hemorragia, e o vento aumentava. A chuva embaçava o para-brisa.

— Eu vou ficar aqui — disse Abby.

— Vai mesmo?

— Vou.

— Como quiser — respondeu a mãe, desgostosa. Saiu do carro com expressão carrancuda e caminhou com dificuldade pelo caminho até a ponte, desaparecendo após uma curva.

Abby ficou esperando, e naquele momento sentiu a verdadeira solidão da viagem. Deu-se conta de que sentia a falta de Bob e de sua confusão tranquila e afetuosa. De como ele se sentava no tapete em frente à lareira, justo onde seu cachorro Randolph gostava de ficar. Sentava-se ali, debaixo dos cinco postais de Natal — cinco, incluindo um do entregador de jornal — que recebiam e colocavam na cornija da lareira. Sentava-se ali, mexendo nos pés ou listando todas as frutas que havia na salada de frutas, ressaltando as grandes variedades da vida! Ou perguntando sobre o que estava dando errado (do seu jeito próprio e silencioso) enquanto cutucava sem parar um carvão em brasa. Pensou também no pobre Randolph no veterinário, com o pelo desigual e o olhar moribundo e suplicante. E pensou no letrista pálido e solteiro, no dia em que ele fora visitá-la e nem sequer pressionara a campainha o suficiente para que tocasse, então ficou esperando do lado de fora, com uma flor do campo violeta na mão, até que por acaso ela se aproximou da janela e o viu ali. *Ah, a poesia!* Quando ela o convidou a entrar — e ele lhe deu a flor e sentou-se para maldizer o florescimento e a ruína de todas as coisas, maldizer inclusive a própria imortalidade imerecida, e a forma como tudo se precipita na direção do esquecimento, exceto as palavras, que se unem no tempo como moléculas no espaço, pois Deus foi um ato (um ato!) de linguagem —, ela não achou seu discurso tolo, não realmente, ao menos não *muito* tolo.

O vento soprava em rajadas. Ela olhou para o relógio, preocupada com a mãe. Ligou o rádio para ouvir a previsão do tempo, mas todas as estações pareciam tocar versões novas e estranhas de canções pop americanas dos anos 1970. De vez em quando havia um jogo de perguntas e respostas de dois minutos: "Quem é o presidente da França?", "O tomate é uma fruta ou um legume?". Perguntas que os ouvintes quase nunca ou nunca acertavam, o que tornava aquilo bastante constrangedor de se ouvir. Por que faziam isso? Jogos de adivinha, quizzes, gincanas. Abby sabia, pela sua experiência na TEA, que uma porcentagem surpreendente das pessoas que faziam as provas de acesso nunca ingressava de fato na universidade. As pessoas simplesmente adoravam testes. Não era verdade? As pessoas adoravam se colocar à prova.

Sua mãe estava batendo no vidro do carro. Estava molhada e suja de lama. Abby destrancou a porta e a abriu.

— Valeu a pena? — perguntou ela.

A mãe entrou no carro, grande, empapada e ofegante. Ligou o carro sem olhar para a filha.

— Que ponte! — disse, por fim.

No dia seguinte, percorreram a costa de Antrim, passando por cidades onde tremulavam bandeiras do Reino Unido e soavam hinos escoceses, até Derry, com arames farpados e frases do IRA nos muros da cidade: "John Major é um judeu sionista" ("Olá", um oficial britânico disse quando elas pararam para ler). Em seguida, escaparam pelo "território de bandidos", e de novo cruzaram a fronteira em direção ao sul até a costa de Donegal, onde as vilas de pescadores eram como um antigo e frustrado Cape Cod. Olhando pelo para-brisa, na direção do horizonte, Abby começou a pensar que toda beleza, feiura e turbulência espalhadas na natureza podiam ser encontradas também nas pessoas; tudo reunido nelas, tudo junto em um mesmo lugar. Quaisquer que fossem o terror ou o encanto que a terra pudesse produzir — ventos, mares —, as pessoas também eram capazes de produzi-los, de viver com eles, viver com todas as tormentas da natureza em um redemoinho por dentro, cada partícula. Não havia nada tão complexo no mundo — nem flor nem pedra — quanto o simples "olá" de um ser humano.

De vez em quando, Abby e a mãe quebravam o silêncio falando sobre o trabalho da sra. Mallon como gerente administrativa de uma pequena fábrica de lanternas ("Tive que rever completamente as apólices; os seguros médico e dental estavam sugando o nosso sangue!") ou fazendo perguntas sobre as placas de trânsito ou sobre os símbolos pretos que indicavam o número de mortes nas estradas. Mas o que a mãe queria, na maior parte do tempo, era falar sobre o casamento abalado de Abby e sobre o que ela pensava em fazer.

— Veja só, outra abadia em ruínas — dizia ela sempre que passavam por um amontoado de pedras medievais. — Quando você vai voltar para o Bob?

— Eu já voltei — respondeu Abby. — Mas depois o deixei outra vez. Ops!

A mãe suspirou.

— As mulheres da sua geração estão sempre querendo um tipo de relação diferente da que têm. Não é?

— Sei lá — disse Abby.

Ela estava ficando um pouco irritada com a mãe, naquele espaço, comprimidas feito astronautas. Começava a ter uma percepção exacerbada do que sucedia: uma única palavra ressoava e vibrava. O mais ínfimo movimento podia incomodar, a respiração, o cheiro. Ao contrário da irmã, Theda, que sempre fora alegre e íntima de todo mundo, Abby era mais fechada e acostumada a se virar sozinha. Ela e a mãe nunca tinham sido muito próximas. Quando Abby era criança, sua mãe lhe causava certa repulsa: o cheiro de seu cabelo oleoso, o umbigo que parecia um verme encolhido em um buraco, os absorventes na lixeira do banheiro, sangrentos como uma guerra, e em seguida espalhados no meio-fio por guaxinins que os arrancavam dos latões de lixo à noite. Certa vez, em um restaurante, quando era pequena, Abby entrou de repente em uma cabine destrancada no banheiro feminino e deu de cara com a mãe sentada — em uma postura imprópria e desconcertada — olhando para ela, do assento do vaso sanitário, como se fosse o cuco em um relógio.

Há coisas sobre outra pessoa que ninguém deveria saber.

Mais tarde, decidiu que talvez aquela não fosse sua mãe.

No entanto, agora ali estavam, ela e a mãe, dividindo aquele carro minúsculo, reunidas em um útero metálico e com rodas, compartilhando pequenas camas de casal em pensões, acordando com as bocas próximas e exalando mau hálito, ou de costas uma para a outra, fazendo movimentos inquietos, como se estivessem irritadas. *Irlanda, a terra da ira!* As conversas sobre o casamento de Abby e seu possível término trotavam diante delas na estrada como um rebanho de carneiros, carneiros da insônia, o que fez com que Abby quisesse ter um revólver.

— Nunca me importei com essas bobajadas românticas convencionais — disse a sra. Mallon. — Não era o meu estilo. Sempre trabalhei e sempre fui uma pessoa prática. Tomava as rédeas, fazia o que tinha que fazer e ponto final. Se me interessava por um homem, eu mesma o chamava para sair. Foi assim que conheci o seu pai. Eu o convidei para sair comigo. Até propus o casamento.

— Eu sei.

— E fiquei com ele até o dia que ele morreu. Na verdade, até três dias depois. Ele era um homem bom. — Ela fez uma pausa. — Não posso dizer o mesmo sobre certas pessoas.

Abby não disse nada.

— Bob é um homem bom — acrescentou a sra. Mallon.

— Eu não disse que ele não era.

Novamente fez-se silêncio entre elas, enquanto a paisagem outra vez estendia sua colcha em tons de verde, e as velhas estradas despertando lembranças como se aquela fosse uma terra que ela já tivesse percorrido muito tempo antes, uma mistura de sorte e azar, como seu próprio passado; parecia parada no tempo, como um devaneio ou um livro. De perto, as montanhas eram escarpadas, com crostas de rocha e verde, como os chifres de um cervo tentando se livrar da penugem. Mas a distância preenchia as brechas com musgo. Não era essa a verdade? Abby estava quieta, tomando água Ballygowan de uma garrafinha plástica e chupando balas de menta extrafortes. Talvez devesse ligar o rádio e ouvir um dos programas de perguntas ou o noticiário. Mas sua mãe assumiria o comando, mexeria no dial e escolheria outra estação. Sua mãe sempre procurava música country, canções que tivessem as palavras *mulher diabólica*. Ela amava.

— Me promete uma coisa? — perguntou a sra. Mallon.

— O quê? — disse Abby.

— Que você vai tentar com o Bob.

"A que preço?", Abby queria berrar, mas ela e a mãe já estavam muito velhas para isso.

A sra. Mallon continuou, amável, com o ar de pseudossabedoria que assumira depois dos sessenta anos:

— Uma vez que você está com um homem, tem que ficar sossegada ao lado dele, por mais que isso pareça assustador. Tem que ser corajosa e aprender a colher os frutos da inércia. — Neste momento, ela acelerou para ultrapassar um trator em uma curva. "Projeção de cascalho", dizia uma placa. "Declive oculto", dizia outra. Mas a mãe de Abby dirigia como se as placas fossem um monte de abobrinha. Um letreiro mais à frente exibia seis pontos negros.

— É — disse Abby, agarrando-se ao painel. — O papai era inerte. O papai era inerte a não ser a cada três anos, quando se levantava e dava um soco na boca de alguém.

— Não é verdade.

— É praticamente verdade.

Em Killybegs, seguiram as indicações para chegar a Donegal.

— Vocês, mulheres de hoje, esperam demais — concluiu a sra. Mallon.

— Se hoje é terça-feira, devemos estar em Sligo — disse Abby. Ela vinha se dedicando a inventar piadas sem graça. — Como você chama um ônibus que leva um monte de pessoas desconhecidas?

— Como?

Passaram por uma família de ciganos acampada ao lado de um monte de baterias de carro, que pretendiam vender.

— Um anônibus.

Às vezes Abby soltava uma gargalhada estridente, às vezes apenas encolhia os ombros. Estava esperando chegar à Pedra de Blarney. Aquele era o único motivo para ter ido à Irlanda, ela podia suportar todo o resto.

Pararam em uma livraria para comprar um mapa melhor e, quem sabe, ir ao banheiro. Havia quatro clientes lá dentro: dois padres lendo livros sobre golfe e uma mulher com o filho pequeno, que ia atrás dela pelas prateleiras implorando: "Por favor, mãe, só um livrinho, mãe, por favor, só um." Não havia mapas melhores. Nem banheiro. "Sinto muito", disse a vendedora, e um dos padres olhou de relance. Abby e a mãe foram para a loja ao lado dar uma olhada nos suéteres de lã e nas típicas batas Kinsale — minicardigãs que as crianças irlandesas vestiam na praia, por cima dos trajes de banho, em dias abafados de verão, quando a temperatura chegava a 22 graus. "Que fofos", Abby comentou, e as duas circularam pela loja, tocando nas coisas. Nos fundos, perto dos gorros de lã, a mãe de Abby encontrou uma marionete, pendurada em um gancho no teto, e começou a brincar com ela, balançando seus braços no ritmo da música ambiente, um concerto de Beethoven. Abby foi pagar por uma bata, pedir informação sobre onde era o banheiro ou um bom *pub* e, quando voltou, a mãe ainda estava no mesmo lugar, fascinada, regendo o concerto com a marionete. Seu rosto exibia uma alegria infantil, luminosa, que Abby poucas vezes tinha visto. Quando o concerto terminou, Abby estendeu uma sacola para ela.

— Toma. Comprei uma bata para você.

A sra. Mallon soltou a marionete e seu rosto obscureceu.

— Eu nunca tive uma infância de verdade — disse ela, pegando a sacola com o olhar meio distante. — Como eu era a mais velha, sempre fui a confidente da minha mãe, tinha que me comportar como uma adulta responsável, o que não era da minha natureza. — Abby foi conduzindo a mãe em direção à porta. — Depois, quando eu já estava realmente adulta, veio a Theda, que precisava de mim o tempo todo, e seu pai, é claro, com as exigências dele. Mas logo veio você. De você eu gostava. Você eu podia deixar sozinha.

— Comprei uma bata para você — repetiu Abby.

Usaram o banheiro do *pub* O'Hara, compraram uma garrafinha de água mineral para dividir, em seguida foram até o cemitério de Drumcliff visitar os túmulos da família Yeats. Em seguida, apressaram-se até Sligo para procurar um quarto e, no dia seguinte, partiram cedo para Knock, onde foram ver mulheres aleijadas, mulheres doentes, mulheres que queriam engravidar ("À espera de um milagre", disse Abby) esfregarem seus rosários nas pedras do santuário. Foram em direção a Clifden, perto de Connemara, e depois até Galway e Limerick. "Era uma vez duas moças vindas da América, uma chamada Abby e sua mãe chamada Erica..." Assim cantavam, como trovadoras, percorrendo a toda velocidade o Anel de Kerry, repleto de palmeiras e hortênsias azuis e rosas, como o cenário de uma opereta. "Fanfarronas do mundo ocidental!", exclamou a mãe. Já estava escuro quando pararam em uma pensão, perto de Ballylickey, para descansar. O lugar era um antigo alojamento de caça, em um vale perto do Anel. Jantaram tarde: grogue, uma bebida quente e alcoólica, e um pão de bicarbonato, que a recepcionista chamou de Pica de Passas.

— Como se eu não soubesse... — disse a sra. Mallon, o que deixou Abby deprimida, como um objeto de mau gosto em um quarto, então, pediu licença e foi dormir.

Foi no dia seguinte, depois de passar por Ballylickey, Bantry, Skibbereen e Cork, que chegaram a Blarney. No castelo, a fila para beijar a pedra era longa, abafada e assustadora. Abarrotava a escadinha em caracol da sufocante torre esquerda do castelo. As pessoas se espremiam contra a parede escura para dar passagem aos que tinham perdido a coragem e desistido.

— Isto é ridículo — disse Abby.

Mas quando chegaram ao topo sua irritação tinha se transformado em angústia. Percebeu que, para beijar a pedra, as pessoas precisavam se deitar sobre um parapeito, viradas de barriga para cima, e em seguida esticar o pescoço até encostar os lábios na parte inferior de uma parede, onde estava a pedra. Um homem de aparência estranha, que mais parecia um duende, ficava agachado perto da pedra, supostamente para ajudar os visitantes a curvar o corpo, mas parecia segurá-las de maneira um pouco displicente, com um brilho negligente e sádico nos olhos. Algumas pessoas estavam mudando de ideia e desciam a escada para ir embora, mais medrosas e desarticuladas do que nunca.

— Acho que não consigo fazer isso — disse Abby, hesitante, amarrando bem junto ao corpo a capa de chuva escura.

— Claro que consegue — retrucou a mãe. — Você veio até aqui. E foi para isto que você veio.

Agora que estavam no alto do castelo, a fila parecia andar depressa. Abby olhou para trás e ao redor, e a paisagem dali era verde e deslumbrante, de tirar o fôlego, como uma foto mergulhada em tinta.

— Próximo! — Ouviu o duende gritar.

Na frente delas, uma alemã lutava para se levantar de onde o duende a tinha deixado. Limpou a boca, fez uma careta e grunhiu:

— Itz hoorribel.

Abby foi tomada pelo pânico.

— Quer saber? Não quero fazer isto — repetiu para sua mãe.

Só havia um casal na frente delas. O homem estava se deitando de costas, agarrando com firmeza as hastes de metal e movendo devagar as mãos para baixo, arqueando o pescoço e a cintura para alcançar a pedra, exibindo a brancura do pescoço. A mulher, que olhava de cima, tirou uma foto.

— Mas você veio até aqui! Não seja boba.

A mãe a estava intimidando de novo. Isso nunca lhe dava coragem; na verdade, a desencorajava ainda mais. Mas tornava-a amarga e impulsiva, o que podia parecer a mesma coisa.

— Próximo — anunciou o duende, em tom desagradável.

Odiava aqueles turistas, era evidente. Era evidente que parte dele desejava que despencassem lá de cima e se espatifassem em uma pilha de capa de chuva, membros e *traveler's checks.*

— Vai — disse a sra. Mallon.

— Não consigo — gemeu Abby. Sua mãe a empurrava de leve e o duende franzia a testa. — Não consigo, vai você.

— Não, vamos lá. Pense nisso como um teste. — A mãe a olhou carrancuda, desvairada como uma lunática. — Você trabalha com testes. E na escola sempre se saiu bem neles.

— Para fazer um teste, é preciso estudar.

— Você estudou!

— Mas não o que precisava estudar.

— Ah, Abby.

— Não consigo — sussurrou ela. — Não acho que seja capaz. — Ela respirou profundamente e deu um passo à frente. — Bem... está bem. — Largou o chapéu no chão e deitou-se depressa no chão de pedra, para acabar logo com aquilo.

— Para trás, para trás — ordenou o duende, como se fosse um condutor de trem.

Agora ela não sentia mais nada debaixo do corpo; da cintura para cima estava suspensa no ar, sustentada apenas pelas mãos que apertavam as hastes de ferro. Inclinou a cabeça para trás o máximo que pôde, mas ainda não era o suficiente.

— Mais baixo — disse o duende.

Ela deslizou as mãos mais para baixo, como se estivesse fazendo uma acrobacia em um trepa-trepa. No entanto, ainda não via a pedra, só a parede do castelo.

— Mais baixo — repetiu o duende.

Deslizou as mãos ainda mais para baixo e inclinou a cabeça para trás, com o queixo mirando o céu. Sentiu as vértebras contraindo-se contra a pele do pescoço e, dessa vez, pôde ver a pedra. Era mais ou menos do tamanho de um forno de micro-ondas e estava coberta de umidade, sujeira e marcas de batom — lilás, pêssego e vermelho. Era bastante anti-higiênica para uma atração turística, imunda e molhada. Então, em vez de dar um beijo estalado, ela soprou um beijinho para a pedra e, em seguida, gritou:

— Ok, me ajudem a sair daqui, por favor.

E o duende a ajudou a se recompor.

Abby se levantou e se limpou. O casaco impermeável estava coberto por um barro embranquecido.

— Eca — disse ela.

Mas tinha conseguido! Mais ou menos. Colocou o chapéu e deu uma libra de gorjeta para o duende. Não sabia como estava se sentindo. Não sentia nada. Definitivamente, esses desafios que as pessoas se impõem não mudam absolutamente nada. Eram todos uma construção de desejos, fibra e distância.

— Agora é a minha vez — disse a mãe, com uma espécie de determinação relutante, entregando a Abby seus óculos escuros. Quando ela se deitou enrijecida e começou a se inclinar devagar até a pedra, de repente Abby viu algo inédito: sua mãe estava aterrorizada. Depois de toda o bullying e de toda a bravata, estava enfrentando, e de uma péssima maneira, uma onda de terror que dominava sua mente. Enquanto ela tentava se arrastar em direção à pedra, Abby, que agora a observava desmascarada, viu que aquela mulher intensa como uma fogueira tinha ficado melancólica e irrequieta. Era uma farsa toda aquela aparência formidável. Ela só estava tentando provar alguma coisa, tentava, em vão, desafiar e superar seus medos, em vez de simplesmente aprender a viver com eles, já que, inferno, vivia com eles de qualquer modo.

— Mãe, você está bem?

O rosto da sra. Mallon estava contorcido em uma careta, a boca aberta e escancarada. O antigo castanho-avermelhado do cabelo tinha passado, Abby reparou, para os dentes que ela deixara escurecerem depois de anos bebendo café e chá.

— Mais para baixo, mais para baixo — disse o duende, que estava tendo mais trabalho para segurá-la do que tivera com os outros.

— Ai, meu Deus, mais para baixo não — choramingou a Sra. Mallon.

— Você está quase lá.

— Mas não estou vendo.

— Está vendo agora? — Ele a soltou um pouco e deixou que escorregasse.

— Sim — respondeu ela.

Esticou os lábios e tascou um beijo sonoro e molhado. Mas em seguida, quando tentou voltar, ficou entalada. Suas pernas cansadas debatiam-se, os sapatos saíram dos pés e a saia levantou, deixando à mostra a parte de cima da meia-calça. Estava curvada de um jeito estranho, pelo quadril. Era roliça e os músculos do abdômen não eram fortes o suficiente para se erguer. O duende parecia estar com dificuldade.

— Alguém pode me ajudar?

— Meu Deus — disse Abby. E ela e um homem da fila logo se agacharam perto da sra. Mallon para ajudá-la. Ela era pesada e estava dura de tanta tensão. Quando por fim a ergueram, e a colocaram sentada e em seguida de pé de novo, ela ainda estava aflita e pálida.

Um guarda perto da escada se ofereceu para acompanhá-la na descida.

— Você quer, mãe?

A sra. Mallon apenas balançou a cabeça confirmando.

— Você vai na nossa frente, para o caso de ela cair — disse o guarda a Abby, com o sotaque monótono do Condado de Cork. Abby passou à frente, o casaco se abrindo para ambos os lados com a corrente de ar que subia enquanto ela descia em círculos, devagar, na escuridão de calabouço das escadas, rumo ao negrume, feito um morcego experimentando novas asas.

Em uma praça no centro da cidade, um evangelista abanava uma Bíblia e vociferava sobre "a brevidade da vida", que era algo que agarrávamos com uma das mãos e que logo nos escapava por entre os dedos. "A palavra de Deus é rápida!", gritava.

— Vamos até ali — disse Abby, levando a mãe a um lugar chamado Brady's Public House, para tomar uma Guinness revigorante. — Você está bem? — Abby não parava de perguntar.

Ainda não tinham lugar para passar aquela noite e, embora ficasse claro até tarde e os hotéis de beira de estrada ficassem abertos até as dez, imaginou as duas temporariamente sem-teto, dormindo sob as estrelas, tomando uns tragos. Estrelas do tamanho de Chicago! O orvalho como um banho de fadas debaixo delas. Elas o lamberiam de seus braços.

— Estou bem — respondeu, evitando desdobramentos. — Que pedra!

— Mãe — disse Abby, franzindo o cenho, pois estava se fazendo algumas perguntas —, você não teve dificuldade para cruzar a ponte de cordas?

A sra. Mallon suspirou.

— Bom, eu fazia uma ideia de como ia ser — explicou a sra. Mallon, irritada. — Mas rajadas de vento faziam ela balançar, e apesar de algumas pessoas terem achado isso divertido, eu tive que me agachar e voltar engatinhando. Você deve lembrar que estava chuviscando.

— Você atravessou a ponte de quatro?

— Pois é — admitiu ela. — Um belga simpático me ajudou.

Era evidente que ela se sentia desmascarada diante da filha, e começou a entornar a Guinness.

Abby tentou dar um tom mais animado à conversa, mudando um pouco de assunto, e se lembrou de Theda, que estava de algum modo refletida em sua voz. Sua laringe, de repente, tinha virado um refúgio para os alegres e lentos.

— Olhe bem pra você! — disse ela. — Você se sente confiante e com o dom da palavra, agora que beijou a pedra?

— Na verdade, não. — A sra. Mallon encolheu os ombros.

Agora que as duas tinham beijado a pedra, ou quase, ficariam inibidas? Acabariam falando sobre o quê?

Sobre cinema, provavelmente. Como sempre tinham feito em casa. Filmes com cenários, filmes com músicas.

— E você? — perguntou a sra. Mallon.

— Bom — disse Abby —, acho mesmo é que pegamos uma infecção na garganta. Mas mesmo assim, mesmo assim... — Neste momento ela endireitou a coluna e se inclinou para a frente. Nada de testes, jogos de perguntas ou respostas de rádio nem discursos infames, nada de canções estúpidas e autobiográficas ou orações malucas, nem berros ou conversas prolixas que, com a bebida e o tempo disponíveis, acabavam sempre revelando o quão idiotas e más até as melhores pessoas eram. Ela disse apenas isto: — Um brinde, é hora de fazer um brinde.

— Você acha?

— Acho, sim.

Ninguém tinha feito um brinde a Abby e Bob em sua pequena cerimônia de casamento, e agora ela achava que esse tinha sido o erro. Sem brinde. Havia só trinta convidados, que comeram os canapés de presunto e foram embora. Como um casamento assim podia dar certo? Não que essas cerimônias fossem significativas em si mesmas. Não eram nada, eram zeros. Mas eram zeros que marcavam uma posição, conservavam intactos números e equações. E uma vez cumprido o ritual, você podia seguir em frente, conhecer o poder vazio de sua bênção e não perder tempo sentindo falta dele.

Daquele momento em diante, ela acreditaria nos brindes. Um estava tomando forma naquele instante, em sua mente, em uma espécie de filatelia hesitante. Olhou fixamente para a mãe e respirou fundo. Talvez ela nunca tivesse demonstrado carinho por Abby, não de verdade, mas tinha dado à filha uma inclinação para a solidão, com suas terríveis guinadas para fora da curva e seus suaves pousos de volta à tranquilidade. Abby faria um brinde a ela por isso. Na verdade, o mundo é que era uma mãe brutal, que cuidava e negligenciava, e a própria mãe era apenas uma irmã mais velha nesse mundo. Abby ergueu o copo.

— Que o pior fique sempre para trás. Que o sol aqueça os seus braços a cada dia... — Baixou a vista para recorrer à frase do guardanapo, mas naquele havia apenas o desenho de uma irlandesa peituda, com dois trevos sobre os mamilos. Abby olhou para cima de novo. *A palavra de Deus é rápida!* — Que o seu carro sempre dê a partida... — Mas talvez Deus também comece com palavras exageradas, maçantes; uma lorota vazia; o conto distendido. — E que você sempre tenha uma camisa limpa — continuou, a voz cada vez mais galante, pública e sonora. — E um teto firme, filhos saudáveis e um bom dinheiro. E que você esteja sempre no meu coração, mãe, como está agora, neste lugar; para todo o sempre, como uma luz intensa.

Havia barulho no *pub*.

O *vazio* está para a infância como uma viagem está para os lábios.

— Isso — disse a sra. Mallon, olhando para sua cerveja preta com olhos brilhantes e compenetrados. Ela nunca tinha sido cortejada antes, nem uma vez em toda a sua vida. Agora estava corada, com as orelhas ardendo. Levantou a caneca e bebeu.

A dança americana

Digo a eles que a dança começa quando um momento de dor se une a um momento de tédio. Digo que é a extensão do corpo sua forma de arejar. Digo que é o triunfo do coração, o discurso vitorioso dos pés, o aperfeiçoamento do voo e do bote dos animais, a mais pura metáfora da tribo e do eu. É a vida pisando na cara da morte.

Eu invento toda essa prosa. Mas em seguida sinto extraviar-se a potência do meu carisma de aluguel, escuto as dissonâncias na autoridade da minha voz, e também acredito nelas. Estou convencida. A companhia desmantelando, as parcas encomendas de coreografias, meu corpo menos flexível, menos receptivo aos comandos, e tive que vir para cá por duas semanas — para a província holandesa da Pensilvânia — trabalhar como "Bailarina nas Escolas". Visito turmas, em universidades e escolas primárias, difundindo a palavra sagrada da Dança. Minha cabeça fica cheia do meu próprio falatório. Tudo que a vida interior acumulou se esgota rapidamente, despejado pela boca, quando estou diante do público, respondendo às terríveis e desagradáveis perguntas *alemãs* sobre arte e sobre minhas "danças indecentes" (o movimento impetuoso dos quadris, os giros e o saracotear repentinos antes de uma *atitude*). Eles perguntam por que tudo o que faço parece tão "feminístico".

— Acho que a palavra é *feminista* — corrijo. Já me cansei. Dei a minha vida por algumas boas peças, e agora isto.

Quando restava só mais uma noite, fugi do Quality Inn ("Waffle com frango cremoso $3,95", dizia o letreiro na entrada. Como é que eu podia ir embora?). O karaokê no bar do *lounge* me impedia de dormir, todas aquelas vozes cambaleantes e aos berros, recém-saídas do banheiro masculino e se apressando para voltar e cantar "Sexual healing" ou "Alfie". Aceitei o convite do meu velho amigo Cal para ficar em sua casa. Ele é professor de antropologia na Burkwell, uma das muitas faculdades locais. Ele e a mulher têm uma casa que antes havia sido uma república, e que eles nunca se deram o trabalho de reformar. "Era a única maneira de morarmos em uma casa tão grande", ele contou. "Além disso, somos perversamente fascinados por destroços." É *Fastnacht*, a terça-feira de Carnaval daqui, a noite em que os locais fazem bolinhos doces fritos para comer antes da Quaresma. Saímos de casa, antes do jantar, para passear no frio com Chappers, o cachorro de Cal.

— Esta casa *é* incrível — digo. — Está arruinada de um jeito muito particular. Como uma obra de Rauschenberg. Como um daqueles belos outdoors rasgados pelo vento que se vê pelo deserto da Califórnia.

Estou determinada a ser agradável, mas a casa, verdade seja dita, é chocante. Há brotos de bordo saindo pelas frestas do piso da sala de jantar, por causa de uma árvore que está penetrando a fundação da casa. Esquilos do tamanho de collies escarafuncham as paredes. A pintura está toda descascada, com escamações, bolhas e pedaços despencando; e no gesso rachado por trás da pintura descascada estão escritos nomes de mulheres que, em 1972, 1973 e 1974 se hospedaram no fim de semana da Festa da Primavera, organizada por várias repúblicas. No teto da cozinha está escrito: "Poder da Sigma!" e "Me masturbe com uma colher".

Mas eu não via Cal havia doze anos, desde que ele fora para a Bélgica com uma bolsa da Fulbright, então preciso ser gentil. Ele me parece diferente: mais baixo, mais velho e mais limpo, apesar da casa. Em um rompante de franqueza, ele já me confessou que, naqueles tempos remotos, exagerava seu interesse pela dança por causa da amizade que tinha por mim.

— Eu não entendia nada — admitiu. — Ficava tentando decifrar a *história*. Olhava pro sujeito vestido de roxo que estava imóvel já fazia um tempo e pensava: Qual é o problema *dele*?

Chappers acelera e puxa a correia.

— É, a casa. — Cal suspira. — Uma vez chamamos um pintor para fazer um orçamento, mas desanimamos quando ele disse os nomes das tintas: Mito, Vésper, *Snickerdoodle*. Não queria nada que se chamasse *Snickerdoodle* na minha casa.

— O que *diabos* é um *Snickerdoodle*?

— Acho que são caçados em Madagascar.

Eu me apresso para acompanhá-lo na brincadeira:

— Ou comidos em Viena.

— Ou venerados em Los Angeles.

Dou risada novamente, e em seguida observamos Chappers farejar a raiz de um carvalho.

— Mas uma vésper ou um mito são sempre bons — acrescentei.

— Cruciais — disse ele. — Mas não precisávamos de pintura para isso.

O filho de Cal, Eugene, tem sete anos e sofre de fibrose cística. A vida dele é uma maratona de investigações médicas.

— Não tenho nada contra as artes — diz Cal. — *Você* está aqui; investimentos em arte trouxeram você até aqui. Isto é maravilhoso. É maravilhoso ver você depois de todos esses anos. É maravilhoso financiar arte. É realmente maravilhoso; você é maravilhosa. A arte é tão fantástica e maravilhosa. Mas, de verdade, acho que devíamos dar todo o dinheiro à ciência, até o último puto de centavo.

Algo o sufoca. Pode haver otimismo nos desenvolvimentos, nos detalhes, nos capítulos. Mas não nos víamos havia doze anos, e ele teve que me contar a história inteira, desde o começo, e a história inteira é muito triste.

— Nós dois tínhamos o gene, mas não sabíamos. Funciona assim: a probabilidade de acontecer é de um em vinte multiplicado por um em vinte e, ainda assim, depois disso, só um em cada quatro. No fim das contas, um em mil e seiscentos. Bingo! Devíamos nos mudar para Las Vegas.

Conheci Cal quando estávamos em Nova York, recém-saídos da faculdade. Ele era solteiro, inquieto e me parecia um homem que nunca ia se casar nem formar uma família ou, se por acaso se casasse, seria com uma espécie de bibelô, alguém insignificante. Mas vejo agora, doze anos depois, que sua mulher, Simone, de cabelos prateados, não é nada disso. Ela é grande, forte e original, e está ao lado dele na dor e na coragem. Ela sai enfurecida das reuniões de pais na escola. Cola lantejoulas nos sapatos. O inglês é a sua terceira língua; ela já foi representante diplomática da França na Bélgica e no Japão. "Sinto falta do caviar, sinto muita falta do caviar", é tudo o que ela tem a dizer a respeito. Agora, na colônia holandesa do estado da Pensilvânia, faz pinturas a óleo satíricas de pessoas com braços longos e sem as mãos. "São os locais", ela explica com sotaque francês e às gargalhadas. "Mas eu não sei pintar mãos." Ela e Eugene transformaram um dos quartos caindo aos pedaços no andar de cima em um ateliê.

— E como a Simone lida com tudo isso? — pergunto.

— Melhor do que eu — responde Cal. — Ela tinha uma irmã que morreu jovem. Está preparada para a infelicidade.

— Mas não há esperança? — pergunto, na falta de melhor palavra.

Ele me explica que o organismo de Eugene está se deteriorando, e cada vez pior, com muito líquido nos pulmões.

— Um muco pegajoso — diz. — Se ele tivesse três anos, em vez de sete, haveria *mais* esperança. Os pesquisadores têm feito alguns progressos, de verdade.

— Ele é um ótimo menino — digo.

Do outro lado da rua, há velhas casas coloniais com uma vela acesa em cada janela. É um costume da Pensilvânia holandesa ou um vestígio da Operação Tempestade no Deserto, dependendo de quem responde.

Cal para e se vira para mim, o cachorro aparece e o acaricia com o focinho.

— Não é só o fato de ele ser ótimo. Não é só porque ele é precoce ou porque é o único filho que terei. É também porque ele é uma pessoa muito boa. Ele aceita as coisas. Ele tem uma capacidade rara de entender tudo.

Não consigo imaginar nada em minha vida que comporte um sofrimento desses, a antecipação da perda de alguém. Cal fica em silêncio, o cachorro vai trotando na nossa frente, Cal fica em silêncio e eu apoio delicadamente a mão nas suas costas, enquanto vamos caminhando pelas ruas frias e desertas. No céu, Vênus e uma lasca fina de lua crescente, como uma xícara e um pires, como um nariz e uma boca, formavam a bandeira turca no céu.

— Olha isso — digo para Cal, enquanto seguimos atrás do cachorro, a correia retesada como um pedaço de pau.

— Uau — ele diz. — A bandeira da Turquia.

— Vocês voltaram, vocês voltaram! — Eugene grita de dentro de casa, correndo até a porta da frente assim que pisamos no alpendre com Chappers. Eugene já está de pijama, o corpo magro e encurvado. Usa óculos com grossas lentes de aumento, e seus olhos, inchados e aquosos, parecem não deixar passar nenhum detalhe. Desliza de meias até a entrada, e cai no chão. Sorri para mim, todo charmoso, feito um garoto apaixonado. Ele pintou o rosto com mertiolate e espera que achemos graça.

— Eugene, você está lindo! — digo.

— Não, eu estou *engraçado* — corrige ele.

— Cadê a sua mãe? — pergunta Cal, soltando o cachorro.

— Na cozinha. Pai, a mamãe disse para você ir até o sótão buscar uma das panelas para o jantar.

Eugene se levanta e começa a correr atrás de Chappers, para agarrá--lo e trazê-lo de volta.

— Deixamos algumas panelas lá em cima, para as goteiras — explica Cal enquanto tira o casaco. — Mas depois acabamos precisando delas para cozinhar.

— Precisa de ajuda?

Eu não sabia se devia ficar com Simone na cozinha, com Cal no sótão ou com Eugene no chão.

— Ah, não, fique aqui com Eugene.

— Isso, fique aqui comigo. — Eugene corre e agarra minha perna. O cachorro começa a latir, eufórico.

— Você pode mostrar seu vídeo para o Eugene — sugere Cal antes de sair.

— Me mostra o vídeo da dança — pede ele, cantando. — Me mostra, me mostra.

— Será que dá tempo?

— Temos quinze minutos — responde com total autoridade.

Vou até o andar de cima pegar a fita na bolsa e desço em seguida. Ligamos o videocassete e nos aninhamos no sofá. Eugene se aconchega ao meu lado com frio, naquela casa cheia de correntes de ar, e eu estendo meu suéter longo sobre ele como se fosse um xale. Tento explicar algumas coisas, com uma linguagem adulta: como nasceu aquela dança, como a repetição dos movimentos rompe qualquer resistência e leva a uma espécie de estratosfera, da inflexibilidade ao êxtase, do sapato ao pássaro. A fita foi gravada no início da semana. É um exercício com alunos do quarto ano. Cada um tinha que inventar um personagem e depois criar uma máscara. Surgiram criaturas variadas, como a

Srta. Ninja Pavão, o Sr. Cabeça de Roda de Bicicleta, o Maligno Boneco de Neve e a Mãe dos Dentes de Sabre, que era "meio-menina-meio--homem-meio-gato". Em seguida coloquei as crianças enfileiradas, vestindo as máscaras, e pedi que improvisassem uma dança com "This is it", de Kenny Loggins.

Ele assiste, arrebatado, mastigando as mechas dos cabelos castanhos que lhe caem sobre o rosto.

— Este é o Tommy Crowell — diz ele.

Ele conhece toda a turma do quarto ano como se fosse a realeza. Quando o vídeo termina, ele me olha sorrindo, mas ao mesmo tempo sério. Sua expressão, por trás dos óculos, é inteligente e direta.

— Que dança maravilhosa — diz Eugene. E soa como um agente.

— Você acha? De verdade?

— Achei demais. É cheia de cores e tem muitos passos divertidos e interessantes.

— Quer ser o meu agente? — proponho.

— Não sei — responde ele relutante, franzindo o cenho. — O agente é a pessoa que dirige o carro?

— O jantar está pronto! — Simone nos chama da sala do "Me masturbe com uma colher", a dois cômodos de distância.

— Já vamos! — grita Eugene. Ele dá um salto do sofá, vai deslizando até a sala de jantar e cai sentado de lado em sua cadeira. — Uau! — comemora. — Quase não consegui!

— Toma — diz Cal, e coloca uma taça com vários comprimidos no lugar de Eugene.

O menino faz uma careta, mas logo se ajeita de joelhos na cadeira, se inclina para a frente com o copo d'água em uma das mãos, e começa a árdua tarefa de tomar todos os comprimidos.

Sento-me na frente dele e ponho meu guardanapo no colo.

Simone preparou uma sopa com ovos cozidos ("uma receita local", explica), e também pato à Pequim, que é laqueado e docinho. Cal, nervoso, não para de passar a cesta de pão enquanto diz que o homem moderno só existe há quarenta e cinco mil anos e que, provavelmente, em todo esse tempo o pão não mudou muito.

— Quarenta e cinco mil anos? — diz Simone. — Só isso? Não pode ser. Para mim esse parece o tempo que estamos casados.

Tem gente que fala com as mãos, tem gente que fala com os braços e também tem pessoas que falam com os braços por cima da cabeça, que são as que eu mais gosto. Simone é uma delas.

— Não, é só isso — responde Cal, mastigando. — Quarenta e cinco mil. Embora por cerca de duzentos mil anos antes disso os homens primitivos já estivessem passando por todo tipo de transformação anatômica para chegar ao que somos hoje. Foi uma época de *grandes* emoções. — Ele faz uma pausa, ligeiramente ofegante. — Gostaria de ter estado lá.

— Ha! — Simone exclama.

— Imagine as festas — digo.

— Pois é. Imagine só: "Joe, como você tem passado? Sua cabeça está *enorme*, e o que é isso que está fazendo com o dedão? — Simone brinca. — Tipo as festas de Soda Springs, em Idaho!

— A Simone foi casada com um cara de Soda Springs, Idaho. — Cal me conta.

— Não acredito! — digo.

— Pois é, foi muito rápido. Era um homem ridículo, me livrei dele depois de uns seis meses. Ele supostamente foi embora e se matou — diz Simone, me olhando com um riso sacana.

— Quem se matou? — pergunta Eugene. Falta engolir apenas um comprimido.

— O primeiro marido da mamãe — responde Cal.

— Por que ele se matou?

Eugene olha fixamente para o centro da mesa, tentando se concentrar nessa questão.

— Eugene, você mora com a sua mãe há sete anos e ainda não sabe por que alguém próximo dela ia querer se matar?

Simone e Cal olham um para o outro e riem muito.

Eugene abre um sorriso mais comedido e vago. Ele sabe que é uma piada entre seus pais, mas não gosta ou não entende. Fica chateado porque fizeram da pergunta séria dele motivo de risada. Ele queria uma informação! Mas agora ele só quer saber de futucar o pato, espetando a comida e olhando para ela.

Simone me pergunta sobre as visitas às escolas. O que estou achando? As pessoas são legais comigo? Como é minha vida em casa? Sou casada?

— Não sou casada — respondo.

— Mas você e Patrick ainda estão juntos, não estão? — pergunta Cal, com um tom de preocupação.

— Hum, não. Nos separamos.

— Vocês se separaram? — Cal pousa o garfo.

— Sim — respondo, suspirando.

— Puxa, achei que vocês nunca iam se separar! — diz ele, genuinamente pasmo.

— *Jura?*

De alguma forma é reconfortante ouvir isso; que pelo menos olhando de fora nosso relacionamento parecia bom, pelo menos para alguém.

— Bem, não *exatamente* — esclarece Cal. — Na verdade, achei que vocês iam terminar anos atrás.

— Ah — digo.

— Para *você* poder se casar com ela? — diz o incrível Eugene para o pai, e todos rimos alto, nos servimos de mais vinho e escondemos nossos rostos atrás das taças.

— A lição que fica das histórias de amor — diz Simone — é que são todas como ter guaxinins na chaminé.

— Ah, não, a história dos guaxinins de novo? — resmunga Cal.

— Sim, por favor, os guaxinins! — grita Eugene.

Eu estou cortando meu pato.

— Às vezes aparecem guaxinins na nossa chaminé — explica Simone.

— Hummm — digo, nem um pouco surpresa.

— E uma vez tentamos expulsá-los com a fumaça. Acendemos o fogo, sabendo que estavam lá em cima, mas achávamos que a fumaça ia fazer eles correrem desesperados para fora pelo telhado e nunca mais voltar. Mas, em vez disso, eles se incendiaram. Desabavam e corriam loucamente, todos em chamas, pela nossa sala, até caírem mortos. — Simone bebe um pouco de vinho e continua. — As histórias de amor são assim, todas são assim.

Fico confusa. Olho para a luz acima e vejo um velho lustre de metal que parece um polvo. Só consigo pensar no que Patrick me disse quando foi embora, farto do meu "egoísmo": que se eu estava preocupada em ficar sozinha na casa do lago, com os esquilos e os lustres de bordel, devia alugar a casa, quem sabe para um casal de lésbicas simpáticas, como eu.

Mas na minha frente Eugene acena com entusiasmo, parecendo contente. Ele já ouviu a história dos guaxinins e a adora. Mais uma vez, tinha sido bem contada, com chamas e sangue derramado.

Agora é hora da salada, que servimos e destroçamos feito corvos. Depois, ficamos olhando para a fruteira no centro da mesa e, sem muita vontade, tiramos algumas uvas do cacho. Bebericamos o chá quente que Cal trouxe da cozinha. Bebericamos até que fique morno, e depois, até que se acabe. Já são dez horas.

— Hora de dançar! Hora de dançar! — diz Eugene quando terminamos o chá.

Toda noite, antes de dormir, eles vão para a sala e dançam até o menino se cansar e adormecer no sofá. Então eles o carregam até o andar de cima e o deitam na cama.

Ele se aproxima de mim e toma minha mão, me conduzindo até a sala.

— Que música vamos dançar? — pergunto.

— Você escolhe — diz ele e me leva até a prateleira onde ficam os CDs.

Talvez tenham algum Stravinsky. Talvez *Petrushka*, com sua vibrante saudação ao carnaval.

— Amanhã você vai me ver, quando for encontrar os alunos do quarto ano? — pergunta Eugene enquanto eu examino a seleção musical. Tem Joan Baez demais. Mahler demais. — A minha sala é a cento e quatro — diz ele. — Quando você for à escola, pode dar uma passadinha lá e me cumprimentar da porta mesmo. Eu me sento entre o quadro de avisos e a janela.

— Claro! — respondo, sem saber que logo, com a pressa, vou me esquecer disso, e quando me lembrar já estarei no avião de volta para casa, folheando alguma revista de bordo insossa. — Olha! — digo ao encontrar um álbum de Kenny Loggins, que tem a canção do vídeo que vimos mais cedo. — Vamos ouvir este.

— Que bom! — diz ele. — Mãe! Pai! Venham!

— Está bem, Eugene — responde Cal, vindo da sala de jantar. Simone vem atrás dele.

— Sou Mercúrio, sou Netuno e agora sou Plutão e estou bem longe — diz Eugene, saracoteando pela sala, criando sua própria coreografia.

— Eles estão estudando os planetas na escola — comenta Simone.

— Sim, estamos estudando os planetas!

— E qual planeta você acha mais interessante? — pergunto. — Marte, com seus canais? Saturno, com seus anéis?

Eugene fica parado, me olha pensativo e sério.

— A Terra, é claro.

Cal ri.

— Bom, essa é a resposta certa!

"É isto!", Kenny Loggins canta. "É isto!" Ficamos alinhados e damos passinhos iguais, como em uma marcha, no ritmo da música. Nos agachamos, damos um passo para trás, depois um salto para a frente de novo. Queremos reproduzir o cheiro de suor, uma mistura de resina com ranço, da dança, o movimento calculado e repetitivo. Cal e Simone se juntam a nós. Sacolejam e se dão os braços. "É isto!" De repente, no meio da música, Eugene se senta no sofá para descansar e observar os mais velhos. Como fazem os melhores bailarinos e as melhores plateias do mundo, está decidido a não tossir até o final.

— Vem cá, meu amor — digo, indo até ele.

Não estou pensando só no meu próprio corpo, este iniludível cesto quebrado, este merengue duro. Não estou, Patrick, pensando apenas em mim mesma, na minha trupe perdida, na minha cama vazia. Estou pensando no corpo quando dança: no desdém esplendoroso e ostensivo. É assim que nos oferecemos, que entramos no paraíso e na linguagem. Nós nos expressamos com o movimento, no espaço. É assim que a vida tem transcorrido aqui, até agora. Isto é tudo que ela pôde fazer: este corpo, aqueles corpos, esse corpo. Então, o que você acha, Paraíso? Que caralho você pensa?

— Fica aqui ao meu lado — digo eu.

Eugene obedece e olha para mim com seu rostinho laranja de guerreiro. Damos passos sem sair do lugar: joelhos para cima e para baixo, para cima e para baixo. Depois mergulhar-deslizar-escorregar. Mergulhar--deslizar-escorregar. "É isto! É isto!" Então, extasiados, agitamos braços e pernas para o céu.

Vida em comunidade

Quando criança, Olena as chamava de mentiroteca — fábrica de fábulas, lojão da ficção —, e agora trabalhava em uma delas. Originalmente ela queria ser professora de literatura inglesa, mas como não se entusiasmou o suficiente com o curso e suas teorias de "macarrão instantâneo" (um vocabulário pirotécnico!), pediu transferência para a faculdade de biblioteconomia, onde todos aprendiam a cuidar dos livros com carinho, como se fossem bonecas ou louças de porcelana.

Ela aprendeu a ler cedo. Seus pais, recém-chegados a Vermont de Tirgu Mures, na Transilvânia, estavam ansiosos para que a filha aprendesse a falar inglês, para que pudesse se integrar à comunidade de um jeito que achavam que eles próprios nunca conseguiriam. Então, todo sábado, levavam Olena à seção infantil da Biblioteca Rutland e deixavam que ela passasse horas com a bibliotecária, que escolhia livros e às vezes até lia uma ou duas páginas em voz alta para a menina, embora uma placa dissesse: MENINAS E MENINOS EM SILÊNCIO POR FAVOR. Sem vírgula.

O que significava para Olena que apenas os meninos tinham que ficar em silêncio. Ela e a bibliotecária podiam fazer o que quisessem.

Ela adorava a bibliotecária.

E quando o romeno de Olena foi ficando enferrujado, dando lugar ao florescimento de uma voz firme e vagarosa, em inglês — muito parecida com a da bibliotecária e muito madura para uma menina —, as outras crianças da rua passaram a ter ainda mais medo dela. "Drácula!", gritavam. "Transilvâniaaa!", berravam, e saíam correndo.

— A partir de agora você vai ter um novo nome — comunicou o pai no primeiro dia de aula do primeiro ano. Ele já havia mudado o sobrenome da família de Todorescu para Resnick. Sua loja se chamava *Peles Resnick*. — De hoje em diante você não será mais Olena. Terá um lindo nome americano: Nell.

— Péza para zamarem vozê azim — disse a mãe. — Quando a profezora dizer Olena, vozê diz: Não, Nell. Me zame de Nell.

— Nell — repetiu Olena.

Mas quando chegou à escola, a professora, notando que ela se sentia marginalizada e era algo sonhadora, apertou as mãos e exclamou:

— Olena! Que nome lindo!

O coração de Olena se encheu de gratidão e surpresa. Ela foi até a professora e, sem dizer nada, a abraçou na altura do quadril, feliz.

Daí em diante, somente seus pais, com sotaque romano gutural, a chamavam de Nell. Essa identidade americana, confiante e secreta, existia apenas para eles.

— Nell, como zão az otraz crianzas da ezcola?

— Nell, por favor, conta o que vozês fazem.

Anos depois, quando eles morreram em um acidente de carro, em uma estrada que ligava a zona rural à cidade, e a Nell-que-nunca-existiu morreu junto com eles, Olena ficou rearrumando, entorpecida, as letras do seu nome, impressas nos envelopes dos cartões de condolências que recebeu, e descobriu o que queriam dizer: *Olena, Alone*. Era um corpo emparedado no porão do seu ser, sopro e o prenúncio de uma sina, como uma primavera antes do tempo, apodrecida — e ela ansiou pelo retorno da Nell-que-nunca-existiu. Queria começar de novo, ser alguém que se divertisse no mundo, não uma pessoa que vivia escondida, atrás de livros, com uma voz cuidadosamente aprendida e um passado triste.

Sentia, sobretudo, muita falta da mãe.

A biblioteca universitária onde Olena trabalhava era das mais prestigiosas do Meio-Oeste. Dispunha de uma grande coleção de livros raros e estrangeiros. Para chegar até lá, ela havia cruzado vários estados ao volante, apertando os olhos para enxergar através da têmpera dos insetos esmagados no para-brisa, alerta para a cauda escura de um possível tornado e passando muito mal em Indiana, mais precisamente nos banheiros públicos das paradas à beira da estrada I-80. Havia dispositivos eletrônicos nos vasos sanitários, nas pias e nos secadores de mão, e ela ativou todos eles, várias vezes, cambaleando para dentro e para fora das cabines ou apoiando-se na pia. "Só você está usando o banheiro?", perguntou a moça da limpeza. "Fazendo essa balbúrdia sozinha?" Olena sorriu como um cãozinho. Sob aquela luz amarelada tudo parecia trágico, ridículo e irrefreável. Aquela paisagem plana lhe dava vertigem, Olena concluiu, era isso. A terra tinha sido varrida pelo vento, nada tinha cheiro. Em Vermont, ela se sentia protegida pelas montanhas. Agora, naquele lugar, precisava ser corajosa.

Mas não se lembrava de como era ter coragem. Naquele lugar, parecia não ter nenhuma lembrança. Nada as despertava. E às vezes, quando conseguia dar voz à borda fugidia de uma recordação, parecia algo que tinha inventado.

Conheceu Nick na biblioteca, em maio. Ela estava temporariamente no balcão de referência, afastada de seu trabalho habitual como supervisora de catalogação estrangeira, para substituir uma pessoa que ficara doente. Nick pesquisava as estatísticas dos gastos com campanhas municipais no estado.

— Eu não pisava numa biblioteca desde os dezoito anos — disse.

Ele parecia ter pelo menos quarenta.

Ela indicou onde ele deveria fazer sua busca.

— Procure aqui — disse ela, anotando os nomes dos índices dos registros do estado, mas ele olhava apenas para ela. — Ou aqui.

— Estou cuidando da campanha para um posto no governo do condado — explicou ele. — As eleições são só no outono, mas quero sair na frente.

Ele tinha os cabelos acobreados, com alguns fios prateados. Havia um movimento no seu jeito de olhar, como dos peixes de aquário.

— Só queria comparar alguns números. Aceita tomar um café comigo?

— Acho que não — respondeu ela.

Mas ele voltou no dia seguinte e convidou-a outra vez.

O café perto do campus era abafado e barulhento, lotado de estudantes, e Nick gritou para pedir dois expressos. Em geral ela não tomava expresso, achava arenoso, com gosto de cigarro. Mas pairava no ar aquele tipo de distorção que faz você se dobrar um pouco, que faz o seu eu habitual se tornar escorregadio, sair sem rumo e fazer compras, ficar turvo, sangrar, se entregar às possibilidades. Bebeu o café rápido, com determinação e um espírito de aventura.

— Acho que vou tomar outro — disse ela, e limpou a boca com um guardanapo.

— Eu vou buscar — disse Nick. Ao retornar, falou um pouco mais da campanha. — É muito importante conseguir apoio das associações dos moradores.

Ele administrava um quiosque de salsichas alemãs e *frozen yogurt* chamado *Gelados & Salsichas*. Nesse trabalho, conheceu muita gente.

— Me sinto vivo e relevante levando a vida assim — comentou. — Não me sinto como se tivesse me vendido.

— Vendido para quem?

— Dá para ver que você não é daqui — disse ele, rindo. Passou os dedos pelos fios metálicos do cabelo. — Se vender. Tipo fazer alguma coisa que na verdade você nunca quis fazer e ser bem pago demais por isso.

— Ah.

— Quando eu era jovem meu pai me dizia: "Algumas vezes na vida, filho, você vai perceber que precisa fazer coisas que não gostaria de fazer." Aí eu olhava bem nos olhos dele e dizia: "Porra nenhuma."

Olena riu.

— Quer dizer, imagino que você sempre quis ser bibliotecária, certo?

Ela analisou todas as linhas tortas no rosto dele e não conseguiu saber se ele estava falando sério ou brincando.

— Eu? — disse ela. — Entrei na faculdade querendo ser professora universitária de inglês. — Ela suspirou e trocou de braço, apoiando o queixo na outra mão. — Eu tentei. Li Derrida. Li Lacan. Li *Lendo Lacan*. E li *Ler 'Lendo Lacan'*. E foi aí que decidi me matricular no curso de biblioteconomia.

— Não sei quem é Lacan.

— Ele foi... Bem, está vendo só? É por isso que gosto de bibliotecas. Não tem "quem" nem "por que", só "onde está?".

— E de *onde* você é? — perguntou ele, com uma breve expressão orgulhosa por ter mudado de assunto tão habilmente. — Sua origem, digo.

Havia, aparentemente, uma maneira de distinguir quem não era da cidade. Era uma cidade universitária, atraente e tediosa, que fazia os transeuntes (estudantes, ciganos, professores convidados, comediantes) andarem apressados, em um movimento comparável ao peristaltismo.

— Vermont — respondeu ela.

— Vermont! — exclamou Nick, como se fosse um lugar exótico, o que a deixou contente por não ter respondido algo como Transilvânia. Ele chegou mais perto dela e acrescentou, em tom de confidência: — Preciso te contar: tenho uma cadeira da Ethan Allen.

— Jura? — Ela sorriu. — Não vou contar a ninguém.

— Mas antes estive na prisão e não tinha nem um centavo.

— É sério? — perguntou ela e se inclinou para trás.

Será que ele estava dizendo a verdade? Desde menina, era muito crédula, mas sempre havia aprendido mais assim.

— Eu frequentava a escola aqui — disse ele. — Nos anos 1960, detonei uma bomba em um armazém onde os militares guardavam materiais de pesquisa. Peguei vinte anos. — Ele fez uma pausa para ver nos olhos dela como ela estava encarando aquilo tudo e como ele estava se saindo. Em seguida recolheu o olhar, como se fosse uma joia que só quisesse mostrar a ela de relance. — Não era para ter ninguém lá dentro, a gente tinha checado antes. Mas esse pobre idiota chamado Lawrence Sperry, Larry Sperry! Céus, pode imaginar alguém com um nome desses?

— Posso — respondeu Olena.

Nick olhou para ela, desconfiado.

— O cara estava lá, fazendo hora extra. Perdeu uma perna e um olho na explosão. Fui mandado para uma penitenciária federal, em Winford. Tentativa de assassinato.

O café espesso cobria seus lábios. Falava olhando fixamente para ela, mas naquele momento desviou o olhar.

— Você quer um pãozinho doce? — perguntou Olena. — Vou buscar um.

Ela se levantou, mas ele se virou e olhou para ela com tamanha incredulidade que ela se sentou de novo, meio de lado e sem jeito. Virou-se para a frente e se inclinou sobre a mesa.

— Desculpe. É verdade tudo o que acabou de me contar? Isso realmente aconteceu com você?

— Como assim? — disse, boquiaberto. — Você acha que eu ia inventar uma coisa dessas?

— É só que, bem, eu trabalho rodeada de literatura.

— Literatura — repetiu ele.

Ela encostou na mão dele; não sabia o que mais podia fazer.

— Posso preparar um jantar para você algum dia? Esta noite?

Havia um brilho em seus olhos, tinha o olhar concentrado. Por um momento ele pareceu capaz de enxergá-la por dentro, de conhecê-la de uma forma que não era obstruída pelo fato de conhecê-la realmente. Parecia não ter nenhuma informação certa nem errada, apenas uma espécie de registro fotográfico, desprovido de fatos, mas verdadeiro.

— Pode, sim — respondeu Nick.

E foi assim que ele acabou passando o fim de tarde sob a luminária de vitrais barata que Olena tinha na sala de jantar, com um tom vermelho de bar e a luz estilo Schlitz-Tiffany, e também a noite, e não foi mais embora.

Olena nunca tinha morado com um homem antes. "Exceto meu pai", disse ela, e Nick observou o traço de vazio em seus olhos ao dizê-lo. Ela havia namorado dois rapazes na faculdade, mas eles eram do tipo que vai embora cedo, para tomar café sem ela em um balcão engordurado e fumacento, ao lado de homens corpulentos de casacos impermeáveis azuis, ler o jornal e tomar várias xícaras de café.

Nunca havia se relacionado com alguém que ficasse. Alguém que tivesse trazido sua caixa de fitas cassete e sua cadeira da Ethan Allen.

Alguém que tivesse problemas com o aluguel do seu antigo apartamento.

— Estou tentando conciliar as coisas — disse ele, abraçando-a no meio da tarde. — Minha vida, a campanha, essa história com você: estou tentando que todos os meus pássaros pousem no mesmo jardim.

Pela janela dava para ver a lua vespertina, parecia uma bola de golfe, esburacada e cravada no céu. Olena olhou para aquele ovo calcificado, a face de uma moeda rodeada de um vazio azul. Depois olhou para ele e viu outra vez a vida dos peixes de aquário em seus olhos e, no restante do rosto, uma quietude calorosa e hesitante.

— Você gosta de fazer amor comigo? — perguntou ela à noite, no meio de um temporal.

— É claro que sim. Por que a pergunta?

— Você está satisfeito comigo?

Ele se virou para beijá-la.

— Estou, não preciso de um espetáculo.

Ela fez um longo silêncio.

— As pessoas fazem espetáculos?

A chuva e o vento batiam com força nas calhas e partiam os galhos das árvores frágeis do pátio lateral.

Nick se preocupava com a inexperiência e a baixa autoestima dela. No cinema, no início da sessão, ele sussurrava: "Twentieth Century-Fox, a raposa do século. É você, querida." Durante uma cena de comédia pastelão que se passava em uma biblioteca e na qual os arquivos eram virados e as fichas catalográficas dos livros eram jogadas para o alto, ela ficou pálida e começou a suar frio. Ele então recostou a cabeça de Olena sobre o seu peito e disse:

— Não olhe, não olhe.

No final, ficaram sentados assistindo aos longos créditos (iluminador, assistente de iluminador, chefe-eletricista).

— É disso que precisamos — comentou ele. — Um eletricista.

— É verdade. E também de um *montador*.

Em outras ocasiões, ele a incentivara a andar nua pela casa.

— Se você pode, faça. — Ele riu, fez uma pausa, fingiu estar confuso. — Se você faz, você tem. Se você ostenta, faça.

— Se você tem, entenda — acrescentou ela.

— Se você diz, demonstre.

Então ele a puxou para si como um parceiro de dança com passo suave e sorrindo com amor.

Com muita frequência, porém, ela ficava desperta na cama, se questionando. Faltava algo. Algo que não estava acontecendo com ela, ou seria com ele? Durante todo o verão, as tempestades incendiaram o céu enquanto ela ficava ali deitada, espreitando o barulho da aproximação de um tornado, que nunca chegava — embora os relâmpagos rasgassem a noite e iluminassem as árvores (como coisas de que nos lembramos de repente) e em seguida as deixassem de novo indecifráveis no escuro.

— Você não está sentindo nada, está? — perguntou ele finalmente.
— O que há de errado?

— Não sei bem — respondeu ela, enigmática. — As tempestades são muito barulhentas deste lado do mundo. — O vento atravessava a tela de proteção e às vezes fazia a porta do quarto bater forte. — Eu não gosto que a porta bata — sussurrou. — Parece que alguém está zangado.

Na biblioteca, estavam chegando livros em romeno. Olena tinha que folheá-los e ler apenas o suficiente para poder escrever breves resumos nas fichas catalográficas. Ficou desolada ao perceber como seu romeno estava fraco, havia quase desaparecido, feito um lenço em uma escada. E, agora, diariamente, chegava um novo livro para repreendê-la.

Sentia, sobretudo, muita falta da sua mãe.

No intervalo para o almoço foi ao quiosque de Nick tomar um *frozen yogurt*. Ele estava com uma aparência cansada, sebento, os cabelos desgrenhados.

— Quer Cereja Me Beija ou Limão Bombástico? — perguntou ele.

Esses eram os nomes que ele inventava de brincadeira, e que ameaçava usar de verdade um dia.

— Que tal maçã?

Ele cortou uma maçã e colocou em um pratinho descartável, depois espremeu iogurte da máquina por cima.

— Hoje à noite vai ter uma arrecadação de fundos para a campanha do Teetlebaum.

— Ah...

Ela já havia participado desse tipo de evento antes. No início gostava, conhecia cantos da cidade aonde nunca teria ido de outro modo, Nick a apresentava a esses lugares, Nick conhecia todo mundo, e a vida dela parecia preenchida e cheia de possibilidades. Até que ela percebeu que aqueles eventos estavam repletos de gente interesseira e entediante, que falava sem parar sobre suas viagens de acampamento pelo Oeste. Eles nunca falavam *com* você, realmente. Eles falavam diante de você, perto de você, sobre você. Se consideravam cruciais para o bem-estar da comunidade. Mas raramente pisavam em uma biblioteca. Não liam livros.

— Pelo menos eles *contribuem para a comunidade* — disse Nick. — Pelo menos não são sanguessugas.

— São lambedores — respondeu ela.

— O quê?

— Lambem botas e querem mamar nas tetas. Não sugam.

Ele a olhou de um jeito duvidoso e preocupado.

— Eu pesquisei uma vez — completou ela.

— Não importa. — Ele fechou a cara. — Pelo menos eles se importam, pelo menos tentam oferecer algo em troca.

— Eu preferia morar na Rússia — respondeu ela.

— Eu volto lá pelas dez horas.

— Você não quer que eu vá?

A verdade é que ela detestava Ken Teetlebaum. Talvez Nick já tivesse notado. Apesar de ter o apoio da remanescente esquerda local, havia nele algo de presunçoso e vazio. Costumava fazer exercícios isométricos com as pernas enquanto as pessoas falavam com ele. Com frequência puxava uma foto de si mesmo, tirada em uma máquina automática no supermercado, e mostrava: "Vejam só, isso foi quando eu tinha cabelo comprido, acreditam?", ele dizia. Então as pessoas olhavam e viam o adolescente bonitão que lembrava muito pouco o atual e roliço Ken Teetlebaum.

— Não pareço o Eric Clapton?

— Eric Clapton nunca teria se sentado na cabine de fotos de um supermercado feito uma colegial — disse Olena uma vez, em uma espécie de ímpeto cáustico que às vezes aflige os tímidos. Ken riu sem graça, magoado, e depois disso parou de mostrar a foto quando ela estava presente.

— Se quiser, pode ir. — Nick se levantou, ajeitou o cabelo e ficou elegante de novo. — Pode me encontrar lá.

O evento de arrecadação de fundos era no salão do segundo andar de um restaurante local chamado Dutch's. Ela pagou dez dólares, entrou e comeu bastante couve-flor crua e *homus* antes de avistar Nick em um canto distante, conversando com uma mulher de jeans e blazer marrom. Era o tipo de mulher que Nick se virava para olhar em restaurantes: cabelos de um castanho-avermelhado intenso e um corte estilo pajem, com linhas retas. Tinha um rosto bonito, mas o cabelo era muito armado, repartido e produzido. Olena, por sua vez, tinha prendido seus cabelos longos e embaraçados de qualquer jeito, com um grampo. Quando levantou a mão para acenar para Nick de longe e ele desviou o olhar sem reconhecê-la e voltou a olhar para a ruiva com cabelos de pajem, Olena ficou com a mão levantada e a levou até a cabeça para mexer no grampo. Pensou que nunca se encaixaria naquele lugar. Não no meio daqueles tipos alegres, um misto de ativistas e recepcionistas. Preferia os atendentes-poetas quietos da biblioteca. Eles eram delicados e territoriais, intelectuais e fisicamente debilitados. No trabalho, às vezes passavam o tempo inventando frases no estilo de Tom Swift: "Tenho que ir à loja de ferragens, disse ele com a voz retorcida." "Quer um refrigerante?, perguntou cheio de gás."

Passavam os fins de semana na Clínica Mayo. "Um parque de diversões para hipocondríacos", dizia uma bibliotecária chamada Sarah. "É uma mistura do santuário de Lourdes com um programa de auditório", explicou um rapaz chamado George. Essas eram as pessoas de quem ela gostava: aquelas com quem era inviável viver.

Se virou para ir ao banheiro e topou com Ken. Ele a abraçou e depois cochichou no seu ouvido:

— Você mora com o Nick, ajude-nos a pensar em uma solução. Preciso de outra solução.

— Vou comprar uma pra você na loja de soluções — respondeu ela e se afastou enquanto alguém eufórico chegava com a mão estendida e um jeito falso dizendo "Este é o cara do momento". No banheiro, ficou olhando o próprio reflexo no espelho: na tentativa de parecer extrovertida, tinha vestido uma túnica com grandes fatias de melancia estampadas na frente. Onde ela estava com a cabeça?

Entrou em uma das cabines e fechou o trinco. Leu as pichações atrás da porta: "Anita ama David S." ou "Jesus + Diane W.". Era bom saber que até em uma cidadezinha como aquela as pessoas eram capazes de se amar.

— Com quem você estava conversando? — perguntou para ele mais tarde, em casa.

— Não sei. De quem você está falando?

— A do cabelo de massa de modelar.

— Ah, a Erin? Pois é, parece mesmo que ela faz alguma coisa no cabelo. Deve tingir com hena.

— Parece que ela prendeu os cabelos embaixo de uma parede.

— Ela é presidente da associação de moradores de Bayre Corners. Vamos precisar muito do apoio dela em setembro.

Olena suspirou e desviou o olhar.

— O processo democrático é assim — explicou Nick.

— Acharia melhor ter um rei e uma rainha.

Na sexta-feira seguinte, a noite da Festa do Peixe Frito para arrecadar fundos no Labor Temple, foi quando Nick dormiu com Erin da associação de moradores de Bayre Corners. Ele voltou para casa às sete da manhã e confessou a Olena, que já havia tomado meia caixa de Dramin para conseguir dormir.

— Desculpe — disse ele com as mãos na cabeça. — É uma coisa dos anos 1960.

— Coisa dos anos 1960? — Ela estava zonza e meio grogue por causa dos remédios.

— A gente acaba ficando tão envolvido com um evento político que de repente se vê na cama com a outra pessoa. Ela é da mesma geração que eu. E também, não sei explicar, mas ela realmente parece se preocupar com a comunidade. Ela tem um jeito expressivo e envolvente. Eu me deixei levar. — Nick estava sentado, apoiado nos joelhos e olhando para os sapatos enquanto falava. O ventilador soprava sobre ele e balançava suavemente os seus cabelos, feito algas no mar.

— Uma coisa dos anos 1960? — repetiu Olena. — Coisa dos anos 1960, mas o que isso significa? É tipo aquela música "Easy to be hard", do Hair? — Foi a música mais apropriada de que se lembrou. Mas agora algo já havia se desconectado dentro dela. Sentia os ossos do peito doerem. Até o quarto parecia diferente, mais claro e medonho. Tudo tinha desaparecido, escapado para se transformar em algo diferente. Começou a suar nas axilas e sentiu o rosto quente. — Você é um assassino. Pensando bem, é o que você é. É isto, afinal, o que você sempre vai ser — disse. E começou a soluçar tão alto que Nick se levantou e fechou as janelas. Depois, se sentou e a abraçou (quem mais poderia abraçá-la?), e ela retribuiu o abraço.

Ele comprou um anel de granada bem grande para ela, uma pastilha para tosse cravada em latão. Lavou a louça por dez dias seguidos. Ela passou a ir para a cama logo depois do jantar e dormir pesadamente, como uma forma de escape. Passara a ter medo de sair — em restaurantes e lojas, a tensão contraía seus ombros e o temor tomava conta dela, como se as pessoas soubessem que era uma estrangeira idiota — então, nos quinze dias seguintes Nick cozinhou e fez as compras. O carro dele estava sempre estacionado na rua, e o dela, sempre guardado na garagem, bem no fundo, como se para indicar quem pertencia mais à comunidade e ao mundo e quem devia viver isolado de tudo, dentro de casa. Talvez na cama, talvez adormecida.

— Você precisa de mais vida ao seu redor — disse Nick, embalando-a, mas ela ficou rija, paralisada. O rosto dele estava melancólico e bronzeado, as notas e o verniz de um violino. — Você precisa sentir a vida que há ao seu redor. — Lá fora, o cheiro podre de quando vai chover.

— Como você conseguiu esse bronzeado se tem chovido tanto? — perguntou ela.

— É verão. Eu trabalho ao ar livre, esqueceu?

— Você não está com a marca da camiseta. Aonde tem ido?

Tinha começado a temer a comunidade, a comunidade era sua inimiga. As outras pessoas, as outras mulheres.

Sem que se desse conta, tinha aprendido a seguir o olhar de Nick, tinha aprendido a perceber sua luxúria, e quando saía na rua, ao menos para trabalhar, os desejos dele permaneciam gravados dentro dela. Olhava para as mulheres atraentes para as quais ele olharia. Virava-se para inspecionar o rosto de cada corte de cabelo estilo pajem que visse pelas costas ou quando passava de carro. Olhava furtivamente ou encarava, era o de menos. Analisava os olhos e a boca, imaginava o corpo. Tinha se transformado nele: desejava aquelas mulheres. Mas também era ela mesma, então as desprezava. Cobiçava aquelas mulheres e ao mesmo tempo queria dar-lhes uma surra.

Uma violadora.

Tornara-se uma violadora no percurso de carro até o trabalho.

Mas, por um tempo, era a sua única maneira de existir.

Começou a vestir as roupas dele — uma camisa, um par de meias — para tê-lo perto, para entender por que ele tinha feito o que tinha feito. E nessa nova empatia, nesse papel masculino, como em uma ópera, pensou entender o que era fazer amor com uma mulher, abrir suas partes baixas e ocultas, como uma refeição secreta, penetrá-la, seu corpo arqueado, sendo sacudido, como um fantoche, e observá-la mais tarde, quando se levantasse e circulasse sem você, alheia à lesão que certamente você lhe causara. Como era possível não amá-la, agradecido e maravilhado? Era tão misteriosa, tão refeita, um pensamento não compartido avivando seus olhos; dava vontade de segui-la para sempre.

Um homem apaixonado. Assim era um homem apaixonado. Muito diferente de uma mulher.

A mulher limpava a cozinha. A mulher cedia e ocultava, cedia e ocultava, como alguém que deixa na porta um arranjo de flores, toca a campainha e sai correndo.

Agendou uma consulta médica. O seguro só cobria se ela fosse ao hospital universitário, então foi lá que marcou.

— Vou ao médico — disse a Nick, mas ele tinha ligado a torneira da banheira e não ouviu. — Para saber se há algo errado comigo.

Quando saiu, enrolado na toalha, ele se aproximou e puxou-a contra o peito e a abaixou até o chão, ali mesmo no corredor, perto da porta do banheiro. Algo se lançava para trás e para a frente, traçando um arco por cima dela. Socorro, socorro. Ela congelou.

— O que era aquilo? — Ela o empurrou.

— O quê? — Ele se virou e viu um bicho sobrevoando a escada. Era um pássaro. — Um morcego — disse ele.

— Ai meu Deus! — gritou Olena.

— O calor faz os morcegos saírem dessas casas velhas de aluguel. — Ele se levantou e se enrolou de novo na toalha. — Tem uma raquete de tênis?

Olena mostrou onde estava.

— Só joguei tênis uma vez — disse ela. — Quer jogar um dia desses? Mas ele estava empenhado em perseguir o morcego pela escada escura.

— Veja se não fica histérica.

— Eu já estou.

— Não fique... Aqui! — gritou ele, e ela ouviu o barulho da raquete contra a parede e o suave ruído do morcego caindo no chão.

Ela sentiu um súbito mal-estar.

— Precisava matar? — perguntou.

— O que você queria que eu fizesse?

— Não sei. Capturasse o bicho, batesse um pouco nele. — Sentiu-se culpada, como se sua própria repugnância tivesse causado a morte do animal. — Que espécie de morcego é este? — Foi andando na ponta dos pés para dar uma olhada na cara de macaco, nos dentes de gato, nas asas pterodátilas cobertas de veias, feito folhas de beterraba. — É do tipo que só gosta de fruta?

— Ele me parece bem hétero — respondeu Nick. E deu um soco de leve no braço de Olena, brincando.

— Dá pra parar?

— Pensando bem, ele estava fazendo uma coisa meio astrológica, não sei... Quem sabe era um morcego zodiacal?

— Talvez seja um morcego comum. Não é do tipo vampiro, é?

— Acho que esses só existem na América do Sul. Pegue seus sapatos plataforma!

Ela arriou-se nos degraus e apertou a faixa do robe. Tateou a parede procurando o interruptor e acendeu a luz. O morcego, agora podia ver, era pequeno e de cor clara, as asas recolhidas como uma tenda de camping dobrada, um rato mochileiro. Tinha o rosto doce, como um cervo, embora escorresse sangue de sua cabeça. O morcego fez Olena se lembrar de um gato que, quando criança, viu levar um tiro de chumbinho no olho.

— Não consigo mais olhar — disse ela, e voltou a subir.

Meia hora depois Nick apareceu e ficou parado na porta. Ela estava na cama, com um livro no colo. Era a biografia de uma feminista francesa, que estava lendo por causa das informações sobre penteados.

— Eu almocei com a Erin hoje — contou ele.

Olena fixou os olhos na página. Redes para os cabelos. Turbantes e redes. Você pode passar dias com uma rede.

— Por quê?

— Por várias razões, principalmente por causa do Ken. Ela ainda é presidente da associação de moradores, e ele precisa do apoio dela. Eu só queria que você soubesse. Você precisa me dar uma trégua.

O rosto dela ferveu de novo.

— Eu dei uma trégua a você, dei uma penca de tréguas. Mais trégua do que isso é impossível. — Ela fechou o livro. — Não sei por que você fica abobado com gente. Um bando de balconistas de quinta.

Nick estava tentando ser afável, mas recuou um pouco.

— Ah, entendi, Senhorita Elevada. Logo você, filha de um homem que ganhava a vida vendendo casacos de pele! Pele! — Ele deu dois passos para a frente e depois recuou de novo. — Não acredito que vivo com uma pessoa que cresceu à custa da tortura de animais!

Ela ficou em silêncio. Esses arroubos de retidão moral eram algo que notara demais nas pessoas dali. Não eram pessoas boas. Não eram gentis. Tinham amantes e mentiam para os seus parceiros, mas reciclavam o jornal!

— Não meta o meu pai nisto!

— Olha, eu passei anos da minha vida lutando pela paz e pela liberdade de expressão. Já fui preso, vivi em uma jaula e não preciso viver em outra!

— Você e a sua liberdade de expressão! Logo você que é incapaz de me ouvir por dois minutos!

— Ouvir o quê?

— Me ouvir quando... — disse ela mordendo um pouco o lábio —, quando digo que essa gente com quem você se importa tanto, essa maldita Erin sei lá das quantas, são pessoas mesquinhas, horríveis, insignificantes.

— E daí que eles não *leem livros suficientes*? — disse ele lentamente.

— Quem se importa com essa merda?

No dia seguinte, ele saiu para uma reunião com Ken na Associação de Idosos. O apresentador do programa de auditório *Jeopardy!* ia estar presente, e Ken queria cumprimentar algumas pessoas e recrutar voluntários. O apresentador do *Jeopardy!* ia fazer um breve discurso.

— Não entendo — disse Olena.

— Eu sei — suspirou Nick, como quem tenta enxergar além da superfície. — Bem, mas esse é o estilo americano.

Ele pegou as chaves e a olhou de relance com uma expressão que disse a Olena que ela não era suficientemente bonita.

— Detesto os Estados Unidos.

Mesmo assim, quando teve um intervalo ligou para ela na biblioteca. Ela estava sentada nos fundos com Sarah, bolando frases no estilo de Tom Swift, o cérebro prestes a sangrar pelos ouvidos, quando o telefone tocou.

— Você precisava ver! O coroa levantou a mão, eu fui até ele, que se levantou e disse: "Faz dez minutos que estou com a mão levantada e você não presta atenção. Não gosto de ser ignorado. Você não pode ignorar um cara como eu, não na minha idade."

Ela riu, como ele queria.

"Este taco tem um gosto horrível, ela disse atacada."

— Para chamar a atenção dos médicos, Frank fez uns cartazes que diziam "Teetlebaum pela reforma dos delitos civis".

— Parece um poema do Wallace Stevens.

— Eu nem sei o que esperava, mas nada nesse evento pareceu direito.

"Ela é uma cachorra, ele disse com a língua felina."

Ela ficou quieta, deixando que ele fizesse todo o trabalho naquele telefonema.

— Acredita que todo o time de beisebol do Ken escreveu uma carta para o *The Star*, chamando ele de mentiroso e vigarista?

— Bom, o que você esperava de um bando de homens acostumados a jogar sujo?

Houve um momento de silêncio.

— Eu me importo com a gente — disse ele, por fim. — Só queria que você soubesse.

— Tudo bem.

— Eu sei que sou um pé no saco para você — continuou. — Mas pra mim você é pura inspiração.

"Eu gosto dos cães de caça, ele disparou."

— Obrigada por... por dizer isso — disse ela.

— É só que em alguns momentos eu queria que você se envolvesse com a comunidade, ajudasse na campanha. Se doasse, se conectasse um pouco com alguma causa.

No hospital, ela deitou na maca, apertou bem o robe de papel em volta do corpo e colocou os pés para cima nos estribos. A médica pegou um espéculo de plástico na gaveta.

— Tem alguma queixa específica? — perguntou ela.

— Só quero que me examine e me diga se tem alguma coisa errada — respondeu Olena.

A médica olhou para ela atentamente.

— Tem um grupo de estudantes de medicina hoje aqui. Você se importa se eles entrarem?

— Como assim?

— Você sabe que este é um hospital universitário. Esperamos que nossos pacientes não se importem em colaborar com a formação dos estudantes de medicina, permitindo que eles acompanhem alguns exames. É uma maneira de contribuir para o desenvolvimento da comunidade médica, se você quiser. Mas pode não querer, fica a seu critério.

Olena se agarrou à vestimenta de papel. "Nunca aconteceu nenhum acidente, ela disse, imprudente."

— São quantos?

— Sete — respondeu a médica sorridente. — Como os anões.

— Eles vão entrar e fazer o quê?

A médica foi ficando impaciente e olhou para o relógio no pulso.

— Vão acompanhar o exame. Eles vêm para aprender.

Olena se afundou de novo na maca. Achava que não era capaz de se doar daquela maneira. "Você é apenas mediana, ele disse sem medir as palavras."

— Ok, tudo bem — respondeu ela.

"Curve-se, ele disse com dureza."

A médica abriu a porta para o corredor e chamou os estudantes.

— Turma?

Eram todos jovens, mais da metade homens, e se reuniram em volta da maca, no formato de ferradura. Pareciam ligeiramente envergonhados, com pena dela, sem dúvida, assim como os estudantes de artes tinham pena das modelos trêmulas que iam desenhar. A médica colocou um banco entre os pés de Olena e inseriu o espéculo de plástico, cujos braços duros se abriram dentro dela, causando incômodo e vergonha.

— Hoje vamos fazer um exame ginecológico de rotina — informou em voz alta. Depois se levantou de novo, abriu outra gaveta e passou luvas de látex para todos.

Olena ficou com a visão turva. Uma luz branca, que partia do centro, se expandiu até as bordas escuras do seu campo de visão. Uma por uma, as mãos dos alunos entravam nela, ou pressionavam seu abdômen, com avidez, com inocência, procurando algo para aprender por meio dela, dentro dela.

— O próximo — dizia a doutora, e logo repetia. — Muito bem, o próximo.

Olena sentia, sobretudo, muita falta da sua mãe.

Mas foi o rosto do seu pai que de repente apareceu diante dela, o rosto dele à noite na porta do quarto, indo ver se estava tudo bem com ela antes de dormir. A expressão dele, perplexo, horrorizado quando viu que ela estava debaixo das cobertas se tocando, arfante. Ele sussurrando "Nell, está tudo bem?" e em seguida desaparecendo, batendo a porta com força, deixando-a ali, por fim para sempre; morrendo e deixando-a ali, sentindo apenas seu próprio sofrimento e sua própria desgraça, com a qual deveria viver como se fosse uma pelagem.

Havia dedos de borracha dentro dela, que se moviam e se retorciam, mas não como os anteriores. Sentou-se abruptamente, e o jovem estudante retirou a mão e se afastou.

— Ele não fez direito — disse ela à médica. E apontou para o estudante. — Ele não fez da maneira correta!

— Muito bem, então — respondeu a médica, olhando para Olena preocupada e alarmada. — Tudo bem, vocês podem sair agora — disse aos alunos.

A médica mesmo não encontrou nada de errado nela.

— Você está perfeitamente normal — disse. Mas sugeriu que Olena tomasse vitamina B e ouvisse música no fim da tarde, tranquilamente.

Olena cambaleou pelo estacionamento do hospital e a princípio não avistou o carro. Quando o encontrou, apertou bem firme o cinto de segurança em torno de si, como se fosse um ser selvagem: um animal ou uma estrela.

Voltou para a biblioteca e sentou-se à sua mesa. Todos já tinham ido para casa. Anotou nas margens do caderno: "Solitária como um livro, solitária como uma mesa, solitária como uma biblioteca, solitária como um lápis, solitária como um catálogo, solitária como um número, solitária como um caderno." Solitária, *alone. Alone*, Olena." Então ela também foi embora, foi para casa, preparou chá. Sentia-se separada do próprio corpo, sentia que o arrastava escada acima como se fosse uma bolsa grande, seu vazio curtido algo que pudesse ser cortado e oferecido a alguém ou algo em que se pudesse enfiar coisas. Deitou-se entre os lençóis da cama, suando, talvez por causa do chá. O mundo parecia acabado para ela, gasto, distante. Não havia mais nomes pelos quais viver.

Era preciso viver mais perto. Ela havia perdido seu lugar, como em um livro.

Era preciso viver mais perto de onde seus pais estavam enterrados.

Enquanto esperava Nick voltar, começou a se sentir cada vez mais tonta. Flutuava em direção ao teto, olhava para baixo e via a bolsa. Decidiu que no dia seguinte faria um cartão de doadora de órgãos, outro de doadora de olhos, todos os que pudesse fazer. Ia mostrá-los todos a Nick. "Nick, olha só meus cartões!"

E como ele não voltou para casa, ela ficou acordada durante toda a longa noite, ouvindo o ruído abafado de um pássaro que se lançava com violência contra a janela, ouvindo os trovões se aproximando e se afastando como uma voz e relâmpagos frankensteinianos da tormenta. Sobre a casa, em vez de estrelas, sentia as cabeças luminosas de sua mãe e de seu pai, procurando por ela, seus olhos como feixes vindos do céu.

"Ah, aí está você", eles diziam. "Aí está você."

Mas em seguida eles foram embora de novo, e ela ficou deitada, com o punho fechado sobre a coluna, esperando a graça e a fadiga que estavam por vir, com certeza viriam, por ter dado tanto ao mundo.

Agnes de Iowa

A mãe lhe dera o nome de Agnes, porque acreditava que uma mulher bonita ficava ainda mais admirável quando tinha um nome sem graça. A mãe chamava-se Cyrena e tinha uma beleza condizente, mas sempre imaginara que a sua vida teria sido mais interessante e que ela mesma teria tido um papel mais dramático e arrebatador no mundo em vez de acabar em Cassell, Iowa, se tivesse se chamado Enid, Hagar ou Maude. Por isso deu à primeira filha o nome de Agnes, e quando ficou evidente que Agnes não era uma mulher atraente, e sim gorducha e com tendência a ter inflamação cutânea entre as sobrancelhas, o cabelo de uma cor insossa e biliosa, a mãe recuou e deu à segunda filha o nome de Linea Elise (que acabou virando uma garota encantadora e dorminhoca, com ótima estrutura óssea, lábios grossos e harmoniosos, e uma verruga borrachuda sobre a boca que quando crescesse poderia ser removida sem dificuldade, todo mundo dizia).

A própria Agnes sempre havia sentido certo desconforto em relação a seu nome. Houve uma breve fase, aos vinte e tantos anos, em que tentou fazê-lo passar por francês. Forçava o acento na última sílaba e tentava convencer as pessoas a chamá-la de "Anhêz". Isso foi quando morava em Nova York e saía muito com o primo, que era pintor e a levava a festas em lofts em TriBeCa, casas de praia ou mansões à beira do lago no norte do estado. Conheceu muita gente rica e pouco inteligente, que achava a pronúncia do seu nome enigmática. Eram os outros traços dela que os deixavam confusos.

— Anhêz, querida, você é de onde? — perguntou uma mulher de pantalona preta, com luzes no cabelo e a pele ressecada como papel e com um bronzeado que causara melanoma. — De origem. — completou, analisando a roupa de Agnes como se fosse exatamente o que era: um par de trapos azuis comprados em uma loja de departamentos de Cedar Rapids, Iowa.

— De onde venho? — respondeu Agnes suavemente. — De Iowa — Não costumava falar muito alto.

— *De onde?* — repetiu a mulher, franzindo o cenho, perplexa.

— De Iowa — falou Agnes mais alto.

A mulher de preto tocou no pulso de Agnes e se aproximou dela, como quem vai revelar um segredo. Moveu os lábios de um jeito exagerado e pedante, como se fizesse uma ginástica facial.

— Não, querida, aqui a gente diz O-*hi*-o.

Esse episódio tinha acontecido em uma década confusa para Agnes, logo depois da universidade. Na época, ela vivia de bicos, trabalhando em restaurantes, escritórios ou no que surgisse, fazendo uma aula ou outra, sem pensar muito no futuro, lidando com a precariedade e com as gripes no metrô, e juntando uns trocados para de vez em quando ir à manicure ou ao teatro. Essa vida exigia uma autoestima bastante exagerada. Envolvia quantidades brutais de esperança e desespero e os colocava lado a lado, como se o coração fosse um país do Terceiro Mundo. Seus dias se embaralhavam em contradições. Quando saía para caminhar, para cuidar da saúde, sentia as bochechas em brasa e uma espécie de fuligem grudando nas dobras das orelhas. Seus sapatos ficavam indescritíveis. As blusas escureciam na brisa e um sopro de fumaça de ônibus podia se impregnar por horas em seus cabelos. Por fim, sua antiga asma voltou e, com ela, uma tosse seca incessante. Foi quando Agnes se rendeu. "Me sinto como se me restassem cinco anos de vida", dizia às pessoas. "Então vou voltar para Iowa, para que pareçam cinquenta anos."

Ao fazer as malas, sabia que estava se despedindo de algo importante, o que não era de todo mau, de certa forma, porque pelo menos significava que tinha chegado lá um dia, o que a maioria das pessoas de Cassell, Iowa, não podia dizer que tinha feito.

Um ano e meio depois, casou-se com um corretor imobiliário de Cassell chamado Joe, um homem infantil, doze anos mais velho que ela. Juntos compraram uma casa em uma ruazinha chamada Birch Court.

Ela dava aula à noite na Escola de Artes e fazia trabalho voluntário na Comissão Municipal de Transportes. A vida era feito um copo d'água: meio vazia, meio cheia. Meio cheia. Meio cheia. Bem, na verdade, meio vazia. Ao longo dos anos, vinham tentando ter um filho, mas uma noite, durante o jantar, ao cruzarem olhares melancólicos por cima do bolo de carne moída, se deram conta, abalados, de que provavelmente nunca teriam. Contudo, passados seis anos, seguiam tentando, destruindo qualquer resquício de romantismo que ainda houvesse no casamento.

— Querido — sussurrava Agnes à noite, quando o marido estava lendo com a luz da cabeceira acesa e ela já havia largado seu livro para enroscar-se no corpo dele. Tinha vontade de cobrir a cúpula do abajur com um lenço vermelho, mas sabia que isso ia incomodá-lo, então se continha. — Vamos fazer amor? É um dia bom no mês.

Joe resmungava, ou bocejava, ou já havia adormecido. Uma vez, depois de um dia longo e difícil, ele disse:

— Desculpe, Agnes. Acho que não estou no clima.

Ela se exasperou.

— Por acaso você acha que *eu* estou no clima? Eu não tenho um pingo de vontade a mais do que você.

Joe a olhou com cara de asco e, duas semanas depois, tiveram a triste visão por cima do bolo de carne moída.

Na Escola de Artes, o antigo Grange Hall, Agnes dava aulas sobre os grandes livros da história. Mas ensinava de um jeito descontraído, enquanto comia biscoitos. Deixava que os alunos levassem poemas, histórias e peças de teatro escritos por eles; deixava que usassem o tempo de aula para exercitar a própria criatividade. Houve um aluno que certa vez levou uma escultura: uma peça elétrica, com luzes que piscavam.

Depois da aula, de vez em quando se reunia individualmente com os alunos. Recomendava leituras, temas sobre os quais podiam escrever ou questões para considerarem no próximo projeto. Sorria e perguntava se estava tudo indo bem na vida deles. Ela se interessava.

— Você deveria ser mais rigorosa — disse Willard Stauffbacher, chefe do Departamento de Ensino.

Ele era um músico baixinho e careca, que gostava de pregar na porta da sua sala fotos de pessoas famosas com quem se achava parecido. Na terceira segunda-feira de cada mês, ele conduzia a reunião mensal do departamento. (Agnes dizia, achando graça, que o nome era adequado, já que seu trabalho era de parte mental.)

— O fato de ser um curso noturno não significa que não deva seguir as regras — complementou Stauffbacher, repreendendo-a. — Se é um disparate, use a palavra "disparate". Se não faz sentido, escreva "sem sentido" no topo de cada página. — Ele já havia ensinado em uma escola primária e também em um presídio. — Eu me sinto como se fosse o único que faz todo o trabalho aqui — concluiu.

Ele tinha afixado perto da sua sala um cartaz que dizia:

REGRAS DA SALA DE MÚSICA:

Ficarei no meu lugar a não ser que [sic] deem permissão para levantar.
Vou me sentar direito.
Obedecerei as instruções.
Não incomodarei os colegas.
Não falarei quando o Sr. Stauffbacher estiver falando.
Serei educado com os demais.
Cantarei o melhor que puder.

Uma noite Agnes ficou até mais tarde com Christa, a única aluna negra da turma. Ela adorava Christa — era inteligente e divertida, e de vez em quando Agnes gostava de ficar conversando com ela depois da aula. Nessa noite, queria convencê-la a não escrever sempre sobre vampiros.

— Por que você não escreve sobre aquilo que me contou outro dia? — sugeriu.

— O quê? — Christa perguntou, cética.

— De quando você era criança e passava com a sua mãe por barricadas da polícia, durante as rebeliões em Chicago.

— Cara, eu vivi isso. Por que ia querer escrever sobre isso?

Agnes respirou fundo. Talvez Christa tivesse razão.

— Bom, é que com esse tema de vampiros eu não posso ajudar. É um tipo de ficção que segue sempre a mesma fórmula.

— E por acaso você poderia me ajudar mais com *a minha infância*?

— Bom, com histórias mais sérias, sim.

Christa se levantou, perturbada. Recolheu seu conto sobre vampiros.

— Você e seus livros de Alice Walker e Zora Hurston. Isso não me interessa mais. Já era. Li esses livros há anos.

— Christa, por favor, não fique chateada.

Por favor, não fale quando o Sr. Stauffbacher estiver falando.

— Você tem planos para mim, não é?

— Não, na verdade, não — disse Agnes. — É só que... Quer saber? Estou cansada desses vampiros, eles ficam andando sem rumo, são repetitivos.

— Se você fosse negra, eu poderia encarar o que está dizendo de outro ângulo. Mas você não é — retrucou Christa, pegou o casaco e saiu apressada. Dez segundos depois, porém, virou a cabeça, determinada, e disse: — Até semana que vem.

— Precisamos convidar um escritor negro — disse Agnes na seguinte reunião de departamento. — Nunca veio nenhum.

Estavam todos analisando o orçamento, e naquele ano as conferências literárias disputavam a verba com "Formação em Dança", um programa dirigido por uma ruiva chamada Evergreen.

— Joffrey sempre escolhe bons bailarinos — disse Evergreen, a troco de nada. Assim como um aspirador de pó pode começar a puxar um fio do carpete, ela tivera os miolos sugados pelo excesso de ioga. Ninguém prestava muita atenção nela.

— Talvez possamos trazer Harold Raferson, de Chicago — sugeriu Agnes.

— Já temos outro nome para a vaga de escritor convidado — respondeu Stauffbacher, brevemente. — Um africâner de Johannesburgo.

— O quê? — questionou Agnes. Ele estava falando sério? Até Evergreen soltou uma risada.

— A universidade vai trazer W. S. Beyerbach. Pagamos os quinhentos dólares e ele vem por um dia e meio.

— Quem? — perguntou Evergreen.

— Isso já está decidido? — demandou Agnes.

— Sim. — Stauffbacher lançou um olhar acusatório para ela. — Tive muito trabalho para organizar isso. *Eu* fiz todo o trabalho!

— Pois faça menos — sugeriu Evergreen.

Quando Agnes e Joe se conheceram, apaixonaram-se loucamente. Trocavam beijos tórridos em restaurantes, se apalpavam sob as roupas no cinema. Na pequena casa dele, tinham feito amor na varanda e no patamar da escada, contra a parede do hall ao lado da porta para o sótão, tomados por um desejo tão intenso que não conseguiam esperar chegar ao quarto.

Agora se esforçavam, constrangidos, para criar um ambiente estimulante, algo de que nunca tinham precisado antes. Agnes preparava o quarto com cuidado. Colocava uma música tranquila e se concentrava. Acendia velas — como se estivesse na igreja, rezando pelos mortos. Vestia um penhoar transparente. Tomava banhos quentes, depois entrava no quarto sem nada além da toalha, uma criatura selvagem feito um peixe, envolta em calor úmido e perfumado. Na gaveta do criado-mudo, ainda guardava as tabelas que um médico tinha dito para ela preencher, e ainda marcava com um X os dias em que ela e Joe transavam. Mas não conseguia de jeito nenhum mostrá-las ao médico, pelo menos por enquanto. Agnes sofria ao ver as tabelas. Ela e Joe pareciam piores do que tiros no pé. Ela e Joe pareciam dois idiotas. Ela e Joe pareciam estar mortos.

Luzes de vela tremeluziam frenéticas no teto, feito um teatro de marionetes. Enquanto esperava Joe sair do banho, Agnes, deitada na cama, pensava na sua semana, na maldita politicagem, em como ela não levava jeito para aquilo. Uma vez fora a um comício de Bill Clinton, antes de ter sido eleito, mas quando o atraso dele já durava mais de uma hora, o calor aumentava e as abelhas começaram a pousar na cabeça das pessoas, quando os pés de todos já estavam doendo e as crianças pequenas chorando, e um membro da câmara estadual apareceu para anunciar que Clinton tinha parado para tomar um sorvete em uma lanchonete Dairy Queen em Des Moines — Des Moines! — e por isso estava demorando, Agnes já estava irada, ofendida e apolítica. Com sua sede e fome de algo refrescante, se uniu ao coro de outras pessoas que começaram a cantar: "Faça-me o favor, diga qual sabor!"

Quando estava na universidade, Agnes era feminista — basicamente: ela raspava as pernas, "mas não com a frequência necessária", gostava de dizer. Assinava petições pela criação de creches e petições a favor do planejamento familiar. E, ainda que nunca tivesse sido muito agressiva com os homens, tinha certeza de que sabia diferenciar o feminismo do Dia de Sadie Hawkins — o que muita gente, ela acreditava, não sabia.

— Agnes, acabou a pasta de dente ou isto aqui é...? Ah, ok, entendi.

Uma vez, em Nova York, organizara quixotescamente a fila do toalete feminino no Teatro Brooks Atkinson. Como a peça ia começar a qualquer momento e na fila ainda havia vinte mulheres, convenceu seis delas a acompanhá-la e cruzar o lobby até o toalete masculino. "Tem alguém aí?", gritou lá para dentro acanhada, esperando que os homens terminassem primeiro, o que levou algum tempo, sobretudo porque outros chegavam impacientes e furavam a fila. Depois, no intervalo, viu como devia ter feito: duas senhoras negras, com mais experiência em direitos civis, entraram confiantes no banheiro masculino dizendo: "Não se importem conosco, meninos, estamos entrando."

— Você está bem? — perguntou Joe sorrindo. Já estava ao lado dela, cheirando a sabonete e pasta mentolada, como uma criança.

— Acho que sim — respondeu ela, e se virou para ele, sob a luz de bordel do quarto.

Joe não tinha a expressão de maturidade ancorada na dor que dava lustro ao rosto de tantos homens. As tristezas de sua vida — as surras na infância e a morte da mãe — eram como areia movediça: ele tinha que ficar bem longe delas. Não admitia lembranças infelizes ditas em voz alta. Se agarrava à alegria moderada que aprendera a burilar desde pequeno e que fazia com que parecesse tolo, inclusive, ela sabia, para si mesmo. Talvez isso o prejudicasse um pouco nos negócios.

— Sua cabeça está longe — disse ele, fechando os olhos.

— Eu sei. — Agnes bocejou, grudou as pernas nele para se aquecer e assim, velas queimando nas latinhas de metal, ela e Joe adormeceram.

A primavera chegou fria e úmida. Bulbos rachavam e desabrochavam, deixando crescer seus periscópios verdes, e no dia primeiro de abril, a Escola de Artes anunciou de brincadeira uma palestra do professor convidado T.S. Eliot. O nome era "O mais cruel dos meses".

— Não é engraçado? — perguntou Stauffbacher.

A recepção para W. S. Beyerbach seria no dia quatro de abril. Depois haveria um jantar e, em seguida, Beyerbach ia assistir à aula de Agnes sobre grandes obras. Ela tinha determinado que a turma lesse a segunda antologia de sonetos do autor, peças livres e elegantes, permeadas de um tom político suspirante e diáfano. Na tarde do dia seguinte haveria uma leitura.

Agnes não tinha sido convidada para o jantar, e quando perguntou a respeito, sentindo-se levemente desprezada, Stauffbacher encolheu os ombros, como se a decisão não lhe dissesse respeito. "Sou uma poeta *publicada*" era o que Agnes queria ter dito. Tinha publicado um poema, uma vez, na *Gizzard Review*, mas mesmo assim!

— Quem fez a lista foi Edie Canterton. Não tive nada a ver com isso — explicou Stauffbacher.

Ainda assim, contrariada, ela foi à recepção e se plantou diante da mesa de queijos feito uma árvore partida em dois por um raio. Sentiu que os biscoitos que comia formavam uma pasta pegajosa em sua boca, que a deixou com medo de sorrir. Quando por fim se apresentou a W.S. Beyerbach, tropeçou no próprio nome e pronunciou A-nhez.

— A-nhez — repetiu Beyerbach, com sua voz inglesa discreta.

"Condescendente", ela pensou. Tinha o cabelo loiro e branco, como um cavalo palomino, e os olhos eram desdenhosos e azuis feito balas de menta. Percebeu que era um homem contido; embora alguns pudessem achar que era *tímido*, ela decidiu que a palavra era *contido*: uma falta de generosidade. Passivo-agressivo. Seu jeito deixava as pessoas em volta tensas e atrapalhadas ao falar. Ele apenas assentia, com um sorriso débil e um pouco forçado. Tudo nele era rígido e enrodilhado feito a mola de uma porta. "Por viver naquele país", Agnes pensou. Como ele conseguia viver naquele país?

Stauffbacher estava tentando falar com entusiasmo sobre o prefeito. Mencionou algo sobre suas velhas ideias progressistas e o centro de convenções que ia inaugurar. Agnes pensou nas reuniões às quais comparecera na Comissão de Transportes, na lei do prefeito que exigia coleira para gatos, em seu novo esquadrão de fiscais mulheres que multavam as pessoas que não pagavam para estacionar, nos policiais de bicicleta, no vereador que o prefeito uma vez esmurrara em um bar.

— Agora, obviamente, nosso prefeito virou um fascista — disse Agnes alto demais, faiscando de ódio.

Fez-se silêncio em volta. Edie Canterton parou de mexer o ponche. Agnes olhou ao redor.

— Ah, não é de bom tom usar *essa palavra* aqui?

Beyerbach estava perplexo. Agnes ficou perturbada e enrubesceu. Stauffbacher pareceu primeiro magoado, depois atacado.

— Alguém quer mais queijo? — perguntou, com a bandeja de prata na mão.

Depois que todos partiram para o jantar, ela foi sozinha ao Dunk'n Dine do outro lado da rua. Pediu um sanduíche de bacon com salada e um café e folheou outra vez a obra de Beyerbach: dezenas de imagens de corpos apodrecidos e fraturados, das lutas e traições do corpo, da estranha economia doméstica do corpo e dos seus animais de estimação ilícitos. Na primeira página do livro havia uma dedicatória: "Para DFB (1970-1989)". Quem seria? Um ativista político, talvez. Quem sabe a jovem a quem ele se referia diversas vezes nos poemas, "uma mulher que tinha abandonado o vestido inapropriado da esperança", só para poder voltar a procurá-lo "nos arbustos vermelho-sangue que floresciam". Talvez perguntasse a ele, se tivesse oportunidade. Por que não? Um livro era algo público e a dedicatória era parte dele. Se a pergunta lhe parecesse muito íntima... azar. Decidiu que encontraria o momento oportuno. Pagou a conta, vestiu o casaco e atravessou a rua até a Escola de Artes para esperar por Beyerbach na porta de entrada. Esperaria a hora certa e perguntaria.

Ele já estava lá quando ela chegou. Cumprimentou-a com um sorriso tenso e um suave "Olá, Anhez", com uma pronúncia que fazia a voz dela mesma soar um pouco grosseira e caipira.

Ela sorriu e disse num impulso:

— Tenho uma pergunta para lhe fazer.

Aos seus próprios ouvidos, soava como Johnny Cash.

Beyerbach não disse nada, apenas segurou a porta aberta para ela passar e entrou em seguida no prédio.

Ela continuou falando enquanto subiam lentamente a escada.

— Posso perguntar a quem dedicou o livro?

No topo da escada, viraram à esquerda e seguiram pelo extenso corredor. Ela notou sua discrição cortante, ele mordendo os lábios, aquela timidez racionalizada e revestida de esnobismo; mas era tanto o esnobismo para esconder toda aquela timidez que não tinha como ele ser um bom crítico do seu país. Agnes estava irritada com ele. "Como pode viver naquele país?", ainda queria perguntar, embora se lembrasse de quando uma vez perguntaram isso a ela. Foi um dinamarquês, na viagem de formatura do colégio para Copenhague. Tinha sido durante a Guerra do Vietnã, e o homem a encarou maldoso e com cara de justiceiro. "Os Estados Unidos, como você pode viver nesse país?", perguntara. Agnes encolhera os ombros. "Tenho muitas coisas lá", dissera, e foi então que sentiu pela primeira vez todo o obscuro amor e a vergonha que se originavam do lar meramente acidental, o lugar profundo e arbitrário que por acaso era o seu.

— É dedicado ao meu filho — respondeu Beyerbach por fim.

Ele não olhou para ela; em vez disso olhou para a frente, para o chão do corredor. De repente os sapatos de Agnes pareceram ruidosos.

— Você perdeu um filho.

— Sim — respondeu ele. E desviou o olhar, fixando-os na parede, além do quadro de recados de Stauffbacher, do banheiro masculino, do feminino. Uma dureza tinha se quebrado nele, e quando virou o rosto outra vez, Agnes pôde ver seus olhos se enchendo d'água, o rosto congestionado e vermelho de tanta pressão.

— Eu sinto muito — disse ela.

Lado a lado de novo, seus passos ecoavam pelo corredor em direção à sala de aula dela. Todo o nervosismo que sentia ao lado daquele homem quieto e triste agora se assemelhava ao nervosismo do amor. O que devia dizer? A perda de um filho devia ser a coisa mais insuportável do mundo. Ele não deveria dizer algo nesse sentido? Era a vez dele de falar.

Mas ele não falou. E quando finalmente chegaram à sala dela, Agnes se virou para ele na porta e, tirando um pacote da bolsa, disse apenas, de um jeito reconfortante:

— Sempre temos biscoito na aula.

Ele abriu um sorriso tão aliviado que ela soube que, ao menos uma vez, tinha dito a coisa certa. Isso a encheu de afeto por ele. Talvez, pensou, fosse assim que a afeição começava: com uma frase improvável, em um momento em que alguém, de maneira inesperada, finalmente diz a coisa certa. "Sempre temos biscoito na aula."

Ela o apresentou com algum floreio e dados biográficos. Cargos que ocupou, universidades nas quais estudou. Os alunos levantaram a mão e perguntaram sobre *apartheid*, favelas e pátrias. Ele respondia sucintamente, após longas fungadas e pausas, apenas uma vez se referindo a uma pergunta como "irrespondivelmente visionária", o que levou a estudante a se afundar na cadeira e escarafunchar a bolsa procurando qualquer coisa, nada, um lenço de papel, talvez. Aparentemente Beyerbach nem notou. Seguiu em frente, falou da censura, de como uma pessoa deve se esforçar para não introjetar um programa governamental de censura, já que é isso que um governo mais quer, que cada um se *autocensure*, e de como ele não estava certo de não ter sucumbido. Quando terminou, alguns estudantes ficaram para cumprimentá-lo, estendendo a mão de um jeito formal, desajeitado, depois saíram. Christa foi a última. Ela também apertou a mão dele e iniciou uma conversa amigável. Tinham um conhecido em comum (Harold Raferson, de Chicago) e, enquanto Agnes passava a mão sobre a mesa para tirar as migalhas de biscoito, tentou escutar mais, mas não conseguiu. Juntou as migalhas em um montículo e varreu-as para uma das mãos.

— Boa noite — cantarolou Christa ao sair.

— Boa noite, Christa — respondeu Agnes, jogando as migalhas na cesta de lixo.

Restaram Beyerbach e ela na sala vazia.

— Muito obrigada — disse sussurrando. — Foi muito proveitoso para eles, tenho certeza.

Ele não disse nada, mas sorriu gentilmente.

Ela alternou o peso de uma perna para a outra.

— Você quer ir a algum lugar e tomar um drinque? — perguntou Agnes.

Estava perto dele, olho no olho. Notava agora que ele era alto. As costas não eram largas, mas ele tinha um porte juvenil, ereto. Encostou em seu braço por um segundo. Vestia um blazer de veludo que exalava um suave aroma de cravo. Era a primeira vez na vida que ela convidava um homem para sair.

Ele não fez nenhum movimento para se afastar dela; na verdade pareceu se aproximar um pouco. Ela podia sentir a respiração seca dele, ver de perto o colorido de suas íris, os matizes de cinza e amarelo em meio ao azul. Havia pequenas sardas salpicadas no rosto, perto da linha do cabelo. Ele sorriu e olhou para o relógio na parede.

— Eu adoraria, de verdade, mas preciso voltar pro hotel para dar um telefonema às dez e quinze.

Parecia um pouco desapontado; não muito, Agnes pensou um pouco, com certeza.

— Ah, tá — disse ela.

Apagou as luzes e, no escuro, ele a ajudou gentilmente a vestir o casaco. Saíram da sala e caminharam juntos em silêncio pelo corredor até o hall de entrada. Nos degraus do lado de fora, a noite estava agradável e com cheiro de chuva.

— Você vai voltar bem sozinho para o hotel? Ou...

— Ah, sim, obrigado. É logo ali, virando a esquina.

— Bom. Perfeito. Meu carro está mais para lá. Acho que nos vemos amanhã à tarde na sua leitura, então.

— Sim — respondeu ele. — Assim espero.

— É — disse ela. — Eu também.

A leitura de Beyerbach foi no auditório da Escola de Artes, e ele escolheu poemas do livro de sonetos que ela já havia lido, mas foi bonito voltar a ouvir os poemas, em sua voz sofrida e serena de tenor. Agnes sentou-se na última fileira, e a sua capa de chuva verde se esparramava no assento embaixo dela como uma folha. Inclinou-se em direção ao encosto da poltrona da frente, as costas como um caule curvado, o queixo apoiado nos punhos, e ficou algum tempo nessa posição, ouvindo. Em um dado momento, fechou os olhos, mas a imagem dele diante dela, certeiro como a agulha de uma bússola, permaneceu gravada sob suas pálpebras, como uma queimadura, um sinal ou uma mensagem da mente.

Depois, ao afastar-se do púlpito, Beyerbach localizou-a na plateia e acenou com a mão, mas Stauffbacher, feito um reboque acionado, pegou-o pelo braço e levou-o para outro lugar, em direção à mesa com copinhos plásticos cheios de Pepsi morna. Nós somos homens, o gesto parecia dizer. Nós dois temos "bach" no nosso sobrenome. Agnes vestiu a capa de chuva verde. Foi até a mesa e ficou por ali. Tomou um refrigerante morno, depois colocou o copinho vazio de volta na mesa. Beyerbach finalmente virou-se para ela e sorriu com familiaridade. Ela estendeu a mão.

— Foi uma leitura maravilhosa — comentou. — Fico feliz de ter conhecido você. — Ele tomou a palma de sua mão comprida e fina e a fechou entre os dedos. Podia sentir seus ossos.

— Obrigado — respondeu ele, e olhou com ar preocupado para a capa de chuva. — Você está indo embora?

— Acho que já está na hora de ir para casa — disse Agnes, olhando para o traje. Não sabia se realmente tinha que ir ou não, mas já havia posto a capa de chuva e agora seria embaraçoso tirá-la.

— Puxa — respondeu ele, olhando-a com atenção. — Bem, desejo o melhor para você, Anhez.

— Como?

Havia uma barulheira perto do púlpito.

— Desejo tudo de bom para você — disse, com uma expressão de quem se recolhe.

Stauffbacher apareceu de repente ao lado dela, fazendo careta para o impermeável verde, como se fosse algo incompreensível.

— Sim — disse Agnes, dando um passo para trás e em seguida para a frente de novo, a fim de apertar a mão a Beyerbach mais uma vez; era uma bela mão, como um pedaço de madeira antigo e caro. — Para você também — disse. Em seguida virou-se e foi embora.

Por várias noites, não conseguiu dormir bem. Dormia com a cara enterrada no travesseiro, em seguida virava de lado para respirar melhor, depois virava de barriga para cima e abria os olhos. Ficava olhando para o ponto mais distante do quarto, pela fresta da porta, para a débil luz acesa do banheiro que iluminava um pouco o corredor, como se alguém tivesse acabado de passar por ali.

Por vários dias, pensou que talvez ele tivesse deixado um bilhete para ela com a secretária, ou que enviaria notícia de um aeroporto qualquer. Pensou que a inadequação daquela despedida também o inquietaria, e que ele enviaria um cartão-postal para esclarecer a situação.

Mas ele não fez nada disso. Por um tempo, Agnes pensou em lhe escrever, usando o papel de carta da Escola de Artes, que, por razões orçamentárias, não era mais papel de carta da escola, e sim fotocópia do papel de carta da escola. Sabia que ele tinha pego um avião para a Costa Oeste, parado em Tóquio, depois em Sidney, de onde pegaria o voo de volta para Johannesburgo, e, se ela postasse a carta naquele momento, talvez ele a recebesse ao chegar. Poderia dizer uma vez mais como tinha sido interessante conhecê-lo. Poderia incluir seu poema que fora publicado na *Gizzard Review*. Tinha lido no jornal um artigo sobre o luto — e, se ela fosse a mãe dela, poderia enviar-lhe o artigo também.

Graças a Deus, graças a Deus, ela não era como a mãe.

A primavera se instalou firmemente em Cassell, com uma torrente de chuvas e trovoadas. As plantas perenes, murtas e jacintos-uva, floresciam pela cidade em uma espécie de azul cívico, e o ar cada vez mais quente trazia um mosquito ou uma mosca ocasionais. As reuniões da Comissão de Transportes, monótonas e desanimadoras, muitas vezes aconteciam na hora do jantar. Quando Agnes chegava em casa, repetia para Joe todas as discussões, e eventualmente chorava nas partes sobre os radares com câmeras ou sobre o alargamento das rodovias interestaduais.

Quando sua mãe ligava, Agnes a despachava rápido. Quando a irmã ligava para falar da mãe, despachava-a mais rápido ainda. Joe massageava-lhe os ombros e falava sobre garagem coberta, sobre o quanto as fachadas valorizam os imóveis, sobre tubos de amianto.

Na Escola de Artes, ela ensinava, se desgastava e continuava a receber as circulares habituais da secretaria, escritas em papel de rascunho comum, a não ser pelo fato de que agora o rascunho era o verso dos cartazes que tinham sobrado da leitura de Beyerbach. Ela recebia longos informes sobre políticas e procedimentos para matrículas nos cursos de verão e, ao virá-los pelo avesso, lá estava a cara dele, triste e esnobe na fotografia. Recebia recados simples sobre telefonemas — "Seu marido ligou do escritório, favor retornar" —, e do outro lado estava o nariz rasgado ao meio de Beyerbach, um dos olhos cor de menta, o queixo com cara de cotovelo. Por fim, acabaram os cartazes, e os papéis voltaram a ser de anúncios de antigos concursos, prazos de inscrição para bolsas, concertos de Páscoa.

À noite, Joe e ela faziam ioga assistindo a um programa de ioga na tevê. Era parte do esforço de ambos para não ficarem como os pais, embora soubessem que o casamento trazia consigo esse risco. O desencantamento funcional, os ternos hábitos de um e de outro, já tinham começado a enrugar os cantos da boca de Agnes, rugas que pareciam aspas, como se tudo que ela dissesse já tivesse sido dito antes. Por vezes Madeline, a velha gata deles, gorda e mimada — colhendo os benefícios de viver com um casal sem filhos nos anos em que se esperava que tivessem filhos —, se deixava cair e se acomodava no meio deles. Estava acostumada com paparicos, chamegos e água filtrada; embora às vezes desaparecesse e os dois passassem dias sem vê-la, até finalmente a espreitarem no jardim, imunda e com o pelo todo emaranhado, devorando um rato ou comendo neve suja.

No fim de semana do Memorial Day, feriado nacional em homenagem aos veteranos de guerra, Agnes foi com Joe a Nova York. Queria apresentar a cidade a ele. "Um lugar onde, caso você não seja branco e não tenha nascido lá, você não é automaticamente uma história", explicou Agnes. Estava cada vez mais incomodada com Iowa, com a forma patética e atrasada como os assuntos importantes discutidos mundialmente chegavam lá, a maneira oblíqua e gasta como a história se situava naquele lugar, se é que se situava. Ela queria ser uma cidadã do mundo!

Patinaram no Central Park, olharam as vitrines da Lord & Taylor, assistiram ao Joffrey Ballet. Foram também a um salão de beleza na 57th Street, onde Agnes tingiu o cabelo de vermelho. Sentaram-se à janela de cafeterias, pediram refil de café e comeram torta.

— Tanta coisa parece igual — comentou com Joe. — Quando eu morei aqui, todo mundo tinha pressa de ganhar dinheiro. Os ricos e os pobres. Mas ao mesmo tempo todo mundo se esforçava para ser engraçado. Não importa aonde você fosse, a uma loja, à manicure, tinha sempre alguém contando uma piada. Uma *boa* piada.

Lembrou-se de que essa inclinação para o humor ajudava a tornar qualquer dia suportável. Era um tipo específico de humor, de uma intensidade que espelhava a intensidade nova-iorquina, e parecia abraçar e aliviar a dura tristeza das pessoas se aproveitando umas das outras e arruinando o mundo daquele jeito.

— Era como cérebros fazendo sexo. Como se cada cérebro fosse um maníaco sexual. — Agnes olhou para a sua torta. —· As pessoas realmente exercitavam a risada — frisou. — As pessoas precisam rir.

— Precisam. — Joe concordou com ela.

Tomou um longo gole de café, os lábios entreabertos sobre a xícara como uma flor carnuda. Teve medo de que Agnes começasse a chorar (ela estava com aquela cara de novo), e se isso acontecesse ele ia se sentir culpado, perdido e com pena dela por não estar mais vivendo em Nova York, e sim em um lugar distante e sem graça, com ele. Apoiou a xícara e tentou sorrir.

— Com certeza precisam — reforçou.

Olhou pela janela de vidro os táxis avariados, as latas de lixo que mais pareciam cestas de pescar ostra e o ar tuberculoso, os quatro quilos de miúdos de frango descartados na beira da calçada em frente à cafeteria onde estavam. Virou-se para ela outra vez e fez cara de palhaço.

— O que é isso? — ela perguntou.

— Uma cara de palhaço.

— Como assim uma "cara de palhaço"?

Alguém atrás dela estava cantando "I love New York" e pela primeira vez ela notou a estranha oscilação da melodia.

— Uma cara normal de palhaço, só isso.

— Não parecia.

— Não? Parecia o quê, então?

— Quer que eu imite a sua cara?

— Quero, faz isso.

Agnes olhou para Joe. Qualquer arranjo na vida carregava consigo a tristeza, a sombra sentimental de não ser algo diferente, apenas o que é: ela tentou imitar aquela cara, e era uma expressão de uma vacuidade e de uma estupidez tão monstruosas, que Joe soltou uma gargalhada que mais parecia um ganido de cachorro, e logo ela fez o mesmo, o ar explodindo pelo nariz feito um ronco, a cabeça pendendo para a frente, para trás, e para a frente de novo, suscitando em um ataque de tosse.

— Você está bem? — perguntou Joe, e ela assentiu.

Por delicadeza, ele desviou o olhar para o lado de fora, onde tinha começado a chover. Do outro lado da rua, duas pessoas estavam plantadas sob a marquise de uma loja Gap, tentando manter-se secas, esperando passar o pé-d'água, duas figuras escuras e maltrapilhas em contraste com a vitrine iluminada. Quando virou-se de novo para sua mulher, sua triste e jovem mulher — para mostrar a ela a cena, apontar o que era engraçado para um homem preso nas garras da meia-idade —, ela ainda estava encurvada para o lado na cadeira, com o rosto abaixo da linha do tampo da mesa, e ele só conseguia ver a curva soluçante de sua coluna, a penumbra indistinta do seu fino suéter primaveril e as pontas berrantes de seus novos cabelos, luminosos e horripilantes.

Mímica

É típico do Natal degenerar nisto, no cerne da questão. Para Therese, a família parecia um grupo de atores: todos chegam, atuam uns para os outros e pegam o primeiro voo de volta, para Boston Logan ou O'Hare Chicago. Parece conveniente que uma espécie de jogo seja literalmente incorporada sob o disfarce de uma tradição festiva (que não é). De qualquer modo, em geral ninguém na família de Therese expressa sentimentos genuínos. Em vez disso, todos almejam (ainda que resolutos) boas representações.

O palco muda a cada ano. Seus pais, idosos incansáveis, compram e vendem casas, mudando-se regularmente, cada vez mais ao sul do estado de Maine. A ideia de comprar e vender imóveis foi da mãe de Therese. Desde que se aposentou, o pai de Therese tem se dedicado mais aos comedouros para pássaros; está aprendendo a construí-los.

— Quem sabe o que ele vai inventar depois? — suspira sua mãe. — É capaz de começar a entalhar desenhos na lateral da casa.

Este ano estão em Bethesda, Maryland, perto de onde mora Andrew, irmão de Therese. Andrew é engenheiro elétrico, casado com a bonita e simpática Pam, que trabalha meio período como detetive particular. Pam tem cabelo curtinho e está sempre sorrindo. Quem suspeitaria que ela, discretamente, se dedica a reunir dados e segredos para os adversários de quem a contrata? Ela congela presunto e também prepara, com dias de antecedência, terrinas de gelatina e legumes. Ela e Andrew são pais de Winnie, que tem um ano e meio e já sabe ler.

Lê assistindo a programas de tevê que ensinam a ler, mas lê.

Todos se dividiram em duas equipes de quatro e escreveram nomes de pessoas famosas, músicas, filmes, peças de teatro e livros em pedaços dos papéis de embrulho dos presentes que haviam trocado horas antes. Restam poucas horas até quatro e meia, quando sai o voo de Therese e seu marido, Ray, no National Airport.

— É — diz Therese —, acho que vamos ter que desistir da exposição "Averell Harriman: um estadista para sempre".

— Não sei por que vocês não podiam pegar um voo mais tarde — reclama Ann, irmã de Therese, de cara feia. Ann é a caçula, dez anos mais nova que Therese, a mais velha. Mas ultimamente a voz de Ann tem assumido um tom austero e repressor, matronal, que assusta Therese.

— Quatro e meia — diz Ann, franzindo os lábios e apoiando os pés na cadeira ao seu lado. — Isso é meio ridículo, vocês vão perder o jantar.

Ela usa sapatos pontiagudos com uma aparência vitoriana. São de camurça verde, uma mistura de sapato de cortesã com Peter Pan.

Dividiram-se de tal modo que os pais de Therese, ela e Ray formam uma equipe; e Andrew, Pam, Ann e seu noivo, Tad, formam a outra. Tad é esbelto, ruivo e representante comercial da Neutrogena. Ele e Ann acabaram de ficar noivos. Depois de quase uma década à procura de amor e trabalho, agora Ann estuda Direito e planeja seu casamento para o verão. Como Therese trabalhou por anos na defensoria pública e, atualmente, graças à sorte de uma nomeação política, é juíza de uma vara distrital do condado, presumiu que a decisão de Ann de se tornar advogada era uma espécie de afirmação fraternal; que de alguma forma viria a significar que as duas terão novos assuntos em comum, que Ann vai esclarecer dúvidas com ela, fazer observações e comentários sobre temas forenses. Mas parece que não vai ser assim. Em vez disso, Ann demonstra estar mais preocupada em contratar uma banda e um bufê e com o aluguel de um salão em um restaurante.

— Nossa — disse Therese, compreensiva. — Isso não te dá vontade de sair correndo?

Therese e Ray tinham se casado no cartório, tendo os funcionários como testemunhas.

Ann deu de ombros.

— Estou tentando decidir como deslocar os convidados da igreja para o restaurante sem que amassem as roupas e consequentemente estraguem as fotos.

— Sério? Você está preocupada com isso? — perguntou.

Os papéis com os nomes são colocados em duas tigelas grandes, e cada equipe recebe a tigela com os papéis escritos pelos adversários. O pai de Therese começa.

— Muito bem! Prestem atenção!

Ele sempre tinha sido espirituoso, competitivo, tenso. Os jogos costumavam evidenciar o que ele tinha de melhor e de pior. Nesses dias, porém, parece ansioso e envelhecido. Há uma angústia em seus olhos, algo triste e desfocado que às vezes os apunhala: o medo de uma vida desperdiçada ou uma incerteza a respeito de onde teria deixado as chaves. Ele faz um sinal para indicar que tirou uma pessoa famosa. Ninguém lembrava como se sinalizava isso, então inventaram um gesto: uma pose afetada, mãos no quadril, queixo empinado. Cheio de dramaticidade, o pai de Therese é bom nisso.

— É uma pessoa famosa! — gritam todos, mas é claro que alguém grita "idiota" para ser engraçadinho. Desta vez, é a mãe de Therese.

— Idiota! — grita ela. — O idiota do bairro!

Mas o pai de Therese continua indicando as sílabas, ignorando a mulher, batendo com força os dedos da mão direita no ombro esquerdo. O famoso em questão tem três nomes. Ele vai fazer a mímica da primeira sílaba do primeiro nome. Pega uma nota de um dólar e aponta para ela.

— George Washington! — Ray grita.

— George Washington Carver! — Therese grita. O pai balança a cabeça furioso, virando a nota e apontando para ele violentamente. Incomodado por não poder controlar o que dizem.

— Nota — diz a mãe de Therese.

O pai bota o dedo na língua, sugerindo uma mudança de idioma.

— *Bill!* — diz Therese.

Nesse momento, seu pai começa a fazer que sim com a cabeça, apontando para Therese obsessivamente. *Sim, sim, sim.* Agora faz com as mãos um gesto que corresponde a esticar.

— Bill, Billy, William — arrisca Therese, e o pai aponta de novo para ela loucamente. — William — repete ela. — William Kennedy Smith.

— Certo! — grita o pai, batendo palmas e jogando a cabeça para trás, como se louvasse o teto.

— William Kennedy Smith? — diz Ann, outra vez de cara amarrada. — Como você adivinhou sabendo apenas que era William?

— O nome dele tem saído nos jornais — responde Therese, sem entender a acidez de Ann. Talvez tenha algo a ver com as suas dificuldades no curso de direito, ou com o fato de Therese ser juíza do condado, ou com o diamante que Ann tem no dedo, tão grande que Therese acha indelicado a irmã usá-lo na frente da mãe, que usa um anel cujo diamante, pensando bem, não passa de uma lasca. Mais cedo naquela manhã, Ann disse a Therese que vai mudar de nome, passando a usar o de Tad.

— Você vai se chamar Tad? — Therese perguntou, mas Ann não achou graça.

Seu senso de humor nunca fora muito flexível, embora gostasse de uma boa piada visual.

Ann se empenhou em explicar a mudança:

— É que, para mim, a família é como um time, e todos do time devem ter o mesmo sobrenome, como vestem a mesma cor. Acho que um cônjuge tem que vestir a camisa do time.

Therese não faz mais ideia de quem é Ann. Gostava mais da irmã quando esta tinha oito anos, um estojo azul, e corria trotando de um jeito estranho porque tinha uma perna meio centímetro mais comprida do que a outra. Ann era mais interessante quando criança. Era desajeitada e curiosa. Era fofa. Ou era assim aos olhos de Therese, que passava a maior parte do tempo na escola ou na faculdade, levemente deprimida e estudando em excesso, comprometendo ainda mais sua visão que já era ruim, motivo pelo qual agora usava óculos de lentes tão grossas que faziam seus olhos flutuar turvos atrás delas. Naquela manhã, enquanto ouvia Ann falar sobre os jogadores de um time, Therese tinha sorrido e assentido, mas se sentira recebendo um sermão, como se fosse uma hippie rebelde e indisciplinada. Queria agarrar a irmã, se jogar em cima dela, abraçá-la, fazê-la calar a boca. Tentava entender a fala obscura e preocupada de Ann sobre o casamento, mas em vez disso se via relembrando as quedas de bunda que costumava realizar para Ann. Era capaz de cair de cara no chão só para arrancar risos da irmã.

Ann continuava falando:

— Se ficar muito tempo sentada, o corpete enruga todo.

Therese mediu mentalmente o comprimento do seu corpo e o espaço que tinha a sua frente e avaliou se conseguiria fazer aquilo. É claro que conseguiria. Mas *faria* isso? Então, de repente, soube que sim. Deixou o quadril se torcer e caiu para a frente, os braços em diagonal, a boca pronta para gritar. Tinha aprendido a fazer isso com quinze anos, nas aulas de teatro. Ela não era bonita, e essa era uma forma de chamar a atenção dos meninos. Aterrissou com uma pancada seca.

— Você ainda faz isso? — perguntou Ann, com um misto de incredulidade e repulsa. — Você é juíza e ainda faz isso?

— Mais ou menos — respondeu Therese, no chão. Tateou em volta procurando os óculos.

Agora é a vez de Ann fazer mímicas para que seu time adivinhe. Ela se levanta, olha para o nome no papel e faz cara de desdém.

— Preciso fazer uma consulta — diz, com um certo ar de entejo que talvez imagine que seja sofisticado. Vai até a equipe de Therese e mostra o pedaço de papel.

— O que é isto? — pergunta.

No papel está escrito *Aracnofobia*, com a letra de Ray e um erro de ortografia.

— É um filme — explica Ray, se desculpando. — Eu escrevi errado?

— Acho que sim, meu amor — responde Therese, inclinando-se para ler o papel. — Você misturou algumas vogais "o" e "a".

Ray é disléxico. Nos meses de inverno, quando seu trabalho com telhados diminui, em vez de ficar em casa e ler um livro, ou ir às sessões de psicoterapia, ele pega o carro e vai assistir a matinês de filmes ruins. "Bizarros", ele diz, ou "Besouros", quando quer debochar de si mesmo. Ray escreve tudo errado. É *infestinemto* ou *investinemto? Adverso, averso* ou *avesso? Estaca* ou *estoca? Cenoura* ou *senhora?* Sua empresa de instalação e manutenção de telhados tem fama de ser razoável, mas um pouco desleixada e de segunda categoria. Contudo, Therese acha que ele é fantástico. Ele nunca é arrogante. Sabe cozinhar inúmeros pratos com frango. É entusiasmado, capaz e afirma quase toda noite, com seu jeito de marido, que Therese é a mulher mais sexy que já conheceu. Therese gosta disso. Ela está tendo um caso com um jovem assistente da promotoria pública, mas é algo limitado — como tirar as luvas, bater palmas e vestir as luvas de novo. Algo silencioso e que nunca será descoberto. Não tem importância nenhuma, a não ser pelo sexo com um homem que não é disléxico e de vez em quando, pelo amor de Deus, ela precisa disso.

Ann está fazendo a mímica de *Aracnofobia*, o sentido geral, em vez de sílaba por sílaba. Ela encara o noivo, fazendo movimentos rápidos com os dedos das mãos, depois dá um pulo para trás assustada, mas Tad não entende, embora fique um pouco alarmado. Ann sacode suas unhas natalinas na cara dele com mais fúria. Em uma delas há um pequeno Papai Noel pintado. Os cabelos negros de Ann têm um corte sofisticado, de fios retos, e seu vestido longo e largo cai dos ombros como se ainda estivesse no cabide. Tem aspecto de esfomeada, rica e raivosa. Tudo parece forçado e artificial, um pouco caricato, como os sapatos verdes, o que talvez explique o grito do noivo:

— Dona Baratinha!

Ann então volta-se para Andrew e gesticula animadamente na direção dele, como se quisesse punir Tad. O trote desajeitado da infância tornara-se um andar rebolativo, por meio da quiroprática. Therese se vira para a sua equipe e vê que o pai ainda está murmurando alguma coisa sobre William Kennedy Smith.

— Uma mulher não deveria estar em um bar às três da manhã e ponto final.

— Pai, isso é ridículo — disse Therese baixinho, evitando interromper o jogo. — Os bares estão abertos para todos, é lei contra a discriminação em locais públicos.

— Não estou falando da letra fria da lei — respondeu, repreendendo-a. Ele nunca gostara de advogados e ficava desconcertado com a escolha das filhas. — Estou falando de um código moral *há muito conhecido*.
— Seu pai tem uma sensibilidade vitoriana que, no fundo, respeita mais as prostitutas do que as mulheres em geral.

— Código moral há muito conhecido? — Therese olha para ele com carinho. — Pai, você tem setenta e cinco anos. As coisas mudam.

— *Aracnofobia!* — Andrew grita e em seguida ele e Ann batem as mãos espalmadas, comemorando vitória.

O pai de Therese faz um breve ruído de quem vai cuspir, depois cruza as pernas e olha para outro lado. Therese olha para a mãe, que está sorrindo para ela de um jeito conspiratório, por trás do pai, fazendo pequenas orelhas de burro nele com os dedos, sinal que faz quando acha que ele está sendo um idiota.

— Tudo bem, vamos esquecer William Kennedy Smith. Minha querida, é a sua vez — diz o pai de Therese à mãe.

A mãe de Therese se levanta vagarosamente, mas se curva feliz para pegar o papelzinho. Lê, vai até o centro da sala e guarda-o no bolso. Posiciona-se de frente para a outra equipe e faz o sinal de que é uma pessoa famosa.

— Mãe, equipe errada.

— Ops — responde ela, vira-se para o outro lado e repete o gesto que indica que tirou alguém famoso.

— É uma pessoa famosa — diz Ray, para encorajá-la.

A mãe assente. Para um minuto para pensar. Em seguida, dá vários giros e levanta os braços para cima, se joga de cara no chão, depois cai para trás e bate a cabeça no aparelho de som.

— Marjorie, o que você está fazendo? — pergunta o pai de Therese.

A mãe dela está estendida no chão, rindo.

— Você está bem? — Therese pergunta.

A mãe assente, ainda rindo baixinho.

— Queda — diz Ray. — Um corpo que cai. Hitchcock!

A mãe de Therese balança a cabeça negando.

— Epilepsia — diz Therese.

— Explosão — diz o pai, e a mãe faz que sim. — Explosão. Bomba. Robert Oppenheimer!

— Acertou. — Sua mãe suspira e faz um esforço para ficar em pé de novo. Tem setenta anos e artrite nos joelhos.

— Precisa de ajuda, mãe? — pergunta Therese.

— É, mãe, quer ajuda? — diz Ann, que já se levanta e vai até o meio da sala para assumir o comando.

— Estou bem — diz a mãe de Therese em um suspiro, em seguida dá uma risadinha discreta e um pouco falsa e vai andando rígida até o seu lugar.

— Foi excelente, mãe — diz Therese.

— Muito obrigada! — A mãe sorri, orgulhosa.

Depois dessa, há várias outras rodadas, e toda vez que a mãe de Therese tira um nome como Dom De Luise ou Tom Jones, faz de novo a imitação da bomba, com movimentos espasmódicos, caindo e se levantando rígida, sob aplausos. Pam aparece com Winnie, que estava cochilando, e todos fazem oohs e aahs ao ver o rostinho delicado e sonolento da bebê.

— Aí está ela — diz a tia Therese, carinhosa. — Quer ver a vovó fazer a bomba?

— É a sua vez — diz Andrew, impaciente.

— Eu? — pergunta Therese.

— Acho que sim — responde seu pai.

Therese se levanta, vasculha a tigela e abre o pedaço de papel de presente usado. Está escrito "Jekylls Street".

— Tenho uma dúvida aqui. Andrew, acho que é a sua letra.

— Ok. — Ele se levanta e os dois vão até o hall.

— Isso é um programa de tevê? — sussurra Therese. — Eu quase não vejo tevê.

— Não — diz Andrew, com um sorriso vago.

— O que é?

Andrew titubeia, se apoia na outra perna, relutando em responder. Talvez porque seja casado com uma detetive. Ou, mais provável, porque ele trabalha com documentos Altamente Confidenciais do Departamento de Defesa; acabou de ser promovido do trabalho com documentos meramente Confidenciais. Como engenheiro, ele dá consultoria, revisa, aprova. Está apertando os olhos, contrariado.

— É o nome de uma rua a duas quadras daqui. — Sua boca se curva de um jeito rabugento e defensivo.

— Mas não é nome de nada famoso.

— É um lugar. Achei que pudéssemos escolher nomes de lugares.

— Não é um lugar famoso.

— E daí?

— Bem, se é assim, todos poderíamos escrever nomes de ruas dos nossos bairros, de onde trabalhamos, de uma rua por onde passamos uma vez na vida a caminho de uma loja.

— Foi você que disse que podíamos escolher lugares.

— Eu disse? Tá, então qual foi o sinal que eu disse que servia para indicar que era um lugar? Não existe sinal para lugares.

— Sei lá, se vira — diz ele, tomado por uma raiva desaforada.

Será que vem da infância? Ou será por causa da queda de cabelo? Ela e Andrew já tinham sido próximos. Mas agora, assim como se sente em relação a Ann, não faz mais ideia de quem ele é. Tem apenas uma teoria: um engenheiro elétrico pressionado, anos antes, por orientadores pagos pelo Pentágono para recrutar, treinar e militarizar todos os meninos que tivessem excelentes notas em matemática. "Do MIT para o MII: Militar Industrial Idiota", disse o próprio Andrew uma vez. Mas Therese não vê mais esse humor satírico nele. No ano anterior, pelo menos, riram juntos falando da criação que tiveram. "Mal me lembro do papai lendo pra gente", comentou Therese. "É claro que ele lia. Você não lembra? Não lembra dele lendo em silêncio o *Wall Street Journal* pra gente?", respondeu Andrews.

Agora ela examina o rosto ríspido do irmão, buscando algum brilho, sinal de piada, vestígio de amor. Andrew e Ann parecem estar mais próximos, e Therese fica melancólica, se perguntando quando e como isso aconteceu. Fica com um pouco de ciúmes. A única expressão que consegue arrancar de Andrew é de ironia. Como se ele fosse um guarda de trânsito, e ela, uma hippie a toda velocidade.

"Você não sabe que sou juíza?", tem vontade de dizer. Juíza graças a uma nomeação política, por acaso e sorte, é verdade. Uma juíza que no fórum tem fama de dar sentenças brandas, certo. Uma juíza que está tendo um caso que mancha sua reputação, ok. Uma fraca, débil, mas, ainda assim, uma juíza. Mas, em vez disso, ela diz:

— Você se importa se eu sortear outro?

— Por mim, tudo bem — ele responde e sai andando bruscamente em direção à sala.

— "Bem, tudo bem..." —, pensa Therese. É o seu novo mantra. Normalmente a acalma mais do que "ohm", que também experimenta. *Ohm é onde fica o coração. Ohm não é aqui. Bem... bem.* Quando começou a atuar como advogada, para combater o medo do tribunal, repetia para si mesma: "Todos me amam, todos me amam", e quando isso não funcionava, mudava para: "Mata! Mata! Mata!"

— Vamos começar de novo — avisa Andrew, e Therese tira outro papel.

Um livro e um filme. Abre as mãos lado a lado, indicando que é um livro. Move uma das mãos no ar, como se rodasse uma manivela, para indicar que também é um filme. Puxa a orelha e aponta para uma lâmpada.

— Tem a ver com luz — diz Ray.

A expressão dele é aberta e útil.

Therese aponta de novo para a lâmpada, em seguida abre a mão e vai fechando.

— Negro, escuro, apagar, noite.

Therese faz que sim, isso mesmo.

— Noite — repete Ray.

— *Suave é a noite* — diz a mãe de Therese.

— Certo! — Therese vibra e se inclina para dar um beijo na bochecha da mãe, que abre um sorriso exuberante, seu rosto parece que vai explodir de alegria. Adora um carinho, estava sentindo falta disso, e fica agradecida. Quando mais jovem, tinha sido uma mãe frustrada e perversa, então fica feliz quando os filhos agem como se não se lembrassem disso.

É a vez de Andrew. Ele fica de pé diante de sua equipe, olhando para a tirinha vermelha de papel entre os dedos. Pondera, balança a cabeça, depois olha para Therese.

— Este deve ser seu — diz com certa presunção, talvez uma presunção bem-intencionada, se é que isso existe. Therese espera que sim.

— Tem alguma dúvida? — Ela se levanta para ler o que está escrito no papel. Está escrito "Bibidi-Bobidi-Bu". — É, é meu — responde.

— Vem cá. — Ele a chama, e os dois vão de novo para o hall.

Dessa vez, Therese repara nas fotografias que os pais penduraram ali. Fotos dos filhos, de casamentos e de Winnie, embora Therese ache que todas as suas lhe desfavorecem; acentuam alguma assimetria em seu rosto, ressaltam seu olhar embaçado, seu cabelo arrepiado e temperamental. "Aposto que podiam ter escolhido fotos melhores!", pensa, em um ataque de vaidade. As fotos de Andrew, Ann, Tad, Pam e Winnie são luminosas, posadas, salutares, bonitas. Já as dela pareciam ligeiramente perturbadas, como se os pais estivessem convencidos da sua insanidade.

— Vamos ficar aqui, na frente dessas fotos minhas com cara de demente?

— Foi a Ann que mandou para a mamãe — disse Andrew.

— Sério?

— O seu cabelo não era de outra cor? Eu não me lembro de ele ser assim. Que cor é essa? — pergunta Andrew, observando o cabelo da irmã.

— Por quê? O que você quer dizer com isso?

— Olha — diz ele, voltando à brincadeira e segurando o papel como se fosse de chiclete, grudento —, nunca ouvi falar disso aqui.

— Sério? É uma música. "Salagadula, mexicabula, Bibidi-Bobidi-Bu, junte isso tudo e...

— Não.

— Não? — continua. — "E teremos então Bibidi-Bobidi-Bu. Isso é magia, acredite ou não..."

— Não! — interrompe Andrew, enfático.

— Uhm, bom, não se preocupe. Todos da sua equipe vão conhecer.

A indignação dos justos recobre seu rosto.

— Se *eu* não conheço, o que faz você achar que *eles* conheceriam?

Talvez isto se deva ao seu trabalho, de caráter tecnossigiloso. *Ele* sabe; *eles* não sabem.

— Eles conhecem. Garanto a você — diz Therese, e em seguida vira-se para sair.

— Ei, ei, ei — diz Andrew. A ira cinza-rosada colore sua pele de novo. Em que ele se converteu? Therese não faz ideia. Ele é especialista em segredos. É um dossiê confidencial.

— Não vou fazer isso. Me recuso.

Therese olha bem para ele. Esse é o tipo de assertividade que ele não consegue exercitar no trabalho. Talvez ali, onde não é mais uma peça na engrenagem (ainda que uma peça valiosa), ele possa insistir em certas coisas. "A Guerra Civil acabou", ela tem vontade de dizer. Mas substituiu a fala pela imagem de duas crianças que se viram uma contra a outra agora que os deuses (ou seriam apenas guardas?) foram embora.

— Tudo bem — responde ela. — Eu faço outra.

— Nós vamos fazer outra — anuncia Andrew triunfante quando voltam para a sala. Ele balança o papelzinho anterior.

— Por acaso algum de vocês já ouviu falar em uma música chamada "Bibidi-Bobidi-Bu"?

— Claro — responde Pam, olhando para ele confusa. Com certeza ele ficava diferente nos feriados festivos.

— Sério? — Ele parece um pouco desnorteado. Olha para Ann. — Você também?

Ann reluta em decepcioná-lo mas diz um discreto "sim".

— Tad, e você? — pergunta ele.

Tad estava cochilando, com a cabeça jogada para trás no sofá, mas desperta num pulo.

— Ah, sim — diz ele.

— Tad não está se sentindo muito bem — diz Ann.

Andrew se volta para a outra equipe, desesperado.

— Vocês todos conhecem também?

— Eu não — diz Ray.

Ele é o único. Não saberia distinguir uma melodia de um meio-dia. De certo modo, é disso que Therese gosta nele.

Andrew volta a se sentar, sem se dar por vencido.

— Ray não conhece.

Therese não consegue pensar em nenhuma música, então escreve Clarence Thomas e entrega o papel para Andrew de novo. Enquanto ele pensa no que fazer, a mãe de Therese se levanta e volta trazendo copos de papel e uma garrafa de suco de *cranberry*.

— Quem quer suco de *cranberry*? — pergunta enquanto começa a servir. Em seguida oferece um copo a cada um. — As taças de vidro estão embaladas, temos que nos virar com estes copos.

"Temos que nos virar" é uma das expressões favoritas da mãe deles, incorporada durante a Grande Depressão e imortalizada durante a guerra. Quando eram pequenos, Therese e Andrew costumavam se entreolhar e repetir "temos que nos virar", mas quando Therese olha para Andrew agora, ele não esboça nenhuma reação. Ele esqueceu. Está pensando apenas na mímica que terá de fazer.

Ray bebe o suco distraidamente e derrama algumas gotas na cadeira. Therese lhe entrega um guardanapo, com o qual ele dá batidinhas no estofado; mas é Ann quem corre para a cozinha, volta com um pano frio e úmido e esfrega a cadeira de Ray, em uma atitude repreensiva.

— Não se preocupe — diz a mãe.

— Já estou dando um jeito — responde Ann em tom solene.

— Vou dar as pistas agora — diz Andrew, sem paciência.

Therese olha para Winnie, que, observando tudo, tranquila no colo da mãe, como um buda cor-de-rosa e incontinente capaz de reconhecer todas as letras do alfabeto, parece a pessoa mais sã naquela sala.

Andrew finge levar um copo ou uma garrafa à boca.

— Suco — arrisca Tad.

— Beber — diz Pam.

Ann volta da cozinha e senta-se no sofá.

— Tomar — diz ela.

Andrew sorri e confirma, mas sinaliza que ainda não terminou. Em seguida repete o gesto de tomar algo, aponta para Ann, repete o gesto, depois aponta para o pai, e repete o gesto mais uma vez.

— Eu tomo, tu tomas, ele... — Ann começa a dizer.

Andrew faz um gesto afirmativo.

— Tomas — repete Ann. — Juiz Clarence Thomas.

— Sim! — Andrew confirma, aplaudindo. — Quanto tempo levamos dessa vez?

— Trinta segundos — diz Tad.

— Bom, acho que ele está na ponta da língua de todo mundo — diz a mãe de Therese.

— Acho que sim — diz Therese.

— Foi interessante ver todos aqueles negros de Yale — diz a mãe.

— Todos reunidos no salão nobre do Senado. Aposto que os pais deles estavam orgulhosos.

Ann não tinha sido aceita em Yale.

— O que eu não gosto — diz ela — é desses negros que não gostam de brancos. Eles são muito hostis, vejo isso toda hora na faculdade de direito. A maioria dos brancos está mais do que disposta a se sentar junto com eles, ser amigável e se integrar. Os negros é que são raivosos demais.

— Por que será — diz Ray.

— Pois é, por que será — diz Therese. — Por que eles haveriam de ter raiva? Sabem do que mais eu não gosto? Não gosto desses caras gays que agora ficaram todos machões e austeros. Sabem o que quero dizer?

Eles andam tão fúnebres e aborrecidos hoje em dia... Onde foram parar os gays exuberantes e afetados de pouco tempo atrás? Onde foi parar a viadagem dos gays? É tudo tão confuso e despropositado! Não dá para saber quem é quem sem consultar a maldita *Playbill*!

Ela se levanta e olha para Ray. Está na hora de ir embora. Já faz um tempo que ela perdeu a compostura de magistrada. Tem medo de fingir levar outro tombo, e dessa vez quebrar algo. Chega a imaginar-se em uma maca, sendo levada para o aeroporto e depois até sua casa, dizendo as últimas palavras que tem para dizer à família, que sempre teve para dizer à família. Soa como *tô mal*.

— Tchau!

— Tchau!

— Tchau!

— Tchau!

— Tchau!

— Tchau!

— Tchau!

Mas antes Ray precisa fazer a mímica. Ele sorteou Confúcio.

— Ok, estou pronto — diz ele e começa a vagar pela sala, com um olhar de louco, confuso, tateando os livros na estante, colocando a mão na testa. E nesse momento Therese pensa em como ele é bonito, gentil e forte, e em como não sente por ninguém no mundo nem sequer metade do amor que sente por ele.

Quero ver você não chorar

Quando o gato morreu, no dia dos Veteranos de Guerra, e suas cinzas foram depositadas em uma latinha cor-de-rosa cafona e estampada de flores deixada em cima da lareira, a casa ficou vazia e Aileen começou a beber. Tinha perdido todo o seu vínculo com o mundo animal. Vivia agora em um lugar apenas de humanos: não havia pelos no sofá, o tapete não estava úmido nem desfiado, no canto da cozinha já não ficava um recipiente de comida de gato sujo no qual alguém podia tropeçar.

Ah, Bert!

Era um gato tão bonito...

Os amigos interpretaram a duração e a intensidade da tristeza de Aileen como um sintoma de luto deslocado. Seu sofrimento era por algo maior, mais apropriado: era pela morte iminente dos seu pais, pelo filho homem que ela e Jack nunca tiveram (mas a pequena Sofie, de três anos, não era uma fofura?), por toda a situação na Bósnia, no Camboja, na Somália, e também por David Dinkins, Rudolph Giuliani, e a questão do NAFTA.

— Não, de verdade, é só pelo Bert! — insistia Aileen. Era apenas pelo querido e lindo gato, seu parceiro durante dez anos. Tinha passado mais tempo com ele do que com Jack, Sofie ou grande parte dos seus amigos. E ele era muito esperto e divertido. Grande, leal e verbal como um cachorro.

— Como assim *verbal como um cachorro*? — perguntou Jack, franzindo o cenho.

— Eu juro.

— Controle-se — disse Jack, olhando para o copo de uísque dela. No aparelho de som, "Coro a boca cerrada", de Puccini; "Rapsódia para contralto", de Brahms; e "Adágio para cordas", de Samuel Barber, tocavam baixinho sucessivamente. Jack o desligou. — Você tem uma filha. As festas de fim de ano estão chegando. Aquele maldito gato não teria derramado uma lágrima por você.

— Eu realmente não acho que isso seja verdade — disse, um pouco alterada, talvez com excesso de ardor e malte na voz. Passara a falar assim de vez em quando. Insistia nas coisas, ousava sair dos trilhos, vivia perigosamente. Já havia atravessado, com cuidado e obediência, todas as fases do luto: raiva, negação, negociação, Häagen-Dazs, ira. Da raiva à ira: quem disse que ela não estava progredindo? Irritava-se, mas procurava disfarçar. Tinha dores de cabeça, quase sempre lancinantes, mas às vezes o ziguezaguear de uma enxaqueca avançava pelo seu crânio e se acomodava como uma venda tola e barata em volta dos olhos.

— Desculpe — disse Jack. — Talvez ele tivesse chorado, sim. E feito caridade, escrito cartas, cartões. Quem vai saber? Vocês eram muito próximos, eu sei.

Aileen ignorou.

— Aqui — disse ela, apontando para o uísque. — Tome um pouco de estímulo festivo! — sugeriu e deu um gole no líquido âmbar, que fez arderem em seus lábios rachados.

— Dewar's, está mais para estímulo combativo — disse Jack, olhando para a garrafa mortificado.

— Bem — respondeu ela, na defensiva, endireitando-se na cadeira e abotoando o casaco. — Imagino que você não esteja muito inclinado a partir para a briga, feito o Thomas Dewey.

— Acertou! — respondeu Jack indignado. — Isso mesmo! E amanhã vou acordar e descobrir que fui derrotado pelo Truman! — Virou-se e subiu a escada enraivecido, enquanto ela o ouvia pisar firme e bater a porta.

Pobre Jack. Talvez Aileen estivesse exigindo demais dele. Desde a primavera, ela já tivera o problema no joanete — a manqueira, a muleta e o sapato azul enorme. Depois, em setembro, tinham ido ao jantar de Mimi

Andersen, durante o qual Jack, o único não fumante, fora obrigado a ir para a varanda enquanto todos ficavam dentro de casa com seus cigarros acesos. E, *por fim*, Aileen fizera uma performance monodramática da "versão doméstica de *Lisístrata*", que Jack chamou de "Sem limpeza não tem safadeza". Mas tinha funcionado. Mais ou menos. Por cerca de duas semanas. Afinal de contas, havia um limite para o que uma mulher podia fazer nesse cenário vasto e perverso.

— Estou preocupado com você — disse Jack, na cama. — Sério, estou sendo honesto. Não no sentido Ernesto, como Hemingway. Mas também. — Ele fez uma careta. — Está vendo só como eu estou falando? Estamos todos malucos por aqui.

Na estante que ficava sobre a cama havia tantas pilhas de romances e livros de memórias sofridas, que mais lembrava uma mesa de estudos de uma biblioteca do que um leito conjugal.

— Você está bem, eu estou bem, todos estão bem — afirmou Aileen. Tentou achar a mão dele sob os lençóis mas acabou desistindo.

— Você está fora de si — disse ele. — Onde está com a cabeça?

Os pássaros sentiam-se encorajados, iam pouco a pouco se apropriando do jardim, ocupando os galhos, piando famintos no peitoril da janela ou na beirada do telhado pela manhã.

— Que algazarra é essa? — perguntou Aileen.

As folhas tinham caído, mas agora gaios, corvos e tentilhões encobriam as árvores. Alguns voavam para o sul, outros se demoravam a fim de bicar as sementes no solo endurecido. Esquilos também apareceram, disputando as maçãs velhas que tinham caído da macieira em flor. Um gambá, escavando e roendo, se instalou sob a varanda. Guaxinins tinham descoberto os brinquedos de Sofie e, uma bela manhã, Aileen olhou pela janela e viu dois deles indo e vindo no balanço. Não queria vida animal? Lá estava a vida animal!

— Não assim. Nada disso estaria acontecendo se Bert ainda estivesse aqui. — Bert patrulhava a área. Bert mantinha as coisas em ordem.

— Você está falando comigo? — quis saber Jack.

— Parece que não — respondeu ela.

— O quê?

— Acho que precisamos encharcar este jardim de repelente.

— Você quer dizer pesticida?

— Rata metida, vou jogar inseticida, rata metida, vou jogar inseticida — cantarolou Sophie.

— Não sei o que quero dizer.

Em seu grupo de crítica de cinema feminista, ainda estavam discutindo o *Homem-gato*, um filme todo passado em flashback a partir do momento em que um homem salta de um edifício residencial. Em vez de ter atos ou capítulos, o filme era dividido conforme o número de andares do edifício, em ordem decrescente. No fim, o lindo homem das memórias cai de pé. *Ah, Bert!* Uma das mulheres no grupo de Aileen, Lila Conch, estava irritada com o filme.

— Odiei o fato de que toda vez que aparecia uma mulher dizendo algo substancial, ela por acaso também estava seminua.

Aileen suspirou.

— Eu, na verdade, achei essas cenas as mais verossímeis. Foram as partes de que eu mais gostei.

Todas olharam para ela enfurecidas.

— Aileen — disse Lila, cruzando as pernas de novo. — Vá até a cozinha, querida, e prepare nosso chazinho com bolo.

— É sério? — questionou Aileen.

— Ah, é, sim — disse Lila.

O Dia de Ação de Graças chegou e passou mecanicamente. Aileen e Jack, junto com Sofie, foram a um restaurante e pediram pratos diferentes, como se fossem três desconhecidos birrentos querendo reafirmar seus gostos. Depois, voltaram para casa. Apenas Sofie, que tinha pedido a abóbora recheada do menu infantil, estava de algum modo satisfeita e cantava no banco de trás do carro uma música de Ação de Graças que tinha aprendido na creche. "Não é um porco, é um peru. Ele não faz *oinc*, faz *glu-glu-glu*." O último feriado realmente bom para eles foi o Dia das Bruxas, quando Bert ainda era vivo e tinham-no fantasiado de Jack. Depois fantasiaram Jack de Bert, Aileen de Sofie e Sofie de Aileen.

— Agora eu sou você, mamãe — concluiu Sofie quando Aileen amarrou um dos seus aventais de cozinha na cintura da filha e passou batom nela.

Jack apareceu e esfregou os bigodes pintados com hidrocor no rosto de Aileen, que, vestindo um pijama cor-de-rosa com pés, deu várias risadinhas. O único que não estava se divertindo muito com aquilo era o próprio Bert, que trajava uma das gravatas de Jack e tentava arrancá-la com a pata. Dando-se por vencido, arrastou o acessório por um tempo, tentando ignorá-lo. Em seguida, zangado e humilhado, bamboleou até o canto perto do piano e se deitou, contrariado. Ao se lembrar disso, uma semana depois — quando Bert estava morrendo dentro de uma tenda de oxigênio na clínica veterinária, com líquido nos pulmões e o coração quase parando (embora suas orelhas ainda espichassem quando Aileen ia visitá-lo; ela usava o perfume de sempre, para que ele reconhecesse seu cheiro, e colocava em sua boca biscoitinhos para gatos quando ninguém mais conseguia fazer com que ele comesse) —, Aileen foi tomada pela tristeza e pelo arrependimento.

— Acho que você devia procurar alguém — comentou Jack.

— Você quer dizer um psiquiatra ou de um affaire?

— Um affaire, é claro. — Jack se indignou. — Um *affaire*?

— Não sei — respondeu Aileen e encolheu os ombros.

O uísque que andava bebendo ultimamente estava causando inchaço nas articulações, de modo que quando levantava os ombros agora eles praticamente travavam nessa posição, rijos, na altura das orelhas.

Jack esfregou-lhe o antebraço, em um gesto de quem ama ou de quem está tentando limpar uma sujeira na manga da camisa. Qual dos dois seria?

— A vida é uma longa viagem por um país extenso — disse ele. — Às vezes o tempo está bom. Às vezes está ruim. Às vezes está tão ruim que o carro sai da estrada.

— Pois é.

— Procure alguém. Nosso plano de saúde cobre uma parte.

— Tudo bem, tudo bem. Mas, por favor, sem mais metáforas.

Ela pediu indicações de nomes, fez listas, agendou entrevistas e consultas.

— Estou em estado crítico por causa da morte de um animal de estimação. Quanto tempo demora para tratar um caso assim?

— Como?

— Em quanto tempo você consegue fazer com que eu supere a morte do meu gato? E quanto cobra?

Todos os psiquiatras, com suas roupas e seus vasinhos de planta ligeiramente diferentes uns dos outros, ficavam chocados.

— Olha — dizia Aileen. — Esqueça o Prozac, esqueça que Freud abandonou a teoria da sedução, esqueça Jeffrey Masson. Ou seria *Jackie* Mason? A única coisa que vai revolucionar esta profissão é fazer orçamentos!

— Sinto dizer que não funciona assim. — Foi o que lhe responderam diversas vezes. Até que, finalmente, encontrou alguém que concordou.

— Sou especialista em Natal — afirmou o psicoterapeuta, um sujeito chamado Sidney Poe, que vestia um colete de lã com estampa de losangos, gravata borboleta e sapatos de couro oxford sem meias. — Vou fazer uma promoção especial de Natal. Até lá você estará se sentindo melhor ou sua última sessão será de graça.

— Gostei dessa proposta — disse Aileen. Já era dia primeiro de dezembro. — Gostei bastante dessa proposta.

— Que bom — disse ele com um sorriso que, ela teve de admitir, parecia desonesto e perverso. — Do que se trata? Um cachorro ou um gato?

— Um gato.

— Opa, opa. — Ele fez uma anotação, murmurou algo, pareceu consternado.

— Antes posso fazer uma pergunta?

— Claro.

— Você oferece promoções especiais de Natal por causa das altas taxas de suicídio nessa época?

— "As altas taxas de suicídio nessa época" — repetiu ele em tom condescendente, achando graça. — É um mito essa história de que aumentam os índices de suicídio na época do Natal. São as taxas de *homicídio* que sobem. Assassinatos de férias. Estas épocas em que de repente a família se reúne e, então, *bum*, o caldo entorna.

As consultas com Sidney Poe eram às quintas-feiras. "Quintas do Advento", assim ela as chamava. Sentava-se diante dele com uma caixa de lenços Kleenex estampados no colo, rememorando as maiores qualidades e os momentos gloriosos de Bert, seu grande senso de humor e suas travessuras espirituosas.

— Ele costumava tentar falar ao telefone, quando *eu* estava ao telefone. E uma vez, quando eu procurava o pepino para colocar na salada, disse alto "Cadê o pepino?", e ele apareceu correndo na cozinha, pensando que eu tinha dito "Cadê o felino?".

Só uma vez ela teve que dar um tapinha em Sidney, para que despertasse. De leve. Em geral bastava ela bater as mãos e chamar "Sid!" para que ele se endireitasse na poltrona de psiquiatra e arregalasse bem os olhos.

— Na unidade de tratamento intensivo do hospital veterinário — continuou Aileen —, eu vi um gato que tinha levado um tiro de pistola de ar comprimido na coluna. Vi cachorros se recuperando de cirurgias na mandíbula. Vi um golden retriever que passara por uma substituição de quadril entrar no lobby arrastando uma espécie de carrinho. Como ele ficou feliz ao ver a sua dona. Foi se arrastando até alcançá-la, que se ajoelhou e abriu os braços para recebê-lo. Ela cantou para o cão e chorou. Foi uma versão animal de *Porgy and Bess*. — Ela fez uma pequena pausa. — Isso me fez pensar no que está acontecendo neste país, me fez pensar que temos que nos perguntar o que diabos está acontecendo.

— Creio que nosso tempo acabou — Sidney cortou-a.

Na semana seguinte, ela foi ao shopping antes da sessão. Perambulou pelas lojas, todas decoradas com volumosas guirlandas e tocando canções natalinas piegas com arranjos instrumentais. Aonde quer que ela fosse havia livros natalinos com gatos, cartões de Natal com gatos, papel de presente com estampa de gatos. Odiava aqueles gatos. Eram sem graça, apáticos, caricatos, todos iguais. Nem se comparavam a Bert.

— Eu tinha muita esperança — disse ela mais tarde para Sidney. — Fizeram todos os procedimentos, deram todos os medicamentos, mas as drogas acabaram com os rins dele. Quando o médico sugeriu que o sacrificássemos, perguntei se não havia mais nada que pudéssemos fazer. E sabe o que ele respondeu? Ele disse sim, uma necropsia. Depois de eu ter gasto mil dólares, ele diz simplesmente isso: sim, uma necropsia.

— Nossa — disse Sid.

— Uma dinheirectomia — disse Aileen. — O pobre Bert sofreu uma dinheirectomia!

E então ela começou a chorar, pensando no olhar ao mesmo tempo doce e desesperado de Bert dentro da tenda de oxigênio, na atadura em sua pata, em seus olhos embaciados e úmidos. Não era daquela forma que um animal devia morrer, mas ela havia submetido Bert a um tratamento médico completo, entregara-o a todo aquele vodu hospitalar fosforescente e metálico, sem saber o que mais podia fazer.

— Me fale sobre a Sofie.

Aileen suspirou. Sofie era adorável. Sofie era incrível.

— Sofie está bem, ela é ótima.

A não ser pelo fato de que Sofie estava voltando da creche com recadinhos na agenda. "Hoje Sofie mostrou o dedo para a professora, mas foi o indicador." Ou: "Hoje Sofie desenhou um bigode no rosto." Ou ainda: "Hoje Sofie exigiu ser chamada de Walter."

— É mesmo?

— Nosso último feriado realmente bom foi o Dia das Bruxas. Levei Sofie para brincar de gostosuras ou travessuras pela vizinhança e ela estava muito fofa. Só no fim da noite começou a entender como funcionava a brincadeira. Durante quase todo o tempo ela estava tão agitada que tocava a campainha e, assim que alguém abria a porta, estendia a sacola e dizia: "Olha! Trouxe doces para você!"

Aileen ficara esperando na calçada, fora do alpendre, vestindo seu pijamão cor-de-rosa com pés. Tinha deixado Sofie se apresentar: "Eu sou a mamãe e a mamãe é eu."

— "Entendi" — respondiam os vizinhos. E, em seguida, a cumprimentavam e acenavam para ela da porta de casa. — "Oi, Aileen! Como vai?"

— Precisamos nos concentrar no Natal — alertou Sidney.

— É verdade — respondeu Aileen sem esperança. — Só temos mais uma semana.

Na quinta-feira antes do Natal, ela foi inundada por recordações: o rato do campo, os passeios, as longas sonecas juntos.

— Ele tinha um repertório limitado para comunicar suas necessidades. Tinha o miau para pedir comida, e eu ia com ele até a vasilha. Tinha o miau de quando queria sair, e eu ia com ele até a porta. Tinha o miau pedindo para ser escovado, e eu ia com ele até o armário onde ficava a escova. E tinha ainda o miau existencial, quando eu ia atrás dele, que vagava pela casa, entrando e saindo de cada cômodo, sem saber muito bem por quê.

Os olhos de Sidney começaram a ficar aguados.

— Entendo por que sente tanta falta dele.

— Entende?

— É claro! Mas isto é tudo o que posso fazer por você.

— Terminou a oferta especial de Natal?

— Receio que sim — respondeu ele, de pé. Estendeu a mão para despedir-se. — Me ligue depois do feriado para me contar como está se sentindo.

— Tudo bem — respondeu Aileen tristonha. — Vou ligar.

Foi para casa, preparou uma bebida, ficou diante da lareira. Pegou a latinha cor-de-rosa florida e a sacudiu, com medo de ouvir o barulho abafado dos ossos, mas não ouviu nada.

— Você tem certeza de que é ele? — perguntou Jack. — Em se tratando de animais, é capaz de fazerem cremações em massa. Um punhado para os gatos, dois para os cachorros.

— Jack, *por favor.*

Pelo menos não tinha enterrado Bert no cemitério de bichos de estimação local, com lápides intricadas e inscrições piegas. "Amado Rexie, em breve estarei com você." Ou: "Em memória de Muffin, que me ensinou a amar."

— Comprei a última árvore de Natal — comentou Jack. — Estava apoiada na parede do galpão, com o salto alto quebrado e um cigarro pendurado na boca. Achei que devia trazê-la para casa e oferecer uma sopinha.

Pelo menos ela tinha buscado uma solução de mais bom gosto do que o cemitério, pensando na ocasião apropriada para devolvê-lo ao céu ou à terra, tirá-lo de baixo da prateleira em cima da lareira e levá-lo para fora da casa de uma maneira significativa, embora ainda não soubesse qual seria o dia certo para isso. Tinha-o deixado na cornija sobre a lareira, e lamentara profundamente a sua perda. Era natural. Não podia fingir que não tinha perdido nada. Um gato querido morrera — era preciso partir daí, e não virar uma pedra de gelo. Se o seu coração se fechasse para isso, mais tarde se fecharia para algo maior, e em seguida mais e mais, até que o coração ficasse distante, imobilizado, sua imaginação se redistribuísse para fora do mundo e retornasse apenas na direção dos mapas ruins que há em você, os poços de amargura do seu próprio pulso, dos seus desejos pequenos, mesquinhos e sem sentido. Pare aqui! Comece aqui! Comece com Bert!

Um brinde a Bert!

Cedo na manhã de Natal, Aileen acordou Sofie e vestiu-a com seu macacão de neve. Havia uma fina camada de neve no chão e o vento soprava rajadas de poeira gelada pelo jardim.

— Hoje vamos dizer adeus ao Bert — avisou Aileen.

— Ah, Bert! — disse Sofie, e começou a chorar.

— Não, vai ser uma despedida feliz! — explicou Aileen, sentindo a latinha cor-de-rosa florida no bolso do casaco. — Ele quer sair. Você lembra como ele fazia quando queria sair? Como ele miava diante da porta e então a gente abria?

— Miau, miau — imitou Sofia.

— Muito bem. É o que vamos fazer agora.

— Ele vai encontrar o Papai Noel?

— Sim, ele vai encontrar o Papai Noel!

As duas saíram para o jardim e desceram os degraus da varanda. Aileen abriu a lata. Dentro dela havia um pequeno saquinho de plástico, que ela rasgou. E dentro do saquinho estava Bert: cinzas granulosas, como a areia com restos de conchas da praia. Verão em pleno dezembro no hemisfério norte! O que era o Natal senão uma grande e confusa metáfora? O que celebrava, além do mistério do amor entre as espécies — o amor de Deus pelo homem! O amor tinha buscado um abismo sobre o qual saltar e aterrissara bem aqui: o Espírito Santo entre os animais do estábulo, o favorito enviado para ser adorado e depois morrer. Aileen e Sofie pegaram cada uma um punhado de Bert e correram pelo jardim, deixando que o vento espalhasse as cinzas. Passarinhos voaram das árvores, esquilos assustados fugiram para o quintal do vizinho. Ao libertar Bert, quem sabe incorporassem algo dele: expulsar os intrusos, patrulhar as fronteiras, depois voltar para dentro de casa e brincar com os enfeites natalinos, despedaçar os embrulhos de presentes, comer o grande pássaro sem cabeça.

— Feliz Natal para o Bert! — gritou Sofie.

A lata já estava vazia.

— Sim, feliz Natal para o Bert! — repetiu Aileen.

Enfiou a lata de volta no bolso, e em seguida mãe e filha correram para dentro de casa, para se aquecerem.

Jack estava na cozinha, diante do fogão, ainda de pijama. Estava servindo suco de laranja e esquentando pãezinhos.

— Papai, feliz Natal para o Bert! — Sofie abriu os botões de pressão de seu macacão de neve.

— Claro — disse ele e se virou para a filha. — Feliz Natal para o Bert! — Jack ofereceu um copo de suco para Sofie, outro para Aileen. Mas, antes de beber, Aileen esperou que ele dissesse algo mais. Jack limpou a garganta e deu um passo à frente. Ergueu o copo. Seu sorriso largo e aturdido dizia: Esta família é muito estranha. Mas, em vez disso, exclamou: — Feliz Natal para todos neste vasto mundo! — E ficou nisso.

Bela nota

É uma noite fria, amarga do início ao fim. Após um mês pavoroso de processo judicial, Albert, grande amigo de Bill, estava solteiro de novo — e se comportava como o curador de uma exposição: convidou os amigos para irem a seu apartamento sublocado celebrar o ano-novo e assistir aos vídeos das suas núpcias e pós-núpcias, que resgatou do alto da estante e apresentou com regozijo e uma surpresa irônica ao grupo de amigos. Em cada um dos três casamentos, a mãe de Albert, já idosa, tinha se encarregado de filmar a cerimônia e, no momento decisivo dos votos, todas as vezes, Albert desviava o rosto da noiva com irreverência, olhava para a câmera da mãe e dizia: "Sim. Eu prometo que sim." Os trâmites de divórcio, ao contrário, são silenciosos, espasmódicos e lúgubres ("Como o escrivão", segundo Albert). Há sorrisos débeis, roupas de trabalho, o movimento de uma caneta.

No final, os convidados de Albert aplaudem. Bill põe os dedos na boca e solta um assobio estridente (nem todo homem sabe fazer isso; o próprio Bill não tinha aprendido até entrar na universidade, embora já tivessem se passado trinta anos desde então; três décadas de assobios de perfurar os tímpanos — os jovens não desperdiçam a juventude). Albert agradece, coloca as fitas de volta nos estojos de plástico, acende a luz e suspira.

— Chega de casamento. Chega de divórcio. Chega de perder tempo. De agora em diante, quero apenas sair por aí, encontrar uma mulher de quem não goste muito e dar a ela um lar — anuncia.

Bill, divorciado apenas uma vez, esta noite está com Debbie, moça jovem demais para ele, pelo menos é o que sabe que comentam; embora da próxima vez que disserem isso na sua cara, ele pretenda gritar: "Me perdoem!" Talvez não grite. Talvez chie. Um chiado com pitadas de súplica. E em seguida se jogue no chão implorando para ser apedrejado depressa. Por enquanto, neste segundo, porém, vai fingir que seu coração é mais valente e evoluído, explicando a quem vier lhe perguntar como seria mais fácil ainda estar com sua ex-mulher, alguém da sua idade, mas não, não para Bill, o grande e bravo Bill: Bill se meteu em uma relação mais complexa, espiritualmente birracial, politicamente complicada e, verdade seja dita, fisicamente trabalhosa. Os jovens não desperdiçam a juventude.

Que porra é essa?

Ela parece ter catorze anos!

Não pode estar falando sério!

Bill precisou beber mais do que de costume. Teve que admitir para si mesmo que sozinho, sem o vinho, não tem uma gota da coragem necessária para viver aquele romance.

(— Não quero me intrometer, Bill, nem importuná-lo com considerações feministas, mas, desculpe: você está saindo com uma garota de vinte e cinco anos?

— Vinte e quatro — corrigiu ele. — Mas você chegou perto!)

Suas amigas tinham berrado com ele, ou quase isto. Melhor dizendo, reagiam com uma mistura de suspiros e risos nervosos.

— Não sejam cruéis. — Bill teve que pedir a elas.

Albert tinha sido mais gentil e delicado, se não no conteúdo, pelo menos no tom.

— *Algumas* pessoas podem achar seu envolvimento com essa garota um desperdício do seu charme — opinou, calmamente.

— Mas eu me esforcei muito para ter esse charme — disse Bill. — Pode acreditar, comecei do zero. Não posso usá-lo da maneira que eu quiser?

Albert analisou a perda de peso e o leve bronzeado de Bill, os braços cobertos de sardas feito os pontinhos de um morango, as roupas brancas e frescas que ainda usava bem depois do fim do verão nas salas de aula lotadas e cavernosas da faculdade de direito.

— Bem, *algumas* pessoas podem pensar que você está fazendo mau uso da sua posição. — Ele fez uma pausa e passou o braço sobre os ombros de Bill. — Se bem que, para mim, isso tudo deixou você com pinta de tenista.

Bill enfiou as mãos nos bolsos.

— Como assim? Você está se referindo àquela coisa meio Tennessee Williams de depender da bondade de estranhos?

Albert recolheu o braço.

— Do que você está falando? — perguntou, e aos poucos seu rosto foi murchando, com uma expressão preocupada. — Ah, coitado — disse. — Coitadinho de você!

Bill já protestou, ficou confuso, se trancafiou. Mas está cansado demais para continuar mantendo Debbie no armário. O corpo suporta apenas algumas semanas com medo do palco até que simplesmente se rende e entra em cena. Além disso, neste semestre Debbie não está em nenhuma de suas turmas de direito constitucional. E também não está mais, entre uma aula e outra, na cama dele, assistindo a um filme alugado, dizendo coisas que deveriam fazê-lo rir, como "Pode se abrir, baby, isso é baba?" ou "Não ouse pensar que estou fazendo isso para tirar uma boa nota. Estou fazendo isso por uma *bela* nota". Debbie não faz mais essas encenações, e ele sente um pouco de falta disso, de tanto empenho e desejo. "Se sou apenas um capricho passageiro, então quero passar com uma nota caprichada", ela disse uma vez. E também: "A faculdade de direito é a escola de cinema dos anos 1990."

Debbie não é mais sua aluna em nenhum sentido, então, por fim, o fato de aparecerem juntos provoca incômodo e embaraço, mas não tem nada de ilegal. Bill pode levá-la para jantar. Pode viver no presente, que agora é seu tempo verbal favorito.

Porém, precisa ter em mente quem está ali naquela festa. São pessoas para quem a história, o conhecimento adquirido, o que se acumula ao longo de dias e anos, significam tudo. Ou será que isso é apenas o resumo conveniente da sua própria paranoia? Lá estão Albert, com seus vídeos; Brigitte, cientista política nascida em Berlim que é amiga de longa data de Albert; Stanley Mix, que passa um semestre sim e outro não no Japão, estudando os efeitos da radiação sobre a fauna de Hiroshima e Nagasaki; Roberta, a mulher de Stanley, agente de viagens e planificadora obsessiva das milhas que o marido acumula como viajante frequente (Bill costuma admirar seus cartazes: VOLTE NO TEMPO, VENHA PARA A ARGENTINA, diz um que ela tem pendurado na porta); Lina, uma sérvia bonita, professora visitante de estudos eslavos; e Jack, marido de Lina, um médico texano que, cinco anos antes, na Iugoslávia, colocou terra de Dallas sob o leito de Lina na sala de parto do hospital, para que seu filho nascesse "em solo texano". ("Mas o menino é completamente sérrvio", Lina comenta sobre o filho, prolongando seus adoráveis erres. "Só não diga isso ao Jack.")

Lina.

Lina, Lina.

Bill tem uma queda por ela.

— Você está com a Debbie porrque em algum lugarr do passado debe terr habido uma garrotinha linda que larrgou você — disse Lina certa vez ao telefone.

— Ou talvez, quem sabe, porque todas as outras que eu conheço estejam casadas.

— Haha! Você apenas acredita que elas estão casadas.

O que soou, para Bill, como uma versão adulta de *Peter Pan*, sem Mary Martin, sem as canções, apenas um monte de desejos e pensamentos agradáveis; em que no fim todos se jogam pela janela.

E a terra do nunca, nunca mais?

O casamento, Bill pensa, é que é a escola de cinema dos anos 1990.

Verdade seja dita, Bill tem um pouco de medo do suicídio. Tirar a própria vida, para ele, tem atrativos demais: um verdadeiro corte na narrativa (embora em retrospectiva), uma vantagem filosófica desproporcional (embora, de novo, em retrospectiva), a última palavra, o corte final, o argumento final. E, o mais importante, leva você pra bem longe, independentemente de onde esteja, e ele entendia como algo assim podia acontecer em um momento de fraqueza mas ao mesmo tempo um momento brilhante, do qual se arrependerá quando, lá do céu infinito, olhar para baixo, ou quando olhar para cima através de dois grandes formigueiros e algumas ervas daninhas.

Contudo, é em Lina que ele se pega pensando, é por ela que se veste com cuidado a cada manhã, tirando todas as etiquetas da lavanderia e combinando os pares de meias.

Albert conduz os convidados até a sala de jantar e todos se amontoam em volta da grande mesa de madeira, contemplando os detalhes das saladas minuciosamente montadas sobre cada prato — saladas que, com pedaços de queijo e ramos de cebolinha sobre pequenas folhas de chicória, parecem elaborados chapeuzinhos de festa infantil.

— É para vestir ou para comer? — pergunta Jack, mastigando um chiclete cinza que mais parece o cérebro de um rato.

— Eu admiro os gays — disse Bill com a voz impostada. — Eles têm a coragem de amar quem querem amar, apesar de tanta intolerância.

— Relaxe — murmura Debbie, cutucando Bill. — É só uma salada.

Albert indica de maneira genérica onde devem se sentar, homens e mulheres alternando-se, como os nomes de furacões, embora essa distribuição separe e afaste os casais em plena noite de ano-novo, e Bill suspeita que é exatamente isso o que Albert quer.

— Não se sente aí que ele morde — diz Bill a Lina quando ela se acomoda ao lado de Albert.

— Seis graus de separação — comenta Debbie. — Vocês acreditam nessa história de que todos somos separados por apenas seis pessoas?

— Ah, *nós* estamos separados por pelo menos seis pessoas, não é mesmo, amor? — diz Lina ao marido.

— No mínimo.

— Não, eu quis dizer *apenas* seis pessoas — explicou Debbie. — Seis desconhecidos. — Mas ninguém a escuta.

— Esta é uma noite de ano-novo de cunho político — disse Albert. — Estamos aqui para protestar contra o ano que vem, reclamar do ano que passou; e supostamente para fazer uma petição ao Senhor Tempo, mas também para comer. Na China, é o Ano do Porco.

— Ah, um daqueles anos do porco. — Stanley empolga-se. — Eu adoro esses anos.

Bill tempera sua salada com sal, depois olha para os demais e se desculpa.

— Coloco sal em tudo, para que fique a salvo.

Albert traz filés de salmão e os serve com a ajuda de Brigitte. Desde que a promoção de Albert a professor titular foi negada, pois seus artigos sobre Flannery O'Connor ("Um homem bom é *mesmo* difícil de encontrar", "Tudo que sobe deve *de fato* convergir" e "O sul totêmico: o céu *realmente* é dos violentos!") não obtiveram aclamação acadêmica, ele decidiu que passaria a servir aos outros, distribuindo comunicados e memorandos internos, encarregando-se do ponche e dos biscoitos em recepções variadas. Ele ainda não é muito bom nisso, mas seu esforço comove e enternece. Agora todos estão sentados com as mãos no colo e se inclinam para trás quando o prato é colocado à sua frente. Quando Albert se senta, começam a comer.

— Vocês sabiam que na Iugoslávia — fala Jack mastigando — é preciso estudar por quatro anos para se tornar garçom? São quatro anos de curso para garçom.

— Típico dos iugoslavos — acrescenta Lina. — Têm que ir à escola esse tempo todo para aprender a servir alguém.

— Aposto que sabem servir bem. — Bill faz o comentário idiota, e todos o ignoram, pelo que fica grato. O peixe dele tem mais cheiro de peixe do que o dos demais, ele tem certeza disso. Talvez tenha sido envenenado.

— Vocês ouviram falar no estudante japonês de intercâmbio, coitado, que parou em uma casa para perguntar o caminho e levou um tiro porque pensaram que era um ladrão? — Quem diz isso é Debbie, a querida Debbie. Como chegou a essa história?

— Sim, eu soube. Que horror — diz Brigitte.

— Na verdade, um disparo desses faz todo o sentido — observa Bill. — Se pensarmos que os japoneses são bastante conhecidos pela criminalidade nas ruas.

Lina dá uma gargalhada, e Bill cutuca um pouco o peixe com o garfo.

— Eu acho que o sujeito deve ter pensado que o estudante ia entrar na casa dele e reprogramar o computador — diz Jack, e todos riem.

— Espera, isso não é racismo? — questiona Bill.

— É?

— Talvez.

— Acho que não.

— Não realmente.

— Somos só nós.

— E o que isso quer dizer?

— Alguém quer mais comida?

— Então, Stanley, como está indo a sua pesquisa? — pergunta Lina.

É uma pergunta vaga ou um questionamento mordaz? Bill não sabe dizer. Da última vez que estiveram todos juntos, houve uma discussão terrível sobre a Segunda Guerra Mundial. A Segunda Guerra Mundial não é necessariamente um bom tema para conversa e, entre eles oito, detonou uma confusão enorme. Stanley gritou, Lina ameaçou ir embora e Brigitte teve uma crise durante a sobremesa. "Eu era uma menina, eu estava lá", disse ela, referindo-se a Berlim.

Lina, que teve três tios fuzilados pelos nazistas, como já havia contado a Bill, respirou fundo e ficou olhando para o papel de parede, com listras largas e pálidas como pijamas. Foi impossível comer.

Brigitte lançava um olhar acusatório para todos os presentes, seu rosto inchado como uma maçã assada. Lágrimas escapavam dos seus olhos. "Não precisavam ter feito aqueles bombardeios, não daquela forma. Não precisavam lançar tantas bombas." Em seguida começou a soluçar, e depois tentou sufocar os soluços. Por fim simplesmente sufocou.

Tinha sido um tremendo choque para Bill. Durante anos, Brigitte tinha sido alvo de piadas céticas entre ele e Albert. Inventavam títulos para seus livros sobre a história europeia: *O Füher endoideceu* e *Hitler: um pastel!* Mas naquela noite as lágrimas de Brigitte foram tão amargas e viscerais, depois de tantos anos, que ele ficou surpreso e perturbado. O que significava chorar daquela forma — *durante o jantar?* Ele nunca tinha vivenciado uma guerra dessa forma e, na verdade, nem de nenhuma outra. Nem sequer um jantar como aquele tinha presenciado antes.

— Bem — responde Stanley a Lina. — Está ótima, na verdade. Vou voltar no mês que vem. Até agora, os dados sobre o tamanho reduzido das cabeças são os mais interessantes e conclusivos. — Ele mastiga o peixe. — Se me pagassem por palavra, eu seria um homem rico. — A voz de Stanley é elástica e excessivamente confiante, como a dos convidados do *Texaco Opera Quiz.*

— O Jack aqui recebe por palavra — provoca Bill. — E a palavra é *Próxima?*

Talvez Bill pudesse mudar habilmente de assunto das devastações nucleares para os planos de saúde nacionais. Mas seria uma melhora? Lembra-se de uma vez ter perguntado a Lina que tipo de medicina Jack praticava. "Ah, ele é cirurgião ginecológico", respondeu ela com desdém. "Tem a ver com umas coisas que caem na vagina", disse e se arrepiou. "Não gosto de pensar nisso."

Coisas que caem na vagina. A palavra *coisas* por alguma razão fez Bill pensar em mesas e cadeiras ou, ainda mais glamourosamente, em pianos e lustres. Agora ele via Jack como uma espécie de profissional de mudança: Transportadora Aliados do Complexo Ginecológico-obstétrico.

— Depois de todo esse tempo, Bill continua cético em relação aos médicos — diz Jack.

— Dá para perceber — responde Stanley.

— Uma vez removeram a minha amídala boa, em vez da outra — diz Bill.

— Você nota alguma diferença entre Hiroshima e Nagasaki? — persiste no assunto Lina.

— É interessante você perguntar isso — diz Stanley, virando-se para ela. — Sabe, em Hiroshima a bomba foi de urânio, e em Nagasaki, de plutônio. O que sucede é que estamos encontrando consequências mais danosas do urânio.

Lina tem um sobressalto, apoia o garfo e vira-se alarmada na direção de Stanley. Parece examinar o estado do seu rosto, os fragmentos verde--amarronzados dos cistos sebáceos, feito lentilhas enterradas na pele.

— Usaram dois tipos diferentes de bomba? — pergunta Lina.

— Isso mesmo.

— Você quer dizer que o tempo todo, desde o princípio, tudo não passou de um experimento? Planejaram tudo como *objeto de estudo* desde o início? — questiona ela, com o rosto em chamas.

Stanley fica na defensiva. Afinal de contas, ele é um dos estudiosos. Ele se ajeita na cadeira.

— Existem vários livros bons sobre o assunto. Se você não entende o que aconteceu com o Japão durante a Segunda Guerra Mundial, aconselho que leia alguns deles.

— Ah, entendi. E então poderemos conversar melhor — responde Lina. Dá as costas para Stanley e se volta para Albert.

— Crianças, crianças — murmura Albert.

— Segunda Guerra Mundial — diz Debbie. — Essa não foi a guerra que ia acabar com todas as guerras?

— Não, essa foi a Primeira Guerra — ensina Bill. — Na Segunda Guerra Mundial não estavam prometendo mais nada.

Stanley não cede. Vira-se para Lina outra vez.

— Tenho que dizer uma coisa: me admira uma sérvia, em matéria de política exterior, assumir uma postura de superioridade moral.

— Stanley, eu gostava de você. Se lembra de quando você era um cara legal? Eu me lembro.

— Eu também — intervém Bill. — Eu me lembro do sorriso e dos gestos generosos.

Bill quer ajudar Lina. Este ano ela passou por muita coisa. Em abril, uma rádio local convidou-a para participar de um programa e fizeram perguntas sobre a Bósnia. Ao tentar explicar o que estava acontecendo na antiga Iugoslávia, Lina disse: "Vocês precisam pensar no que pode significar para a Europa ter um Estado nacionalista islâmico", e "aqueles croatas fascistas", e "é tudo muito complicado". No dia seguinte, os alunos boicotaram suas aulas e fizeram piquete em frente à sala dela com cartazes com os dizeres GENOCÍDIO NÃO É "COMPLICADO" e ARREPENDA-SE, IMPERIALISTA. Lina, na ocasião, ligou para o escritório de Bill.

— Você é advogado, estão me perseguindo. Esses estudantes não estão infringindo a lei? Com certeza estão, Bill.

— Não exatamente — respondera Bill. — E, acredite, você não gostaria de viver em um país onde eles estivessem infringindo a lei.

— Não posso obter um pedido de exclusão dos autos? Aliás, o que é isso? Acho que soa bem.

— Isso se usa em alegações jurídicas da defesa em julgamentos. Não é o que você quer.

— Não, acho que não. Deles quero apenas que parem de me julgar. E além disso quero me defender. Não há nada que eu possa fazer?

— Eles têm direitos.

— Eles não entendem nada, nada.

— Você está bem?

— Não. De tão aborrecida, acabei com o para-lama estacionando o carro. O farol dianteiro caiu, levei o carro a uma oficina mecânica, mas mesmo assim não conseguiram consertar.

— Acho que você precisa esperar a poeira baixar.

— Essas *crrianças*, meu Deus, não sabem nada do mundo. Sempre fui conhecida por ser pacifista e por participar da resistência. Fui eu que, no ano passado, em Belgrado, comprei gasolina em garrafas de Coca-Cola, escondi um menino para que não o recrutassem, ajudei a organizar protestos, transmissões nas rádios e shows de rock. Não eles. Eu é que estive no meio da multidão gritando debaixo da janela de Milosevic: "Não conte conosco." — Nesse momento sua voz emendou uma monótona toada em sérvio. — "Não conte conosco. Não conte conosco."— Fez uma pausa dramática antes de continuar. — Tínhamos camisetas e cartazes. Não foi pouca coisa.

— "Não conte conosco"? — questionou Bill. — Não quero soar descrente, mas, como slogan político, isso parece, sei lá, um pouco... Fraco. Carecia até mesmo da energia e da determinação rabugentas de um "Pode esquecer, não vamos ceder". Talvez um palavrão tivesse ajudado. "Não conte conosco, filho da puta." Isso teria sido melhor. Certamente daria uma camiseta melhor.

— Foi super bem-sucedido — indignou-se Lina.

— Mas como exatamente você mede o sucesso? — perguntou Bill. — Quero dizer, levou tempo mas, desculpe, nós *acabamos* com a Guerra do Vietnã.

— Vocês são obcecados pelo Vietnã — retrucou Lina.

A vez seguinte que se encontraram foi no aniversário de Lina, e ela já havia bebido três doses e meia de uísque. Exaltou aos berros a beleza do bolo e em seguida, enchendo o peito de ar, se aproximou tanto das velas para soprá-las que os cabelos pegaram fogo espetacularmente.

O que o tempo mede além dele mesmo? O que ele pode aferir, se não o mero depósito e registro de si mesmo incidindo sobre algo?

Uma tigela grande de ervilha com cebola circula pela mesa.

Todos já tinham dispensado as piadas com O. J. Simpson (a do toc-toc na porta e a dos óculos escuros). E baniram todas as outras, embora agora estejam perguntando a Bill o que ele acha sobre o mandado de busca e apreensão. Desde que começou a viver no presente, Bill enxerga a Constituição como algo afortunadamente em transformação. Não acha que o comportamento atual deva se ajustar a uma legislação antiga. Pessoalmente, por exemplo, ele dispensaria alguns privilégios garantidos pela Primeira Emenda constitucional — entre os quais os protestos a favor do aborto, todas as formas de telemarketing, talvez alguma pornografia (mas não a garota da capa da *Playboy* de abril de 1965, esta nunca!) — em troca de dilacerar a Segunda Emenda. Os Pais Fundadores dos Estados Unidos, afinal de contas, eram revolucionários. Bill acreditava que concordariam com ele nesse ponto. Seriam a favor de ir solucionando os problemas conforme eles surgem, reagir às coisas à medida que acontecem, como em uma grande e selvagem obra performática.

— A Constituição não tem nada de sagrado, é só mais um contrato ficcional: um palimpsesto no qual se pode escrever e reescrever inúmeras vezes. Aí, o que quer que esteja escrito lá quando mandam você parar no acostamento é o que vale como regra. Por enquanto.

Bill acredita na liberdade de expressão. E em discursos caros. Não acredita em gritar "fogo!" em um cinema lotado, mas acredita em gritar "fora!", o que já fez duas vezes — ambas em exibições de *Forrest Gump*.

— Sou um defensor ferrenho das Regras de Agora. Também das Promessas para Agora, das Coisas para Fazer Agora, e da praticidade de Isso É o Suficiente Agora.

Brigitte fulminou-o com o olhar.

— Que moral elevada.

— É — concorda Roberta, que tinha estado quieta a noite toda, provavelmente buscando tarifas aéreas especiais e promoções para Stanley.

— Que interessante.

— Estou falando teoricamente — explica-se Bill. — Acredito no senso comum. Na teoria. No senso comum teórico — De repente ele se sente acuado e incompreendido. Desejaria não ser sempre convocado a se pronunciar sobre questões jurídicas da vida real. Nunca sequer cuidou de um caso real, exceto uma vez, quando tinha acabado de se formar na faculdade de direito. Na época tinha um pequeno escritório no porão de um edifício de pedras em St. Paul, onde funcionava uma escola. Uma placa no letreiro do edifício dizia WILLIAM D. BELMONT, ADVOGADO: PISO INFERIOR. Esse "piso inferior" sempre partia um pouco seu coração. O único caso em que Bill chegou a atuar foi um assalto a mão armada, com ocultação de arma, e entrou em pânico. Vestiu-se nos mesmos tons de bege e marrom que os oficiais de justiça: uma estratégia subliminar que, achava, lhe daria alguma vantagem, faria com que parecesse pelo menos tão integrado à "família do tribunal" quanto o promotor. Mas no fim da tarde seus nervos já estavam em frangalhos. Olhava desesperado demais para o júri (que, uma vez na sala de deliberação, e no tempo que levou para pedir uma pizza e devorá-la, votou unanimemente pela condenação). Ele tinha olhado para cada um daqueles rostos, suplicante, e dissera: "Senhoras e senhores, se o meu cliente não é inocente, vão ver se estou na esquina!"

No fim de sua carreira de advogado, tinha adquirido o hábito de aparecer nas festas dos escritórios dos colegas, o que não era bom sinal.

Agora, munido de um título de mais prestígio, como os demais convidados do jantar, Bill tem um campo de conhecimento hipotético e acadêmico, além de algumas noções práticas sobre orçamento, vagas de estacionamento e e-mails. Não se apoquenta com o correio eletrônico, já está mais ou menos acostumado a usá-lo, lhe parecia uma espécie de quadro mágico vagamente despudorado, embora uma vez, enquanto checava mensagens e compromissos on-line, tenha entrado sem perceber em um chat no qual o único nome além do dele era "Jovem Ganharão". Quase sempre, porém, sua vida profissional tinha sido monótona e desprovida de riscos. Ainda que lhe aborreçam as reuniões de professores e a palavra *texto* (toda vez que a ouve tem vontade de largar tudo e vestir uma beca em algum lugar), Bill acha fascinante pertencer ao mundo acadêmico, de miscelânea internacional e roupas assexuadas, um lugar onde pensar e discursar sobre uma questão *como se* a tivesse vivenciado era sempre preferível às outras opções. Um valor que reduz as chances de arrependimento. E Bill as está reduzindo. Está determinado a reduzi-las. Uma vez o diretor da faculdade de direito mandou chamá-lo e o repreendeu pelo excesso de faltas nas reuniões de professores.

— Isso vai lhe custar cerca de mil dólares em acréscimos ao seu salário todos os anos — explicou o decano.

— É mesmo? Bem, se isso é tudo, vale a pena perder cada centavo.

— Comam, comam — diz Albert. Ele está trazendo batatas assadas e os queijos da sobremesa. As coisas estão um pouco fora da ordem. *Um jantar entre amigos é um paradigma da sociedade ou uma pantomima cruel da família?* Já são 22h30. Brigitte levantou-se outra vez para ajudar o anfitrião. Retornam com creme azedo, cebolinha, grapa e conhaque. Debbie olha para Bill, do outro lado da mesa, e sorri carinhosamente. Bill faz o mesmo, ou pelo menos pensa que faz.

Esse tabu em relação à idade só serve para acreditarmos que a vida é longa e que somos capazes de nos aperfeiçoar, que ficamos mais sábios, melhores, mais entendidos à medida que o tempo passa. É um mito inventado para impedir que os jovens saibam o que realmente somos e nos desprezem ou nos matem. Nós os mantemos tranquilos, despreparados, sugerindo-lhes que, mais adiante, existe algo além da decrepitude e do pesar.

Bill continua escrevendo um ensaio em sua cabeça, no campo do senso comum teórico, embora talvez esteja apenas bebendo demais e não seja ensaio nenhum, somente o açúcar sendo metabolizado. Mas isto é o que ele sabe naquele exato momento, enquanto acabam de jantar e a meia-noite se aproxima como um gongo mortal: o abraço da vida é rápido e fugaz e, em todos os lugares dentro dele as pessoas são igualmente carentes, bem-intencionadas e doidas. *Por que não admitir o poder da história de dividir e destruir? Por que nos aferrarmos a histórias antigas acreditando que são mais verdadeiras do que as novas? Quando vivemos no passado, sempre sabemos o que vem depois, e isso nos priva das surpresas. Exaure e deforma a mente. Temos sorte simplesmente por estarmos vivos juntos. Para que fazer distinções e julgar quem está entre nós? Graças a Deus que pelo menos há alguém.*

— Eu acredito no tempo presente — diz Bill para ninguém em particular. — Eu acredito na anistia. — Ele se detém. As pessoas olham para ele, mas não dizem nada. — Ou será que isso é apenas uma retórica sofisticada?

— Não é tão sofisticada assim — opina Jack.

— É sofisticada — comenta Albert delicadamente, como bom anfitrião —, mas sem ser metida a besta.

Ele vai buscar mais grapa. Todos bebem nas taças de vidro âmbar, verde e azul da Grande Depressão de Albert.

— Quero dizer que... — começa Bill, mas logo se detém e não diz nada. No aparelho de som toca uma música folclórica chilena, nostálgica e melancólica: "Traz-me todas as tuas antigas amantes, para que eu também possa te amar", uma mulher canta em espanhol.

— O que isso quer dizer? — pergunta Bill, mas a essa altura pode não estar falando em voz alta. Não sabe dizer ao certo. Volta a sentar-se e ouve a canção, traduzindo o espanhol triste. Todo compositor, até nas músicas mais insignificantes, parece ter um desgosto monumental que a melodia dignifica e elucida, pensa Bill. Sua própria tristeza, por outro lado, respinga em sua vida de forma discreta, amorfa e corrosiva. *Modesta*, é como às vezes ele gosta de encará-la. Ninguém mais é modesto. Todos enaltecem as próprias decepções. Travam batalhas solenes por qualquer razão; exigem recibos e devolvem presentes — todas as coisas infelizes que a vida, de forma estúpida, estranha, sem pensar, sem se preocupar ao menos em conhecê-los um pouco ou em sondar, lhes tenha dado. Levam tudo de volta para efetuar uma troca.

Como ele mesmo fez, não foi?

Os jovens foram enviados à terra para divertir os velhos. Então por que não se divertir?

Debbie se aproxima e senta-se perto dele.

— Você está sisudo e amuado — diz ela, baixinho. Bill apenas assente. O que poderia dizer? E ela completa: — Sisudo & Amuado, não parece nome de um escritório de advocacia?

Bill assente de novo.

— Talvez um escritório de um conto de Hans Christian Andersen. Talvez o escritório que o patinho feio contratou para processar seus pais — diz ele.

— Ou o que a Pequena Sereia contratou para ferrar o príncipe — responde Debbie, um pouco mordaz, na opinião de Bill. Quem sabe? Sua voz infantil, talvez por puro terror, ultimamente tem exibido uma afetação onírica e aguda. Provavelmente Bill sozinho a fez envelhecer mais do que o correspondente a sua idade.

Jack levanta-se e vai em direção ao hall. Lina vai atrás.

— Lina, está indo embora? — pergunta Bill, com sentimento demais na voz. Ele vê que Debbie, baixando os olhos, percebeu.

— Sim, temos uma tradição em casa, então não podemos ficar para a virada. — Lina dá de ombros, com um ar de indiferença. Depois pega o cachecol de lã vermelho e o amarra no pescoço. Jack, atrás dela, segura o casaco e Lina desliza os braços pelo forro de cetim das mangas.

É sexo, Bill imagina. Eles fazem amor à meia-noite.

— Uma tradição? — pergunta Stanley.

— Ahã — responde Lina, evasiva. — Uma breve contemplação do ano que se aproxima, só isso. Espero que façam um feliz resto de noite de ano-novo.

Lina volta e meia trocava os verbos, Bill observou, estranhamente encantado. E por que teria que dizer "tenham um feliz resto de noite" em vez de "façam um feliz resto de noite"? Pela lógica, não teria.

— Eles trepam à meia-noite — diz Albert depois que os dois vão embora.

— Eu sabia! — grita Bill.

— Sexo da virada? — pergunta Roberta.

— Já eu me guardo para o aniversário de Lincoln — diz Bill.

— Deve ser uma tradição de ano novo local — comenta Albert.

— Eu moro aqui há vinte anos e nunca ouvi falar nisso — discorda Stanley.

— Nem eu — concorda Roberta.

— Eu também não — reforça Bill.

— Bem, teremos que fazer algo igualmente excitante — conclui Debbie.

Bill se contorce para olhar para ela. O corpete do seu vestido de veludo preto está coberto de fiapos do guardanapo. Seu rosto está enrubescido por causa da bebida. O que ela quis dizer? Nada, absolutamente nada.

— O feijão-fradinho! — grita Albert correndo para a cozinha, de onde traz uma panela de ferro com feijão-fradinho quente e macio e seis colheres.

— Essa é uma tradição que eu conheço — diz Stanley, pegando uma colher e se servindo.

Albert circula pela sala com a panela.

— Não pode comer até dar meia-noite. Os feijões devem ser a primeira coisa que se consome no ano novo, aí você terá sorte o ano inteiro.

Brigitte pega uma colher e olha para o relógio.

— Temos cinco minutos.

— O que vamos fazer? — pergunta Stanley. Ele está segurando a colher cheia como se fosse um pirulito, e os feijões estão começando a escorrer.

— Podemos refletir sobre os frutos do nosso trabalho e as nossas grandes conquistas — suspira Albert. — Embora, é claro, se pensarmos em Gandhi, Pasteur ou alguém como Martin Luther King Jr., que morreu aos trinta e nove anos, teremos que nos perguntar o que fizemos das nossas vidas.

— Fizemos algumas coisas — diz Bill.

— É mesmo? O que, por exemplo? — pergunta Albert.

— Nós... — Bill faz uma pausa. — Nós... fizemos refeições maravilhosas. Nós... compramos umas camisas bacanas. Fizemos bons negócios quando trocamos de carro... Acho que vou me matar agora mesmo.

— Eu vou com você — diz Albert. — As facas estão na gaveta ao lado da pia.

— E o aspirador?

— O aspirador está no armário dos fundos.

— Aspirador? — Roberta estranha, mas ninguém explica nem vai a lugar nenhum. Todos permanecem sentados.

— Preparem os feijões! — grita Stanley de repente. Todos se levantam formando um semicírculo ao redor da lareira, com a nova lenha de bétula e um fogo que brilha mas enfumaça o ambiente. Erguem as colheres e ficam de olho no relógio de cornija, com o velho ponteiro de minutos se aproximando da meia-noite.

— Feliz ano novo! — Albert finalmente celebra, após algum silêncio, levantando a colher em uma saudação a todos.

Stanley, Roberta, Debbie e Brigitte dizem um atrás do outro:

— Amém.

— Amém.

— Amém.

— Amém.

— Idem — fala Bill de boca cheia, fazendo um gesto com a colher.

Em seguida, todos se dão abraços rápidos (a cada abraço Bill diz "peguei você!") e começam a procurar seus casacos.

— Você sempre parece mais interessado em outras mulheres do que em mim — diz Debbie quando chegam à casa de Bill, após passarem todo o trajeto em silêncio, ela ao volante. — No mês passado foi a Lina. E no anterior foi... foi a Lina também. — Ela faz uma pausa. — Me desculpe por ser tão egoísta e patética.

Debbie desata a chorar e, nesse momento, algo nela se racha e Bill consegue ver seu coração descoberto. É um bom coração. Teve pais cuidadosos e bons amigos, viveu apenas em tempos de paz e trata os animais com carinho. Ela olha para ele.

— Quer dizer, eu sou romântica e impulsiva. Acredito que a gente ama, isso é o bastante. E acredito que o amor é capaz de vencer tudo.

De longe, Bill balança a cabeça em um gesto solidário.

— Mas eu não quero uma dessas relações frágeis e unilaterais, cheia de remendos. Não importa o quanto eu goste de você.

— E o que aconteceu com "o amor é capaz de vencer tudo" de quatro segundos atrás?

Debbie faz uma pausa e responde:

— Eu cresci.

— Vocês, jovens, crescem muito rápido.

Um longo silêncio se instala entre eles, o segundo naquele ano novo. Até que, por fim, Debbie fala:

— Você não sabe que a Lina tem um caso com o Albert? Não vê que eles estão apaixonados?

Algo dentro de Bill desfalece, recua na defensiva, se encolhe em um nó pequeno e bem-feito.

— Não, eu não reparei.

Ele tem a mesma sensação nauseante que já sentiu algumas vezes ao matar moscas e vê-las sangrarem.

— Você mesmo insinuou que talvez eles fossem amantes.

— Eu? Não foi a sério. Fiz isso mesmo?

— Mas você não ouviu nada, Bill? A universidade toda sabe.

Na verdade, ele havia ouvido rumores; inclusive tinha dito "Espero que sim" e "Que Deus abençoe essa feliz união". Mas de brincadeira; no fundo não acreditava. Os rumores eram desencontrados, sem imaginação, improváveis. Mas a realidade não era sempre assim, de mau gosto e duvidosa? O destino não era literal exatamente dessa maneira? Ele pensa nos dedos cruzados encontrados em perfeito estado nos escombros de um acidente de avião no ano anterior, perto dali. Tal destino era contrário e estúpido, como uma secretária obtusa que não consegue entender a *gestalt* geral e o desejo da vontade. Ele prefere um destino mais profundo, mais inteligente e até mesmo mais tardio, como o de uma menina que uma vez conheceu na faculdade de direito, que foi estuprada, levou um tiro e foi deixada para morrer, mas rastejou por dez horas pela mata até chegar a uma rodovia e pedir ajuda, com uma bala calibre vinte e dois alojada na cabeça. Era nessas horas que sabíamos que a vida estava tentando nos compensar de alguma forma, que a narrativa estava pedindo desculpas. Era nessas horas que sabíamos que Deus tinha desviado os olhos do seu tricô, talvez tivesse até se levantado de sua esdrúxula cadeira de balanço de vime e cambaleado até a janela.

Debbie observa Bill, preocupada e compreensiva.

— Você não é feliz nesta relação, não é verdade? — diz ela.

Que termos! Que conversa! Bill não é bom nisso; ela é bem melhor nisso do que ele; provavelmente ela é melhor que ele em tudo: pelo menos ela não usou a palavra *texto*.

— Por favor, só não use a palavra *texto* — adverte ele.

Debbie fica calada, depois diz:

— Você não está feliz com a sua vida.

— Acho que não estou mesmo.

Não conte conosco, não conto conosco, filho da puta.

— Não é tão difícil ser um pouquinho feliz, sabia? Você poderia ser feliz. É bem simples. É tipo um salário líquido.

De repente, a tristeza começa a devorá-lo. O feijão-fradinho! Por que não está fazendo efeito? Debbie pestaneja, tensa. Toda a maquiagem dos olhos saiu, seus olhos estão despidos e redondos feito lâmpadas.

— Você sempre foi rígido corrigindo provas e trabalhos. O que foi feito do sistema de notas comparativas?

— Não sei. O que? O que foi que aconteceu?

Debbie fecha os olhos e cai no colo de Bill em silêncio, os cabelos como um cata-vento dourado em torno da cabeça. Ele sente a pressão líquida dos seios dela sobre as coxas.

Como pode avaliar a vida com tanta dureza e ingratidão, tendo-a ali ao seu lado, e um ano novo inteiro pela frente, como um longo bufê barato? Como podia ser tão rígido e mesquinho?

— Mudei de opinião — diz ele. — Eu sou feliz. Vou explodir de tanta felicidade.

— Não é nada — responde ela, mas levanta o rosto e sorri esperançosa, como uma flor à procura do sol.

— Eu sou, sim — confirma ele, mas desvia o olhar para pensar, pensar em qualquer outra coisa, pensar na ex-mulher ("Traga-me todas as suas antigas amantes, para que eu também possa amá-lo"), ainda morando em St. Paul com sua filha, que em cinco anos terá a idade de Debbie. Ele acha que naquela época foi feliz, por muito tempo, por um momento. "Estamos a essa distância da separação", sua mulher dissera com amargura, no final. E se ela tivesse aberto bem os braços, eles podiam ter conseguido encontrar um caminho de volta, a agudeza intermitente dela piscava como um farol para ele. Mas não: ela havia praticamente juntado os dedos indicador e polegar bem perto do rosto, como quem pega uma pitada de sal. Contudo, antes que ele partisse — o casamento uma ruína crepitante porém modesta, apenas dois casos e uma dúzia de palavras cortantes entre eles —, voltavam para casa com as pequenas humilhações que tinham de suportar no trabalho, afastados e sozinhos, e de algum modo as transformavam em desejo. Na reta final, saíam para caminhar juntos sob a luz fria do inverno que por vezes tomavam os últimos dias de agosto — o ar gelado, as folhas já caindo ao sabor do vento e voando pelas calçadas, os crisântemos de cor ocre enfeitando os arredores, até as plantas mais difíceis se abrindo em buquês, as hortênsias florindo, verdes e embriagadas com seu próprio sumo. Quem não tentaria ser feliz?

E tal como acontecera naqueles passeios, agora ele se lembra de quando, ainda menino, em Duluth, certa vez imaginara um monstro, um demônio que o perseguia do colégio até em casa. Foi em um inverno específico, o Natal já havia passado, a neve estava suja e velha, o pai se encontrava no exterior, e sua irmãzinha, Lily, recém-saída do pulmão de aço do hospital, estava acamada no andar de cima, morrendo de poliomielite. Os pais sempre tinham — discretamente, deviam achar, embora também de maneira descuidada e culpada — gostado mais da filha do que do sério filho mais velho. Talvez isso tivesse sido uma surpresa até mesmo para eles. Bill, porém, atento aos olhares e às palavras deles, percebera tudo, ainda que nunca tivesse sabido o que fazer a respeito. Como ele podia ser mais agradável? Quando o pai estava viajando, escrevia cartas longas e tediosas, sem nenhum erro de ortografia ("Querido pai, como vai você? Eu estou bem"). Mas nunca as postava. Guardava todas elas, presas com um barbante, e, quando o pai voltava, entregava-lhe o pacote completo. O pai dizia "Obrigado", enfiava as cartas no bolso do casaco e nunca mais as mencionava. Por outro lado, todos os dias, durante um ano, o pai ia ao andar de cima chorar por Lily.

Uma vez, quando ela ainda estava bem e bonita, Bill passou um dia inteiro repetindo tudo o que ela dizia, até que ela começou a chorar desesperada, e a mãe o estapeou com força, bem no olho.

Lily era adorada. Os pais a adoravam. Quem poderia culpá-los? Era uma menina adorável! De uma alegria adorável! Bill, no entanto, não conseguia alcançar nada parecido para si. Vislumbrava tudo por trás de uma certa atmosfera, do outro lado de um mar verde e encrespado — "Querido pai, como vai você? Eu estou bem" —, como se fosse um planeta que às vezes se tornava visível, ou uma ilha tropical pintada em tons quentes e exagerados de laranja.

Mas ele sabia, no fundo da sua meninice íntima de janeiro, que havia cores que eram de verdade: a luz azul-marinho do anoitecer, a tundra pisada dos montes de neve, assustadora, prateada e fria. Inicialmente a passos lentos, o homem monstruoso, demoníaco, vermelho e gigante, em cujas costas crescia uma única asa, começava a perseguir Bill. Perseguia-o cada vez mais rápido, subindo e descendo cada pequena colina no caminho para casa, projetando enormes sombras que, às vezes, por um breve instante, caíam sobre os dois como uma rede. Enquanto os sinos da igreja tocavam o hino das quatro da tarde, o homem-monstro voava como se galopasse a passos largos e vacilantes, precipitando-se e saltando e deslizando sobre o gelo como se mirasse os calcanhares de Bill. Bill dobrava a esquina. O demônio saltava sobre um tonel de sal usado para derreter a neve na rua. Bill pegava um atalho. O demônio ia atrás. E o terror de tudo aquilo — enquanto Bill se atirava na varanda e entrava na casa escura e destrancada, batendo a porta, depois se deixava escorregar apoiado nela, deslizando até o capacho, por fim a salvo entre o amon-toado de botas e sapatos, mas ainda ofegando aliviado pela espetacular fuga por um triz — para ele era emocionante em um mundo que já havia, e com tamanha indiferença, renunciado a todos os seus encantos.

Se é o que você quer, tudo bem

Mack já se mudou tantas vezes na vida que todo número de telefone que vê pela frente ele acha que já lhe pertenceu.

— Juro que esse número era *meu* — diz ele enquanto estaciona o carro e aponta no guia telefônico: 923-7368. A combinação de um número de telefone sempre ecoa nele da mesma maneira: como se fosse algo familiar porém perdido, algo momentoso e ao mesmo tempo insignificante, como um ato de amor por uma garota que ele tivesse namorado.

— Ligue e pronto — diz Quilty.

Eles estão fora da Route 55, no primeiro McDonald's fora de Chicago. Estão de férias, viajando de carro, no estilo "jogar só o básico na mala do carro e pé na estrada". Quilty passou a tarde toda cantado músicas de filmes e fixou-se em "Ao mestre, com carinho" e agora ele e Mack parecem determinados a enlouquecer um ao outro: Mack ultrapassando os ônibus em alta velocidade ao mesmo tempo que procura mais chicletes (mascando o açúcar depressa demais, tira por tira), e Quilty debruçado sobre o porta-luvas, com o rosto arroxeado pela tensão emocional de cantar o verso "aqueles tempos de menina na escola, contando histórias e roendo as unhas, não voltam mais".

— Eu seria um gênio a esta altura, se tivesse decorado Shakespeare em vez de Lulu. — Quilty já disse isso três vezes.

— Se... — ressalta Mack.

Ele, por sua vez, seria um gênio agora se tivesse nascido uma pessoa completamente diferente. Mas o que podia fazer? Certa vez leu em uma revista que os gênios nasciam sempre de mulheres com mais de trinta anos; sua mãe tinha vinte e nove quando ele nasceu. Merda! Por pouco!

— Vamos reservar um quarto em algum hotel e tomar um banho de banheira com óleos corporais — diz Quilty. — E não pechinche. Você sempre perde tempo botando o pau na mesa para regatear.

— Isso é errado?

— Não gosto do que vem depois — responde Quilty, fazendo uma careta.

— O que é?

Quilty suspira.

— Nossa *impotência*, ora bolas. Quer dizer, falando sério, não é uma competição! — Quilty se vira para acariciar Guapo, seu cão-guia, um labrador chocolate tantas vezes deixado arfando no banco de trás do carro enquanto os dois param para tomar um café. — Bom menino, bom menino, isso mesmo.

Um banho de banheira com óleos corporais é a ideia de Quilty de como terminar qualquer dia, seja ele bom ou ruim.

— Amanhã vamos em direção ao sul, margeando o Mississippi, depois até Nova Orleans, e na volta, subindo, passamos para ver os patos do hotel Peabody. Está bom assim?

— Se é o que você quer, tudo bem — diz Mack.

Tinham se conhecido havia apenas dois anos, na Sociedade da Sobriedade, em Tapston, Indiana. Como era novo na cidade — acabara de concluir um serviço rápido e simples de pintura de torres de alta-tensão no sul do estado — e de repente precisou de um advogado, Mack ligou para Quilty no dia seguinte.

— Queria saber se podemos fazer um acordo — disse ele. — De ex-bêbado para ex-bêbado.

— Talvez — respondeu Quilty.

Ele podia ser cego e alcoólatra em recuperação, mas, com a ajuda da secretária, Martha, tinha construído um escritório de advocacia respeitável e não prestava serviços de graça. De uma boa troca, contudo, ele gostava. Facilitava sua vida de cego. Afinal de contas, era um homem prático. Por trás de todas as suas excentricidades, tinha um traço de pragmatismo tão forte e profundo que os outros o confundiam com sanidade.

— Me meti em uma enrascada — explicou Mack.

Ele contou a Quilty como era difícil ser pintor de casas, ainda por cima sendo novo na cidade, e que algumas donas de casa afetadas nunca ficavam satisfeitas com um trabalho verdadeiramente profissional, e que, bem, ele tinha sido citado em uma ação judicial.

— Estou sendo processado por uma pintura malfeita, Sr. Stein, mas a única maneira que tenho de lhe pagar é oferecendo meus serviços. Você tem uma casa que precise ser pintada?

— A pintura mal executada é ao mesmo tempo o motivo da acusação e a forma de pagamento? — Quilty deu uma gargalhada. Adorava uma boa gargalhada; atraía Guapo para perto dele. — É como se você me dissesse que está sendo processado por falsificar dinheiro, mas pode pagar meus honorários em espécie.

— Me desculpe — disse Mack.

— Tudo bem — respondeu Quilty.

Aceitou o caso de Mack, safou-o da encrenca da melhor forma que pôde ("A arte mais importante do mundo", disse ao juiz na audiência de conciliação, "é conhecida pelas suas imperfeições"), depois fez com que Mack pintasse sua casa de um azul da cor da centáurea, claro e compensatório. Ou seria, como sugeriu um vizinho, em alguns pontos manchados, da cor da *esporinha*? Na hora do almoço, Quilty foi até sua casa, que ficava na mesma rua do escritório, parou na entrada da garagem e Guapo veio saltitar a seus pés, enquanto Mack, acima deles na escada, cantarolava uma canção de amor triste dos Apalaches, ou uma versão jazzística de "Taps". Por que "Taps"? "É a cidade onde moramos", explicaria Mack mais tarde. "E é o barulho que a sua bengala faz."

O dia acabou. O sol se pôs.

— Como está indo o trabalho, Mack? — perguntou Quilty. Tinha o cabelo escuro, comprido e eriçado feito cordame, e mexia nele com frequência enquanto falava. — Os vizinhos disseram que meus arbustos estão todos azuis.

— Não deu para evitar alguns respingos — respondeu Mack, chateado.

Ele nunca usava lonas protetoras, como os outros pintores. Nem sequer tinha uma.

— Bem, isso não me fere a vista — disse Quilty, dando pancadinhas significativas nos óculos escuros.

Mais tarde, porém, enquanto pintava a janela do sótão, Mack ouviu Quilty ao telefone com um amigo, gargalhando descontroladamente, feito um cavalo relinchando. "Ei, mas o que é que *eu* sei? *Eu* tenho arbustos azuis!" Ou: "Mandei tingir os canteiros de azul. Os novos-ricos, preste atenção, sempre estarão entre vocês."

Quando a casa estava quase pronta, e as folhas de carvalho começavam a se acumular no chão em pilhas douradas e rubi, da cor das peras, e os entardeceres chegavam cedo e se dissolviam naquele longo solvente que era o início de uma noite de inverno, Mack começou a se demorar mais e protelar. Parava para tomar café e chá, para jantar, depois café e chá de novo. Gostava de observar Quilty movendo-se com agilidade pela cozinha, recusando a ajuda dele, preparando pratos simples: massas, ervilhas, saladas, pão com manteiga. Mack gostava de conversar com ele sobre as reuniões da Sociedade da Sobriedade, trocando histórias sobre as poucas grandes bebedeiras que permaneciam em sua memória como canções maravilhosas, ou sobre as outras que tinham simplesmente arruinado suas vidas. Observava o rosto de Quilty enquanto se enrugava, extravasando cansaço ou ternura. Quilty era cego de nascença e nunca adquirira os disfarces e dissimulações dos que enxergam; seu rosto permanecia relaxado, destreinado, uma tela em branco, transparente como os gases de um bebê, claríssimo. Em um rosto tão desprotegido e desarmado, uma pessoa enxergava a própria inocência — e às vezes recuava.

Mas Mack descobriu que não conseguia ir embora, não completamente. Não de verdade. Ajudava Quilty com sua cabeleira, escovando-a para trás e prendendo-a com uma fita de couro. Levava-lhe presentes surrupiados de lojas de artigos de segunda mão do centro da cidade. Um livro de geografia em braile. Um suéter com uma mancha de café na manga (seria muita maldade?). Descansos de cortiça para as infinitas xícaras de chá que Quilty tomava.

— Tenho uma dívida de gratidão com você, meu caro — dizia Quilty toda vez, falando, como às vezes fazia, como um ridículo apaixonado vitoriano, no dia de São Valentim, tocando a manga da camisa de Mack. — Você é o homem mais gentil que já recebi em minha casa.

E, talvez porque as coisas que Quilty conhecia melhor eram o toque e as palavras, talvez porque Mack tivera uma vida de cão que destroçara seus sentimentos, ou talvez porque a terra tivesse sido tomada pela sombra e pelo frio e todo o maldito futuro parecesse mergulhado nessa tinta negra, uma noite, na sala de estar, depois de um beijo que só pegou Mack de surpresa (e mesmo assim ligeiramente), Mack e Quilty tornaram-se amantes.

Contudo, havia momentos em que isso desconcertava Mack completamente. Como havia chegado a isso? Que murro suave na boca o tinha levado vacilante para aquele novo lugar?

A incerteza conduz ao acanhamento, e acanhamento, Quilty sempre dizia, é o que mantém o mundo sob controle. Ou melhor, é o que *costumava* manter o mundo sob controle, o que costumava impedir o mundo de enlouquecer com o caos. Mas agora (agora!) a história era outra.

Outra história?

— Eu não gosto de histórias — disse Mack. — Gosto de comida. De chaves de carro. — Fez uma pausa. — Gosto de pretzels.

— Tudo beeem — disse Quilty, delineando o contorno de seu ombro e em seguida do ombro de Mack.

— Você faz muito isso, não faz? — perguntou Mack.

— Faço muito o quê? Promovo o faz-tudo?

— Leva pra sua cama um cara forte e heterossexual que você acha meio burro.

— Eu nunca faço isso. Nunca fiz. — Quilty inclinou a cabeça para o lado. — Antes. — Com as pontas dos dedos achatadas como amêndoas, tocou o braço de Mack como se fosse um piano. — Nunca fiz antes. Você é a minha grande experiência sexual.

— Não, veja bem, você é a *minha* grande experiência sexual — insistiu Mack. Antes de Quilty, nunca na vida tinha se imaginado na cama com um cara magricela e nu usando óculos escuros. — Então, como pode ser?

— Sendo, meu querido.

— Mas alguém tem que estar no controle. Como vamos os dois sobreviver a uma grande aventura experimental? Alguém tem que estar no leme do barco.

— Ah, o barco que se dane. Tudo vai ficar bem. Estamos nessa juntos. É uma sorte. É a vontade de Deus. É sincronia! Um feliz acaso! Destino!

Camelot! Annie, querida, Pegue a Porra da Sua Arma! — disse Quilty com a voz aguda.

— Minha ex-mulher se chama Annie — disse Mack.

— Eu sei, eu sei, foi por isso que fiz a referência ao musical — respondeu Quilty, esforçando-se para não suspirar. — Pense assim: o cego guiando o heterossexual. Pode funcionar. Não é impossível.

De manhã, o telefone tocava demais, o que às vezes irritava Mack. Onde estavam os pretzels e a chave do carro quando realmente precisava deles? Constatou que Quilty sabia a distância exata até o telefone, tirando-o do gancho com um puxão rápido. "Você está *sans* ou *avec*?", perguntavam os amigos de Quilty. Falavam alto e em um tom teatral (como se o ouvinte fosse surdo) e Mack sempre escutava.

— *Avec* — respondia Quilty.

— Aaaah — arrulhavam. — E como *está* o sr. Avec hoje?

— Você devia trazer suas coisas para cá — disse Quilty por fim uma noite.

— É isso que você quer?

Mack se via adiando de um jeito que não lhe era familiar. Nunca tinha dormido com um homem, talvez fosse essa a questão; embora anos antes Annie tivesse se vestido com roupas de couro e usado tanta maquiagem que seu gênero parecia indeterminado. Mack achava aquilo estranhamente sedutor, autossuficiente. Naquela situação ele era prescindível e por isso queria aproximar-se, ficar perto, para aprender, fazer-se necessário, deixar-se levar e morrer. Tinham sido noites insólitas e ousadas, havia uma aspereza entre os dois que se parecia mais com uma rixa antiga e profunda do que com um casamento. Mas, no fim das contas, tudo permanecera ilegível para ele; embora não achasse a leitura algo natural que devesse ser imposto às pessoas. Em geral, as pessoas não eram mapas rodoviários. Não eram hieróglifos nem livros. Não eram histórias. Uma pessoa era uma coleção de acidentes. Uma pilha infinita de rochas com coisas crescendo por baixo. Em geral, quando você ansiava por amor, pegava uma mulher e a possuía com cautela e sem muita esperança, até que por fim a soltava, dormia, acordava, e ela o evitava novamente. Então começava tudo outra vez. Ou não.

Nada em Quilty, no entanto, parecia evasivo.

— Se é isso que eu quero? É claro que é o que eu quero. Não sou como um panfleto ambulante do desejo? — perguntou Quilty. — Em braile, é claro, mas ainda assim. Pode conferir. Venha para cá. Me agarre.

— Está bem — disse Mack.

Mack tinha um filho com Annie, Lou, e pouco antes do término, tentara encontrar as palavras certas para dizer a Annie, salvar a relação. Dissera "está bem" muitas vezes. Não sabia como criar uma criança, uma criança sem dentes e sem artifícios, mas sabia que tinha que protegê-la um pouco do mundo; não podia simplesmente entregá-la e deixá-la à mercê do mundo. "Com o tempo, algo cresce entre as pessoas", dissera uma vez, em uma tentativa de manter a família unida, de manter Lou. Achava que, se perdesse Lou, sua vida ficaria totalmente arruinada. "Algo que cresce, queiramos ou não."

— Estrume — disse Annie.

— O quê?

— Estrume! — gritou ela. — O estrume cresce entre as pessoas!

Ele bateu a porta e foi beber com os amigos. O bar aonde todos iam, o Teem's Pub, em pouco tempo ficou desagradável e cheio de fumaça. Alguém, talvez Bob Bacon, sugeriu que fossem ao Vistas e Visões, um clube de striptease à beira da estrada. Mas Mack já estava com saudades da mulher.

— Por que eu ia querer ir a um lugar desses se tenho uma linda mulher em casa? — disse aos amigos, em alto e bom som.

— Bom, vamos para a *sua* casa então — disse Bob.

— Ok, ok.

E quando chegaram, Annie já havia partido. Tinha feito as malas depressa e fugido, levando Lou.

Dois anos e meio se passaram desde que Annie foi embora, e aqui está Mack com Quilty, viajando. Planejam passar por Chicago e St. Louis e depois seguir em direção ao sul, margeando o Mississippi. Vão se hospedar em pensões e visitar lugares históricos, como fazem os casais. Decidiram fazer a viagem agora, em outubro, em parte porque Mack está se recuperando de uma intervenção cirúrgica simples. Teve um pequeno cisto benigno extirpado de "uma parte íntima".

— O banheiro? — perguntou Quilty no dia seguinte à cirurgia, esticando os dedos para apalpar os pontos pretos e espessos de Mack, depois suspirou. — Qual é o programa menos erótico que podemos fazer nas próximas duas semanas?

— Viajar — sugeriu Mack.

Quilty murmurou satisfeito. Procurou a parte interna dos pulsos de Mack, onde as veias pareciam cordas rijas, e acariciou-as com os polegares.

— Os homens casados são sempre os melhores. São tão gratos e másculos!

— Me poupe — disse Mack.

No dia seguinte, compraram garrafas de água mineral e pacotes de biscoito salgado, e saíram da cidade pela autoestrada, com o cemitério Parque da Ressurreição de um lado e o cemitério Memórias do Ocaso do outro, um caminho que os taxistas chamavam de "Zona da Morte". Na época que chegou a Tapston, Mack trabalhou como motorista de táxi por uma semana, e aprendeu depressa o traçado da cidade. "Estou na Zona da Morte", costumava avisar pelo rádio. "Estou na Zona da Morte." Detestava essa frase maldita e detestava esperar no aeroporto, todas aquelas bagagens pesadas e gorjetas miseráveis. E o nome das coisas em Tapston — edifícios chamados Solar Vista do Cume, um conjunto de loteamentos sem árvores chamado Vale Arbóreo, cemitérios mal disfarçados de Memórias do Ocaso e Parque da Ressurreição —, tudo isso lhe dava arrepios. *Parque da Ressurreição*! Meu Deus. Essa gente de Indiana distorcia as palavras até a morte.

Mas cruzar a Zona da Morte no carro de Quilty para viajar deixou os dois animados. Podiam mais uma vez fugir de todos os infortúnios da cidade e de seus assustadores locais de repouso.

— Adeus, eternos cadáveres — disse Mack.

— Tchau para vocês, meus clientes — gritou Quilty quando passaram pela prisão do local. — Adeus, adeus!

Em seguida afundou-se de novo no assento, feliz, enquanto Mack acelerava em direção à rodovia, em meio a uma paisagem rural, silos prateados que brilhavam como naves espaciais, o perfume denso do gramado e os porcos.

— Gostaria de reservar um quarto duplo, se possível — grita Mack em meio ao barulho do trânsito da rodovia.

Olha e vê Quilty saindo do carro sozinho, sem Guapo, tateando o caminho com a bengala em direção à entrada do McDonald's.

— Sim, um quarto duplo — repete Mack. Espreita por cima do ombro, de olho em Quilty. — American Express? Sim.

Ele vasculha a carteira de Quilty e lê alto o número do cartão. Vira-se outra vez e vê Quilty pedindo um refrigerante e procurando sem sucesso a carteira, que tinha deixado com ele para que fizesse a reserva. Mack vê Quilty colocar a bengala debaixo do braço e apalpar todos os bolsos, sem encontrar nada além de um lenço vermelho das Cavernas de Howe.

— O número no cartão? Três, um, um, dois...

Quilty agora dá meia-volta para sair, sem a bebida, e vai em direção à porta. Mas escolhe a porta errada. Entra por engano no parquinho, e Mack pode vê-lo debatendo-se com a bengala, entre cheeseburgers de plástico e balanços em forma de batatas fritas, que à noite ficam acesos para as crianças. Não há saída do parquinho, exceto passando de novo pela lanchonete, mas, obviamente, Quilty não sabe disso, e primeiro dá batidinhas, depois começa a golpear com a bengala a floresta de obstáculos berrantes.

— ...oito, um, zero, zero, seis — repete o funcionário do setor de reservas, do outro lado da linha.

Quando, por fim, Mack consegue ir até Quilty, ele está tombado sobre um nugget de cerâmica.

— Boa noite, Louise. Pensei que tinha me abandonado — diz Quilty. — Juro que, de agora em diante, farei o que você quiser. Tive um vislumbre do abismo e, meu Deus, ele está cheio de grandes peças traiçoeiras de mobiliário de jardim.

— Conseguimos um quarto — diz Mack.

— Fantástico! Podemos conseguir também um refrigerante? — Mack deixa que Quilty segure seu cotovelo e o conduz de volta para dentro, onde pedem duas Pepsis e uma torta de maçã do tamanho de um estojo de óculos, para dividirem no carro, feito crianças.

— Tenham um bom dia — diz o rapaz do balcão.

— Obrigado pelo conselho — retruca Quilty.

Levaram um jogo de perguntas e respostas, à noite Quilty gosta de jogá-lo. Embora aceite — se é o que você quer, tudo bem —, Mack acha o jogo estúpido. Se você não sabe a resposta, se sente um idiota. E, se sabe, se sente igualmente idiota. *Mais* idiota até. O que está fazendo com aquela informação idiota no seu cérebro? Mack preferiria ficar deitado no quarto olhando para o teto, pensando em Chicago, pensando no dia que tiveram.

— Cite quatro capitais de estados norte-americanos que têm o nome de presidentes. — Ele lê uma carta, sonolento.

Preferiria tentar compreender os quadros que vira à tarde, e que quase decifrara. Os matizes do Dia das Bruxas de Lautrec; a textura de giz de Puvis de Chavannes; a delicadeza das pinturas a dedo de Vuillard e Bonnard, cheias de cômodas e luz entrando pela janela. Mack escutara o zumbido das vozes que saíam dos fones de ouvido de Quilty, mas não havia pegado fones para si. Os cegos que ouvissem descrições! Mack tinha os próprios olhos. Mas, no fim, abatido pela impossibilidade de o pobre Quilty ver ou tocar as pinturas, descera com ele até a sala das estátuas e, quando ninguém estava olhando, colocara suas mãos sobre a figura de mármore de uma mulher nua. "Ah", Quilty dissera, tocando o nariz e os lábios, depois silenciando respeitosamente ao tocar os ombros, seios e quadris, e ao descer pelas coxas e pelos joelhos até os pés, soltou uma risada sonora. Os pés! Esses ele conhecia bem. Desses ele gostava.

Depois tinham ido assistir a um esquete satírico chamado "Kuwait até o anoitecer".

— Lincoln, Jackson, Madison, Jefferson City — responde Quilty. — Você acha que vai haver uma guerra? — Ele parece ter ficado impaciente com o jogo. — Você já serviu ao Exército. Acha que é isso que vai acontecer? O grande ajuste de contas de George Bush?

— Não... — responde Mack.

Ele servira ao Exército apenas em tempos de paz. Fora alocado no Texas, depois na Alemanha. Estava com Annie, tinha sido uma época boa. Chorava às vezes. Bebia só um pouco. Depois passara à reserva, mas os reservistas nunca eram convocados, disso todos sabiam. Até agora.

— Provavelmente não passa de uma demonstração para venda de armamento.

— Bom, então eles vão disparar, não vão? — diz Quilty. — Se é uma demonstração, vão demonstrar como funciona.

Mack tira outra carta.

— Na canção "They Call the Wind Maria", como chamam a chuva?

— É Ma-rai-a, não Maria — corrige Quilty.

— É Ma-rai-a? — pergunta Mack. — Jura?

— Juro. — O rosto de Quilty exprime algo maldoso e repressor durante o jogo. — É a sua vez. — Ele estende a mão. — Agora me dê a carta, nada de trapaças.

Mack lhe entrega a carta.

— Ma-rai-a — diz. Tem a canção na ponta da língua, se lembra de tê-la ouvido em algum lugar. Talvez Annie a cantasse. — *They call the wind Maria. They call the rain...* Ok, acho que já estou me lembrando... — Pressiona as têmporas com os dedos, estreita os olhos e se põe a pensar. — Chamam o vento de Ma-rai-a. Chamam a chuva de... Ok, não diga. Chamam a chuva de... Pária!

— *Pária?* — diz Quilty, gargalhando.

— Tudo bem, então... — diz Mack, exasperado. — Pesada. Chamam a chuva de pesada.

Com certa agressividade, pega o suco do frigobar. Da próxima vez vai ler rapidinho o verso da carta.

— Não quer saber a resposta correta?

— Não.

— Tudo bem, vou passar para a próxima carta. — Quilty tira uma carta e finge que lê. — Aqui diz: "Querido, existe vida em Marte? Sim ou não."

Mack voltou a pensar nos quadros.

— Não — responde ele distraidamente.

— Hummm — murmura Quilty, baixando a carta. — Acho que a resposta é sim. Olha só: eles têm certeza de que há cristais de gelo. E onde há gelo, há água. E onde há água, há propriedades à beira da água. E onde há propriedades à beira da água, há judeus! — Quilty bate palmas e se joga outra vez sobre o acolchoado acrílico da colcha. — Onde você está? — pergunta por fim, agitando os braços no ar.

— Estou aqui — responde Mack. — Bem aqui.

Mas não se move.

— Você está aqui? Bom, ainda bem. Pelo menos não está na casa do lago marciana da minha prima Esther com seu marido pavoroso, Howard.

Embora eu às vezes me pergunte como estarão eles. Nunca me visitam. Eu os assusto. — Ele faz uma pausa. — Posso fazer uma pergunta?

— Pode.

— Como e a minha aparência física?

Mack hesita.

— Olhos castanhos, sobrancelhas castanhas e cabelos castanhos.

— Só isso?

— Tudo bem. Seus dentes também são castanhos.

— Sério?

— Desculpe — diz Mack. — Estou um pouco cansado.

Hannibal é como todas as cidades fluviais que, nos últimos tempos, tentaram adotar uma cara nova, transformando as mansões à beira do rio em lojas de antiguidades e pequenas pousadas. Isso entristece Mack. Essas casas ainda têm uma grandiosidade abatida, mas elas se propagam, resignadas, em uma economia insípida feita de turismo vulgar e clínicas de saúde. Cem anos de debandada e reabilitação jazem sobre o local como chuva. Chuva pesada! Os poucos barcos que ainda sobem o rio até ali parecem pitorescos e ridículos. Mas Quilty quer saber o que dizem todas as placas: o restaurante Mark Twain, o motel Tom & Huck; diverte-se com elas. Os dois fazem o tour pelas casas de Sam Clemens, pelo escritório do sr. Clemens, a pequena prisão. Tomam um trem minúsculo, que Quilty chama de "Tão, tão Twain" e que faz um tour pela região e faz o lugar parecer ainda mais fantasmagórico e irrecuperável. Quilty passa os dedos nas tábuas largas da cerca caiada.

— Isso é pintura moderna — diz.

— Látex — diz Mack.

— Ah, fale mais, fale mais, querido.

— Pode parar com isso?

— Ok, tudo bem.

— Belo cachorro — diz uma mulher obesa, de vestido violeta, no restaurante Tom Sawyer. O restaurante fica ao lado de um estacionamento ao ar livre e de uma cópia da cerca lendária. Serve sanduíches de bacon, alface e tomate, acompanhados de batata frita em cestos vermelhos forrados com papel vegetal. Quilty pediu seu copo de leite habitual.

— Obrigado — diz Quilty à mulher, que, então, faz um carinho em Guapo antes de se dirigir ao estacionamento. Quilty de repente parece irritado. — *Ele* recebe todos os elogios, e *eu* tenho que agradecer.

— Você quer um elogio? — pergunta Mack, incomodado. — Está bem, você também é bonito — completa.

— *Sou* mesmo? Bom, como vou saber, se só elogiam meu cachorro?

— Não acredito que você está com ciúmes do seu maldito cachorro. Tome — diz Mack —, eu me recuso a continuar falando com alguém que tem bigode de leite.

Ele entrega um guardanapo a Quilty, encostando a borda dobrada na bochecha dele.

Quilty limpa a boca.

— Logo agora que estávamos ficando craques em chatear um ao outro — diz.

Ele estende a mão e dá um tapinha no braço de Mack, em seguida afaga sua cabeça de forma um pouco rude. Os cabelos de Mack são finos e estão penteados para trás, e Quilty passa os dedos no sentido contrário.

— Ai — diz Mack.

— Sempre esqueço que seu cabelo é tão irlandês e sensível. Temos que arranjar para você um bom cabelo espesso de judeu.

— Que ótimo — retruca Mack.

Ele está ficando cansado disso, cansado deles juntos. Já fizeram viagens como essa muitas vezes. Visitaram o túmulo da Mamãe Gansa, em Boston. Visitaram o campo de batalha de Saratoga. Visitaram Arlington. "Cemitérios demais! A maldita Zona da Morte nos persegue!", dissera Mack. Visitaram o Lincoln Memorial ("Imagino que seja como o grande Oz marmorizado", Quilty comentou. "Abraham Oz seria um nome muito melhor, não acha?"). Bem ao lado, visitaram o Monumento aos Veteranos do Vietnã, com o tedioso catálogo de sangue exangue e Mack preferiu o monumento alternativo, a estátua dos camaradas veteranos, algo que pretendia ser menos artístico e mais humano. "É sobre os caras, não só sobre os *nomes dos caras*", dissera. "*Homens* morreram na guerra, não foi uma lista que morreu." Mas Quilty, que tinha passado uma hora procurando os nomes dos amigos mortos em 1968 e em 1970, suspirara de um jeito vagamente indignado e condescendente.

— Você não está entendendo nada — explicou. — Uma lista morreu, sim. Uma lista incrivelmente desoladora.

— Desculpe se não sou tão intelectualizado — retrucou Mack.

— Você está com ciúmes porque eu estava apalpando à procura de outros homens.

— É, estou com ciúmes. Estou com ciúmes de não estar lá. Estou com ciúmes porque fui estúpido e esperei a guerra acabar para me alistar.

Quilty suspirou.

— Eu quase fui — disse. — Mas meu número de recrutamento era alto. Além disso, adivinha o que mais? Tenho pé chato!

Com esta, os dois desataram a rir alto, risadas frouxas e exauridas, feito dois lunáticos tensos, bem ali diante da parede, até que um funcionário uniformizado pediu que se retirassem: outras pessoas estavam tentando rezar.

Na tentativa de ir a algum lugar onde não houvesse cemitérios, uma vez pegaram um voo para Key West, comeram muita sopa de marisco e visitaram a Casa Audubon, que, na verdade, não era a casa de Audubon, mas sim o lugar onde ele tinha se hospedado uma vez, ou algo parecido, abatendo a tiros os pássaros que em seguida pintava.

— Ele atirava? — insistira Mack em perguntar. — Matava os malditos pássaros?

— Revoltante — disse Quilty em voz alta. — Pobres pássaros. De agora em diante, darei todo o meu dinheiro à Sociedade *Autobahn*. Que os Mercedes corram mais e mais!

Para evitar que Mack bebesse por desespero, encontraram uma reunião dos Alcoólicos Anônimos; fizeram amigos e confissões, embora não exatamente nessa ordem. No dia seguinte, com os novos colegas da cidade, passearam pela casa de Hemingway vestindo boás de plumas: "só para chocar os pais de família".

— Antes de escrever sobre elas — disse Quilty, fingindo ler o guia em voz alta —, Hemingway atirava em suas personagens. Era considerado um método de criação pouco usual, embora não fosse desconhecido. Porém, mesmo nos círculos literários, o tema não é muito debatido.

Na manhã seguinte, a pedido de um senhor idoso e gentil chamado Chuck, foram a uma cerimônia em memória das vítimas da Aids. Sentaram-se ao lado dele e lhe deram a mão. Houve leitura de poemas de Walt Whitman. Tocaram tão primorosamente suítes para violoncelo que as pessoas caíam de joelhos, arrebatadas pela beleza do sofrimento. Depois da bênção, todos entraram solenemente em seus carros e se dirigiram lentamente ao local dos túmulos. Por mais que Mack e Quilty tentassem evitar cemitérios, lá estavam eles de novo. Os túmulos tinham seu próprio chamado insistente: tal como as rochas para os marinheiros, ou os marinheiros para outros marinheiros.

— Tudo isso é muito intenso — murmurou Mack no meio de uma oração. Ele tinha se posicionado mais longe dos enlutados do que Quilty imaginara. — Supostamente estamos aqui de férias. Quando terminar esta oração, vamos para a praia comer *cupcakes* — disse.

Foi o que fizeram, deixando Guapo correr para cima e para baixo na areia, perseguindo gaivotas, enquanto os dois ficaram estirados na toalha, a maresia soprando em seus rostos.

Agora, nesta viagem, Mack está com pressa. Quer deixar para trás os tijolos brancos e lascados de Hannibal, as árvores e as *huckleberries*, os carros locais estacionados em volta de um Bar do Tony. Mack quer seguir para St. Louis, Memphis, Nova Orleans, depois voltar. Quer encerrar as viagens, essa vida em movimento na qual embarcam com muita frequência, como velhas senhoras experimentando sapatos novos e duros. Quer tirar os pontos.

— Espero não ficar com cicatrizes — diz.

— Cicatrizes? — diz Quilty, no tom estridente de deboche que às vezes adota. — Não acredito que estou com um homem preocupado em ter um pau bonito.

— Aqui vai sua pergunta. Que dramaturga americana foi presa por causa de sua obra?

— *Dramaturga*. Ahã. Lillian Hellman? Duvido. Thornton Wilder...

— Mae West — responde Mack em um rompante.

— Não faça isso! Eu ainda não tinha respondido!

— E que importância tem?

— Tem importância para mim!

Falta apenas uma semana.

— Em St. Louis — Quilty usa outra vez a velha tática de fingir que está lendo o guia enquanto sobem em um vagão até o topo do arco — fica o famoso Gateway Arch, construído pelo grupo McDonald. Estados Unidos da América, por Deus, ponha-se de joelhos!

— Já estou, já estou.

— É verdade. Ouvi alguém falando sobre isso lá embaixo. O arco foi erguido por uma companhia chamada McDonald. Um arco dourado de pedra cinzenta. A porta de entrada para o oeste. Muito dourado ao pôr do sol. Muito dissimulado.

— Quem diria!

Pedra cinzenta outra vez. Não há como fugir disso.

— Descreva a vista para mim — pede Quilty quando saltam no topo do arco.

— É adequada — diz Mack, olhando pelas janelas.

— Eu pedi para descrever, não para *avaliar.*

— Típica do Meio-Oeste. Etérea. Verde e marrom.

Quilty suspira.

— Acho que cegos não deveriam namorar surdos-mudos enquanto não lançarem um manual de instruções — diz.

Mack está começando a sentir fome.

— Está com fome?

— É muito estressante! — continua Quilty. — Não, não estou com fome.

Cometem o erro de ir ao aquário, em vez de jantarem cedo, o que faz com que todas as criaturas marinhas pareçam apetitosas para Mack. Quilty faz a visita com um grupo guiado por uma garota bonita, com ar de professora colegial, chamada Judy, mas Mack decide se aventurar por conta própria. Sente-se como um cão sem dono no meio de crianças em idade escolar. Ali estão seus amigos! O elegante náutilo, a enguia elétrica, a arraia com cartilagem ondulada e sorriso idiota, guinchando em silêncio grudada no vidro. Ou será que está se alimentando?

Como se sabe quando um ser está guinchando e quando está comendo? E por que Mack não consegue diferenciar?

É o momento errado do dia e o momento errado da vida para estar cercado de criaturas marinhas. Guinchando ou se alimentando. Empanadas ou fritas. Há uma canção que a tia de Mack costumava cantar para ele quando era pequeno: "Sou homem na terra, sou *Silkie* no mar." E naquele momento ele pensa na canção, sobre um ser que era metade homem, metade foca ou metade ave. O que seria? Era uma criatura que voltava para buscar o filho, o filho que teve com uma mulher da terra. Mas o novo marido dela é um caçador com boa pontaria e mata-o quando ele tenta fugir de volta para o mar com o menino. Talvez fosse melhor assim, no fim das contas. Mas a história era triste do mesmo jeito. Amor roubado, amor perdido, ruína anfíbia: todas as transações da vida de Mack. Sou *Silkie* no mar. "Tenho uma vida rica e afortunada", costumava dizer a si mesmo enquanto pintava as torres de alta-tensão em Kentucky e o campo elétrico da escada eriçava os pelos de seus braços. Rico e Afortunado! Pareciam os nomes de dois cães springer spaniels ou de dois tios asquerosos. Tio Afortunado! Tio Rico!

Sou um homem sobre a terra, Mack pensa. Mas aqui, no mar, o que sou? Um ser que guincha ou que se alimenta?

Quilty aparece atrás dele, com Guapo.

— Vamos jantar — diz.

— Obrigado.

Depois do jantar, deitam-se e beijam-se na cama do hotel.

— Ai, meu bem, sim — sussurra Quilty, seus "meu bem" funcionando como agradáveis compressas de calor, e em seguida se extinguem as palavras. Mack chega mais perto, sua barriga fria se aquecendo. Seu coração bate colado ao de Quilty como um balão d'água movendo e impelindo seu líquido de um lado para o outro. Há algo reconfortante, pensa Mack, em abraçar alguém do mesmo tamanho que você. Algo estimulante até: os queixos por cima do ombro um do outro, os pés se tocando, as cabeças encostadas orelha com orelha. Além disso, gosta, adora a boca de Quilty sobre ele. A boca cheia de um homem. Há sempre algo um pouco desesperado e diligente em Quilty, a postos ali em seus lábios grossos, à procura, algo em seus olhos selvagens e sem sombras, como as criaturas do aquário, cativas e, no entanto, perambulando livremente em sua clausura. Com os dois se beijando daquele jeito — *justificativa, especificidade, rubrica* —, as palavras são moeda estrangeira. Há somente o suave ímpeto na boca, o guinchar e o alimentar-se de ambos, que enchem de luz os ouvidos de Mack. É assim, ele imagina, é assim que um homem cego enxerga. É assim que um peixe nada. É assim que as rochas cantam. Não há nada como o beijo forte de um homem, as mulheres de Kentucky que me perdoem.

Tomam café da manhã em um lugar chamado Mama's que faz propaganda de seus "pãezinhos arremessados".

— O que são? — pergunta Quilty.

Descobrem que não passam de pãezinhos de leite que os atendentes arremessam para os clientes. O pão de Mack o acerta bem no meio do peito, onde ele continua a agarrá-lo, chocado.

— Não se preocupe — diz o garçom a Quilty. — Não vou arremessar para você, que é cego, mas quem sabe para seu cachorro!

— Meu Deus — diz Quilty. — Vamos embora daqui.

Na saída, à porta, Mack se detém para olhar os cartazes de crianças desaparecidas. Não olha para as meninas, e sim para os meninos: Graham, oito anos; Eric, cinco anos. Então, essa é a aparência de uma criança de cinco anos, ele pensa. Lou vai fazer cinco anos na semana que vem.

Mack pega as estradas com limite de velocidade baixo em direção ao sul. Quilty e ele são como pássaros, perseguindo o verão que os abandonou seis semanas antes, no norte.

— Aposto que em Tapston já estão usando polainas por cima das botas. Aposto que já tem gelo nos pneus — diz Mack.

Ele sabe que Quilty odeia o inverno. O ar gélido deixa as coisas intocáveis, inodoras. Quando o clima esquenta, o mundo volta à vida.

— O sol tem cheiro de fogo — diz Quilty, sorrindo.

Passado o tapete descolorido dos velhos campos de trigo, a terra fica mais verde. Há colheita de algodão até Missouri, ao norte. Os campos se estendem como rolos de cassia suíço. Mack e Quilty param no acostamento, saem do carro para pegar uma flor, descascam o capulho úmido e sentem o algodão secar lentamente.

— Olha o que você perde por ser um ianque — diz Mack.

— Não faço outra coisa que não perder — responde Quilty.

Dão de cara com uma caravana de jipes e Hummers pintados de bege indo para o sul, rumo a um navio que sem dúvida os levará de um golfo ao outro. Mack assobia.

— Que merda! — diz.

— O que foi?

— Neste exato momento tem uns duzentos veículos do exército na nossa frente, recém-pintados de bege desértico.

— Não vou aguentar isso. Vai ter uma guerra.

— Eu podia jurar que não. Eu podia jurar que seria apenas um programa de TV.

— Aposto que é uma guerra.

Seguem para Cooter na companhia dos jipes, depois tomam um desvio para Heloise, para ver o rio. Continua com o mesmo aspecto marrom, cor de mangusto, carecendo de um tipo de beleza que Mack não sabe precisar. O rio lhe parece um cão cheio de carrapatos, que ignora a própria sujeira e continua correndo ao lado do seu carro em movimento.

Eles saem do carro para alongar o corpo. Mack acende um cigarro, pensando nos jipes e no deserto saudita.

— Então é isso. Marrom e mais marrom. Acho que isso é tudo que um rio pode oferecer.

— Então isso é tudo? Você é tão... Peggy Lee — diz Quilty. — Que tal um pouco de Jerome Kern, que não planta batatas nem algodão? Só continua correndo, como o rio da música!

Mack conhece a canção, mas nem sequer olha para Quilty.

— Sinta o cheiro de lama e umidade — diz Quilty e respira fundo.

— Estou sentindo. Muita umidade — diz Mack.

Sente-se esgotado. E também frustrado de tentar, cansado de viver e com medo de morrer. Se Quilty quer uma comédia musical, aqui está: uma comédia musical. Mack se demora fumando seu cigarro. A perspectiva de uma guerra impregnou seu cérebro. Desperta um terror antigo e recorrente dentro dele. Como ex-soldado, ainda acredita no exército. Mas acredita no exército descansando, relaxando, fazendo compras na loja do quartel, jantando no refeitório. Mas exércitos feito times de futebol na TV, em rede nacional? O rápido começo de um rápido fim.

— Ouvi dizer que, do outro lado, eles não têm nem meias — diz Quilty, quando já estão de volta ao carro, pensando na guerra. — Ou melhor, eles têm *algumas* meias, mas nem todas têm par.

— Os militares provavelmente estão esperando por isso há anos. Uma vitória, enfim.

— Ainda bem que você não está mais na reserva. Estão convocando todos os reservistas. — Quilty põe a mão sob a camisa de Mack e acaricia suas costas. — Este mês vários jovens foram ao escritório para fazer seus testamentos.

Mack ficou na reserva só por um ano, até ser expulso por embriaguez em uma das retiradas.

— Estar na reserva era como uma grande viagem de acampamento.

— Bom, agora é um acampamento que acabou mal. Uma viagem com aspirações. Um acampamento grande e quente. Akampamento com "k". Esses moleques indo fazer testamentos, você precisava ouvir, estavam em choque.

Mack dirige devagar, pensativo e preocupado.

— Como está aí atrás, Miss Daisy? — Quilty vira-se para olhar Guapo.

Ao passarem por Memphis, ainda no estado de Arkansas, param em uma lanchonete chamada Denny's, ao lado de uma loja de móveis de cozinha, e soltam Guapo, para que ele corra um pouco outra vez.

Mesas e cadeiras de cozinha, pensa Mack. É exatamente disto que o mundo precisa: uma loja de móveis de cozinha.

— Uma vez tentei escrever um livro — comenta Quilty, acomodado em seu assento, comendo um omelete.

— Ah, é?

— É. Eu escrevia parágrafos enormes, que se alongavam por páginas e páginas. E frases intermináveis também, que ocupavam duas ou três páginas. Me disseram que eu tinha que encurtar.

Mack sorri.

— E as palavras? Você também usava palavras grandes?

— Palavras gigantescas. E, ainda por cima, comecei com uma letra que arranquei de um outdoor. — Ele faz uma pausa. — Foi uma piada.

— Eu entendi.

— Mas *houve* um livro. Ia se chamar *De caso com o sofá: o guia de vida de um cego*.

Mack fica em silêncio. Sempre há conversas demais nessas viagens.

— Vamos parar em Memphis na volta — diz Quilty, irritadiço. — Por hora, vamos direto para Nova Orleans.

— Se é o que você quer, tudo bem.

Mack não tem nenhum apreço especial por Memphis. Quando criança, tinha sido perseguido por uma abelha ao longo de uma rua comprida e estreita da cidade, com carros enfileirados de um lado da calçada. Enfiou-se em uma cabine telefônica, mas a abelha ficou esperando; Mack acabou saindo depois de vinte minutos e foi picado da mesma forma. Não era verdade o que diziam sobre as abelhas. Elas não eram tão ocupadas assim. Tinham tempo livre, podiam esperar. Era um mito a história das abelhas trabalhadoras.

— Assim, quando voltarmos, podemos fazer tudo com calma e visitar o Hotel Peabody quando os patos estiverem soltos. Quero ver a exibição dos patos.

— Claro. A exibição dos patos é a grande atração — diz Mack. Ao sair do Denny's, ele se afasta um pouco de Quilty para dar uma olhada em outro cartaz de criança desaparecida. Um garoto chamado Seth, de cinco anos. Não há como viajar rápido ou longe o suficiente para escapar do mundo, que avança sobre Mack com um punhal.

— O que você está procurando?

— Nada — responde ele. — Um menino — acrescenta, meio ausente.

— É mesmo? — diz Quilty.

Mack dirige veloz, atravessando as cidadezinhas do Delta: Eudora, Eupora, Tallula, as mais pobres com nomes como Hollywood, Banks, Rich. Cada uma com sua igreja batista bem ao lado de uma loja de iscas ou de um bar chamado Coquetéis da Tina com um Toque de Classe. As ervas daninhas secas são da altura das pessoas, e o algodão é plantado em terrenos cada vez mais arenosos, perto de casebres e carros queimados.

A torre de uma fábrica de óleo de semente de algodão sobressai nos campos, e o hambúrguer mais próximo fica em um Hardee's a mais de seis quilômetros de distância. Às vezes os campos de algodão parecem neve. Mack repara nas placas quebradas: COMA CARNE NO MAID-RITE ou O PRAZER DA BOA CARNE. Ambas antigas e inocentes, essa mistura peculiar, como um bebê que parece uma avó, ou uma avó que parece uma menina. Ele e Quilty almoçam e jantam em lugares que servem bolinhas de massa de farinha de milho fritas e picles empanado; Mack se lembra das receitas da sua tia. O ar se adensa e fica mais quente. Os brontossauros da distribuidora de combustíveis Sinclair e cartazes antigos da Coca-Cola se projetam nos postos de gasolina e nas paradas à beira da estrada. E mais à frente, perto de Baton Rouge, lojas de antiguidades vendem os mesmos tipos de cartazes antigos da Coca-Cola.

— Reciclagem — comenta Mack.

— Todo mundo está reciclando — diz Quilty.

— Alguém me disse uma vez — diz Mack, pensando em Annie —, que todos somos feitos de poeira estelar, que cada átomo do nosso corpo um dia foi o átomo de uma estrela.

— E você acreditou? — Quilty dá uma gargalhada.

— Vá se foder.

— Quer dizer, talvez, nesse meio-tempo, tenhamos sido também um pouco de queijo no chá da tarde de uma república de moças. Nossa relação ancestral com as estrelas! — diz Quilty, agora já distante, como se argumentasse diante de um juiz. — É o equivalente biológico da conversa-fiada.

Eles se hospedam em uma mansão do período anterior à guerra civil, com uma cama de dossel. Sentam-se sob o dossel para jogar o jogo de perguntas e respostas.

Mack, mais uma vez, lê em voz alta as próprias perguntas.

— A quem George Bush se referia quando disse a frase: "Tivemos algumas vitórias; cometemos alguns erros; fizemos algum sexo"?

Mack olha pasmo para a cama de dossel, que tem um ar psicótico. Pela janela, vê um cartaz do outro lado da rua em que está escrito: ESPAÇO PARA LOCAÇÃO POR UMA BAGATELA. Ao lado, uma mulher branca e forte está batendo em um cachorrinho preto com uma sacola de compras. Qual é o problema deste país? Ele vira o cartão e lê.

— Ronald Reagan — diz.

Já passou a trapacear sem pudores.

— É essa a sua resposta? — pergunta Quilty.

— Sim.

— Bem, você deve estar certo — diz Quilty, que com frequência sabe a resposta antes que Mack a leia para ele.

Mack volta a olhar fixamente para a cama. O dossel parece o adorno que a Duquesa de *Alice no País das Maravilhas* usa na cabeça. Sua tia às vezes lia esse livro para ele, e a história sempre o deixava agoniado e confuso.

Na mesinha de cabeceira há sachês com caroços de pêssego e de damasco, o cheiro doce e mórbido de uma ala de pacientes com câncer em um hospital. Tudo naquele quarto o faz lembrar da tia.

— Qual dos antigos membros da equipe do Pittsburgh Pirates foi o único jogador indicado para o Hall da Fama do Beisebol em 1988? — lê Mack.

É a vez de Quilty.

— Caí na maldita categoria dos *esportes*?

— Sim. Qual é a sua resposta?

— Linda Ronstadt. Ela atuou na ópera cômica *Pirates of Penzance*. Sei que foi encenada em Pittsburgh. Só não tenho certeza sobre a parte do Hall da Fama.

Mack fica em silêncio.

— Acertei?

— Não.

— Bom, você não costumava fazer isso: deixar eu cair nas perguntas sobre esportes. Agora está dificultando.

— Pois é — responde Mack.

Na manhã seguinte, vão a um museu da Coca-Cola, parece haver muitos deles no Sul.

— Até parece que a Coca-Cola é um patrimônio nacional — comenta Mack.

— E não é? — retruca Quilty.

Vários estados, Georgia, Mississippi e diversos outros, reivindicam algo para si: servida aqui pela primeira vez, engarrafada ali pela primeira vez — primeira sede, primeiro estouro. É uma grande competição do mundo corporativo. Há uma estranha maneira de se refugiarem disso tudo ao atravessarem de carro mais um cemitério, dessa vez em Vicksburg. E é o que fazem, mas vão rápido, sem interromper a viagem, para que não sintam (como teriam sentido em Tapston) a perda irremediável de cada entardecer, a escuridão invasora, cada dia improvisado finalmente terminando, para começar de novo na manhã seguinte, de forma igualmente opressora, como uma dama em um jogo de damas, ou uma piada em um livro de humor.

— Parece que têm tudo organizado por estado — comenta Mack, observando os campos de Vicksburg, o verde desenrolando-se em pontilhados como aspirinas. Olha de novo para o mapa do parque, aberto sobre o volante. Lá está ele: de volta à Zona da Morte.

— Bem, vamos para a parte de Indiana, louvar os mortos de lá — sugere Quilty.

— Tudo bem — responde Mack, e quando chega a uma pedrinha isolada que diz *Indiana* (não era a zona certa ainda), diminui a velocidade e diz: — É aqui.

Assim Quilty pode baixar o vidro e gritar:

— Louvados sejam os mortos de Indiana!

Há gentilezas com as quais se pode satisfazer a um cego mais facilmente do que a alguém que enxerga.

Guapo late, e Mack solta um grito rebelde despropositado.

— De que lado você está? — repreende-o Quilty, subindo o vidro da janela de novo. — Vamos sair daqui, está muito quente.

Dirigem um pouco até sair do parque e param no Museu da Guerra Civil, que tinham visto anunciado no dia anterior.

— É de cinquenta? — pergunta Quilty, estendendo uma nota para Mack enquanto se dirigem ao caixa.

— Não, é de vinte.

— Ache uma de cinquenta para mim. Esta aqui é de cinquenta?

— Sim, esta é de cinquenta.

Quilty empurra a nota para o caixa.

— Com licença — diz alto. — Teria troco para um grande general norte-americano?

— Acho que sim — responde o caixa dando uma risadinha enquanto pega a nota de cinquenta e levanta a gaveta da caixa registradora.
— Vocês, ianques, adoram fazer isso.

O lugar é escuro e frio, com fileiras de vitrines e manequins uniformizados. Há fotografias de soldados e enfermeiras e também do "Presidente e da Sra. Davis". Como quase tudo está protegido por vidros e não pode ser tocado, Quilty fica entediado.

— A cidade de Vicksburg — lê Mack em voz alta —, forçada a render-se a Grant no dia quatro de julho, negou-se a celebrar o Dia da Independência até 1971.

— Quando ninguém mais dá a mínima — acrescenta Quilty. — Mas eu gosto de lugares com um sentimento forte de rancor; que eles, é claro, chamam de "um profundo conhecimento da história". — Ele pigarreia. — Mas vamos seguir para Nova Orleans. Também gosto de lugares que estão pouco se lixando.

Em um restaurante com vista para o rio, comem bagre acompanhado de mais bolinhas de massa de milho fritas. Guapo, sem coleira, corre para lá e para cá à margem do rio, como uma criatura enlouquecida.

Ao cair da noite, seguem para o sul, em direção à trilha florestal de Natchez Trace, passando por Port Gibson: "BONITA DEMAIS PARA SER QUEIMADA" — ULISSES S. GRANT, diz a placa de boas-vindas. Quilty cochila. Está ficando escuro e a estrada não é larga, mas Mack ultrapassa todos os carros que vão devagar: uma velha Kombi (os invernos do norte as eliminaram de Tapston), uma picape vermelha carregada de feno, um Plymouth Duster cheio de deficientes auditivos fazendo sinais em uma fantástica dança de mãos. A luz interna do Duster está acesa, e Mack se detém ao lado do carro para observá-los. Todos falam ao mesmo tempo: os dedos voam, cortam, esticam-se no ar, enroscam-se, apontam, tocam. É impressionante e lindo. Se Quilty não fosse cego, Mack pensa. Se Quilty não fosse cego, certamente gostaria de ser surdo.

Em Nova Orleans há todo tipo de ostras à Rockefeller. O tipo com espinafre mal cortadas ao comprido, com algas, e pedacinhos de bacon por cima. O tipo com creme de espinafre verde claro, servido na concha como algas. Há o tipo com as folhas de espinafre caindo nas bordas, feito meias no varal. Tem os tipos com queijo. Outros sem queijo. Há até uma com tofu.

— O que aconteceu com as amêijoas casino? — pergunta Mack. — Eu costumava encontrá-las em Kentucky. Eram excelentes.

— Marisco em um lugar que não tem mar? Nunca é uma boa ideia, meu querido — alerta Quilty. — Deixe para Nova Orleans. Uma cidade que deixa de ser conhecida pela prostituição logo fica famosa pela excelente gastronomia. Pense bem. Paris. Aqui. E em cidades conhecidas pela prostituição, como Las Vegas, Amsterdã e Washington D.C., raramente se come bem.

— Você devia escrever um guia de viagem — sugere Mack.

Estaria sendo sarcástico? Nem ele mesmo sabia dizer.

— Era o que *De caso com o sofá* ia ser. Um guia de viagem amador. Para cegos.

— Pensei que ia ser um romance.

— Antes de ser um romance, ia ser um guia de viagem.

Deixam para trás a cerca de ferro forjado da pequena estalagem e vão passear pelo bairro francês. Logo chegam ao cais e, sem muito mais o que fazer, entram em um deslumbrante barco a vapor com rodas de pás para fazer um passeio pelas plantações. Quilty tropeça em uma tábua da rampa, que estava um pouco levantada.

— Sabe, acho que esta cidade não é nem grande nem fácil — diz ele.

O passeio deveria incluir sol, cerveja e uma bandinha de jazz, mas fazem também uma parada em Chalmette, local da Batalha de Nova Orleans, para que as pessoas possam descer e passear pelo cemitério.

Mack leva Quilty a um lugar ao sol e senta-se ao lado dele. Guapo levanta a cabeça e fareja o ar pantanoso.

— Chega de cemitérios — decreta, e Quilty concorda imediatamente, embora Mack também se pergunte se, ao chegarem lá, conseguirão resistir. Parece difícil para eles, diante daquela geometria protuberante de pedras e ossos, não ir correndo até lá e dizer oi. Os dois são inadequados para a vida, não há dúvida. Sentindo-se peculiares, desabrigados, amaldiçoados e cansados, tornaram-se amigos demais. Não têm mais padrões nem referências.

— De qualquer modo, todas as sepulturas aqui ficam em palafitas... Por causa do nível do mar e tal — diz Mack.

O calíope soa e a roda de pás começa a girar. Mack inclina a cabeça para apoiá-la no encosto da cadeira e contemplar o céu raiado de nuvens fibrosas, o azul vincado de branco de modo indistinto. À direita, as nuvens têm mais forma e destacam-se sobre o fundo azul, como as figuras de um prato Wedgwood. Que porra de tigela maravilhosa aquela sob a qual estavam todos presos e obrigados a nadar pelo resto da vida! "Encare as coisas da seguinte maneira", as pessoas costumavam dizer a Mack. "Tudo poderia ser pior" — um adesivo de um peixe dourado ou de um inseto colado no para-choque. E não estavam erradas, só não era essa a questão.

Mack adormece e, quando o barco retorna ao cais, dez mil anestesistas invadiram a cidade. Há ônibus e uma multidão.

— Opa, atenção. Uma convenção de médicos. — Mack alerta Quilty. — Cuidado por onde anda!

Em um quiosque turquesa perto do píer, ele vê mais cartazes de crianças desaparecidas. Parte dele cogita imaginar-se com Quilty estampado em um deles, mais dois garotos perdidos na América. Em vez disso, há um menino de nove anos, de partir o coração, chamado Charlie. Tem também um menino de três anos chamado Kyle. E ainda o mesmo menino que tinha visto ao norte, no Denny's: Seth, cinco anos.

— São bonitos? — pergunta Quilty.

— Quem?

— Todos esses médicos jovens e formidáveis. São bonitos?

— Sei lá!

— Ah, não me venha com essa — retruca Quilty. — Você esqueceu com quem está falando, meu querido? Posso *senti-lo* olhando ao redor.

Por um tempo, Mack não diz nada. Não até levar Quilty a uma cafeteria para tomarem café com chicória e comer um doce, do qual dá um pedaço a Guapo. O grupo na mesa ao lado, em uma espécie de concurso teatral mórbido, lê em voz alta o obituário do *Times-Picayune*.

— Esta cidade é insana — comenta Mack.

Quando voltam para o hotel, alguém no quarto ao lado está tocando o hino norte-americano em um kazoo.

No dia seguinte partem em ritmo acelerado, cruzando o verde-oliva leitoso e incandescente dos pântanos, as árvores queimadas e desfolhadas emergindo como cruzes.

— Você está indo rápido demais — diz Quilty. — Está dirigindo como um maldito Sean Penn!

Sem seguir um caminho específico, Mack se dirige aos pântanos salgados, onde mergulhões, melros e flamingos com asas rosadas voam baixo por cima dos juncos emplumados. À sua maneira sombria, tudo é bonito. Há gado à solta mastigando o capim espesso em meio às torres de perfuração de petróleo.

— Para onde estamos indo?

De repente ele faz uma curva para o norte, em direção a Memphis.

— Para o norte, para Memphis.

A única coisa na qual consegue pensar agora é voltar.

— No que você está pensando?

— Em nada.

— Está olhando para o quê?

— Para nada, para a paisagem.

— Gente bonita?

— É, acabo de ver uma vaca maravilhosa — responde Mack. — E um gambá que não era de se jogar fora.

Quando finalmente chegam ao hotel Peabody já é fim de tarde. O quarto é um pouco abafado e iluminado por uma estranha luz dourada. Mack se atira na cama.

Quilty, começando a transpirar, tira o casaco e joga-o no chão.

— Vem cá, qual é o seu problema? — pergunta.

— Como assim o *meu* problema? Qual é o *seu* problema?

— Você está tão distraído e esquisito.

— Estamos viajando. Fico apreciando a paisagem. Estou cansado. Desculpe se pareço distante.

— "Apreciando a paisagem". Que ótimo! E eu? Alô?

Mack suspira. Quando assume a ofensiva desse jeito, Quilty tende a ir em cinco direções lamentáveis ao mesmo tempo. Tem um breve ataque de nervos e grita para todos os lados, depois se recompõe e pede desculpas. É tudo um pouco familiar. Mack fecha os olhos para afastar-se dele. Flutua para longe e, tentando não pensar em Lou, por um instante pensa em Annie, mas a repentina torrente de sangue que o enrijece esgarça seus pontos e o faz despertar subitamente. Senta-se na cama, tira os sapatos e as meias e olha para os dedos enrugados, feito lesmas em uma caixa.

Quilty está sentado no chão de pernas cruzadas, tentando fazer exercícios de respiração. Está tentando levar o Chi para os seus meridianos, ou algo assim.

— Acha que eu não sei que você sente atração por metade das pessoas que vê? — diz Quilty. — Acha que sou idiota ou o quê? Pensa que não percebo quando você se contorce para olhar, em todos os lugares aonde vamos?

— O quê?

— Você é ridículo — diz Quilty finalmente a Mack.

— *Eu* sou ridículo? Você é que é! Nervoso e possessivo demais — retruca Mack.

— Eu tenho um sentido muito apurado sobre o que se passa no meu quintal — diz Quilty, que desistiu dos exercícios. — Os cegos são assim. Não quero você estendendo o polegar para pedir carona para fora dos limites da propriedade. É uma coisa horrenda e uma traição à comunidade.

— Que comunidade? Do que você está falando?

— Vocês, pessoas que enxergam, são todos iguais. Pensam que somos o Mr. Magoo! Acha que eu não sei das coisas tanto quanto um cara que pinta torres de água e tem cistos no pau?

Mack balança a cabeça, senta-se e começa a colocar os sapatos de volta.

— Não vou ficar ouvindo sua conversa afiada — diz ele.

— Conversa afiada? — Quilty dá uma risada. — Conversa *afiada*? Não, obviamente não estou afiado o bastante!

Mack fica perplexo. Quilty está com a cabeça inclinada daquele jeito hiperalerta, como quem diz que não vai deixar nada naquele quarto lhe passar despercebido.

— Conversa afiada — repete Mack. — Não é assim que se diz?

— Conversa afiada — diz Quilty, pausadamente, dirigindo-se ao júri —, é uma conversa com o gume bem amolado, cortante.

175

Mack sente o peito apertar ao redor de um pequeno espaço vazio. Sente a sua própria sorte de merda voltar como uma maldição.

— Você nem sequer gosta de mim, não é? — pergunta ele.

— Se eu gosto de você? É isso mesmo que está perguntando?

— Não tenho certeza — responde Mack.

Olha para o quarto do hotel. Nem aquele, nem nenhum outro quarto onde Quilty estivesse jamais seria a sua casa.

— Deixe-me contar uma história — diz Quilty.

— Eu não gosto de histórias.

Mack agora tem a sensação de que lhe custou demais chegar até ali. Mentalmente (não consegue distinguir se é uma recordação ou um presságio) ele se vê voltando não só para Tapston, mas para Kentucky ou Illinois, para onde quer que Annie viva agora, e roubando de volta aquele garoto que tem o seu sangue, a quem tanto ama e que é seu, correndo depressa com ele até um carro, botando-o lá dentro e fugindo. De algum modo, seria a coisa certa a fazer. Outros homens já fizeram isso.

A história de Quilty transcorre assim:

— Uma vez chegou uma mulher no meu escritório, logo depois que comecei a advogar. O caso dela era um simples divórcio que, com ganância e teimosia, ela estava complicando, o que elevou bastante os custos. Quando recebeu a conta dos honorários, ela me ligou e começou a berrar, cheia de raiva. Eu respondi: "Veja, vamos estabelecer um plano de pagamento. Cem dólares por mês. O que acha?" Fui razoável. Eu tinha o escritório havia pouco tempo e estava lutando para me estabelecer. Ainda assim, ela se recusou a pagar um centavo que fosse. Tive que pedir um empréstimo para pagar minha secretária, e nunca me esqueci disso. Então, cinco anos depois, o médico dessa mesma mulher me telefonou. Ele me disse que ela estava com câncer nos ossos e que, como eu era um dos poucos judeus-alemães da cidade, podia ter o mesmo tipo sanguíneo, para fazer um transplante de medula. Ele perguntou se eu poderia considerar pelo menos a possibilidade de fazer um exame de sangue. Respondi que nem pensar e desliguei. O médico ligou de novo. Ele implorou, mas eu desliguei outra vez. Um mês depois, a mulher morreu.

— O que você quer dizer com isso? — pergunta Mack.

A voz de Quilty está se desintegrando agora.

— Que essa é a verdade sobre mim — afirma ele. — Você não vê...?

— Sim, *eu* vejo, porra! O único que vê aqui sou eu! Eu e Guapo.

Quilty faz uma longa pausa.

— Eu não perdoo nada de ninguém. Esse é o ponto.

— Quer saber? Isso é uma grande asneira — diz Mack, mas sua voz sai fina e insegura.

Ele termina de calçar os sapatos, mas sem meias, e pega o casaco.

Lá embaixo, o relógio marca quinze para as cinco, e as pessoas se aglomeram para ver os patos. Um tapete vermelho já foi estendido do elevador até a fonte, e isso deixa os animais agitados, sacudindo suas asas cortadas, ansiosos pelo espetáculo do fim de tarde. Mack senta-se a uma mesa no fundo e pede um uísque duplo com gelo. Bebe depressa — a bebida gela e queima daquela velha e boa maneira: já faz muito tempo. Pede outro. O pianista do outro lado do lobby está tocando "Street of dreams": "O amor ri de um rei/ os reis não importam, eu sim." O homem canta e Mack tem a impressão de que é a canção mais linda do mundo. Homens em toda parte estão prestes a morrer por razões que desconhecem e, se conhecessem, não apreciariam — mas eis uma canção pela qual fazê-lo, para que a vida, em seus espasmos furiosos, não destrua tanto dessa vez.

Os patos bebem e mergulham na fonte.

Mack provavelmente já está bêbado como um gambá.

Perto da porta que dá para a Union Avenue, uma mímica está fazendo malabarismos com garrafas de Coca-Cola. As pessoas à espera dos patos se juntaram para assistir-lhe. Mesmo com a maquiagem carregada de pó branco, ela é atraente. Seus cabelos vermelhos brilham como amapolas e, debaixo da malha preta, tem pernas tesas como o arco de um arqueiro.

"Conversa afiada", pensa Mack. Sua cabeça dói, mas a garganta e os pulmões estão quentes e limpos.

Pelo canto do olho, de repente ele vê Quilty e Guapo, dando passos lentos e inseguros, procurando abrir caminho pela multidão. Ambos, Guapo inclusive, parecem solitários e consternados. Mack olha de novo para a fonte. Logo Guapo o encontrará, mas até lá ele não vai se mover; precisa que Quilty cumpra o rito do esforço. Sabe que ele vai inventar alguma dádiva conciliadora. Ao se aproximar, vai tocar Mack e sussurrar: "Volte, não fique chateado, você sabe que nós somos assim."

Mas por enquanto Mack ficará somente observando os patos sendo orientados pelo cuidador, um senhor negro uniformizado que assopra um apito prateado e empunha uma vara comprida, fazendo sinal para que os patos saiam da água e fiquem enfileirados no tapete. Eles não decidiram nada, pensa Mack, aqueles patos não fizeram nada para merecer aquilo, mas lá estão, lírios de Deus, o ano inteiro naquele hotel enorme, com alguém cuidando deles pelo resto da vida. Todas as outras aves do mundo — os falcões famintos, as galinhas sem dono, com seus cacarejos estúpidos — viverão vidas penosas e desgraçadas, batendo asas para o norte e para o sul, para cá e para lá, em busca de um lugar de descanso. Mas não aquelas. Não aqueles patos, *ricos* e *sortudos*, agraciados com tapetes e escadas, a subir e descer, do telhado para a piscina e para a cobertura, sempre guiados, bem recebidos à porta dos elevadores dourados que parecem a boca do céu e que, embora não sejam de fato a boca do céu, talvez sejam as bordas de tudo o que existe.

Mack suspira. Por que tem sempre necessidade de medir o próprio sofrimento estúpido? Por que tem sempre que olhar em volta e comparar o seu sofrimento ao dos demais?

Porque Deus quer que as pessoas façam isso.

Mesmo que você se compare a patos?

Especialmente se você se compara a patos.

Sente a cabeça encolher com o ódio que é o amor que não tem para onde ir. Vai fazer isto: vai voltar e buscar Lou, mesmo que lhe custe a vida. Um milhão de soldados estão se preparando para morrer por menos. Encontrará Annie; talvez não seja tão difícil. E, primeiro, vai lhe pedir gentilmente. Mas depois fará o que um pai deve fazer: um menino é do pai. Um filho homem ama o pai mais que tudo. Foi o que Mack leu uma vez em uma revista.

No entanto, quanto mais imagina encontrar Lou, mais fortes são suas suspeitas de que essa missão insana vai, de fato, matá-lo. Ele vê — outra vez como se fosse uma visão (do que ele deve impedir ou do que não pode impedir, como saber?) — a sua morte e o sofrimento do filho. Vê a ferida nas próprias costas, os olhos passando de gelatina acinzentada aos sinais de positivo e negativo de um cadáver de história em quadrinhos. Vê Lou todo arranhado arrastando-se de volta para uma casa e o céu estrelado como a mortalha cintilante e zombeteira de Mack.

Mas fará isso mesmo assim, ou o que seria ele? A sujeira de uma lagoa invejando os patos.

Tudo está bem. Descanse em paz. Deus está próximo.

À medida que as aves caminham sobre o tapete vermelho, grasnando inquietas, como um bando de alegres Miss Estados Unidos, Mack as observa parar e olhar para cima, satisfeitas porém confusas, diante dos flashes das câmeras dos turistas, uma explosão hollywoodiana ao longo do tapete. Os patos avançam um pouco, param, e então voltam a desfilar. Parecem não entender por que alguém poderia querer tirar aquelas fotos, acionar aquela luz, ou mesmo estar ali, por que algo assim estaria acontecendo, embora, por Deus, e de vez em quando com certeza não por Deus, aquilo acontecesse diariamente.

Quilty, à beira da multidão, levanta os dedos, fazendo o símbolo da paz para todos com quem cruza e dizendo "Paz". Ele se aproxima de Mack.

— Paz — diz.

— As pessoas não dizem mais isso — responde Mack.

— Mas deveriam — conclui Quilty.

Suas narinas começam a se dilatar, de um jeito que sempre antecipa um soluço. Ele cai de joelhos e agarra-se aos pés de Mack. Os gestos de remorso de Quilty são como cometas: pouco frequentes e brilhantes, mas cheios de lixo espacial.

— Chega de guerra! — implora ele. — Chega de destruição!

Naquele momento, é apenas Quilty quem está devastado. As pessoas olham.

— Você está ofuscando os patos — diz Mack.

Quilty se levanta, segurando-se nas calças de Mack.

— Tenha piedade.

Este é o ritual dos testes de Quilty: quando sente que é chegada a hora, se incumbe de fazer um teste representando o amor. Não tem roteiro, nem um domínio confiável do palco, tem apenas o rosto coberto com a maquiagem de seu próprio coração e uma necessidade incessante de aplausos.

— Ok, ok — diz Mack e, quando o elevador se fecha levando as doze aves e seu treinador fazendo reverências, todos no lobby do hotel batem palmas.

— Obrigado — murmura Quilty. — Vocês são muito gentis, muito gentis.

Imobiliária

E no entanto, é claro, essas bugigangas são encantadoras...

"Glitter and be gay"

Devia ser, pensou Ruth, porque ela ia morrer na primavera. Naquela época, sentia uma desolação inexplicável, uma lama espessa no coração, o escárnio da estação, toda a umidade de um Chartreuse na garganta como se fosse uma mordaça. De que outro modo explicar aquela sensação? Ela podia quase explodir — alguém podia explodir de infelicidade? O que sentia era estranho, antagônico e remoto demais para ser mera emoção. Tinha que ser um pressentimento, de que, por fim, seria levada rapidamente depois de se agitar e se debater tanto de forma maçante, no trabalho doloroso e sem propósito que constituía a vida. E na primavera, nada menos que o pressentimento da morte. Um ensaio. Uma ligação da secretária lembrando a hora marcada.

Naturalmente, era sempre na primavera que ela descobria os casos do marido. Mas o último tinha sido anos antes, e que importância tinha tudo isso agora? Tinha sido um verdadeiro desfile de aventuras que, no final, a fizeram rir. Ha! Ha! Ha! Ha! Ha! Ha! Ha! Ha! Ha! Ha! Ha! Ha! Ha! Ha! Ha! Ha!

Ha! Ha! Ha! Ha! Ha! Ha! Ha! Ha! Ha! Ha! Ha! Ha!

Ha! Ha! Ha! Ha! Ha! Ha! Ha! Ha! Ha! Ha! Ha! Ha! Ha! Ha! Ha!
Ha! Ha! Ha! Ha! Ha! Ha! Ha! Ha! Ha! Ha! Ha! Ha! Ha! Ha! Ha! Ha!
Ha! Ha! Ha! Ha! Ha! Ha! Ha! Ha! Ha! Ha! Ha! Ha! Ha! Ha! Ha!
Ha! Ha! Ha! Ha! Ha! Ha! Ha! Ha! Ha! Ha! Ha! Ha! Ha! Ha! Ha! Ha!

Ha! Ha! Ha! Ha! Ha! Ha! Ha! Ha! Ha! Ha! Ha! Ha! Ha! Ha! Ha! Ha!
Ha! Ha! Ha! Ha! Ha! Ha! Ha! Ha! Ha! Ha! Ha! Ha! Ha! Ha! Ha! Ha!
Ha! Ha! Ha! Ha! Ha! Ha! Ha! Ha! Ha! Ha! Ha! Ha! Ha! Ha! Ha! Ha!
Ha! Ha! Ha! Ha! Ha! Ha! Ha! Ha! Ha! Ha! Ha! Ha! Ha! Ha! Ha! Ha!
Ha! Ha! Ha! Ha! Ha! Ha! Ha! Ha! Ha! Ha! Ha! Ha! Ha! Ha! Ha! Ha!
Ha! Ha! Ha! Ha! Ha! Ha! Ha! Ha! Ha! Ha! Ha! Ha! Ha! Ha! Ha! Ha!
Ha! Ha! Ha! Ha! Ha! Ha! Ha! Ha! Ha! Ha! Ha! Ha! Ha! Ha! Ha! Ha!
Ha! Ha! Ha! Ha! Ha! Ha! Ha! Ha! Ha! Ha! Ha! Ha! Ha! Ha! Ha! Ha!
Ha! Ha! Ha! Ha! Ha! Ha! Ha! Ha! Ha! Ha! Ha! Ha! Ha! Ha! Ha! Ha!
Ha! Ha! Ha! Ha! Ha! Ha! Ha! Ha! Ha! Ha! Ha! Ha! Ha! Ha! Ha! Ha!
Ha! Ha! Ha! Ha! Ha! Ha! Ha! Ha! Ha! Ha! Ha! Ha! Ha! Ha! Ha! Ha!
Ha! Ha! Ha! Ha! Ha! Ha! Ha! Ha! Ha! Ha! Ha! Ha! Ha! Ha! Ha! Ha!
Ha! Ha! Ha! Ha! Ha! Ha! Ha! Ha! Ha! Ha! Ha! Ha! Ha! Ha! Ha! Ha!
Ha! Ha! Ha! Ha! Ha! Ha! Ha! Ha! Ha! Ha! Ha! Ha! Ha! Ha! Ha! Ha!
Ha! Ha! Ha! Ha! Ha! Ha! Ha! Ha! Ha! Ha! Ha! Ha! Ha! Ha! Ha! Ha!
Ha! Ha! Ha! Ha! Ha! Ha! Ha! Ha! Ha! Ha! Ha! Ha! Ha! Ha! Ha! Ha!
Ha! Ha! Ha! Ha! Ha! Ha! Ha! Ha! Ha! Ha! Ha! Ha! Ha! Ha! Ha! Ha!
Ha! Ha! Ha! Ha! Ha! Ha! Ha! Ha! Ha! Ha! Ha! Ha! Ha! Ha! Ha! Ha!
Ha! Ha! Ha! Ha! Ha! Ha! Ha! Ha! Ha! Ha! Ha! Ha! Ha! Ha! Ha! Ha!
Ha! Ha! Ha! Ha! Ha! Ha! Ha! Ha! Ha! Ha! Ha! Ha! Ha! Ha! Ha! Ha!
Ha! Ha! Ha! Ha! Ha! Ha! Ha! Ha! Ha! Ha! Ha! Ha! Ha! Ha! Ha! Ha!
Ha! Ha! Ha! Ha! Ha! Ha! Ha! Ha! Ha! Ha! Ha! Ha! Ha! Ha! Ha! Ha!
Ha! Ha! Ha! Ha! Ha! Ha! Ha! Ha! Ha! Ha! Ha! Ha! Ha! Ha! Ha! Ha!
Ha! Ha! Ha! Ha! Ha! Ha! Ha! Ha! Ha! Ha! Ha! Ha! Ha! Ha! Ha! Ha!
Ha! Ha! Ha! Ha! Ha! Ha! Ha! Ha! Ha! Ha! Ha! Ha! Ha! Ha! Ha! Ha!
Ha! Ha! Ha! Ha! Ha! Ha! Ha! Ha! Ha! Ha! Ha! Ha! Ha! Ha! Ha! Ha!
Ha! Ha! Ha! Ha! Ha! Ha! Ha! Ha! Ha! Ha! Ha! Ha! Ha! Ha! Ha! Ha!
Ha! Ha! Ha! Ha! Ha! Ha! Ha! Ha! Ha! Ha! Ha! Ha! Ha! Ha! Ha! Ha!
Ha! Ha! Ha! Ha! Ha! Ha! Ha! Ha! Ha! Ha! Ha! Ha! Ha! Ha! Ha! Ha!
Ha! Ha! Ha! Ha! Ha! Ha! Ha! Ha! Ha! Ha! Ha! Ha! Ha! Ha! Ha! Ha!
Ha! Ha! Ha! Ha! Ha! Ha! Ha! Ha! Ha! Ha! Ha! Ha! Ha! Ha! Ha! Ha!
Ha! Ha! Ha! Ha! Ha! Ha! Ha! Ha! Ha! Ha! Ha! Ha! Ha! Ha! Ha! Ha!

Ha! Ha! Ha! Ha! Ha! Ha! Ha! Ha! Ha! Ha! Ha! Ha! Ha! Ha! Ha! Ha!
Ha! Ha! Ha! Ha! Ha! Ha! Ha! Ha! Ha! Ha! Ha! Ha! Ha! Ha! Ha! Ha!
Ha! Ha! Ha! Ha! Ha! Ha! Ha! Ha! Ha! Ha! Ha! Ha! Ha! Ha! Ha! Ha!
Ha! Ha! Ha! Ha! Ha! Ha! Ha! Ha! Ha! Ha! Ha! Ha! Ha! Ha! Ha! Ha!
Ha! Ha! Ha! Ha! Ha! Ha! Ha! Ha! Ha! Ha! Ha! Ha! Ha! Ha! Ha! Ha!
Ha! Ha! Ha! Ha! Ha! Ha! Ha! Ha! Ha! Ha! Ha! Ha! Ha! Ha! Ha! Ha!
Ha! Ha! Ha! Ha! Ha! Ha! Ha! Ha! Ha! Ha! Ha! Ha! Ha! Ha! Ha! Ha!
Ha! Ha! Ha! Ha! Ha! Ha! Ha! Ha! Ha! Ha! Ha! Ha! Ha! Ha! Ha! Ha!
Ha! Ha! Ha! Ha! Ha! Ha! Ha! Ha! Ha! Ha! Ha! Ha! Ha! Ha! Ha! Ha!
Ha! Ha! Ha! Ha! Ha! Ha! Ha! Ha! Ha! Ha! Ha! Ha! Ha! Ha! Ha! Ha!
Ha! Ha! Ha! Ha! Ha! Ha! Ha! Ha! Ha! Ha! Ha! Ha! Ha! Ha! Ha! Ha!
Ha! Ha! Ha! Ha! Ha! Ha! Ha! Ha! Ha! Ha! Ha! Ha! Ha! Ha! Ha! Ha!
Ha! Ha! Ha! Ha! Ha! Ha! Ha! Ha! Ha! Ha! Ha! Ha! Ha! Ha! Ha! Ha!
Ha! Ha! Ha! Ha! Ha! Ha! Ha! Ha! Ha! Ha! Ha! Ha! Ha! Ha! Ha! Ha!
Ha! Ha! Ha! Ha! Ha! Ha! Ha! Ha! Ha! Ha! Ha! Ha! Ha! Ha! Ha! Ha!
Ha! Ha! Ha! Ha! Ha! Ha! Ha! Ha! Ha! Ha! Ha! Ha! Ha! Ha! Ha! Ha!
Ha! Ha! Ha! Ha! Ha! Ha! Ha! Ha! Ha! Ha! Ha! Ha! Ha! Ha! Ha! Ha!
Ha! Ha! Ha! Ha! Ha! Ha! Ha! Ha! Ha! Ha! Ha! Ha! Ha! Ha! Ha! Ha!
Ha! Ha! Ha! Ha! Ha! Ha! Ha! Ha! Ha! Ha! Ha! Ha! Ha! Ha! Ha! Ha!
Ha! Ha! Ha! Ha! Ha! Ha!

Agarrando-se firmemente ao seu pequeno quinhão no terreno conjugal, observara as amantes dele passarem, flutuando como bailarinas ou penugens de dente-de-leão, todas repentinas e fugazes, como se fossem garotas de calendário arrancadas mês a mês pelo mesmo vento misterioso que arrancava as folhas dos calendários, apressando a passagem do tempo nos filmes antigos. Olá! Adeus! Ha! Ha! Ha! Por que Ruth se importaria com isso agora? Aquelas mulheres eram águas passadas. O segredo do casamento, concluiu, era não levar tudo para o lado pessoal.

— Você *presume* que sejam casos encerrados — disse sua amiga Carla, que, na sala de estar de Ruth, exercitava tanto sua criança interior quanto a parte interna das coxas, livrando-se da criança mas fortalecendo as coxas. Ruth não entendia muito bem. Carla às vezes ia até a casa dela e fazia seus exercícios no meio do tapete afegão de Ruth. Gostava de dizer coisas sem pensar e, depois, acrescentar: "Opa, eu disse isso?" Ou, às vezes: "Sabe do que mais? A vida é curta. E atarracada também, então, precisamos dar o nosso melhor: nada de espartilhos."

Deitou-se de barriga para cima, fez exercícios de respiração e incentivou Ruth a fazer o mesmo.

— Não consigo. Vou acabar pegando no sono — respondeu Ruth, embora no fundo suspeitasse de que não dormiria.

Carla deu de ombros.

— Se você dormir, ótimo. É o sono da beleza. E, se você quase adormecer, mas não adormecer de fato, é meditação.

— *Isso* é meditação?

— Isso é meditação, sim.

Dois anos antes, quando Ruth estava fazendo quimioterapia (o oncologista em Chicago fixara em cinquenta por cento as chances de ela sobreviver por mais cinco anos; que maldade dele não ter mentido e dito sessenta por cento!), Carla havia lhe levado lasanhas que duraram, em suas várias e cada vez menores encarnações, semanas no freezer de Ruth. "Tente não pensar em animais atropelados na estrada quando for aquecê-las", recomendara Carla. Também levara sabonetes de sálvia e alecrim que pareciam tabletes de manteiga com galhos dentro. Levou um livro para Ruth, uma coletânea de contos chamada *Confie em mim*, em cuja sobrecapa tinha riscado o nome do autor e escrito seu próprio: Carla McGraw. Carla era uma amiga. Nesses tempos, quem tinha muitos amigos?

— Eu presumo que sim — disse Ruth. — Tenho que partir desse princípio.

O último caso de Terence, duas primaveras antes, acabara mal. Ele dissera a Ruth que ficaria em reunião até tarde, mais ou menos até as dez, mas chegara em casa, desgrenhado e levemente molhado, às 19h30. "Cancelaram a reunião", disse, e foi direto para o segundo andar, onde ela pôde ouvi-lo soluçar no banheiro. Ele chorou por quase uma hora. Enquanto o escutava, Ruth sentiu seu coração se encher de piedade e de um profundo amor fraternal. Em todos os funerais do amor, o amor pregava essa peça genial de fazer você ficar tão enlutado por ele, que ele reaparecia. Saltava diretamente do caixão. Ou, se não era o próprio amor que reaparecia, mandava um parente espantosamente parecido, um gêmeo franzino e charmoso, que você levava de volta para casa, para alimentar e ninar, fazer carinho e dar broncas.

Ah, que tormento precioso era a vida. Ela simplesmente não investigava mais as atividades de Terence. Nada de usar vapor para abrir os extratos do cartão de crédito sem romper o lacre, nada de pegar "acidentalmente" a extensão do telefone. Como disse uma vez o médico que diagnosticou seu câncer, hoje em remissão completa, "a única maneira de saber absolutamente tudo na vida é por meio de uma autópsia".

Ciência forense nupcial. Ruth ia deixar seu casamento viver. Nada de morte misericordiosa, nada de autópsia. Ia deixá-lo viver! Ha! Ia se conformar, como uma pessoa deve fazer, em não saber de tudo: a ignorância como mistério, o mistério como fé, a fé como alimento, o alimento como sexo, o sexo como amor, o amor como ódio, o ódio como transcendência. Seria isso uma religião ou um tipo estranho de matemática?

Ou seria, na verdade, apenas a primavera?

Algumas coisas ajudavam: o Winston ocasional (convencida, como Ruth estava — apesar do único pulmão, das bolhas nos lábios e da linha de queloides sobre as costelas —, de que no fim lamentaria mais pelos cigarros que não fumara do que por aqueles que fumara; além disso, já não tossia tanto quanto antes, muito menos com força suficiente para ter um descolamento de retina); os vasos de lobélias ("Desculpe, preciso ir", ela dissera mais de uma vez a um atendente de loja tagarela, "minhas novas lobélias estão fervendo no carro"); além da busca interminável e dramática por uma nova casa.

— Uma mudança de casa... sim. Uma mudança vai cair bem. Manchamos o ninho, de várias maneiras — dissera-lhe o marido, com a sintaxe tortuosa e o sotaque grave e arrastado de Louisiana que, como tantas outras características dele, já a tinham deixado cheia de desejo e agora lhe causavam um desprezo enlouquecedor. — Pense nisso, querida — dissera ele, após a reconciliação, o primeiro perdão, e a visita inicial, de reconhecimento, com os corretores de imóveis; depois que os sentimentos dela já tinham passado da raiva para o sarcasmo e o carcinoma.

— Acho que devemos considerar a ideia de deixar este lar para trás de uma vez por todas. Dependendo do que você quiser fazer... é claro. Se tiver outra casa em mente, é praticamente certo que eu concorde com a ideia. De qualquer forma, teríamos que conversar a respeito, e também sobre quaisquer outras coisas que você possa estar imaginando. Eu, por mim, embora reconheça que pode ser presunçoso de minha parte... Mas, bem, não seria a primeira vez, não é mesmo? Eu estava pensando que, se você estivesse inclinada a...

— Terence! — Ruth bateu as mãos com força, duas vezes. — Fale mais rápido! Eu não tenho muito tempo de vida!

Estavam juntos havia vinte e três anos. Ruth achava que o casamento era uma boa conveniência de maneira geral; exceto pelo fato de que ninguém o assuma de maneira geral. E sim de maneira muito, muito específica.

— E, por favor — acrescentou ela —, não se deixe enganar pelos eufemismos dos corretores de imóveis. Isto nunca foi um lar, querido. Isto é uma *casa*.

Desta forma (um matrimônio de vagas especiais para deficientes emocionais, um rendado de propriedade e irritação arduamente tecido), tinham conseguido permanecer casados. Ele não era um cara tão ruim! Era apenas um caipira bonitão, descrente da própria sorte, que lhe chegava de forma imperfeita porém contínua, como biscoitos retirados de uma lata. Ruth havia contado com ele para ganhar dinheiro (isso era tão errado assim?), e ele ganhara dinheiro, em concessionárias de carros usados e com ações de programas de software. Com um começo doce e urgente, e um fim agradecido e de mãos dadas, o pior do casamento ficava no meio: era sempre uma confusão, uma ruína, um lugar intransitável. Mas Ruth sentia que não era um terreno totalmente baldio. Em seu próprio casamento havia uma curta temporada recorrente e agradável, um pequeno espaço sem nome que lhe convinha e a consolava. Ficava deitada nos braços de Terence, ele quieto, e a quietude dele a restaurava. Havia música. Havia paz. Isso era tudo. Não havia palavras. Mas aquele cantinho (como qualquer estação, qualquer lua ou cenário de teatro; como um bolo em um mostrador giratório) invariavelmente girava para longe do alcance e da vista, as brigas recomeçavam e ela precisava esperar muito tempo até que o bolo aparecesse de novo.

É claro que Mitzy, a filha deles, adorava Terence: a chama quente e afortunada que havia nele. Em Ruth, por outro lado, Mitzy parecia ver somente o espírito frio de uma mulher sobrevivendo. Mas o que uma pessoa no lugar de Ruth *deveria* fazer, além de se reerguer, do chão para cima, como um iceberg? Ruth gostaria de saber! E assim, nas decomposições cálidas e estranhas que a assolavam silenciosamente nessas noites de maio antes de dormir, a dissolução pontilhista do corpo, do ser e até do quarto, uma fratura suave em bolhas e cassia suíço preto, Ruth começou, mais uma vez, a pressentir a própria morte.

No início, ver outras casas nas tardes de domingo (vagar pelos pisos e pelos tapetes de outras pessoas, abrir os armários para ver os sapatos alheios) lhe dava ânimo. As fotos cafonas sobre o piano do ceramista. O decano que não tinha maçanetas nas portas. O ortodontista que tinha trinta nichos embutidos para guardar seus trinta pares de tênis. Papel de parede descamando feito casca de bétula. Diversos pisos manchados e arranhados, molduras desalinhadas. Os carpetes de fibra sintética. As revistas ordinárias na mesinha de centro. E as embalagens econômicas de aperitivos! As pessoas tinham caixas de pretzels do tamanho de estantes de livros, mas não tinham estantes de livros. O que fariam com um livro? Bastava guardá-lo na caixa de pretzels! Ruth demonstrou um interesse desconcertante pelos ângulos defeituosos do patamar de uma escada, ou pelo conteúdo de um cômodo: os abajures no formato de pinhas de cerâmica, a fotografia do casamento dos cães. A cidade era tão chata que agora essa era sua única diversão? O que a intrigava tanto nessas propriedades colocadas no mercado? A abertura do jazigo familiar? A espreitadela no túmulo? Ruth contratou um corretor de imóveis. Pisar em uma casa, descobrir seus pequenos espaços, examinar as manchas no teto e o telhado podre, tudo isso a fazia vibrar. Ficava espantada com o fato de sempre haver algo de errado com uma casa e, depois de um tempo, esse assombro virou uma espécie de prazer; era agradável que sempre houvesse algo de errado. A casa tinha um ar mais natural assim.

Mas logo ela desistia.

— Eu nunca compraria uma casa que tivesse uma revista dessas sobre a mesa — disse uma vez. Um certo medo tomou conta dela.

— Não gosto desse estilo neogeorgiano — disse agora, antes mesmo de Kit, o corretor, desligar o carro, obrigando-o a engatar a marcha a ré e sair da entrada da garagem. — Me desculpe, mas quando olho para esta casa — prosseguiu Ruth — meus olhos perdem o foco e sinto um vazio no coração.

— Eu me importo com você, Ruth — respondeu Kit, que tinha pavor de perder clientes, então se empenhava em ocultar o fato de que a paciência dela era do tamanho de um mosquito. — Nosso lema é "Você é importante para nós" e isso é pura verdade. Nós realmente nos importamos, Ruth. Com você, seus desejos, seus sentimentos. Queremos que seja feliz. Por isso, vamos rodar. Nos dirigimos a uma casa, mas não descemos do carro. Ruth, caramba, você quer uma casa ou será que é melhor irmos ao cinema?

— Você acha que não estou sendo realista.

— Ah, já tenho boas doses de realismo. O realismo é supervalorizado. Eu falei sério sobre o cinema.

— É mesmo?

— Claro!

E assim, naquele dia, Ruth foi ao cinema com o corretor de imóveis. Era uma sessão matinê da pré-estreia de *Forrest Gump*, que a deixou com os olhos marejados de cansaço, sofrimento e um tédio de doer os ossos.

— Isto é o fim da carreira para Tom Hanks, coitado. Pode escrever o que estou dizendo — sussurrou Ruth para o corretor. Os papéis de bala flutuando no escuro até caírem no chão, perto de seus sapatos. — Ainda bem que compramos caramelos. O que faríamos aqui sem eles?

Por fim, menos de um mês depois, no conversível branco de Kit, com a capota abaixada e o vento açoitando os cabelos de todos de maneira desagradável, Ruth e Terence fizeram uma última visita pelos bairros erguidos em meio aos milharais, na periferia da cidade, e encontraram uma casa. Era uma antiga casa de campo original, no estilo *foursquare*, que ficava no meio de um loteamento datado de 1979. Um lago artificial tinha sido escavado onde antes havia uma plantação beirando o jardim lateral. No jardim da frente, havia um poço de desejos coberto de flores silvestres.

— É esta — afirmou Terence, fazendo um gesto na direção da casa.

— Ah, é? — questionou Ruth.

Estava tentando avaliá-la com a mente aberta: a varanda e as lucarnas do sótão oblíquas feito obras de um cubista; um dos lados da chaminé ruindo; as ripas de cedro parecendo leprosas revestidas por uma tinta verde velha.

— Se um de nós dois lhe der um beijo, será que se transforma em uma casa? — brincou.

As sedes de fazenda brancas e casas de andares escalonados alinhadas de ambos os lados eram desanimadoras, mas pelo menos tinham uma geometria que Ruth compreendia.

— Precisa de muita reforma — admitiu Kit.

— Pois é — disse Ruth. Até na base da placa que dizia À VENDA havia brotado um tufo de dentes-de-leão. — Ao contrário dos chocolates, as casas são previsíveis: você sempre sabe quando está escolhendo algo podre, em decomposição, com uma longa e pesada hipoteca. Comê-los ou devolvê-los para a caixa: não dá para fazer nem uma coisa nem outra sem um processo ou uma ordem judicial.

— Não sei do que você está falando — disse Terence, levando Ruth para um canto. — É esta — sibilou ele. — Esta é a casa dos nossos sonhos.

— A casa dos nossos *sonhos*?

Ultimamente todos os sonhos dela tinham relação com a morte: sua confusão nebulosa, o movimento de um sono profundo e suave para um desfecho difícil e luminoso.

— Me surpreende que você não consiga enxergar isso — disse Terence, claramente frustrado.

Ela olhou fixamente outra vez para o intradorso da casa, a varanda picassiana, o telhado sarapintado de musgo e fuligem. Observou os gansos, o cocô dos gansos, cujos purês úmidos em forma de charuto sujavam a beirada pedregosa do lago.

— É, talvez — disse Ruth. — Talvez, sim. Acho que começo a enxergar. Quem é mesmo o dono desta casa?

— Um canadense. Ele costuma alugar. O bairro é simpático, fica perto de uma estufa de plantas e do jardim zoológico.

— Jardim zoológico?

Ruth pensou a respeito. Teriam que contratar um monte de gente, é claro. Arrumar aquele troço seria como gerir uma empresa, orientando todo mundo, monitorando empréstimos e pagamentos. Suspirou. A família não tinha esse espírito empreendedor. Não era da sua natureza. Descendia de uma longa linhagem de professores e pastores, ou seja, empregados. Gente sem esperança. Com fé, mas sem esperança. Não havia sequer um pequeno negócio bem-sucedido em algum recanto dos seus genes.

— Já estou vendo tudo — afirmou ela.

Do outro lado da cidade, onde viviam outras pessoas, um homem chamado Noel e uma mulher chamada Nitchka estavam na cozinha de um apartamento, discutindo sobre música.

— Então você não conhece absolutamente nada? Nem uma canção sequer? — disse a mulher.

— Acho que não — respondeu Noel.

Por que isso era um problema para ela? Para ele, não era. E daí que ele não conhecesse nenhuma canção? Sempre estivera disposto a deixá-la saber mais do que ele. Isso não o incomodava, até começar a incomodá-la.

— Noel, que tipo de educação você recebeu, afinal?

Sabia que, na opinião dela, ele tinha sofrido privações e devia sentir raiva disso. Mas ele sentia! Sentia raiva disso!

— Seus pais nunca cantaram para você? — perguntou ela. — Você não sabe nenhuma canção de cor? Cante uma música. Qualquer uma.

— Tipo o quê?

— Se tivesse um revólver apontado para a sua cabeça, qual música você cantaria?

— Não sei! — gritou ele, atirando uma cadeira para o outro lado da sala.

Eles não transavam havia dois meses.

— Quer dizer que não sabe nem sequer o *nome* de uma canção?

À noite, toda noite, iam se deitar com suas revistas e o Tylenol PM e depois, muitas vezes com a luz ainda acesa, eram abduzidos cada um para seu próprio mundo de sonhos. O dele repleto de árvores rodopiantes, máquinas voadoras antigas e buquês de samambaias. Não fazia ideia por quê.

— Eu sei o nome de uma música — disse ele.

— Qual?

— "Open the Door, Richard".

— Que música é essa?

Era uma canção que a mãe de seu amigo Richard cantava, quando ele e Noel tinham doze anos e se trancavam no quarto para folhear revistas como *Tetas etc.*, *Super bumbum* e *Titias tesudas*. Mas era uma canção de verdade, que ainda existia, embora já não se encontrassem mais aquelas revistas. Noel tinha procurado.

— Está vendo? Conheço uma música que você não conhece!

— E essa música tem um significado espiritual para você?

— Tem, na verdade tem sim — respondeu Noel. Pegou um elástico que estava em cima do balcão, esticou-o com os dedos e o soltou. O elástico acertou o queixo de Nitchka. — Desculpe, foi sem querer.

— Há algo muito errado em você! — gritou ela, e saiu do apartamento furiosa para dar uma volta.

Noel recostou-se na geladeira. Via seu reflexo na janela sobre a bancada da pia. Era turvo e translúcido, e uma longa teia de aranha, presa no beiral do lado de fora, balançava de um lado para o outro diante do seu rosto, como se fosse a corda de uma forca. Parecia louco e doente, mas com um tiquinho de carisma!

— Se tivesse um revólver apontado para a sua cabeça — disse para o reflexo —, que música você cantaria?

Ruth se perguntava se realmente precisava tanto assim de um projeto. Uma distração. Uma ressurreição. Uma tarefa. Mitzy, a filha deles, crescera e fora embora: aquela história do ninho vazio seria tão perturbadora que dedicariam o resto de seus dias ao deleite daquele agente funerário? Era assim tão horrível, um silêncio que ecoava no vazio não ter Mitzy e seus embates preenchendo a vida deles? Era tão ruim assim não ter mais o temperamento artístico frustrado de uma filha sangrando diariamente no tapete de seus cérebros? Mitzy, a adorada Mitzy, era bailarina. Todas aquelas aulas de balé e sapateado na infância: não era para ela tê-las levado a sério! Era para serem uma ironia da classe média, uma fachada — não era para que ninguém, de fato, *se tornasse* bailarina. Mas foi o que Mitzy fez. Apesar de sempre ter sido a mais gorda da trupe, ficando sempre de lado, rejeitada por todas as companhias importantes, um dia um jovem diretor notou como ela dançava lindamente e com a alma. "Que beleza a gordinha dançando!" Pegou-a pelo braço, puxou-a para a frente do corpo de baile, no centro do palco, e fez dela uma estrela. Agora ela viajava pelo mundo todo e era a queridinha dos críticos. "E ainda veste quarenta e quatro!", exaltou um resenhista. "É um milagre de se ver!" Ela havia se tornado o triunfo dos pés sobre o peso, do espírito sobre a matéria, do que tinha peso sobre o que não tinha peso, uma figura de imortalidade ou, na verdade, um grande anjo gordo, e tinha "muitos, muitos fãs homossexuais", como dizia Terence. O resultado era que, agora, ela quase não aparecia em casa. De vez em quando Ruth recebia cartões-postais, mas detestava cartões-postais: tão negligentes e baratos, especialmente vindos daquele novo anjo da dança e destinados a sua mãe doente. Mas os filhos eram assim.

Uma vez, havia mais de um ano e meio, Mitzy fora para casa, mas somente por duas semanas, durante a quimioterapia de Ruth. Como de costume, a garota estava em crise.

— É claro que eles gostam do meu trabalho — queixava-se ela enquanto Ruth ajeitava sua primeira peruca de acrílico, que lhe dava coceira e assustava as pessoas. — Mas será que gostam *de mim?*

Mitzy era filha única, então era natural que seu primeiro ataque de rivalidade fraterna fosse com o próprio trabalho. Quando Ruth fez essa insinuação, Mitzy lançou-lhe um olhar fulminante, acompanhado por um riso de desdém e, em ato contínuo, com a sobrancelha erguida e estreitando os olhos, começou a monopolizar o telefone com planos de mudanças e viagens.

— Você parece estar *muito bem*, mãe — disse ela, de esguelha, enquanto anotava qualquer coisa.

Em seguida, partiu.

A princípio Terence, ainda mais do que Ruth, parecera animado com a perspectiva de terem uma casa nova. As discussões mais tolas (sobre o batente da porta ou o tipo de calha) faziam seu sangue subir para o pescoço e o rosto parecer uma luminária de lava. Amostras de telhas (quadrados ásperos e granulosos de cor sépia, rosada ou cinza) faziam seus olhos brilharem de amor. Levou para casa catálogos de maçanetas e telefonou para alguns gesseiros. Depois de um tempo, no entanto, Ruth notou que ele começou a se aborrecer e a se retirar, até mesmo recuar: tinha sido mais uma aventura passageira.

— Pelo amor de Deus, Terence, não me abandone agora. Você fez a mesma coisa com os patins! — disse Ruth.

No último outono, ele tivera uma temporada de patinação.

— Estou muito ocupado — respondeu ele.

E, antes de que Ruth se desse conta, todo o projeto da casa (da compra à reforma) tinha recaído sobre ela.

Primeiro, Ruth precisava vender a casa deles. Decidiu tentar a chamada "venda direta com o proprietário". Colocou anúncios em jornais, comprou uma placa para pôr no jardim e, para os incautos da horticultura, que desconhecem a sazonalidade das flores, plantou mudas de maria-sem-vergonha lilases e rosadas em um canteiro. Que jardim mais lindo! Que plantações crescidas! Criou um folheto que descrevia as sancas e as luminárias, todas "originais da casa". Um sujeito foi ver e torceu o nariz. Passou o dedo por uma das persianas trincadas da janela.

— *Originais da casa?* — questionou ele.

— Muito bem, ponha-se daqui para fora — disse Ruth.

Com os potenciais compradores subsequentes, abandonou a lábia de vendedora e decidiu ser franca.

— Reconheço, este banheiro tem mofo. E olhe só este corredor ridículo de tão minúsculo. Por isso vamos nos mudar! Detestamos esta casa.

E não tardou para que contratasse outra vez o corretor Forrest Gump que, no dia em que abriu a casa ao público, pôs Vivaldi no aparelho de som, serviu bolo de banana e vendeu o imóvel em duas horas.

Na noite após concluírem a transferência dos dois imóveis — tendo permanecido em silêncio absoluto durante o registro de ambas as escrituras, feito surdos-mudos sendo trapaceados pelo canadense misterioso mais uma vez ausente, representado apenas por uma corretora vestida de roxo chamada Flo —, Ruth e Terence estavam na casa nova, vazia, comendo diretamente da embalagem de comida que haviam pedido em um restaurante chinês. Seus móveis, que seriam entregues no dia seguinte, estavam em um caminhão parado no estacionamento de um supermercado na zona leste da cidade. Por ora, estavam diante da janela descoberta da nova sala de jantar, enorme e ecoante. Uma pequena vela, acesa no chão, lançava no teto suas sombras tristes e gordas. O vento fazia as vidraças estremecerem, e da caldeira, no porão, irrompiam pequenas e assustadoras explosões. Os aquecedores sibilavam e cheiravam a gato, queimando poeira à medida que aqueciam, fazendo vibrar as teias de aranha nos cantos do teto acima deles. Toda a estrutura da casa rangia e ressoava. Havia barulho de ratos passando pelo espaço entre as paredes. E som de passos (ou algo semelhante) batendo suavemente no sótão, dois andares acima deles.

— Compramos uma casa mal-assombrada — disse Ruth. Terence estava mastigando um rolinho primavera de repolho. — Um fantasma! — prosseguiu ela.

"É só um pouco de proteína a mais. Um bônus de aminoácidos", era o que seu pai dizia sempre que encontrava uma minhoca verde no pote de mirtilos.

— A casa está se acomodando — disse Terence.

— Teve cento e dez anos para se acomodar. Era de esperar que esta etapa estivesse superada.

— Esse processo nunca termina.

— A gente que o diga.

Terence olhou para ela e em seguida concentrou-se no macarrão frito.

Um barulho de algo escarafunchando veio da varanda da frente. Terence mastigou, engoliu, depois foi até lá para acender a luz, mas ela não funcionou.

— Alguém nos avisou disso? — gritou ele.

— Provavelmente é só a lâmpada.

— Flo me disse que as lâmpadas são todas novas. — Terence abriu a porta da frente. — A luz não funciona, deviam ter nos informado.

Com uma das mãos segurava uma lanterna e com a outra desenroscava a tal lâmpada. Por trás da luminária brilhavam três pares de olhos mascarados. Fezes escuras de guaxinim acumulavam-se no espaço reduzido entre o teto e o telhado.

— Que *porra* é essa? — gritou Terence, afastando-se.

— Esta casa está *infestada*! Como essas criaturas foram parar aí em cima? — disse Ruth, pousando a comida. Sentiu uma pontada em seu único pulmão. — Como é que as coisas chegam aonde chegam, isso é o que eu queria saber.

Ela sempre tinha sido uma fumante moderada, não estava na categoria de alto risco, mas agora qualquer dor aguda, formigamento ou fisgada na costela, qualquer falha técnica no mundo material lhe dava vontade de acender um cigarro e baforar.

— Meu Deus, que fedor!

— Na vistoria não tinham que ter visto isso?

— Os homens da vistoria! São uns inúteis! Este lugar precisava era de uma ressonância magnética.

— Minha nossa. Isso é péssimo.

Toda casa é um túmulo, pensou Ruth. Tanto preparo e alvoroço sugam qualquer vida. Isso fazia da mudança de uma casa uma ressurreição (ou um êxodo de espíritos malignos, dependendo do ponto de vista), e a mudança *para* uma casa (mais uma casa!), o mais sombrio dos disparates e desejos. Na melhor das hipóteses, era uma inquietação falsamente apaziguada. Mas a podridão e a demolição inevitáveis, das quais a alma por fim tinha que fugir (para viver no céu ou dispersar-se entre as árvores?), necessariamente fariam uma pessoa ficar estúpida de infelicidade.

Ah, bem!

Quando os móveis chegaram e foram dispostos quase exatamente como estavam na casa antiga, Ruth começou a chamar várias pessoas para medir, inspecionar, capturar, remover, limpar, pulverizar, trazer amostras, fornecer estimativas e propostas, e às vezes elas vinham, mas uma vez recebido o depósito do sinal, em geral desapareciam. No lugar de seres humanos, secretárias eletrônicas começavam a atender as ligações, e às vezes uma mensagem da telefônica informava que o número estava desconectado. "Lamentamos, mas o número para o qual você ligou..."

As janelas da casa nova eram enormes — empoeiradas, porém luminosas, graças às suas dimensões —, e graças à loja de cortinas, que ainda não tinha feito a entrega, toda a vizinhança de grã-finos com cargos de direção médios podia espiar o quarto de Terence e Ruth. Em um dia longo e confuso, Ruth decidiu acenar, e somente algumas vezes lhe acenaram de volta. Em geral, as pessoas apenas estreitavam os olhos e encaravam. No dia seguinte, Ruth prendeu lençóis sobre as janelas com fita isolante mas, invariavelmente, em dez minutos eles caíam. Quando tomava banho, tinha que sair do banheiro engatinhando, nua, atravessar o corredor e entrar no quarto, até por fim chegar ao closet para se vestir. Às vezes, apenas se deitava no chão do banheiro e se contorcia para enfiar a roupa. Era tudo bem difícil.

No novo jardim dos fundos, corvos do tamanho de malas de viagem grasnavam e saltavam nos galhos da pereira. Formigas carpinteiras (feito pecinhas reluzentes de um brinquedo de criança) infestavam os degraus do alpendre. Ruth fez mais uma série de telefonemas e, finalmente, um homem de nariz bulboso e manchado chegou, em uma van branca com o desenho de uma barata pintado na lateral, e encharcou as formigas de veneno.

— Isso que você está usando parece um extintor de incêndio — observou Ruth.

— Ah, não senhora. É muito mais forte — respondeu o homem, ofegante. Seu nariz era cheio de protuberâncias, como picles. Olhou debaixo do alpendre e, em seguida, para Ruth. — Tem um montão de moribundas lá embaixo — disse ele.

— Não há nada que possa fazer em relação aos corvos? — quis saber Ruth.

— Eu não, mas você pode arrumar uma arma e atirar neles. Não é legal, mas seria se sua casa ficasse uns cem metros naquela direção. Se estivesse cem metros para lá, você podia dar cabo de vinte corvos por dia. Mas como está aqui, dentro dos limites da cidade, vai ter que fazer isso à noite, com um silenciador. Capture-os vivos pela manhã, com milho e redes, depois, no fim da tarde, leve todos para trás da garagem e acabe com o seu sofrimento.

— Redes?

Ligou para várias pessoas. Coletou mais conselhos e estimativas. Noel, de uma empresa de jardinagem, aconselhou-a a esquecer os corvos e preocupar-se com os esquilos. Devia plantar as tulipas mais fundo e junto com bastante pimentão vermelho, para que os esquilos não as desenterrassem.

— Veja só quantos esquilos! — disse Noel, apontando para o telhado da garagem e para os canteiros cheios de ervas daninhas. — E que tal cobrir o solo aqui perto da varanda, pôr lírios ao redor do poço e girassóis no jardim lateral?

— Deixe-me pensar — disse Ruth. — Eu gostaria de manter algumas dessas violetas — acrescentou, mostrando as belas folhas brotando por entre os lírios.

— Isso não são violetas. É uma erva daninha, de um tipo pequeno, mas muito comum.

— Sempre achei que fossem violetas.

— Não.

— As coisas podem tomar conta de um lugar, não é mesmo? Este planeta não passa de uma competição acirrada e desigual de quem cresce mais. Parecem violetas, não é? Quero dizer, as folhas parecem.

— Para mim, não. Não mesmo — disse Noel, encolhendo os ombros.

Como poderia manter qualquer coisa em ordem? Havia filipêndulas verdadeiras e falsas, já não lembrava quais eram quais.

— Qual é a verdadeira mesmo?

Noel apontou para a cerca viva de grinaldas de noiva, que floresciam radiosas da esquerda para a direita, do sol até a sombra, e em duas semanas ficariam envergadas e marrons na mesma direção.

— Ah, o casamento... — pensou ela, em voz alta.

— Perdão, o que disse?

— Você é casado?

— Não. Estou tentando fazer isso virar realidade, com minha namorada. Mas não, não sou casado — respondeu Noel, com um sorriso cansado.

— É melhor assim, provavelmente — disse Ruth.

— E o que vai fazer com esta horta? — perguntou Noel, nervoso.

— É só um monte de grama misturada com ruibarbo — disse Ruth. — Eu queria arrancar tudo isso e plantar rosas, a não ser que você ache que dá azar substituir alimentos por flores. A vaidade antes do Senhor, ou algo assim.

— A senhora é quem sabe.

Ruth ligou novamente para ele naquela noite. Ele mesmo, e não uma secretária eletrônica, atendeu o telefone.

— Estive pensando nos girassóis — disse ela.

— Quem está falando?

— Ruth, Ruth Aikins.

— Ah, sim, Ruth. Ruth! Olá!

— Olá — disse ela, apreensiva.

A voz de Noel parecia a voz de quem tinha bebido.

— Então, e os girassóis? Eu adoraria plantar esses girassóis logo, sabe? É que minha namorada está falando novamente em terminar comigo, e acabaram de me diagnosticar com um linfoma. Então, seria ótimo ver uns girassóis florindo no fim de agosto.

— Meu Deus. A vida não vale nada! — exclamou Ruth.

— Ahã. Por isso quero ver girassóis. O fim do verão, eu gostaria de ter algo pelo que esperar.

— Mas que tipo de mulher pensa em deixar o namorado em um momento desses?

— Não sei.

— Quer saber, já vai tarde. Por outro lado, sabe o que você devia fazer? Preparar uma bela xícara de chá e sentar-se para escrever uma carta para ela. Vai precisar de alguém que cuide de você nessa fase. Não deixe ela decidir tudo sozinha. Faça com que ela entenda as implicações desse comportamento e as responsabilidades que tem em relação a você. Eu sei do que estou falando.

Ruth estava prestes a se estender mais quando Noel tossiu com força.

— Não me parece muito boa ideia você tornar isso pessoal, e me dar conselhos. Quero dizer, veja bem... *Ruth*, certo? Está vendo, eu mal sei seu nome, Ruth. Conheço várias Ruths. Você pode ser qualquer uma delas. Ruth isto, Ruth aquilo, Ruth sabe-se lá o quê. Para falar a verdade, a história do linfoma eu acabei de inventar, porque pensei que você fosse uma outra Ruth, completamente diferente.

E depois de dizer isso, desligou o telefone.

Ruth pôs gaiolas para os esquilos: os esquilos que roíam o bulbo dos jacintos, de forma que suas superfícies lisas ficavam desfiadas feito meias-calças; os esquilos que devoravam inteiras as flores de açafrão.

Da varanda dos fundos, observou cada um dos esquilos debater-se na gaiola por cerca de uma hora, atirando-se contra as barras de metal e esfregando as partes sem pelo da cabeça; até finalmente ficar com pena e levá-los até uma pedreira distante para libertá-los. A pedreira foi um lugar recomendado por Terence como "um belíssimo retiro, o éden dos roedores, uma colina repleta de carvalhos, acima de um riacho". Tanta poesia: provavelmente ele já havia transado com alguém por ali. Que belo éden dos roedores! Na realidade, o lugar era um pequeno barranco deprimente coberto de cascalho, com um filete de água marrom correndo no meio e alguns carvalhos dispersos protegendo a encosta. Era o tipo de lugar onde a máfia dos esquilos jogaria os cadáveres dos esquilos executados.

Abriu a portinha da gaiola e observou os esquilos correrem na direção da encosta. Será que sabiam o que estavam fazendo? Ficariam ali com seus amigos ou encontrariam, todos, o caminho de volta até as paredes ocas da casa dela, onde se instalariam mais uma vez?

Os morcegos (morcegos!) apareceram na semana seguinte, em uma tarde em que caiu uma tempestade sombria e estrondosa, como em um filme de terror. Voaram de um lado para o outro no vão da escada, depois se penduraram de cabeça para baixo nas molduras dos quadros da sala de jantar, onde defecaram discretamente, deixando montículos de guano preto grudados na parede.

Ruth ligou para o escritório do marido mas caiu na caixa postal, então ligou para Carla, que apareceu em seguida com uma raquete de tênis, uma rede de capturar borboletas e uma vassoura larga; todas com fitas amarradas nos cabos.

— Estes são meus presentes para a casa nova — disse ela.

— Outro rasante! Cuidado! Estão dando rasantes!

— Deixe esses filhos da mãe comigo — falou Carla.

Do chão, encolhida em posição fetal, Ruth olhou para ela e disse:

— O que eu fiz para merecer uma amiga tão boa quanto você?

Carla parou. Seu rosto estava corado de afeto, e suas bochechas, tingidas de cor-de-rosa.

— Você acha mesmo? — perguntou ela.

Um morcego mergulhou em seus cabelos. A velha lenda — de que os morcegos ficam presos nos cabelos — pareceu à Ruth mais verdadeira do que a nova — de que morcegos que ficam agarrados nos cabelos eram apenas uma velha lenda. Os morcegos tinham curiosidade e arrogância. Eram pequenos cientistas sociais. Aproximavam-se dos cabelos para investigar, medir, entrevistar. E quando algo se aproximava — uma mariposa de uma chama, uma mulher de uma casa, uma mulher de um túmulo, uma mulher doente de um túmulo recém-cavado e aberto como se fosse uma cama — podia cair lá dentro e ficar preso.

— Você tem que cobrir o beiral da janela do sótão com palha de aço — orientou Carla.

— Ah, é verdade — respondeu Ruth.

Enterraram os morcegos trucidados em embalagens de tabule, no jardim lateral. No final, tudo virava tabule.

Com os corvos em mente, Ruth começou a acompanhar Carla ao estande de tiro. Os gansos, segundo a amiga, não eram grande problema. Para desencorajá-los, bastava sacudir os ovos em seus ninhos. Carla era prática. Seu coração tinha a forma de um machado. Chegou com uma canoa e foi remando com Ruth até as taboas, para procurar os ninhos dos gansos. Lá, segurou e chacoalhou os ovos, um por um, furiosamente.

— Se você pegar o ovo e jogar longe, a maldita gansa põe outro — explicou Carla. — Dessa forma você mata o filhote e a mãe gansa nunca vai saber. Ela fica lá acalentando a gemada até o inverno chegar; depois vai embora, desolada, e nunca mais volta. Mas com os corvos não tem outro jeito: é preciso estourar seus miolos.

No estande de tiro, pagaram vinte dólares por uma hora, a um homem com um cofre verde de metal. Pegaram várias latas de Coca-Cola Diet, que compraram do lado de fora, em uma máquina próxima aos banheiros, e as colocaram no chão, aos seus pés. As duas tinham pistolas, compradas em uma loja de armas antigas. A de Ruth era da Primeira Guerra Mundial, e a de Carla, da Segunda Guerra.

— Qualquer um seria capaz de atirar em pássaros com uma espingarda — disse Carla. — Vamos ser originais.

— Essa, realmente, nunca foi minha grande ambição.

Elas eram as únicas pessoas no estande de tiro e estavam a cinquenta metros de três sacos marrons de feno, com círculos vermelhos pintados no centro. Dispararam contra os círculos (um! dois! três!), depois se viraram, se agacharam, baixaram as armas e tomaram Coca-Cola. O barulho era impressionante, propagava-se pelos campos ao redor, ecoava nas colinas e voltava pelo céu, zombeteiro e retaliador.

— Meu Deus! — exclamou Ruth. Sua arma parecia dura e impossível de mirar. — Acho que não estou fazendo isso direito.

Esperava que uma pistola fosse algo leve e natural, uma extensão de seu ser feroz e raivoso. Mas, em vez disso, era enorme, pesada e tão absurdamente barulhenta, que Ruth nunca mais queria atirar com um troço daqueles outra vez.

Mas atirou. Só viu o saco de feno envergar duas vezes. Na maioria delas, parecia atirar muito alto, nas árvores atrás dos alvos, talvez atingindo esquilos — quem sabe os mesmos que tinha prendido em uma gaiola piedosa, e que tinham sido soltos para agora serem mortos por sua arma desalmada.

— Tudo isso é demais para mim — disse Ruth. — Não é possível que eu esteja fazendo isso do jeito certo. É complicado e cruel demais.

— Você está se esquecendo dos malditos corvos — preveniu Carla. — Não se esqueça deles.

— Tem razão — respondeu Ruth, e pegou a pistola outra vez. — Corvos... — Voltou a baixar a arma. — Mas não vou atirar neles de perto, depois de capturá-los nas redes?

— Pode ser que sim — disse Carla. — Mas pode ser que não.

Quando por fim o deixou, antes Nitchka assistiu a seu programa favorito, depois desligou a TV, pegou o aparelho de CD e o videocassete e deteve-se no hall de entrada em uma pose teatral.

— Sabe, você não faz a mínima ideia do significado da experiência humana — disse ela.

— De novo você com essa história de música e dança — disse Noel. — Vai sair em turnê?

Ela colocou as coisas no chão do lado de fora para que pudesse bater a porta com força ao deixá-lo. Deixá-lo, ele imaginou, para ficar com algum bonitão que conhecera no trabalho. *Trocado por um galã*: era o título da sua vida. No céu, só para espezinhá-la, teria uma banda com esse nome.

Bebeu muito naquela semana e, na sexta-feira, McCarthy, seu chefe, ligou para dizer que ele estava demitido.

— Você acha que uma empresa de jardinagem pode funcionar desse jeito? — disse o chefe.

— Se tivesse um revólver apontado para a sua cabeça — respondeu Noel —, qual música você cantaria?

— Vá se tratar. É tudo o que tenho a dizer.

Em seguida, ouviu sinal de linha no telefone.

Noel começou a receber o seguro-desemprego, chegando à agência pouco antes de fechar. Começou a dormir durante o dia e ficar acordado até tarde da noite. Ficou virado do avesso. À meia-noite, saía para dar uma volta a pé, sentindo-se insone e humilhado pelos roncos profundos da vizinhança. A raiva rondava e se instalava dentro dele, como um solo de saxofone. Passou a aventurar-se por outros bairros da cidade. As calçadas apareciam e desapareciam. A lua brilhava de um lado, depois do outro. Uma vez, ao sair, levou um rolo de fita adesiva e uma máscara de esqui. Outra vez, levou um rolo de fita adesiva, uma máscara de esqui e um revólver que ganhara de um de seus padrastos aos vinte anos. Se adesivar cuidadosamente uma janela por fora, é possível quebrá-la sem fazer barulho: o vidro gruda na fita adesiva, cede e sai para o lado de fora.

— Não vou machucar vocês — garantiu Noel.

Acendeu a luz do quarto. Colou a fita primeiro sobre a boca da mulher, em seguida sobre a do homem. Mandou que saíssem da cama e ficassem de pé ao lado da cômoda.

— Vou levar a sua televisão — disse. — E também o videocassete. Mas antes quero que cantem uma música para mim. Sou um amante da música e quero que cantem para mim. Qualquer canção que saibam de cor. Você primeiro — disse ao homem. Pôs o dedo no gatilho e apontou a arma para a cabeça dele. — Apenas uma música — disse, tirando devagar a fita da boca do homem.

— Qualquer uma? — repetiu o homem.

Tentou espreitar pelos buracos dos olhos na máscara, mas Noel virou o rosto abruptamente em direção ao vidro acinzentado da tela da TV.

—Sim, qualquer uma.

— Tudo bem. — Ele começou. — "*O beautiful for spacious skies, for amber waves of grain...*" — Sua voz era profunda e segura. — "*...for purple mountains majesties...*"

Noel virou-se outra vez e observou o homem atentamente. Ele parecia saber a letra toda de cor. Como será que tinha aprendido?

— Você quer que eu cante *todos* os versos? — perguntou o homem, um pouco orgulhoso demais de si mesmo, Noel achou, para quem está com um revólver apontado para sua cabeça.

— Não, já chega — disse Noel, irritado. — Agora você — disse para a mulher.

Tirou-lhe a fita da boca. O lábio superior estava rosado e umedecido, a pele irritada por causa da fita adesiva. Ele olhou para a fita e viu o brilho eriçado de pelinhos do buço. Ela, nervosa, começou logo a cantar.

— "*You are my lucky star. I'm lucky where you are. Two lovely eyes at me that were...*"

— O que é isso que você está cantando?

— Nervosa, ela ignorou a pergunta e continuou.

— " *...beaming, gleaming, I was starstruck*".

Começou a se balançar um pouco, movendo as mãos para cima e para baixo. Limpou a garganta e modulou a voz um tom acima, em um gorjeio efusivo, embora seu rosto estivesse retesado pelo medo, como cera quente.

— "*You're all my lucky charms. I'm lucky in your arms...*"

E ao cantar esse verso levou as mãos ao coração.

— Tudo bem, já é suficiente. Vou levar o videocassete agora.

— É quase o fim da música mesmo — disse a mulher.

Na próxima casa onde entrou, ouviu uma canção de Natal e "La vie en rose". Na semana seguinte, na terceira casa, ouviu uma canção de ninar, metade de uma canção escolar e "Memory", do musical *Cats*. Começou a escrever os títulos e as letras. Em casa, quando repassava o bloco de notas, percebeu que estava criando um tipo de antologia musical completamente novo. Mas ainda assim não alcançava a essência das canções. Ao olhar as letras no dia seguinte, com um videocassete bom e seminovo a seus pés, nunca conseguia se lembrar das melodias. E sem as melodias as palavras pareciam estúpidas e meio loucas.

Para escapar do caos da casa, Ruth começou a frequentar as matinês no cinema. Filmes recém-lançados ou em cartaz há tempos, para ela tanto fazia. Filmes são um bem imobiliário por excelência: você chega, dá uma olhada e quase sempre compra. Ruth ficou especialmente comovida com um filme sobre uma bela viúva que se apaixona por um extraterrestre que assume uma aparência humana: a aparência que tinha o seu mari-do, há anos desaparecido! Mas no fim o homem teve que retornar à sua verdadeira casa; uma nave espacial enorme e impressionante pousou em um descampado próximo para buscá-lo. Ruth achou tudo muito triste e verdadeiro, como na vida: alguém tomava a forma do grande amor da sua vida, e depois revelava-se um alienígena que tinha que partir em uma nave e retornar ao seu planeta. Tinha sido assim com Terence. Ele embarcara em uma nave espacial e partira havia tempos. Embora, é claro, na vida real a nave raramente fosse visível. Normalmente o que se via era muita bebedeira, resmungos e alguns desmaios na sala de estar.

Às vezes, na volta do cinema, passava em frente à antiga casa. Tinham-na vendido a um jovem casal, de que já não se lembrava, e agora, passando lentamente de carro diante dela, observando-a tal como uma tarada, começou a querê-la de volta. Era uma boa casa. Aquele casal não a me-recia: veja que ignorantes, arrancaram os arbustos de forsítias como se fossem ervas daninhas.

Ou talvez *fossem* ervas daninhas. Nunca mais soube o que era uma vida boa e uma vida ruim, o que era matéria desejável e o que era antimatéria, o que era a coisa em si e o que era a morte da coisa. Uma coisa imitava a outra, e ela achava incômodo ter de se esforçar para fazer essa distinção.

Qual era, afinal, a filipêndula falsa e qual era a verdadeira?

A casa era dela. Se não fosse por aquele maldito bolo de banana, ainda seria dela.

Talvez pudesse ser presa por dirigir daquela forma suspeita, passando lentamente diante da casa. Não sabia. Mas toda vez que passava, a casa parecia vê-la e gritar: "É você! Oi, oi! Você voltou!" Então, passou a fazer aquilo com muita frequência. Acelerava um pouco, dava um tchauzinho nervoso e seguia em frente.

Em casa, não conseguiu prender os corvos na rede, apesar de seu antigo habitat — o milharal que antes constituía o bairro — continuar a atraí-los como uma terra ancestral ou como uma fase boa da vida da qual se recorda tomando gim. Pairavam sobre os jardins, atormentavam os gatos e comiam os pássaros canoros recém-nascidos, ainda úmidos, diretamente dos ninhos. Como ia capturar aqueles monstros? Não era capaz. Pendurou redes nos galhos das árvores, para apanhá-los, mas sempre batia um vento que as soltava ou emaranhava, quando não eram folhas de jornal velho que voavam e ficavam presas, cobrindo a rede com páginas de opinião e anúncios. Da horta, agora transformada em canteiro de flores, vinha um mau cheiro persistente, das cebolinhas que ainda não tinham sido sufocadas pela barreira de ervas daninhas. O ruibarbo também teimava em voltar a crescer, qualquer que fosse o modo como ela o arrancasse, embora cada novo punhado de talos surgisse mais pálido e mais fino do que o anterior.

Ela começou a não se sentir bem, de maneira geral. Ainda que nunca tivesse sido um templo, seu corpo deixara de ser um lar para se tornar uma casa, uma cabine telefônica e por fim uma pipa. Nada nele lhe proporcionava abrigo. Já não se sentia em casa dentro dele. Quando saía para um passeio ou estava no quintal arremessando as redes sobre os galhos, os vizinhos passavam por ela cheios de disposição. As pessoas saudáveis, que se sentiam bem, quando se sentiam assim não lembravam de já terem se sentido de outra forma, não podiam imaginar como era. Fabulosos em seus corpos, não estavam apenas fora do alcance da empatia, estavam fora do alcance da mera imaginação. Ao passo que os doentes só pensavam em sentir-se de outro jeito. Seus corações e cada um de seus pensamentos se voltavam para aquelas pessoas que estavam bem e que eles queriam ser, embora odiassem um pouco. Mas os doentes eram doentes, não estavam no comando. Tinham perdido seu lugar no topo da cadeia alimentar. Os que se sentiam bem davam as cartas, e por isso o mundo era um lugar tão selvagem. Da varanda, ela ouvia os informes pelos alto-falantes do zoológico. Hora de abrir, hora de fechar, alguém tinha que tirar o carro de onde estava. Também ouvia o elefante, seu bramido triste e melancólico; e o tigre-de-bengala rugindo sua desolação: toda aquela infelicidade animal. O zoológico era um lugar terrível e era também terrível morar perto dele: a jaguatirica andando de um lado para o outro, o urso-polar verde de tanto fungo, a zebra demente e faminta comendo a cerca, as crianças que, ao visitar, atormentavam os bichos com copos de papel e com seu próprio lugar limpo no mundo, o abutre soluçando por trás da expressão carrancuda.

Ruth passou a ficar dentro de casa, bebendo chá. Sentia tensões, dores e vertigens, mas isso era novidade? Era como se o seu corpo, tão misterioso e apartado dela, só fosse capaz de produzir doenças. Embora uma vez, é claro, tivesse gerado Mitzy. Como tinha feito aquilo? Mitzy fora a única coisa boa que seu corpo já desenvolvera, uma verdadeira porção de novidade, uma linda boneca. Como seu corpo tinha feito aquilo? Como um corpo pode fazer algo assim? A vida habita a vida. Os pássaros habitam as árvores. Dos ossos nascem ossos. O sangue se mistura e produz sangue novo.

Um milagre da manufatura.

Em uma tarde de primavera em que fazia um frio incomum, Ruth estava sentada em casa, tomando um chá tão quente que queimou sua língua, quando ouviu um barulho. Lá do sótão, vinha o velho ruído de passos que se habituara a ignorar. Mas agora batiam à porta; com força, de forma ritmada e urgente. Havia vozes lá fora.

— Pois não? — disse Ruth, aproximando-se da porta, que abriu em seguida.

Diante dela estava uma menina, de quatorze ou quinze anos.

— Disseram que havia uma festa aqui — disse ela. Tinha os cabelos pretos retintos e uma argola de prata no lábio superior. Seu olhar parecia dócil e perdido. — Lá na State Street, Arianna e eu ouvimos falar que havia uma festa bem aqui, nesta casa.

— Mas não há. Simplesmente não há — disse Ruth, e bateu a porta com força.

Ao olhar pela janela, porém, viu mais adolescentes se reunindo em frente à sua casa. Aglomeravam-se no jardim feito moscas nas frutas. Alguns estavam sentados nos degraus da entrada, outros chegavam em scooters ruidosas. Vários deles saltavam de caminhonetes lotadas de outros adolescentes iguais. De um desses carros saiu um monte de garotos, que foram andando até os degraus na entrada da casa e, sem tocar a campainha, abriram a porta destrancada e entraram.

Ruth pousou a xícara de chá na estante e foi até o hall de entrada.

— *Com licença!* — disse. Os garotos ficaram parados, olhando para ela. — Em que posso ajudar?

— Viemos visitar uma pessoa que mora aqui.

— *Eu* moro aqui.

— Um *garoto* que mora aqui nos convidou para uma festa.

— Não tem garoto nenhum morando aqui. E não tem festa nenhuma.

— Não tem um garoto morando aqui?

— Não, não tem.

De repente, uma voz surgiu por trás de Ruth. Uma voz cheia de propriedade, vindo de mais de dentro da casa do que ela mesma estava.

— Sim, tem sim — disse a voz.

Ruth virou-se e viu, de pé, no meio da sua sala de estar, um menino de quinze anos todo vestido de preto, com partes da cabeça raspada, as orelhas, o nariz, os lábios e as sobrancelhas com várias argolas de cobre e ouro. No rebordo da orelha esquerda tinha três brincos em forma de grampo de cobre.

— Quem é você? — perguntou Ruth.

Seu coração palpitava assustado, como se de repente tivesse sido atropelada por um carro.

— Eu sou Tod.

— Tod?

— As pessoas me chamam de Ed.

— Ed?

— Eu moro aqui.

— Não mora, não. Não mora! O que quer dizer com isso?

— Eu estou morando no seu sótão.

— Como? — Ruth sentiu o suor irromper pelas laterais das narinas. — Você é o nosso fantasma? É você que anda de um lado para o outro lá em cima?

— Sim, é ele — disse um dos meninos à porta.

— Mas eu não entendo.

Ruth puxou um lenço de papel da caixa de Kleenex, sobre a mesinha de apoio, e limpou o rosto.

— Eu fugi de casa há meses. Tenho uma chave daqui, que o antigo proprietário, que era meu amigo, me deu. Por isso, de vez em quando durmo lá em cima, no sótão. Não é tão ruim.

— Como é que é? Você está morando aqui, tem entrado e saído desta casa? Seus pais não sabem onde você está? — perguntou Ruth.

— Olha, desculpe pela festa — disse Tod. — Eu não pensei que as coisas fossem sair do controle, só convidei algumas pessoas. Pensei que vocês não estariam. A ideia era fazer uma festa pequena, não um festão.

— Não. Acho que você não entendeu. Nem grande nem pequena, não era para ter festa nenhuma aqui. Você não devia nem *estar* nesta casa, muito menos convidar outras pessoas para vir aqui.

— Mas eu tinha a chave. Eu pensei... não sei. Pensei que não haveria problema.

— Me dê a chave. Agora. Me dê sua chave.

Ele entregou a chave a ela com um sorriso travesso no rosto.

— Não sei se isso vai adiantar. Eu fiz cópias, veja só...

— Ruth se virou e todos os jovens à porta ergueram suas chaves reluzentes.

— Saiam daqui! Saiam daqui agora! Todos vocês! — berrou Ruth. — Vou trocar essas fechaduras e, além disso, se ousarem voltar a pisar neste bairro, vou mandar a polícia atrás de vocês tão rápido que nem vão saber o que os atingiu.

— Mas, cara, a gente precisa de *algum* lugar para beber — disse um dos garotos, de saída.

— Vão para o maldito parque!

— Tem policiais por todo o parque — queixou-se uma menina.

— Então vão para os trilhos do trem, como nós fazíamos, pelo amor de Deus! — gritou ela. — Deem o fora daqui!

Ela ficou assustada com o veneno burguês e a indignação na própria voz. Afinal, já havia sido hippie. Tinha quebrado um monte de vidraças e feito pregações sobre os males da propriedade privada, enrolada em uma manta vermelha em uma esquina de Chicago.

A vida sempre resultava em uma pequena história absurda.

— Desculpe — disse Tom.

Ele encostou no braço de Ruth e, com uma mochila de roupas no ombro, foi até a porta de entrada junto com os demais.

— Se manda daqui — disse ela. — Ed.

Os gansos, os corvos, os esquilos, os guaxinins, os morcegos, as formigas, os jovens: Ruth agora ia ao estande de tiro com Carla sempre que podia. Postava-se com os pés afastados, segurava firme a pistola com as duas mãos e atirava. Se concentrava, tentava reunir os fragmentos de força dentro dela, migalhas para fazer um pão. Coubera a ela enfrentar dificuldades demais na vida. Será que Deus a confundira com outra pessoa? Vá cuidar da sua vida, ela gritava em silêncio para Deus. Vá se catar. Nunca fui uma servidora fiel e verdadeira. Depois, apertava o gatilho. Quando você contava uma piada idiota para Deus e não obtinha resposta, era porque a piada era idiota demais ou porque não era idiota o suficiente? Ela estreitou os olhos. Na maior parte das vezes, tentava mantê-los semicerrados, mas o medo fazia com que os fechasse completamente. Disparou de novo. Por que não se sentia mais animada com tudo aquilo, como Carla? Ruth respirou fundo antes de atirar, reparando na assimetria do seu fôlego de amazona, mas no fundo do coração sentia-se covarde como um rato. Um rato que carregava uma arma de fogo, mas, ainda assim, um rato.

— Talvez eu devesse ter um caso — disse Carla, e em seguida disparou contra o saco de feno. — E fiquei pensando que... talvez você também devesse.

Agora foi Ruth quem atirou, o barulho de explosão preencheu seus ouvidos. Um caso? A ideia de tirar a roupa diante de alguém que não fosse um médico lhe parecia ridícula. Sem sentido e aterrorizante. Por que as pessoas faziam isso?

— Ter casos é para os jovens — disse ela. — É como usar drogas ou pular de penhascos. Para que alguém iria querer pular de um penhasco?

— Ah... Você certamente não viu alguns dos penhascos que eu já vi — respondeu Carla.

Ruth suspirou. Talvez, se conhecesse um homem simpático e atraente na cidade, pudesse... o quê? O que poderia fazer? Ela se sentia o oposto de sexy. Sentia-se diretiva, ocupada, sedenta, maluca; e tudo isso, bem analisado, era o oposto de sexy. Se conhecesse um homem na cidade, faria... faria uma dieta por ele! Mas não a de Jenny Craig. Ouvira dizer que alguém tinha morrido por causa dessa dieta. Se tivesse que fazer uma dieta com nome de mulher, escolheria a dieta Betty Crocker, seu rosto ao lado do rosto de Betty na colher de sopa vermelha no rótulo dos seus produtos. Sim, se conhecesse um homem na cidade, talvez deixasse a emoção do encontro apoderar-se do caule de seu cérebro e energizar seus dias. Desde que fosse apenas o caule, desde que deixasse as pétalas em paz. Ela precisava de todas as suas pétalas.

Mas não conhecia nenhum homem na cidade. Por que não conhecia homem nenhum na cidade?

Em meados de junho, a casa escolhida por ele era uma antiga casa de fazenda, no meio de um novo loteamento urbano. Estava claramente sendo reformada, havia lonas e escadas no jardim, e com essa apresentação descuidada, parecia um alvo fácil. "Amantes da música!", ele pensou. "Gente que gosta de reformas!" Além disso, em casas antigas sempre havia uma janela de fundos que, após ter empenado e adquirido uma forma trapezoide, tinha sido lixada tantas vezes que era possível tirá-la do caixilho como se fosse uma tampa. Quando era funcionário da empresa de jardinagem, trabalhara em várias casas semelhantes. Talvez até tivesse estado ali, naquela casa, cerca de um mês antes, mas não tinha certeza. À noite tudo parecia diferente, e naquela noite a lua não brilhava tanto como da outra vez, não estava completamente cheia, como um rosto sob um chapéu inclinado, como uma cabeça com a testa cortada.

Noel olhou para o casal. Tinham começado a cantar "Chattanooga Choo-Choo". Ultimamente, para poupar tempo, inspirar os cantores e divertir-se, Noel passara a pedir duetos.

— Esperem um minuto — interrompeu ele. — Quero anotar essa letra, passei a tomar nota dessas coisas — disse e, feito um tolo, foi buscar papel e caneta na sala ao lado.

— Você tem uma voz doce — disse a moça quando ele voltou.

Ela estava de pé, ao lado do criado-mudo. Ele estava alisando um pedaço de papel amassado contra o peito.

— Uma voz doce quando fala. Também deve cantar bem.

— Que nada, tenho uma voz péssima — disse ele, tateando o bolso em busca da caneta. — Sempre me pediam para ficar calado enquanto as outras crianças cantavam. A professora de música da escola primária me orientava a apenas mexer a boca. "Glória em excessos deu", ela pedia para eu articular essas palavras com os lábios.

— Não, não. Sua voz é doce. O timbre é suave. Dá para perceber — garantiu ela.

Deu um pequeno passo para o lado. O homem, seu marido, permaneceu onde estava. Vestia um moletom vermelho comprido e nada na parte de baixo. O pênis pendia sob a bainha do moletom feito um longo inhame. *Ah, o casamento.* A mulher, enfiando as mãos nos bolsos da camisola, deu outro passo.

— É doce, mas tem peso.

Noel pensou ter ouvido pessoas lá fora, batendo palmas para chamar um cachorro. "Bravo", disse o dono do cachorro, ou assim lhe pareceu. "Bravo."

— Bem, obrigado — disse Noel, baixando os olhos.

— Sua mãe com certeza também disse isso a você — prosseguiu a mulher.

Mas, dessa vez, ele resolveu não responder. Virou-se para escrever a letra de "Chattanooga Choo-Choo" e, quando começava a se lembrar do início da melodia (*"pardon me, boys..."*) algo explodiu no quarto. De repente parecia sentir dentro de si o coração ardente da civilização. Sentiu, por fim, oh, Nitchka, o significado da experiência humana neste planeta: seu núcleo duro e incandescente, uma rápida aspereza em sua força. Sentiu que ela o agarrava, de surpresa, como um prego cravando-se no cérebro. Um violeta escuro, depois claro, o banhou. Tudo silenciou. A música, ele agora atestava, conduzia gradualmente ao silêncio. Seguia-se o fio de uma canção até uma espécie de sono repentino. O papel branco voou em um clarão ofuscante, quente e agudo. A quina da cômoda causou-lhe um corte profundo na maçã do rosto, e ele mal conseguia ficar de pé. Seus sapatos escorregaram no tapete. Suas mãos esticaram-se para cima, depois para baixo outra vez, e de novo para cima na altura dos puxadores da cômoda, até que se lançaram no ar e caíram no chão. Sua testa, que delimitava e em seguida devorava sua visão, finalmente se apoiou, úmida e fria, contra a manga da camisa.

O calor era drenado de seu crânio, como se fosse uma pedra.

Um carro da polícia parou na rua com as luzes desligadas, sem fazer barulho. Ouvia-se um ruído distante de gansos no lago.

Não houve eco após a explosão. Não foi como no estande de tiro. Houve apenas um clique e um estalo estremecedor que voou diante dela, em direção à máscara. Em seguida, o quarto rugiu e mergulhou no silêncio.

— Meu Deus — disse Terence, ofegante. — Acho que é exatamente isto o que você sempre quis: um homem morto no chão do seu quarto.

— O que quer dizer com isso? Como é capaz de dizer algo tão cruel? — questionou Ruth. A voz dela não deveria estar trêmula? Ao contrário, soava plana e seca. — Esqueça a ideia de ser um homem decente, Terence. Isso vale para um teste de elenco. Será que em um filme você faria bem o papel de homem decente?

— Tinha que ter uma pontaria tão boa? — perguntou Terence, andando de um lado para o outro.

— Tenho treinado — respondeu ela.

Algo imunológico afluiu nela, brevemente, como vinho. Por um minuto, sentiu-se recuperada e segura, segura como não se sentia havia anos. Como alguém se atrevia a entrar no quarto dela? Quanto esperavam que ela aguentasse? Mas então tudo a abandonou, perversamente, e ela sentiu de novo somente o próprio abandono e a doença. Afastou-se de Terence e começou a chorar.

— Ah, Deus, quero morrer — disse, finalmente. — Estou tão cansada!

Embora mal pudesse enxergar, ajoelhou-se ao lado do homem de máscara e apertou, com suas mãos pequeninas, as mãos dele, longas e estranhas. Ainda não estavam frias, pelo menos não mais do que as suas.

Teve a sensação de que partia com ele, os dois se elevando juntos, translúcidos como águas-vivas, indo embora pelo ar, flutuando em um céu noturno de canto e libertação, voando até chegarem a uma nave espacial muito brilhante (um conjunto de dentes resplandecente na escuridão) e, após serem absorvidos pela luz mais intensa, eram levados a bordo para casa. "E o que foi tudo aquilo?", ela podia ouvir ambos dizerem, alegremente, sobre suas vidas, como se suas vidas fossem agora apenas algo estranho, ruidoso e distante. Como de fato eram.

— O que temos aqui? — Ela ouviu alguém dizer.

— É melhor que veja com os próprios olhos — disse outra pessoa.

Ela tocou a máscara de malha preta do homem. Estava coberta de bolinhas cinzentas, como o tecido pontilhado de suas premonições, porém torta, desalinhada nos olhos (o branco macio da maçã do rosto onde devia estar um dos olhos), e empapadas em água e algo marrom. Podia tirá-la para ver o rosto dele, ver quem era, mas não se atreveu. Tentou ajeitar o tecido e encontrar os olhos, depois puxou-o para baixo com força e afastou-se, enxugando as mãos na camisola. Sem olhar, acariciou o braço do homem morto. Em seguida virou-se e saiu do quarto. Desceu a escada e correu para fora de casa.

Seu choro agora era seco e asfixiante, e seus cabelos caíam sobre a boca. O peito doía e todos os seus ossos latejavam violentamente. Ela estava doente, sabia disso. Ao correr descalça pelo gramado, sentia certo caos nas entranhas. Seus intestinos já não se enroscavam de forma ordenada e cuidadosa, como uma trompa, mas se amontoavam desordenadamente um sobre o outro como as peças do interior de um aspirador. O câncer, tão demolidor quanto na chegada, iniciava seu caminho de volta. Ela podia sentir seu veneno, o alcance e a força de seus tentáculos, como um fantoche sente a mão de alguém.

— Mitzy, minha querida — disse ela no escuro. — Querida, venha para casa.

Embora ela preferisse há tempos ter morrido, fugido, acabado com tudo, o corpo (Meu Deus, o corpo!) não tinha pressa. Tinha seus próprios desejos e nostalgias. Ninguém podia simplesmente transformar-se em luz e escapulir pela janela. Não dava para ir embora assim. Dentro da carne, que estava de partida mas era tenaz, havia apenas a despedida longa, sentimental e fragmentária. *Senhor? Uma toalha. Consegue uma toalha?* O corpo, arrastando tristezas, perseguia a alma, ia atrás dela, mancando. O corpo era como um cachorro meigo e tonto, trotando vacilante em direção ao portão, enquanto você tentava partir com o carro e pegar a estrada. *Me leve, me leve também*, o cachorro latia. *Não se vá, não se vá*, dizia, correndo ao longo da cerca, quase acompanhando o ritmo, mas não exatamente; seu reflexo era um amuleto encolhendo nos retrovisores enquanto você passava pelas madressilvas, pelo bosque de pinheiros, pela linha que demarcava o terreno, por cada pedaço de terra, seguindo pela estrada que aos poucos o engolia, desaparecendo e desaparecendo. Até que por fim era verdade: você havia desaparecido.

Só existe este tipo de gente por aqui: balbuciar canônico em oncologia pediátrica

Um começo, um fim: parece não haver nenhum dos dois. Tudo é como uma nuvem que simplesmente se abate, carregada de chuva em todo o seu interior. Um início: a Mãe descobre um coágulo de sangue na fralda do Bebê. Que história é essa? Quem pôs aquilo ali? É grande, vívido, com uma veia rompida no meio, de cor cáqui. No fim de semana, o Bebê parecera apático e ausente, argiloso e enjoado. Mas hoje ele está bem, então, o que é essa coisa aterradora contrastando com a fralda branca, feito o coraçãozinho de um camundongo enterrado na neve? Talvez pertença a outra pessoa. Talvez seja algo menstrual, oriundo da Mãe ou da Babá, algo que o Bebê encontrou na lixeira e, por suas próprias razões insanas de bebê, decidiu enfiar ali. (Bebês são doidos! O que se pode fazer?) A Mãe, na cabeça dela, afasta aquilo do corpo dele e o atribui a outra pessoa. Pronto. Não faz muito mais sentido?

Ainda assim, ela liga para o consultório do hospital infantil. "Sangue na fralda", diz, e, com a voz alarmada e perplexa, a mulher do outro lado da linha responde: "Traga-o para cá agora."

Que satisfação este atendimento instantâneo! Basta dizer "sangue". Basta dizer "fralda". Veja o que você consegue!

Na sala de exames, pediatra, enfermeira e chefe dos residentes, todos parecem menos assustados e perplexos do que simplesmente perplexos. A princípio, estupidamente, isto acalma a Mãe. Mas logo, além de examinar com cuidado e dizer "hummmm", o pediatra, a enfermeira e o chefe dos residentes estão crispando suas bocas, azuladas e tensas: glórias-da-manhã pressentindo o meio-dia. Cruzam os braços sobre o peito coberto pelo jaleco branco, voltam a descruzá-los e tomam notas. Solicitam uma ultrassonografia. Da bexiga e dos rins.

— Aqui está o pedido. Desça um andar e vire à esquerda.

No setor de radiologia, o Bebê fica de pé na maca, inquieto, nu nos braços da Mãe, que o segura contra suas pernas e sua cintura, enquanto o médico desliza o frio aparelho pelo corpo do Bebê. Ele choraminga, olha para a Mãe. *Vamos embora daqui*, seus olhos imploram. *Me pegue no colo!* O Radiologista para, congela um dos muitos remoinhos de um cinza oceânico e faz vários cliques; um único momento no interior do extenso e tenebroso mapa meteorológico que são as vísceras do Bebê.

— Encontraram alguma coisa? — pergunta a Mãe.

No ano anterior, retiraram um rim de seu tio Harry por causa de algo que no fim das contas era benigno. Esses equipamentos de imagens! São como cachorros ou detectores de metais: acham tudo, mas não sabem o que acharam. É aí que entram os cirurgiões. São como os donos dos cachorros. "Me dê isso", dizem ao cachorro. "Que raios é isto?"

— O Cirurgião vai falar com você — diz o Radiologista.

— Encontraram alguma coisa?

— O Cirurgião vai falar com você — repete o Radiologista. — Parece que há alguma coisa, mas ele vai explicar.

— Meu tio uma vez teve uma coisa no rim — diz a Mãe. — Aí retiraram o rim e depois descobriram que era benigno.

O Radiologista abre um sorriso ominoso, de orelha a orelha.

— É sempre assim — diz ele. — Não sabemos exatamente o que é até estar no balde.

— "No balde" — repete a Mãe.

O sorriso do Radiologista fica ainda mais largo e assustador. Como é possível?

— É jargão de médico — responde ele.

— Comovente — diz a Mãe. — É um jeito comovente de falar.

Espirais de bile e sangue, nas cores mostarda e marrom avermelhado como as de uma bandeira africana ou de um bufê de saladas exuberantes: *no balde*. Ela imagina perfeitamente a cena.

— O Cirurgião vem vê-la em breve — repete o Radiologista mais uma vez, enquanto despenteia os cabelos cacheados do Bebê. — Que gracinha de criança.

— Agora, vejamos — diz o Cirurgião em uma das salas de exames.

Ele entrou, depois saiu, depois voltou a entrar. Tem um semblante duro e carregado, ossos bem marcados e um bronzeado de quem joga tênis em Bermudas. Cruza as pernas cobertas de algodão azul. Está de babuches.

A Mãe sabe que seu rosto é uma grande massa branca de preocupação. Ainda está usando a parca preta e longa e segurando o Bebê, que cobriu sua cabeça com o capuz, porque sempre acha divertido fazer isto. Embora em certas manhãs de vento lhe agradasse pensar que poderia parecer vagamente romântica vestida assim, como a mulher de um tenente francês da pradaria, nos momentos em que está mais lúcida sabe que isto não acontece. Nunca. Sabe que fica ridícula, como um desses animais feitos com bexigas de festa retorcidas. Ela baixa o capuz e desliza um dos braços para fora da manga. O Bebê quer ficar de pé e brincar com o interruptor de luz. Ele se agita, faz birra e aponta.

— Ele anda fascinado por luzes ultimamente — explica a Mãe.

— Tudo bem — diz o Cirurgião, fazendo um gesto com a cabeça na direção do interruptor. — Deixe ele brincar.

A Mãe vai até o interruptor e o Bebê começa a acender e apagar as luzes, acende, apaga, acende, apaga.

— O que temos aqui é um tumor de Wilms — diz ele, de repente mergulhado na escuridão.

Ele pronuncia "tumor" como se fosse a coisa mais normal do mundo.

— Wilms? — repete a Mãe.

A sala ilumina-se rapidamente outra vez, depois volta a ficar no escuro. Entre os três presentes, faz-se um longo silêncio, como se de repente fosse alta madrugada.

— Se escreve com um "l" ou com dois? — diz por fim a Mãe.

Ela é escritora e professora. A ortografia pode ser importante, talvez até em um momento como este, embora nunca tenha passado por um momento como este antes, de forma que há barbarismos que pode cometer sem se dar conta.

As luzes voltam: o mundo está desbotado e desprotegido.

— Um — responde o Cirurgião. — Eu acho — completa. As luzes se apagam outra vez, mas o Cirurgião continua a falar no escuro. — Um tumor maligno no rim esquerdo.

Espere um minuto. Pode parar. O Bebê é apenas um bebê, alimentado com papinha de maçã orgânica e leite de soja (um pequeno príncipe!) e estava bem colado nela durante o ultrassom. Como poderia ter esse troço terrível? Devem ter visto o rim *dela*. Um rim dos anos 1950. Um rim da época do DDT. A Mãe pigarreia.

— É possível que tenha aparecido o meu rim na imagem? É que nunca ouvi falar de um bebê com tumor e, francamente, eu estava muito perto dele.

A Mãe faria com que o sangue fosse dela, o tumor fosse dela; tudo fosse um erro absurdo e traiçoeiro.

— Não, não é possível — responde o Cirurgião.

A luz se acende de novo.

— Não é?

Espere até que *esteja no balde*, ela pensa. Não tenha tanta certeza. *Temos que esperar até que esteja no balde para descobrir que cometeram um erro?*

— Primeiro faremos uma nefrectomia total — explica o Cirurgião, instantaneamente mergulhado no escuro outra vez. A voz dele vem de lugar nenhum e de todos os lugares ao mesmo tempo. — E depois disso começaremos a quimioterapia. Esses tumores costumam responder muito bem à quimio.

— Nunca soube de nenhum bebê que fizesse quimioterapia — diz a Mãe.

Bebê e *quimioterapia*, pensa ela, nunca deviam sequer aparecer juntos na mesma frase, muito menos na mesma vida. Na outra vida que tivera, na vida anterior a esse dia, tinha sido adepta da medicina alternativa. Quimioterapia? Nem pensar. Agora, de repente, a medicina alternativa parece a tia solteirona maluca diante do Grande e Bom Pai Tratamento Convencional. Com que rapidez a antiga menina fraqueja, cede lugar a outra, e a abandona ali. Quimioterapia? Mas é claro! Não há dúvida, quimioterapia! Claro que sim! Quimio!

218

O Bebê volta a apertar o interruptor, e as paredes reaparecem; grandes espaços iluminados formam um xadrez com pequenas aquarelas emolduradas do lago da região. A Mãe começou a chorar: tudo na vida a levou até aqui, a esse momento. Depois disso, não existe mais vida. Há outra coisa qualquer, algo hesitante e insuportável, algo mecânico, para robôs, algo que não é vida. Sua vida foi levada, partida, rapidamente, como um graveto. A sala fica às escuras de novo, para que a Mãe possa chorar mais à vontade. Como pode o corpo de um bebê ser roubado em tão pouco tempo? Quanto é capaz de suportar uma criança inocente e abençoada? Porque ele não foi poupado deste destino inconcebível?

Talvez, imagina ela, esteja sendo punida: muitas babás desde muito novinho. ("vem com a mamãe! Vem com a mamãe-babá!", ela costumava dizer, mas era uma brincadeira!) Talvez sua vida expusesse demais as marcas e os disfarces de um profundo estorvo. Todos os seus sentimentos não maternais tinham sido percebidos: a esperança aflita de que os cochilos dele durassem mais do que duravam; seu desejo ocasional de beijá-lo na boca apaixonadamente (agarrar-se com seu bebê!); suas sucessivas reclamações sobre o vocabulário da maternidade, que degradava o orador ("Tem caquinha nesta fralda? Sim, tem muita caquinha nesta fralda!"). Além disso, já havia usado três vezes as mamadeiras do Bebê como vasos de flor. E outras duas vezes deixou que os ouvidos dele ficassem entupidos de cera. No mês passado, houve tardes em que colocou uma tigela de cereal no chão para ele comer, como se fosse um cachorro. Deixava-o brincar com o aspirador de pó portátil. Uma única vez, antes de ele nascer, disse: "Saudável? Eu quero é que o moleque seja rico." Foi uma piada, pelo amor de Deus! Depois que ele nasceu, ela declarou que a vida tinha se tornado uma sequência diária de tarefas repetitivas e desgastantes, como se fosse um romance da sra. Camus. De novo, era brincadeira! Essas brincadeiras vão matar você! Divertira-se demais contando, diversas vezes, a história do Bebê dizendo "Olá" para sua cadeira de alimentação; balançando as mãos para cumprimentar o balanço das águas do lago; gritando "gudi-gudi-gudi" de modo que parecia sotaque russo; apontando para os próprios olhos e dizendo "óleo". E toda aquela falação sem sentido dos bebês: não era para morrer de rir? "Balbucio canônico", segundo os especialistas em linguagem. Ele contava histórias inteiras assim: totalmente inventadas, ela sabia. Romanceava, incrementava, exagerava. Que figura! Com os amigos, falava sobre os hábitos alimentares dele (cenoura sim, atum não). Mencionava, vezes demais, sua risadinha hilariante. Precisava ser tão chata? Não tinha consideração pelos outros, pelas cortesias e demandas intelectuais da convivência humana? Nem sequer tentaria ser mais interessante? Era um crime contra a mente humana pelo menos não tentar.

Por todas essas razões — falta de gratidão maternal, julgamento maternal, porção maternal —, agora seu bebê lhe seria tirado.

A sala reluz incandescente de novo. A Mãe procura no bolso da parca e pega um lenço de papel velho e fino, como uma flor amassada, guardada e esquecida depois de um baile. Ela seca com o lenço os olhos e o nariz.

— O Bebê não vai sofrer tanto quanto você — diz o Cirurgião.

E quem pode contradizê-lo? Certamente não o Bebê, que com sua voz de Betty Boop eslava só consegue dizer *mamãe, papai, queijo, óleo, tchau, lá fora, mi-mir, gotoso, edu-edu* e *carro*. (Quem é Edu? Não fazem a mínima ideia.) Nada disso é suficiente para expressar seu sofrimento mortal. Quem saberá dizer o que os bebês fazem com sua agonia e seu pânico? Eles mesmos não sabem. (O balbucio infantil: não é hilário?) Eles colocam tudo aquilo em um lugar onde ninguém consegue ver. São como seres de outra raça, de outra espécie: parecem não experimentar a dor da mesma maneira que *nós*. Sim, é isto: o sistema nervoso deles ainda não está totalmente formado, então *simplesmente não experimentam a dor da maneira como nós a experimentamos*. Eis uma melodia para se cantarolar durante a guerra.

— Vocês vão superar isto — afirma o Cirurgião.

— Como? Como se supera algo assim?

— Resignando-se e seguindo em frente — responde ele enquanto recolhe sua pasta.

Faz um trabalho manual qualificado, mas questões emocionais não lhe agradam. Os bebês. Os bebês! O que pode ser dito para consolar os pais em relação aos bebês?

— Vou ligar para o oncologista de plantão para avisá-lo — diz ele, e sai da sala.

— Venha cá, meu amor — diz a Mãe ao Bebê, que tinha andado cambaleando até um papel de chiclete no chão. — Precisamos colocar o seu casaco.

Ela o pega no colo e ele se estica na direção do interruptor outra vez. Claro, escuro. Esconde-esconde. Onde está o Bebê? Para onde foi o Bebê?

Em casa, ela deixa uma mensagem ("É urgente! Me ligue!") para o Marido na caixa postal. Depois vai para o segundo andar colocar o Bebê para dormir e o nina na cadeira de balanço. O Bebê dá tchau para seus ursinhos, em seguida olha pela janela e diz "Tchau, lá fora". Ultimamente ele começou a dar tchau para tudo, como se sentisse sua partida iminente, e ouvi-lo parte o coração da Mãe. *"Tchau, tchau!"* Ela canta baixinho e em um tom monótono, feito um pequeno aparelho eletrodoméstico, que é como ele gosta. Sonolento, ele começa a adormecer. Cresceu tanto no último ano que quase não cabe mais no seu colo; seus membros pendem do colo como se ela fosse a *Pietà*. A cabeça tomba de leve na dobra interna do braço dela. Pode senti-lo adormecendo, a boca redonda e aberta como a mais doce das papoulas. Todas as cantigas de ninar do mundo, todas as melodias entremeadas pela melancolia maternal agora são para ela (tão abandonada quanto pode sentir-se uma mãe por homens trabalhadores e bebês dorminhocos) as canções de um duro sofrimento. Sentada ali, curvada e se balançando, a Mãe sente a totalidade do seu amor em forma de apreensão e mágoa. Uma alquimia rápida e irrevogável: não resta nenhum resquício despreocupado para a felicidade.

— Se você se for — ela lamenta em voz baixa, reclinada sobre o pescoço cheiroso do filho, próximo à sua orelha, espiralada como um ranúnculo —, nós vamos com você. Não somos nada sem você. Sem você, somos um amontoado de pedras. Somos cascalho e mofo. Sem você, somos dois tocos, com os corações vazios. Aonde quer que isto o leve, nós iremos atrás. Estaremos lá. Não tenha medo. Nós vamos também. É isso.

— Tome notas — diz o Marido, após chegar em casa direto do trabalho, no meio da tarde, ouvindo as notícias e pronunciando todas as palavras em voz alta: *cirurgia, metástase, diálise, transplante*. Logo, desmorona na cadeira, aos prantos. — Tome notas. Vamos precisar de dinheiro.

— Meu Deus — chora a Mãe.

De repente tudo dentro dela começa a se encolher e se retrair, como se os ossos se afinassem. Talvez seja a prontidão de um soldado, mas o odor é de morte e derrota. É como um ataque do coração, a falência da vontade e da coragem, a falência da potência: uma falência geral. Seu rosto, quando o vê de relance no espelho, está frio e inchado por causa do choque, os olhos, escarlates e encolhidos. Já começou a usar óculos escuros em lugares fechados, como se fosse uma viúva famosa. De onde vai tirar forças? De alguma filosofia? De alguma filosofia frígida e banal? Ela não é corajosa, tampouco realista, e tem dificuldade com conceitos básicos, como aquele segundo o qual os acontecimentos avançam apenas em uma direção e não saltam, não dão meia-volta nem retrocedem.

O Marido começa muitas frases com "E se". Está tentando reconstituir tudo como em um acidente de trem. Está tentando fazer com que o trem chegue à cidade.

— Vamos dar todos os passos, passar por cada fase. Vamos aonde for preciso. Vamos procurar, vamos encontrar, vamos pagar o que tivermos que pagar. E se não pudermos pagar?

— Assim até parece que é uma compra.

— Eu não consigo acreditar que isto está acontecendo com o nosso menino — diz ele, e começa a soluçar outra vez. — Por que não aconteceu com um de nós dois? É muito injusto. Na semana passada mesmo meu clínico geral atestou que minha saúde está ótima: a próstata de um garoto de vinte anos, o coração de uma criança de dez, o cérebro de um inseto, ou seja lá o que tenha dito. Isto tudo é um pesadelo.

O que se pode dizer? Você se vira ligeiramente e lá está: a morte do seu filho. É em parte um símbolo, em parte algo demoníaco e, do início ao fim, um ponto cego, até que, se tiver azar, é algo que cai sobre a sua cabeça. Depois é como um país pequeno e feroz que sequestra você; o mantém firmemente preso dentro dele, como em uma adega. As suas melhores fronteiras são as fronteiras dele. Há alguma janela? Não há janelas às vezes?

A Mãe não é consumista. Detesta fazer compras, em geral é ruim nessa tarefa, embora goste de uma boa liquidação. Não consegue transitar de forma significativa pela raiva, negação, tristeza e aceitação. Vai direto para a fase da negociação e permanece ali. Quanto?, ela pergunta olhando para o teto, para alguma santidade paliativa que, desesperadamente, mas sem que faltasse criatividade, construiu em sua mente e para a qual reza; cética, nunca fora chegada a orações, agora tem que colher o que não semeou, precisa erguer do zero um altar inteiro de devoção e súplica. Procura imaginar abstrações nobres, nada muito antropomórfico, somente uma Moral Elevada, ainda que, caso essa Elevação específica se pareça um pouco com um gerente do Marshall Field's chupando uma bala de menta, que assim seja. Amém. Só me diga o que você quer, pede a Mãe. E como você quer? Mais atos de caridade? Agora mesmo começarei um bilhão deles. Pensamentos misericordiosos? Mais difícil, porém é claro que sim! É claro! Farei a comida, amor. Pagarei o aluguel. Me diga e pronto. *O que está dizendo?* Bem, se não é com você, com quem devo falar? Olá? Com quem devo falar por aqui? Com um mandachuva? Com um superior? Devo esperar? Posso esperar. Tenho o dia todo. Tenho todo este maldito dia.

O Marido agora está deitado na cama ao lado dela, suspirando.

— Nosso pobre menino poderia sobreviver a tudo isto e ainda assim morrer em um acidente de carro aos dezesseis anos — diz ele.

A mulher, negociando, considera essa opção.

— Vamos ficar com o acidente de carro.

— Como?

— Façamos um Trato, como no programa de TV! Dezesseis Anos É uma Vida Inteira! Aceitamos o acidente de carro! Este que está diante de Carol Merrill agora!

Neste momento o gerente da Marshall Field's reaparece.

— Eliminar as surpresas é extrair a vida da própria vida — diz ele.

O telefone toca. O Marido se levanta e sai do quarto.

— Mas eu não quero essas surpresas — diz a Mãe. — Tome! Pode ficar com essas surpresas!

— Conhecer a narrativa antecipadamente é tornar-se uma máquina — prossegue o Gerente. — O que faz dos humanos humanos é precisamente o fato de desconhecerem o futuro. É por isso que fazem as coisas fatídicas e engraçadas que fazem: quem sabe como tudo vai acabar? Aí está a única esperança de redenção, de descoberta e, sejamos francos, de diversão, muita diversão! Pode haver coisas das quais as pessoas se safam, e não são só toalhas de hotel. Pode haver grandes amores ilícitos, alegrias duradouras, acidentes com maquinário agrícola capazes de abalar a fé. Mas você precisa não saber para ver quais histórias seus esforços na vida vão lhe trazer. O mistério é tudo.

A Mãe, embora tímida, passou a confrontar.

— São essas bostas aleatórias e falsas que ensinam na faculdade de propaganda? Gostaríamos que houvesse menos surpresas, menos esforços e mistérios, obrigada. Desde o jardim de infância até o nono ano, do jardim de infância ao nono ano, ok?

Neste momento, esta parece a frase mais sortuda, mais bonita, mais sonora que ela já ouviu: do jardim de infância ao nono ano. Sua cadência. Seu pensamento.

O Gerente continua, testando-a.

— Quero dizer, toda a concepção da "história", de causa e efeito, toda a ideia de que as pessoas têm uma vaga ideia de como o mundo funciona é só uma parte do risível colonialismo metafísico perpetrado no território selvagem do tempo.

Será que tinham um revólver? A Mãe começa a vasculhar as gavetas.

O Marido volta para o quarto e a observa.

— Ha! A Grande Devastação é o Quebra-cabeça de toda Vida! — comenta ele a respeito da política gerencial da Marshall Field's.

Acabou de falar por telefone com a seguradora e o hospital. A cirurgia será na sexta-feira.

— Tudo isso é apenas o conceito indecente de filosofia de uma filosofia capitalista.

— Talvez seja só um elemento na narrativa, que na verdade não pode ser politizado — responde a Mãe.

Agora os dois estão sozinhos.

— De que lado você está?

— Estou do lado do Bebê.

— Está tomando notas para isso?

— Não.

— Não?

— Não, não consigo. Não para isto! Eu escrevo ficção, isto não é ficção.

— Então, escreva não ficção. Faça um relato jornalístico. Cobre dois dólares por palavra.

— Aí tem que ser verídico e cheio de informações. Não estou treinada, não sou capaz. Além disso, tenho um princípio pessoal conveniente de que os artistas não devem abandonar a arte. Nunca se deve dar as costas a uma imaginação fértil. Até essa história de livros de memórias me incomoda.

— Bem, invente coisas, mas finja que são reais.

— Não estou tão segura.

— Você está me enervando.

— Meu amor, meu querido, não sou tão boa assim. *Isto* eu não sei fazer. Eu posso fazer... O que eu posso fazer? Posso escrever um diálogo telefônico semidivertido. Posso fazer breves descrições do tempo. Posso narrar passeios mirabolantes da família com o bicho de estimação. Às vezes consigo escrever histórias assim. Meu bem, eu só faço o que sei fazer. Escrevo sobre as *ironias meticulosas do devaneio*. Escrevo sobre *as ideias pantanosas que estão na base da construção da vida íntima*. Mas isto? Nosso filho com câncer? Sinto muito. A minha parada foi duas estações atrás. Isto é ironia no grau máximo de mau gosto e descuido. É um Hieronymus Bosch dos fatos e dos números, do sangue e dos gráficos. Isto é um pesadelo de pieguice narrativa. Não é algo que se possa projetar. Não é algo que se possa sequer apontar durante a preparação de um projeto...

— Vamos precisar do dinheiro.

— Sem falar dos limites morais da recompensa financeira em uma situação como esta...

— E se ele perder o outro rim? E se ele precisar de um transplante? Neste caso, quais são os limites morais? O que vamos fazer? Vender doces?

— Podemos vender esta casa. Detesto esta casa. Me deixa louca.

— E onde moraríamos? Posso saber?

— Em uma das casas da Fundação Ronald McDonald. Já ouvi falar que é legal. É o mínimo que o McDonald's pode fazer.

— Que senso de justiça apurado!

— Eu tento. O que posso dizer? — Ela faz uma pausa. — Isto está realmente acontecendo? A todo momento penso que logo tudo estará acabado (a expectativa de vida de uma nuvem é supostamente de apenas doze horas), mas logo me dou conta de que o que aconteceu nunca, nunca vai terminar.

O Marido enterra o rosto nas mãos.

— Nosso pobre bebê. Como isso foi acontecer com ele? — Ergue o rosto e olha para a estante de livros que usa como criado-mudo. — E você acha que pelo menos um desses livros de bebê pode ser de alguma ajuda? — Ele pega os livros da Dra. Leach, do Dr. Spock, da série *O que esperar.* — Onde nas páginas ou no índice de qualquer um desses livros está escrito "quimioterapia" ou "cateter de Hickman" ou "sarcoma renal"? Onde diz "carcinogênese"? Sabe com o que esses livros são obcecados? *Como aprender a segurar a porra de uma colher!*

Ele começa a arremessar os livros contra a parede.

— Ei — diz a Mãe, tentando acalmá-lo. — Ei, ei, ei.

Mas, em comparação com o estrondo feito por ele, as interjeições dela soam como vocal de apoio — um Shondell, um Pip — que cantarola onomatopeias. Livros e mais livros continuam a voar.

Tome Notas.

O certo é *pusilânime* ou *pusilâmine*? A prosa dos estudantes arruinou sua ortografia.

É *pusilânime*. Pusilâmine seria o quê? Pusi Lamine, o nome de uma *drag queen*.

Tome Notas. No fim, você sofre sozinha. Mas no começo sofre com muita gente. Quando seu filho tem câncer, você é prontamente transportado para um outro planeta, um planeta de meninos carecas. Oncologia pediátrica. Você lava as mãos com sabão antibacteriano por trinta segundos antes de ter permissão para passar pelas portas vaivém. Coloca sapatilhas de papel sobre os sapatos. Fala em voz baixa. Um lugar especialmente projetado e decorado para o seu pesadelo. É aqui que vai se desenrolar o seu pesadelo. Temos um quarto pronto para você. Temos camas dobráveis. Temos frigobar. "As crianças aqui são quase todas meninos", diz uma das enfermeiras. "Ninguém saber por quê. Está documentado, mas muitas pessoas ainda não se dão conta." Todos os meninos vêm de lugares com nomes melódicos, como Janesville e Appleton, pequenas cidades do interior com enormes aterros sanitários, escoamento agrícola, fábricas de papel, o túmulo de Joe McCarthy ("por si só, um local extremamente tóxico", pensa a Mãe. "Tinham que examinar o solo").

Todos os menininhos carecas parecem irmãos. Passeiam de um lado para o outro carregando o soro intravenoso pelo corredor da ala de Oncologia Pediátrica. Os mais animados, sentindo-se bem por um dia, sobem na base de rodinhas do suporte do soro e são empurrados por suas mães grandes e alegres pelos corredores. Uhuuuuul!

A Mãe não se sente alegre nem grande. Em sua mente, está cáustica, ácida, esquálida e fumando compulsivamente em uma saída de emergência qualquer. Abaixo dela estendem-se as suaves ondulações do Meio-Oeste, com todas as suas aspirações de ser... De ser o quê? De ser Long Island. Como se saiu! Um centro comercial atrás do outro. Água asquerosa, batatas envenenadas. A Mãe traga profundamente e solta nuvens de fumaça sobre os milharais desfigurados. Quando um bebê tem câncer, parece uma idiotice ter parado de fumar. Quando um bebê tem câncer você pensa: Quem estamos enganando? Vamos todos fumar. Quando um bebê tem câncer você pensa: Quem teve uma ideia *dessas*? Que espécie de abandono celestial deu lugar a *isso*? Sirva-me uma bebida para que eu possa negar o brinde.

A Mãe não sabe como ser uma dessas outras mães, de cabelos loiros, calças de moletom, tênis esportivos e amabilidade determinada. Acha que não conseguiria ser nada minimamente parecido. Não se sente nem de longe como elas. Conhece, por exemplo, muita gente em Greenwich Village. Encomenda ostras e tiramisu de uma delicatéssen no SoHo. Tem quatro grandes amigos homossexuais. Seu marido está pedindo que ela Tome Notas.

Onde aquelas mulheres compram as calças de moletom? Ela vai descobrir.

Talvez comece pela roupa e prossiga a partir daí.

Vai levar a vida de acordo com os lugares-comuns. Viva um dia de cada vez. Tenha uma atitude positiva. *Vá passear!* Ela gostaria que houvesse mais coisas interessantes que fossem úteis e verdadeiras, mas agora parece que só as coisas chatas são úteis e verdadeiras. *Um dia de cada vez.* E *pelo menos nós estamos com saúde.* Que ordinário. Que obviedade. Um dia de cada vez. É preciso ter um cérebro para saber disso?

Se por um lado o Cirurgião é esbelto, majestoso e lacônico (acertaram ao supor que ele joga em dupla), por outro, o Oncologista tem algo de cientista maluco viciado em cafeína. Ele fala rápido. Conhece vários estudos, probabilidades, números. Sabe fazer conta. Ótimo! Alguém precisa fazer as contas!

— É um tumor de crescimento veloz, porém fraco — explica ele. — A metástase costuma ser para o pulmão.

Ele despeja alguns números, prazos, estatísticas de risco. Veloz, porém fraco: a Mãe tenta imaginar essa combinação de fatores, tenta pensar e pensar e só lhe vem à cabeça Claudia Osk, da quarta série, que enrubescia e quase chorava quando era chamada em sala, mas na aula de educação física vencia todo mundo na corrida de quinhentos metros, da porta de incêndio até a cerca. Agora a Mãe pensa no tumor como Claudia Osk. Vão alcançar Claudia Osk, vão fazer com que se arrependa. Tudo bem! Claudia Osk tem de morrer. Ainda que não se tenha falado nisso antes, agora parece claro que Claudia Osk deveria ter morrido há muito tempo. Quem era ela, afinal de contas? Muito presunçosa, não deixava que ninguém a vencesse em uma corrida. Bom, ora, ora, ora: não olhe agora, Claudia!

— Você está ouvindo? — diz o Marido, cutucando-a.

— A probabilidade de isso acontecer em apenas um rim é de um em quinze mil. Agora, considerando todos os outros fatores, a probabilidade de atingir o outro rim é de um em oito.

— Uma em oito — diz o Marido. — Não é ruim, contanto que não seja de um em quinze mil.

A Mãe observa as árvores e os peixes do papel de parede estilo Salve o Planeta que decora as bordas do teto. Salve o Planeta. Sim! Mas as janelas deste edifício não abrem e, pelo sistema de ventilação, entra uma fumaça de óleo diesel que escapa de um caminhão de entregas estacionado na rua. O ar é nauseante e viciado.

— De verdade — diz o Oncologista —, de todos os tipos de câncer que ele poderia ter, este é provavelmente o melhor.

— Que sorte a nossa — diz a Mãe.

— Eu sei que o *melhor* está longe de ser o termo adequado. Olha, vocês dois certamente precisam descansar um pouco. Vamos ver como correm a cirurgia e a histologia. E na semana seguinte começaremos com a quimioterapia. Uma quimio leve: vincristina e...

— Vincristina? — interrompe a Mãe. — Vinho de Cristo?

— Os nomes são estranhos, eu sei. O outro quimioterápico que usamos é actinomicina D. Às vezes também chamada de dactinomicina. As pessoas põem o D na frente.

— Elas põem o *D* na frente — repete a Mãe.

— Pois é! Não sei por que, mas põem.

— Cristo não sobreviveu ao seu vinho — observa o Marido.

— Mas é claro que sobreviveu! — diz o Oncologista, enquanto faz um gesto com a cabeça na direção do Bebê, que abriu um armário cheio de lençóis hospitalares e bandagens e está jogando tudo no chão. — Bem, nos vemos amanhã depois da cirurgia.

E dito isso, o Oncologista se retira.

— Ou melhor, Cristo *era* o seu vinho — murmura o Marido. Tudo o que ele sabe sobre o Novo Testamento foi tirado da trilha sonora do musical *Godspell*. — O sangue de Cristo era o vinho. Que grande ideia de bebida.

— Uma quimio leve. Não foi boa essa? — diz a Mãe. — *Eine kleine* dactinomicina. Eu gostaria de ver Mozart compondo essa por um bom maço de dinheiro.

— Venha cá, meu amor — diz o Marido para o Bebê, que agora tirou os sapatos.

— Já é bastante desagradável quando eles se referem à ciência médica como uma "ciência inexata" — diz a Mãe. — Mas me dá nos nervos quando começam a falar da medicina como "uma arte".

— Pois é, se quiséssemos arte, Doutor, iríamos a um museu. — O Marido pega o Bebê no colo. — Você é uma artista — diz ele à Mãe, com uma nódoa de acusação na voz. — Eles devem pensar que você acha a criatividade reconfortante.

— Eu só acho inevitável — disse ela, suspirando. — Vamos buscar algo para comer.

Então eles pegam o elevador para a cafeteria, onde há uma cadeira de bebês, e onde, sem notar, todos comem maçãs com as etiquetas do preço ainda coladas.

Como a operação é só no dia seguinte, o Bebê gosta do hospital. Gosta dos longos corredores, pelos quais pode correr. Gosta de tudo que tem rodinhas. O quiosque de flores no lobby! ("Por favor, mantenha seu filho longe das flores", diz o vendedor. "Nós compramos todas", reage a Mãe, vociferando. E acrescenta: "Crianças de verdade em um hospital para crianças. Inacreditável, não?") O Bebê gosta dos outros meninos. Lugares aonde ir! Pessoas para conhecer! Salas para perambular! Tem a Unidade de Terapia Intensiva. A Unidade de Traumatologia. O Bebê sorri e acena. Que pequena Personalidade Cancerosa! Sujeitos enfaixados sorriem e acenam de volta. Na Oncologia Pediátrica, estão os meninos pequenos e carecas com quem pode brincar. Joey, Eric, Tim, Mort e Tod (Mort! Tod!). Está Ned, de quatro anos, agarrado a uma bola de borracha meio murcha, daquelas que têm um intrigante tubo retorcido. O Bebê quer brincar com a bola.

— É minha. Larga a bola — diz Ned. — Diga para o Bebê largar.

— Querido, você precisa compartilhar — diz a Mãe, de uma cadeira, a certa distância.

De repente, de perto da Sala Tiny Tim vem a mãe de Ned, grande, loura e vestindo moletom.

— Pare com isto! Pare! — grita ela, avançando na direção deles e empurrando o Bebê. — Não toque nisto! — grita ela com o Bebê, que é apenas um Bebê e cai no choro, porque nunca gritaram com ele desse jeito antes.

A Mãe de Ned fulmina todos com os olhos.

— Isto é para drenar o líquido do fígado do Ned!

Ela dá tapinhas na coisa de borracha e começa a choramingar.

— Ai, meu Deus! — diz a Mãe. Ela consola o Bebê, que também está chorando. Ela e Ned, as duas únicas pessoas com os olhos secos, se entreolham. — Sinto muito — diz para Ned e depois para a mãe dele. — Eu sou uma imbecil, achei que estavam brigando por um brinquedo.

— Parece um brinquedo — concorda Ned.

Ele ri. É um anjo. Todos os meninos pequenos são anjos. Anjinhos calvos e doces, e agora Deus está tentando chamá-los de volta. Quem são elas, simples mulheres mortais, diante disso, da poderosa, avassaladora e inescrutável vontade de Deus? São as mães, é isto o que são. Você não vai ficar com ele!, elas gritam diariamente. Seu velho nojento! *Fora daqui! Desencoste!*

— Eu sinto muito — diz a Mãe mais uma vez. — Eu não sabia.

— É claro que você não sabia — diz a mãe de Ned com um sorriso vago, e em seguida volta para a Sala Tiny Tim.

A Sala Tiny Tim é um espaço para descanso no fim do corredor da Oncologia Pediátrica. Tem dois sofás pequenos, uma mesa, uma cadeira de balanço, televisão e videocassete. Tem vários filmes: *Velocidade máxima*, *Duna* e *Guerra nas estrelas*. Em uma das paredes há uma placa dourada com o nome do cantor Tiny Tim. O filho dele recebeu tratamento naquele hospital e, por isso, cinco anos antes, ele doou dinheiro para aquela sala. É um espaço apertado que, suspeita-se, teria sido maior se o filho do Tiny Tim tivesse sobrevivido. Mas ele morreu ali, naquele hospital, e agora resta aquele espaço minúsculo que representa, em parte, gratidão, em parte, generosidade, em parte, um *fodam-se*.

Esquadrinhando as fitas de vídeo, a Mãe se pergunta que tipo de ficção científica poderia começar a competir com a ficção científica do câncer em si: um tumor com células ósseas e musculares diferenciadas, um amontoado de nada selvagem e seu desejo ambicioso e insano de ser alguma coisa. Algo dentro de você, no seu lugar, outro organismo, mas com a arquitetura de um monstro, a sabotagem e o caos de um demônio. Por exemplo, a leucemia, um tumor que, diabolicamente, assume a forma líquida, melhor para navegar incógnito pelo sangue. George Lucas, dirija isso!

Sentada com os outros pais na Sala Tiny Tim na noite anterior à cirurgia, depois de colocar o Bebê para dormir em seu berço alto de aço, dois quartos adiante, a Mãe começa a ouvir as histórias: leucemia no jardim de infância, sarcomas na liga mirim de beisebol, neuroblastomas descobertos em acampamentos de verão. "Eric chegou derrapando na terceira base, mas depois o arranhão não cicatrizou." Os pais dão tapinhas nos braços uns dos outros e falam sobre outros hospitais infantis como se fossem resorts. "Você esteve no St. Jude's no inverno passado? Nós também. O que achou? Adoramos a equipe de lá." Empregos foram abandonados, casamentos, arruinados, contas bancárias, devastadas; aparentemente os pais estavam suportando o insuportável. Falavam não da *possibilidade* de a quimio levar ao coma, mas no *número* de comas. "O primeiro coma dele foi em julho", diz a mãe de Ned. "Foi assustador, mas superamos."

Superar dificuldades era o que as pessoas mais faziam ali. Há uma espécie de coragem na vida delas que não é coragem em absoluto. É algo automático, inabalável, uma mistura de humano e máquina, uma obrigação inquestionável e absorvente enfrentando a doença movimento após movimento, em uma grande e árdua partida de xadrez que não desempata, um *round* interminável de algo que se parece com uma luta de boxe com uma sombra, mas, entre o amor e a morte, qual dos dois é a sombra?

— Todos nos admiram pela nossa coragem — diz um homem. — Eles não têm ideia do que estão dizendo.

"Eu poderia ir embora daqui", pensa a Mãe. "Pegar um ônibus e nunca mais voltar. Mudar de nome. Como nos programas de proteção a testemunhas."

— A coragem pressupõe que haja opções — acrescenta o homem.

"Poderia ser melhor para o Bebê."

— Existem opções — diz uma mulher com uma larga faixa de camurça na cabeça. — Você poderia desistir. Poderia desmoronar.

— Não, não poderia. Ninguém faz isso. Nunca vi — diz o homem. — Bem, ninguém desmorona *de fato*.

Em seguida, a sala fica em silêncio. Em cima do aparelho de videocassete, alguém colou a mensagem de um biscoito da sorte. "Otimismo é o que permite à chaleira cantar mesmo quando tem água fervendo até o pescoço." Embaixo, alguém colou um recorte de jornal com o horóscopo de verão. "Câncer está com tudo!", diz. Quem colaria algo assim? O irmão de doze anos de alguém. O pai de Joey se levanta, arranca as mensagens e as amassa na mão.

Alguém passa as páginas de uma revista.

— Tiny Tim se esqueceu de fazer um bar — diz a Mãe, pigarreando.

Ned, que ainda está acordado, sai do quarto e atravessa o corredor, cujas luzes ficam mais suaves depois das nove. Para ao lado da Mãe e pergunta:

— Você é de onde? Qual é o problema do seu filho?

No minúsculo quarto que lhes deram, ela dorme um sono intermitente, vestindo suas calças de moletom. Volta e meia dá um salto da cama para ver como está o Bebê. Para isto servem as calças de moletom: saltar. Em caso de incêndio. Em qualquer caso. No caso de a diferença entre o dia e a noite começar a se dissolver e não haver mais nenhuma diferença, então para que fingir? Na cama dobrável ao lado dela, o Marido, que tomou um comprimido para dormir, ronca alto, com os braços dobrados sobre a cabeça em uma espécie de origami. Como é que um deles poderia ter ficado em casa com a cadeirinha e o berço vazios? De tempos em tempos, o Bebê desperta e chora, ela salta como um raio, vai até ele, acaricia suas costas, arruma os lençóis. O relógio em cima da cômoda de metal marca três horas e cinco minutos. E logo, vinte para as cinco. E em seguida está realmente de manhã, começa o dia, o dia da nefrectomia. Será que vai ficar aliviada quando acabar, ou quase morta, ou ambos? Todos os dias daquela semana nasceram pesados, vazios e desconhecidos como uma nave espacial, e este, em especial tem uma luz cinza brilhante.

— Ele vai precisar vestir isto — diz o enfermeiro John, bem cedo, entregando à Mãe uma roupa fina e esverdeada, estampada com rosas e ursinhos de pelúcia.

Ela sente uma forte náusea; aquela bata, ela pensa, em breve terá manchas de... de quê?

O Bebê está acordado, mas ainda grogue. Ela tira o pijama dele.

— Não se esqueça, meu pequerrucho, estaremos com você em todos os momentos, a cada passo. Quando achar que está adormecido e flutuando para longe de todo mundo, a Mamãe ainda estará ao seu lado. — Se não tiver fugido em um ônibus, ela pensa. — A Mamãe vai cuidar de você, e o Papai também — sussurra ao despir e vestir o Bebê.

Espera que ele não perceba seu medo e suas incertezas, que tem que esconder dele, como um coxo. O Bebê tem fome, pois não podia se alimentar, e não está mais encantado com aquele lugar novo, e sim preocupado com suas privações. "Ah, meu bebê", pensa ela. Começa a sentir-se tonta. O Marido se aproxima para rendê-la.

— Descanse um pouco — diz. — Vou dar uma volta com ele por cinco minutos.

Ela sai, mas não sabe para onde ir. No corredor, é abordada por uma espécie de assistente social, uma pessoa do serviço de atendimento aos pacientes, que lhes dera um vídeo sobre a anestesia para que assistissem: como os pais devem acompanhar o filho até o centro cirúrgico e como os medicamentos são administrados com cuidado e delicadeza.

— Assistiu ao vídeo?

— Assisti.

— Não ajudou?

— Não sei.

— Você tem alguma pergunta?

"Você tem alguma pergunta?", dirigido a alguém que acaba de aterrissar naquele terrível lugar alienígena, parece à Mãe uma pequena cortesia absurda e maravilhosa. A própria especificidade de qualquer pergunta faria com que a estranheza opressiva de tudo ao seu redor parecesse uma mentira.

— Não, não agora — responde a Mãe. — Neste exato momento, acho que vou apenas ao banheiro.

Quando volta para o quarto do Bebê, estão todos lá: o Cirurgião, o Anestesista, as enfermeiras, a assistente social. De uniformes e toucas azuis, parecem um ramo de não-me-esqueças; e quem poderia esquecê--los? O Bebê, com a bata de ursinhos, parece sentir frio e medo. Ele estica os braços e a Mãe o pega do colo do Pai e esfrega suas costas para aquecê-lo.

— Bem, está na hora! — anuncia o Cirurgião, forçando um sorriso.

— Vamos? — diz o Anestesista.

O que vem a seguir é um borrão de obediência e luzes ofuscantes. Descem no elevador até uma grande sala de cimento, a antessala, a sala verde, os bastidores da sala de cirurgia. Revestindo as paredes há extensas prateleiras cheias de roupas cirúrgicas azuis.

— As crianças costumam ficar com medo da cor azul — diz uma das enfermeiras. Mas é claro. É claro! — Bem, qual dos dois quer entrar na sala de cirurgia para a anestesia?

— Eu — responde a Mãe.

— Tem certeza? — pergunta o Pai.

— Ahã.

Ela beija a cabeça do Bebê.

"Sr. Cachinhos" é como as pessoas o chamam no hospital, o que é ao mesmo tempo rude e simpático. As mulheres olham admiradas para seus longos cílios e exclamam:

— Sempre os meninos! Sempre os meninos!

Duas enfermeiras cirúrgicas vestem a Mãe com um avental e uma touca azuis. O Bebê acha graça e puxa a touca sem parar.

— Por aqui — diz uma enfermeira, e a Mãe a segue. — Coloque o Bebê nesta mesa.

No vídeo, a mãe segura a criança e uma fumaça é suavemente vaporizada sob as narinas do bebê até que ele adormece. Agora, fora do alcance da câmera e da assistente social, o Anestesista está ansioso para começar logo com aquilo e não deixar que uma grande quantidade de gás vaze por toda a sala. O risco de sua profissão é o contato com o gás, que ataca o sistema nervoso, e isso começou a preocupá-lo. Sem dúvida toda noite, em casa, divide essa aflição com a mulher. Agora, liga o gás e, depressa, coloca a máscara de plástico sobre os lábios e as bochechas do Bebê.

O Bebê está assustado. A Mãe está assustada. O Bebê começa a berrar e ficar vermelho por trás do plástico, mas não é possível ouvi-lo. Ele se debate.

— Diga a ele que está tudo bem — recomenda a enfermeira à Mãe. Tudo bem?

— Está tudo bem — repete a Mãe, apertando a mão dele.

Mas ela sabe que ele percebe que não está tudo bem, porque pode ver não só que ela ainda está usando aquela touca de papel ridícula, mas também que suas palavras são mecânicas, que ficam entaladas, e que ela morde os lábios para que não tremam. Em pânico, o menino tenta se sentar. Não consegue respirar; estica os braços. *Adeus, lado de fora.* E então, em instantes, seus olhos se fecham, seu corpo relaxa, e ele cai não *no* sono, mas além do sono, em uma espécie estranha de sono sequestrado, seu terror agora escondido em algum lugar profundo.

— Como foi? — pergunta a assistente social, que aguarda do lado de fora, na sala de cimento.

A Mãe está histérica. Uma enfermeira a acompanhou.

— Não teve nada a ver com as imagens do filme! — Ela chora. — Nada a ver!

— Do filme? Você fala do vídeo? — pergunta a assistente social.

— Não foi nada parecido! Foi brutal e imperdoável.

— Bem, isto é terrível — diz ela. Agora seu papel não é mais de desinformante, mas de zeladora, e ela toca o braço da Mãe, que se esquiva e vai procurar o Marido.

Ela o encontra na grande antessala roxa da cirurgia. Ele foi levado para este lugar, onde servem chocolate quente grátis em copinhos de isopor. Guirlandas de celofane vermelho enfeitam as portas. Ela havia se esquecido completamente de que já estava perto do Natal. Um pianista no canto da sala está tocando "Carol of the Bells", e soa não apenas pouco festiva, mas também sinistra, como a música tema de *O exorcista*.

Há um relógio enorme na parede do outro lado. É uma espécie de vigia da sala de cirurgia, uma maneira de calcular o suplício do Bebê: quarenta e cinco minutos para o implante do cateter de Hickman, duas horas e meia para a nefrectomia. Em seguida, depois disso, três meses de quimioterapia. A revista em seu colo fica aberta no anúncio de um perfume cor de rubi.

— Você continua sem tomar notas — diz o marido.

— Sim.

— Sabe, de certo modo, este é o tipo de coisa sobre o qual você *sempre* escreveu.

— Você é inacreditável, sabia? Isto é a vida. Não é um "tipo de coisa".

— Mas isto é o tipo de coisa que a ficção é: a vida que não pode ser vivida, o estranho cômodo anexado à casa, a outra lua que dá voltas ao redor da Terra e que a ciência desconhece.

— Fui eu que disse isso a você.

— Estou citando suas palavras.

Ela olha para o relógio no pulso, pensando no Bebê.

— Quanto tempo faz?

— Não muito tempo. Tempo demais. No fim, talvez dê no mesmo.

— O que você acha que está acontecendo com ele neste exato momento? Uma infecção? Bisturis escorregando?

— Não sei. Mas quer saber? Preciso ir. Preciso andar um pouco.

O Marido se levanta, caminha pela sala, logo volta e se senta.

As sinapses entre os minutos são inavegáveis. Uma hora é um tempo espesso como caramelo. A Mãe sente-se esgotada; ela é uma sequência de latas vazias ligadas por um fio de arame, algo que uma cabra iria farejar e mastigar, algo que de vez em quando ganhava vida com um choque elétrico.

Ela ouve chamarem seus nomes pelo intercomunicador.

— Pois não? Pois não?

Levanta-se depressa para responder. As palavras saem voando antes dela, uma exalação de pássaros. A música do piano parou. O pianista foi embora. Ela e o Marido se aproximam do balcão principal, onde um homem olha para os dois e sorri. Diante dele há uma lista xerocada com os nomes dos pacientes.

— Este aqui é o nosso filho — diz a Mãe, vendo o nome do Bebê na lista e apontando para ele. — Tem alguma notícia? Está tudo bem?

— Sim — responde o homem. — Seu filho está bem. Acabaram de colocar o cateter e agora vão cuidar do rim.

— Mas já se passaram duas horas! Meu Deus, algo não correu bem? O que aconteceu? O que deu errado?

— Alguma coisa deu errado? — pergunta o Marido, puxando o colarinho do sujeito.

— Não, não é isso. Apenas demorou mais do que esperavam. Me disseram que está tudo bem. Queriam que vocês soubessem.

— Obrigado — diz o Marido.

Eles dão meia-volta e retornam para o lugar onde estavam sentados.

— Eu não vou suportar — suspira a Mãe, afundando na cadeira de couro sintético, cujo formato se assemelha ao de uma luva de beisebol. — Mas antes de ir, vou levar junto metade deste hospital.

— Quer um café? — oferece o Marido.

— Não sei. Não, acho que não. Não. Você quer?

— Não, não, acho que não também.

— Quer uns gomos de laranja?

— Ah, pode ser, acho que sim, se você quiser.

Ela saca uma laranja da bolsa e começa a tirar a casca dura e difícil, a polpa se rompendo sob seus dedos, o suco escorrendo pelas mãos e fazendo as cutículas arderem. Ela e o Marido mastigam e engolem, cospem os caroços discretamente em um lenço de papel, e leem as fotocópias da última pesquisa médica, que imploraram a um residente que lhes desse. Leem, sublinham, suspiram, fecham os olhos e, passado algum tempo, a cirurgia termina. Uma enfermeira da Oncologia Pediátrica vem avisá-los.

— O bebê de vocês está na sala de recuperação agora. Ele está bem. Poderão vê-lo em cerca de quinze minutos.

Como descrever isso? Como qualquer detalhe de algo assim pode ser descrito? A viagem e o relato da viagem são sempre duas coisas diferentes. A narradora é aquela que ficou em casa, e então, mais tarde, pressiona sua boca contra a boca do viajante, a fim de fazê-la funcionar, a fim de que a boca diga, diga, diga. Não se pode ir a um lugar e falar sobre ele; ninguém consegue verdadeiramente ver e dizer ao mesmo tempo. É possível ir, e ao voltar fazer muitos gestos com as mãos e indicações com os braços. A boca, por sua vez, funcionando na velocidade da luz, sob as instruções dos olhos, fica obrigatoriamente paralisada. É tudo tão rápido, há tanto para contar, que ela fica aberta e muda como um sino sem badalo. Toda aquela vida indizível! É nesse ponto que entra a narradora, com seus beijos, suas mímicas e sua organização. A narradora chega e compõe uma canção lenta e falsa a partir da ávida devastação da boca.

Vê-lo é ao mesmo tempo um horror e um milagre. Ele está deitado no berço, entubado, esticado como um menino na cruz, os braços retesados por cilindros de papelão que o impedem de arrancar os tubos. Tem o cateter na bexiga, a sonda nasogástrica e o Hickman, que, sob a pele, acessa a jugular, sai pela parede torácica e é fechado por uma longa tampa plástica. Uma grande bandagem cobre o pequeno abdômen. Mesmo grogue com o gotejamento de morfina, ele é capaz de olhar para a Mãe quando ela tenta driblar toda a fiação de vinil e se debruçar sobre ele para lhe dar um abraço. Quando faz isso, ele começa a chorar, mas é um choro silencioso, sem movimentos nem barulho. Ela nunca viu um bebê chorar assim, sem se movimentar nem fazer barulho. É o choro de uma pessoa adulta: silencioso, sem opinião, despedaçado. Em alguém tão pequenino, é assustador e antinatural. Ela quer pegar o Bebê e sair correndo, para longe, bem longe daquele lugar. Tem vontade de sacar uma arma. *Inadmissível, é? Isto tudo aqui é o que eu chamo de inadmissível.* "Não encostem nele!", é o que ela tem vontade de gritar para os cirurgiões e as enfermeiras que aplicam injeções. "Já chega! Já chega!". Se pudesse, entraria no berço e ficaria deitada ao lado dele. Mas em vez disso, por causa dos inúmeros tubos e fios, só pode inclinar-se, abraçá-lo e cantar-lhe canções sobre perigo e fuga. "Temos que ir embora daqui, não importa que não haja nada depois. Temos que ir embora daqui... a vida será melhor para nós dois."

Muito 1967. Naquela época, ela tinha onze anos e era impressionável.

O Bebê olha para ela, suplicante, com os braços estendidos em rendição. Para onde? Para onde podemos ir? Me leve! Me leve!

Naquela noite pós-cirurgia, a Mãe e o Marido pairam juntos sobre a cama dobrável. Uma luz fluorescente próxima ao berço brilha no escuro. O Bebê, em seu sono narcotizado, respira regularmente, mas uma respiração tênue. As primeiras doses de morfina aparentemente fazem com que ele se sinta caindo para trás (ou foi o que disseram à Mãe) e se sobressalte, tentando repetidas vezes agarrar-se à cama, como se o estivessem empurrando de uma árvore. "É assim mesmo? Não há nada que se possa fazer?" Diferentes enfermeiras entram de hora em hora: os turnos da noite parecem estranhamente curtos e frequentes. Quando o Bebê se move ou se inquieta, as enfermeiras injetam mais morfina pelo cateter, depois saem para atender outros pacientes. A Mãe se levanta para verificar, à luz baixa, como ele está. Há um gorgolejar no tubo de sucção transparente que sai da boca do Bebê. Substâncias amarronzadas se acumulam no tubo. O que está acontecendo? A Mãe toca a campainha para chamar a enfermeira. É Renée, Sarah ou Darcy? Já esqueceu.

— O que, o que foi? — murmura o Marido, ainda sonolento.

— Tem alguma coisa errada — diz a Mãe. — Parece que tem sangue no tubo nasogástrico.

— O quê?

O Marido se levanta. Ele também está vestindo calça de moletom.

A enfermeira, Valerie, empurra a porta pesada do quarto e entra devagar.

— Está tudo bem?

— Tem alguma coisa errada aqui. O tubo está sugando sangue do estômago dele. Parece que o estômago foi perfurado e agora está com hemorragia interna. Olha só!

Valerie é uma santa, mas sua voz é a voz protocolar das santas dos hospitais, de uma calma farmacêutica e exasperante, que diz: tudo é normal por aqui. A morte é normal. A dor é normal. Nada é anormal. Então não há com que se sobressaltar.

— Bem, vamos ver.

Ela segura o tubo de plástico e tenta enxergar o que tem dentro.

— Hummm. Vou chamar o médico de plantão.

Como aquele é um hospital universitário e também um centro de pesquisa, a equipe médica regular está em casa dormindo em suas camas coloniais. Naquela noite, e ao que tudo indica em todas as noites nos fins de semana, o médico de plantão é um estudante de medicina. Parece ter quinze anos. Nem de longe consegue incorporar a autoridade que tenta transmitir. Ele estende a mão para cumprimentar cada um, depois alisa o queixo, um gesto que certamente tirou de uma atuação teatral, de alguma peça à qual seus pais o levaram. Como se houvesse alguma barba de fato naquele queixo! Como se fosse possível alguma barba crescer naquele queixo! *Nossa cidade! Descalços no parque! Kiss me Kate!* Ele está tentando impressionar, ou ao menos ser convincente.

— Estamos em apuros — sussurra a Mãe no ouvido do Marido. Ela está cansada, cansada daqueles jovens tentando cavar boas notas. — Temos aqui o Doutor *Kiss me Kate.*

O Marido olha para ela sem entender, uma mistura de desorientação e divórcio.

O estudante de medicina segura o tubo e o examina.

— Eu não vejo nada demais — diz.

— Ah, não? — A Mãe se intromete e pega o tubo com as mãos. — Isto aqui. — Ela mostra. — Aqui e aqui também.

No semestre anterior, dissera a um dos seus próprios alunos: "Se você não consegue entender por que este trabalho é melhor do que aquele, saia e fique no corredor pensando até conseguir." É importante falar em voz baixa? O Bebê continua dormindo. Está medicado e sonhando, bem longe.

— Hum — diz o estudante. — Talvez haja uma pequena irritação no estômago.

— Uma pequena irritação? — A Mãe se enfurece. — Isto é sangue. Tem um sangramento, são coágulos. Este troço estúpido está sugando a vida dele!

A vida! Ela começa a chorar.

Desligam o aparelho de sucção e trazem antiácidos, que dão ao Bebê através de um tubo. Em seguida, voltam a ligar a sonda. Desta vez, na intensidade baixa.

— Em qual estava antes? — pergunta o Marido.

— Na alta — responde Valerie. — Ordens do médico, mas não sei por quê. Não sei por que esses médicos fazem uma série de coisas que eles fazem.

— Talvez porque... não sejam todos assim tão brilhantes? — sugere a Mãe.

Sente alívio e raiva ao mesmo tempo. Há um clima de oração e de litígio no ar. Mas, essencialmente, está agradecida. Ou não? Ela acha que sim. E ainda assim, ainda assim: veja só todas as coisas que se precisa fazer para proteger um filho, um hospital somente uma intensificação da cruel corrida de obstáculos da vida.

O Cirurgião vai visitá-los na manhã de sábado. Ele entra e faz um gesto com a cabeça para o Bebê, que está acordado, mas com o olhar vidrado por causa da morfina, os olhos, duas uvas que não enxergam.

— O menino parece bem — anuncia o Cirurgião. Depois, dá uma olhada por baixo da bandagem. — Tudo certo com os pontos.

Toda a circunferência do abdômen do Bebê está costurada, como uma bola de beisebol.

— E o outro rim, quando o examinamos de perto ontem, tinha bom aspecto. Vamos tentar diminuir um pouco a dose de morfina e ver como ele evolui até segunda-feira — diz o Cirurgião, limpando a garganta. — E, agora — diz, dirigindo-se ao estudante de medicina e às enfermeiras —, eu gostaria de falar com a Mãe, a sós.

O coração dela dispara.

— Comigo?

— Sim — responde ele, indicando a porta, e em seguida se vira.

Ela se levanta e o acompanha até o corredor vazio. Fecha a porta do quarto. O que pode ser? Ela ouve o Bebê agitar-se um pouco no berço. Seu cérebro se alarma, aflito. Sua voz é um sussurro rouco.

— Tem alguma coisa..?

— Tem uma coisa em particular que preciso pedir a você — diz o Cirurgião, virando-se para ela, muito sério.

— O que é?

Seu coração bate acelerado. Ela teme não suportar qualquer outra má notícia.

— Preciso pedir um favor.

— Claro — responde, fazendo de tudo para reunir a força e a coragem necessárias naquele momento, seja lá o que for; sente um aperto na garganta.

De dentro do jaleco branco, o Cirurgião retira um livro fino e o estende na direção dela.

— Pode me dar um autógrafo?

A mãe olha para baixo e vê que, de fato, se trata de um exemplar de um romance que escreveu, sobre meninas adolescentes.

Ergue o olhar. Um sorriso largo e animado cruza o rosto dele.

— Li no verão passado — diz o Cirurgião. — E ainda me lembro de algumas partes. Essas meninas se meteram em cada encrenca!

De todos os momentos surreais dos últimos dias, ela pensa, esse provavelmente é o mais surreal deles.

— Tudo bem — responde ela, e o Cirurgião, alegre, lhe entrega uma caneta.

— Pode escrever apenas: Para o Doutor... Ah, não preciso lhe dizer o que escrever.

A Mãe senta-se em um banco e sacode a caneta, para a tinta descer. Uma onda de alívio a invade. Ah, o prazer de um suspiro de alívio, como os melhores momentos de amor; alguém já cantou devidamente os louvores aos suspiros de alívio? Ela abre o livro na página do título. Respira fundo. Por que será que ele anda lendo romances sobre garotas adolescentes? E por que não comprou a edição de capa dura? Ela escreve uma dedicatória agradecida e sincera e devolve o livro.

— Ele vai ficar bem?

— O menino? Sim, ele vai ficar bem — responde ele, dando tapinhas no ombro dela. — Agora você, se cuide. Hoje é sábado, beba um vinhozinho.

Durante o fim de semana, enquanto o Bebê dorme, a Mãe e o Marido ficam sentados juntos na Sala Tiny Tim. O Marido está inquieto, vai e volta da cafeteria várias vezes, trazendo coisas para todos. Na ausência dele, os outros pais a entretêm com suas próprias sagas. Histórias de quimioterapia e câncer pediátrico: amputações em crianças, infecções generalizadas, dentes esfarelando feito giz, os atrasos na aprendizagem e as deficiências causadas pela quimioterapia, que frita os jovens cérebros, ainda em fase de crescimento. Mas arremates estranhamente otimistas são acrescentados — desenlaces tão rígidos e tortuosos como os entalhes rebuscados de um carpinteiro, frescos e vazios como alface, tão reticulados quanto uma rede. Ah, as palavras...

— Depois de todo o trabalho com o professor particular, agora ele está melhor. E tem incisivos novos graças ao marido da prima da minha mulher, que se formou em odontologia em dois anos e meio, acredita? Temos esperança. Aceitamos as coisas como elas são. A vida é dura.

— A vida é um grande problema — concorda a Mãe.

Parte dela convida e acolhe todas aquelas histórias. Nos poucos e longos dias desde que aquele pesadelo começou, uma parte dela ficou viciada em desastres e histórias de guerra. Só quer saber das tristezas e das emergências dos outros. São as únicas situações que podem dar as mãos à situação que ela vive; tudo o mais ricocheteia em seu escudo reluzente de ressentimento e incompreensão. Não consegue reter nada mais no cérebro. É disso, sem dúvida, que o mundo filisteu é feito, ou deve-se dizer recrutado? Juntos, os pais se amontoam o dia inteiro na Sala Tiny Tim: não há necessidade de assistir ao programa da Oprah, deixam a Oprah no chinelo. Oprah não é páreo para eles. Conversam sobre questões práticas, depois ficam em silêncio e assistem a *Duna* ou *Guerra nas estrelas*, no qual há robôs brilhantes, que a Mãe não enxerga mais como robôs, mas como seres humanos que passaram por coisas terríveis.

Alguns amigos vão visitá-los, levando bichinhos de pelúcia e saudações simpáticas de "Parece bem" para o Bebê adormecido, embora no quarto já haja mais bichinhos de pelúcia do que o permitido. A Mãe, mais uma vez, prepara um prato de biscoitos Milano sabor menta e copinhos descartáveis de café para as visitas. Todos os seus amigos malucos passam por lá: as duas que tomam Prozac, a que está obcecada com a presença da palavra *pênis* na palavra *plenitudes*, a que recentemente tingiu o cabelo de verde. "Seus amigos colocam o *de* em *fin de siècle*", diz o Marido. Quando ouvidas por outros ou gravadas, todas as conversas conjugais dão a impressão de que alguém está de brincadeira, embora geralmente ninguém esteja.

Ela adora os amigos que tem, especialmente por terem vindo, já que há épocas em que todos brigam e ficam sem se falar por semanas. Isto é amizade? Aqui e agora tem que ser, e é, ela jura que é. Em primeiro lugar, eles nunca oferecem discursos espirituais improvisados sobre a morte, sobre como ela faz parte da vida, de seu fluxo e refluxo natural, como todos devemos aceitar isso; ou outras declarações do gênero, que lhe dão vontade de arrancar os olhos de alguém. Como amigos de verdade, não adotam uma postura corajosa nem elegante, mal coreografada, de uma perspectiva ampla. Eles entram, murmuram "Meu Deus!" e balançam a cabeça. Além disso, são as únicas pessoas que não só riem das piadas idiotas dela, mas retribuem com piadas idiotas próprias. *O que nasce do cruzamento de Tiny Tim com um pitbull?* A doença de uma criança causa um desgaste mental. Eles sabem rir de um modo doce e desesperado ao mesmo tempo; ao contrário do que fazem aqueles que são mais amigos do Marido, que parecem deixar mais profundos seus olhares aflitos, balançando a cabeça com Compaixão. Como as Expressões de Compaixão exilam e afastam! Quando alguém ri, ela pensa: Muito bem! Uhuu, meu chapa. Tanto no desastre como nos espetáculos.

As enfermeiras vêm e vão; suas vozes animadas assustam e acalmam ao mesmo tempo. Alguns outros pais na Pediatria Oncológica metem a cara na porta para ver como está o Bebê e desejar-lhe força.

Cabelo Verde coça a cabeça.

— São todos muito simpáticos aqui. Há alguém neste lugar que não simule esse otimismo irreal e roteirizado? Ou só existe esse tipo de gente por aqui?

— É o encontro da Medicina Média Moderna com a Família Média Moderna — diz o Marido. — No Meio-Oeste Moderno.

Alguém trouxe *yakisoba* para viagem e todos saem para comer no hall dos elevadores.

Os pais têm autorização para usar a Linha Gratuita.

— Vocês precisam ter outro filho — diz outro amigo por telefone, um amigo de fora da cidade. — Um herdeiro e um extra. Foi o que nós fizemos. Tivemos outro filho para termos certeza de que não íamos nos suicidar se perdêssemos o primeiro.

— É sério?

— Seriíssimo.

— Um suicídio formal? Não seria mais fácil embebedar-se até entrar em um estado de estupor permanente e deixar as coisas ficarem assim?

— Não. Eu já tinha até pensado em como ia fazer. Por um tempo, até a chegada do caçula, tinha tudo planejado.

— O que você planejou?

— Não posso entrar em detalhes agora porque... Oi, meu amor!.. As crianças estão aqui na sala. Mas vou soletrar a ideia geral: C-O-R-D-A.

No domingo à tarde, a Mãe se deixa afundar no sofá da Sala Tiny Tim ao lado de Frank, pai de Joey. Ele é um homem atarracado e tem o olhar apático e inerte que todos os pais ali em algum momento adquirem. Raspou a cabeça em solidariedade ao filho. Seu garoto está lutando contra o câncer há cinco anos. Agora atingiu o fígado, e os rumores pelo corredor são de que Joey tem três semanas de vida. Ela sabe que a mãe de Joey, Heather, abandonou Frank há alguns anos, quando o câncer já estava com dois anos, casou-se novamente e teve uma filha, chamada Brittany. De vez em quando a Mãe vê Heather por ali, com sua nova vida: a linda menina e o atual marido, jovem e cabeludo, que nunca ficará obcecado de maneira tão destrutiva e maníaca pela doença de Joey quanto Frank, seu primeiro marido, ficou. Heather aparece para visitar Joey, dizer oi e agora adeus, mas ela não é a pessoa mais importante para Joey. Esta pessoa é Frank.

Frank é cheio de histórias: sobre os médicos, sobre a comida, sobre as enfermeiras, sobre Joey. Joey, que suporta bem os efeitos dos remédios, às vezes sai do quarto de roupão e vai até a sala para assistir a TV. Ele é careca, ictérico e, embora tenha nove anos, não aparenta mais de seis. Frank devotou os últimos quatro anos e meio a salvar a vida de Joey. Quando o câncer foi diagnosticado, os médicos deram a Joey vinte por cento de chance de viver mais seis meses. Pois já se passaram cinco anos e Joey continua vivo. Tudo graças a Frank, que, logo no início, largou seu emprego como vice-presidente de uma empresa de consultoria para dedicar-se integralmente ao filho. Tem orgulho de tudo que deixou para trás e de tudo que fez, mas está cansado. Uma parte dele agora realmente acredita que em pouco tempo tudo vai acabar, que é o fim. Ele diz isto sem lágrimas. Não restaram lágrimas.

— Você provavelmente passou por mais coisas do que qualquer um neste corredor — diz a Mãe.

— É, tenho histórias para contar — diz ele.

Há um odor azedo entre eles, e ela se dá conta de que nenhum dos dois toma banho há dias.

— Conte-me uma. Conte-me a pior delas.

Ela sabe que ele odeia a ex-mulher e odeia ainda mais o marido dela.

— A pior? Todas são as piores. Vou contar uma: certa manhã, saí para tomar café com um amigo (foi a única vez que deixei Joey sozinho, saí por duas horas apenas) e quando voltei o tubo nasogástrico dele estava cheio de sangue. Ligaram a sucção em uma intensidade muito alta e o tubo estava sugando as tripas dele para fora.

— Ah, meu Deus. Isso acabou de acontecer conosco.

— É mesmo?

— Na sexta à noite.

— Mentira! Deixaram isso acontecer de novo? Eu passei o maior sermão neles por causa disso.

— Acho que não temos muita sorte. A pior das suas histórias aconteceu conosco na segunda noite aqui.

— Mas não é um mau lugar, ainda assim.

— Não?

— Que nada. Já vi piores. Levei Joey a tudo quanto é lugar.

— Ele parece ser muito forte.

A verdade é que, a essa altura, Joey parece um zumbi e a assusta.

— Joey é um gênio. Um gênio biológico. Lembre-se que deram a ele seis meses.

A Mãe faz que sim com a cabeça.

— Seis meses não é muito. Seis meses não é nada. Ele tinha quatro anos e meio — diz Frank.

Todas as palavras são como golpes. Ela é tomada por um sentimento de afeto e de luto por aquele homem. Afasta o olhar em direção à janela, passando pelo estacionamento do hospital, e para o alto em direção ao céu marmóreo e negro e à pestana elétrica que é a lua.

— E agora está com nove anos. Você é o herói dele.

— E ele é o meu — diz Frank, embora a fadiga em sua voz pareça inundá-lo. — Ele será para sempre... Com licença, preciso ver como ele está. Não tem respirado muito bem. Com licença.

— Boas e más notícias — diz o Oncologista na segunda-feira. Ele bateu na porta, entrou, e agora está ali. As camas não estão feitas. O cesto de lixo está transbordando de copos de café. — Recebemos o laudo do patologista. A má notícia é que o rim que foi removido tinha lesões denominadas "restos", que estão associadas a um risco maior de doença no outro rim. A boa notícia é que o tumor está em fase inicial, a estrutura celular é regular e tem menos de quinhentos gramas, o que habilita vocês a fazer parte de um experimento nacional no qual a quimioterapia é dispensada. Em vez disso, a criança é monitorada por ultrassom. O risco não é tão grande, já que o paciente é acompanhado de perto, mas aqui estão as informações a respeito. Vão precisar assinar alguns formulários, se resolverem participar do experimento. Leiam tudo e depois conversamos. Vocês precisam decidir em quatro dias.

Lesões? Restos? Emudecem e dispersam-se feito M&Ms jogados no chão. Tudo o que ela ouve é a parte sobre a quimio. Outro suspiro de alívio emerge dela e transborda. Em uma vida na qual existe apenas o suportável e o insuportável, um suspiro de alívio é o êxtase.

— Sem quimio? — pergunta o Marido. — Você recomenda isso?

O Oncologista dá de ombros. Que gestos mais informais são permitidos a esses médicos!

— Eu conheço a quimio. Eu gosto da quimio. Mas isso vocês é que têm que decidir. Depende de como se sentem.

O Marido se inclina para a frente.

— Mas não acha que, agora que a coisa está mais controlada, devemos seguir em frente? Não é melhor pisotear, socar, estraçalhar essa coisa até a morte com a quimioterapia?

A Mãe o belisca com força, furiosa.

— Amor, você está delirando! — Ela tenta sussurrar, mas o que sai é um sibilo. — Este é o nosso golpe de sorte! — Mais gentil, ela diz: — Não queremos que nosso Bebê faça quimioterapia.

O Marido se volta novamente para o Oncologista.

— O que *você* acha?

— Pode ser — diz ele, reticente. — Pode ser que seja o golpe de sorte de vocês. Mas não saberão ao certo por cinco anos.

O Marido se volta para a Mãe.

— Tudo bem — diz. — Tudo bem.

O Bebê fica cada vez mais feliz e mais forte. Começa a movimentar-se, sentar-se e comer. Na quarta-feira de manhã, eles já podem ir embora, e ir embora sem quimioterapia. O Oncologista parece um pouco nervoso.

— Você está nervoso com isso? — pergunta a Mãe.

— É claro que sim.

Mas de novo ele dá de ombros e não parece, assim, tão nervoso.

— Nos vemos em seis semanas para a ultrassonografia — diz ele, em seguida acena e sai, olhando para os seus sapatos pretos e grandes.

O Bebê sorri, chega a dar alguns passos vacilantes, o sol surge rompendo as nuvens, um coro de anjos canta em um crescendo. Enfermeiras chegam. Retiram o cateter do pescoço e do peito do Bebê e aplicam-lhe uma loção antibiótica. A Mãe faz as malas. O Bebê toma uma mamadeira de suco e não chora.

— Não vai fazer quimio? — pergunta uma das enfermeiras. — Nem ao menos *um pouco*?

— Vamos observar e aguardar — responde a Mãe.

Os outros pais parecem invejosos mas preocupados. Nunca viram uma criança sair de lá com os cabelos e os leucócitos intactos.

— Vocês vão ficar bem? — pergunta a Mãe de Ned.

— A preocupação vai nos matar — diz o Marido.

— Mas se tudo que tivermos que fazer for ficar preocupados — censura a Mãe — todos os dias, durante cem anos, será fácil. Não há de ser nada. Aceito toda a preocupação do mundo se isso afastar a coisa em si.

— Tem razão — diz a Mãe de Ned. — Comparada a tudo mais, comparada à verdade dos fatos, a preocupação não é nada.

O Marido balança a cabeça.

— Sou um amador — resmunga.

— Vocês dois têm sido admiráveis — diz a outra mãe. — O seu bebê tem sorte, e desejo o melhor para vocês.

O Marido aperta a mão dela calorosamente.

— Obrigado, você foi maravilhosa.

Agora outra mãe, a Mãe de Eric, vem falar com eles.

— Tudo isto é muito difícil — diz com a cabeça inclinada para o lado. — Mas tem muita beleza colateral pelo caminho.

Beleza colateral? Quem tem direito a algo assim? Uma criança está doente. Ninguém tem direito a nenhuma beleza colateral!

— Obrigado — diz o Marido.

Frank, o Pai de Joey, aparece e abraça os dois.

— É uma jornada — diz ele. Em seguida, acaricia a bochecha do Bebê. — Boa sorte, rapazinho.

— Sim, muito obrigada — diz a Mãe. — Espero que Joey fique bem.

Ela soube que Joey teve uma noite terrível.

Frank encolhe os ombros e dá um passo atrás.

— Preciso ir. Adeus!

— Tchau! — responde ela, e em seguida ele se vai.

Ela morde a parte interna dos lábios, lacrimejando, depois curva-se para pegar a bolsa de fraldas, que agora está cheia de bichinhos de pelúcia e tem balões de gás hélio amarrados no fecho. Carregando aquilo no ombro, a Mãe sente como se tivesse ganho um prêmio. Todos os outros pais já desapareceram na direção oposta do corredor. O Marido se aproxima. Com um braço, pega o Bebê do colo dela; com o outro, acaricia suas costas. Percebe que ela está ficando chorosa.

— Essas pessoas são legais, não são? Você não se sente melhor sabendo da vida delas? — pergunta ele.

Por que ele faz isso de separar as pessoas em grupos o tempo inteiro? Por que até mesmo aquela comunidade de sofridos o consola? Quando se trata da morte e de morrer, talvez alguém nesta família devesse ser mais esnobe.

— Todas essas pessoas bacanas com suas histórias de coragem — ele continua falando durante o trajeto até o hall dos elevadores, dando tchau para a equipe de enfermagem enquanto passam. Até o Bebê balança a mãozinha, timidamente. *Tchau-tchau! Tchau-tchau!* — Não lhe dá um consolo saber que estamos todos no mesmo barco, que estamos juntos nisto?

"Mas quem no universo gostaria de estar neste barco?", pensa a Mãe. Este barco é um pesadelo. Veja para onde ele vai: para um cômodo branco e metálico onde, pouco antes de a sua visão, a sua audição e a sua capacidade de tocar e ser tocado desaparecerem por completo, você tem que assistir à morte do seu filho.

A corda! Tragam a corda.

— Vamos fazer a nossa própria travessia — diz a Mãe —, e não neste barco.

Mulher ao Mar! Ela pega o Bebê de volta, coloca a mão sobre a bochecha dele, beija-lhe a testa e, em seguida, dá um beijo de leve em sua boca em flor. O coração do Bebê, ela consegue ouvir, bate cheio de vida.

— Enquanto eu viver — diz a Mãe, apertando o botão do elevador (para cima ou para baixo, todo mundo no fim das contas tem que sair por ali) —, não quero voltar a ver nenhuma dessas pessoas.

Temos as notas.

Mas cadê o dinheiro?

Mãe maravilhosa

Embora tivesse vivido sempre rodeada deles, foi quando completou trinta e cinco anos que segurar bebês no colo passou a deixá-la nervosa: já no início, uma pontada de medo de entrar em cena lhe revolvia o estômago. "Adrienne, você quer segurar o bebê? Pode segurá-lo?" Essas palavras sempre vinham de uma mulher da sua idade, parecendo gentil e suplicante (uma antiga amiga; ela vinha perdendo as amigas para os balbucios e as súplicas), e Adrienne obrigava-se a respirar fundo. Segurar um bebê já não era algo natural (ela mesma já não era natural), mas sim um teste de feminilidade e de habilidades mundanas. Estava sendo observada. As pessoas queriam ver como se sairia. Tinha entrado em uma década puritana, em um momento demográfico (o que quer que isso fosse) em que o melhor elogio que se podia receber era: "Você seria uma mãe maravilhosa."

O fiu-fiu dos anos 1990. Então, no piquenique no jardim dos Spearson no Dia do Trabalhador, quando Sally Spearson lhe entregou o bebê, Adrienne murmurou para ele como faria com um animal de estimação, balançou-o suavemente, estalou a língua, arrulhando carinhosamente "Oi, meu ursinho! Oi, meu ursinho!", esticou o braço para afugentar uma mosca e, em meio ao cheiro de grama seca e ao crepitar gorduroso do churrasco, perdeu o equilíbrio quando o banco do jardim, cujas cavilhas de sustentação estavam apodrecendo, cedeu e começou a derrubá-la: o banco, o banco de piquenique vacilante a estava derrubando! E quando caiu para trás, dando um jeito na coluna, na rapidez em câmera lenta do mundo de pernas para o ar, ela viu as nuvens pesadas, alguns rostos paralisados, uma estrela solitária que parecia o bico de um avião, e depois, quando a cabeça do bebê bateu na mureta de pedra do recém-construído jardim dos Spearson, provocando uma hemorragia interna fatal no cérebro, Adrienne foi para casa em seguida, logo após o hospital e o inquérito policial, e não saiu de seu apartamento em um sótão durante sete meses, e havia temores, temores profundos — da parte de Martin Porter, o homem que ela estava namorando, e de quase todo mundo, inclusive Sally Spearson, que ligou chorando para dizer que a perdoava —, de que ela nunca mais saísse de casa.

Quando ia visitá-la, Martin Porter costumava levar queijo temperado com ervas finas ou um pacote de cuscuz Casbah. Tornara-se seu único amigo. Era divorciado e trabalhava como pesquisador econômico, embora parecesse mais um lenhador escocês: cabelos grisalhos, barba salpicada de pelos ruivos e uma camisa de flanela favorita, verde e amarelo-ouro. Estava se preparando para uma viagem ao exterior.

— Podíamos nos casar — sugeriu ele.

Dessa forma, explicou, Adrienne poderia acompanhá-lo na viagem a uma vila nos Alpes, no norte da Itália, projetada para receber professores universitários e conferências acadêmicas. Ela poderia ser seu cônjuge. Ofereciam aos cônjuges estúdios para trabalhar. Alguns deles tinham pianos, outros tinham uma escrivaninha ou um torno para cerâmica.

— Você pode fazer o que quiser lá — disse Martin. Ele estava terminando o segundo rascunho de um estudo sobre o impacto do imperialismo do Primeiro Mundo nos sistemas monetários do Terceiro Mundo. — Você poderia pintar. Ou não. Também poderia não pintar.

Adrienne olhou para ele atenta, avidamente, em seguida virou o rosto. Ainda se sentia desastrada e grande, uma assassina corpulenta dentro de uma gaiola que precisava da comida escassa da prisão.

— Você me ama, não ama? — perguntou ela.

Tinha passado a maior parte dos últimos sete meses dormindo de collant, com um ventilador ligado, a orelha esquerda retendo o vento, que entrava em sua cabeça, como o mar triste dentro de uma concha. Sentia-se pegajosa e condenada.

— Ou apenas sente pena de mim?

Ela enxotou um pequeno enxame de mosquitos que aparecera de repente em cima de uma lata abandonada de Coca-Cola.

— Eu não sinto pena de você.

— Não?

— Eu *sinto por* você. Aprendi a amá-la. Somos adultos. A gente aprende a fazer as coisas.

Ele era um homem prático. Costumava referir-se à festa anual do departamento como "Ser Visto para Ser Pago".

— Martin, não acho que possamos nos casar.

— É claro que podemos nos casar.

Ele desabotoou os punhos, como se fosse arregaçar as mangas.

— Você não entende. Para mim não é mais possível ter uma vida normal. Eu desviei de todos os caminhos normais e estou vivendo no bosque. Agora sou uma mulher do bosque. Não sinto que possa viver as coisas normais. O casamento é uma coisa normal. É preciso ter um namoro normal, um noivado normal.

Não sabia mais o que pensar. Seus olhos aguados ardiam. Descartando a ideia, balançou a mão, que cruzou o seu campo de visão como se fosse algo enorme e assassino.

— Namoro normal, noivado normal — repetiu Martin, depois tirou a camisa, as calças e os sapatos. Deitou-se vestindo apenas as meias e a cueca e pressionou seu corpo contra o dela. — Vou me casar com você, quer queira, quer não. — Segurou o rosto de Adrienne entre as mãos e olhou para sua boca, desejoso. — Vou me casar com você até você vomitar.

Em Malpensa, esperava por eles um motorista que falava mal o inglês, mas segurava uma placa com os dizeres VILLA HIRSCHBORN, e quando Adrienne e Martin se aproximaram ele acenou e disse:

— *Hello, buongiorno. Signor* Porter?

A viagem até a vila levou duas horas, subindo e descendo montanhas, passando pelo campo e por diversos pequenos vilarejos. Mas foi apenas no momento em que o motorista parou no topo da colina íngreme que chamou de "La Madre Vertiginoso" e os portões de ferro da vila de algum modo se abriram automaticamente, depois se fecharam ao passarem, foi apenas naquele momento, quando percorriam o caminho que passava por entre os jardins espetaculares, os vinhedos ensolarados e os terraços de estuque dos edifícios anexos, que ocorreu a Adrienne que Martin ter sido convidado para aquele lugar era uma grande honra. Ganhara aquilo e poderia viver ali por um mês.

— Isto não parece uma lua de mel? — perguntou ela.

— Uma o quê? Ah, lua de mel. Parece.

Ele se virou e deu tapinhas na coxa dela, indiferente.

Ele sentia o *jet lag*. Era isso. Ela alisou a saia, que estava amassada e úmida.

— É, posso ver nós dois envelhecendo juntos — disse ela, apertando a mão dele. — Inclusive, já nas próximas semanas.

Se algum dia se casasse de novo, faria isso direito: a cerimônia embaraçosa, os parentes constrangedores, os desconfortos, os presentes ecologicamente incorretos. Ela e Martin tinham simplesmente ido até o cartório, depois pediram aos amigos e familiares que não enviassem presentes e, em vez disso, doassem dinheiro para o Greenpeace. Agora, no entanto, enquanto passavam lentamente diante dos leões de pedra com nariz achatado na entrada da vila, os canteiros impecáveis de não-me-esqueças e teixos, a porta de vidro reluzente como um diamante, Adrienne arfou. "Baleias", pensou ela rapidamente. "As baleias ficaram com as minhas taças de cristal."

O quarto "Principessa", no andar de cima, até o qual foram acompanhados por um mordomo gracioso e bilíngue chamado Carlo, era elegante e enorme. Havia um piano, uma cama grande, cômodas decoradas com estêncil de grinaldas de frutas. Carlo informou que as arrumadeiras vinham duas vezes por dia. Havia biscoitos *wafer*, toalhas, água mineral e balas de menta. O jantar era às oito e o café da manhã até as nove. Depois que Carlo cumprimentou-os e saiu, Martin tirou os sapatos e afundou-se na *chaise* de tapeçaria antiga.

— Ouvi dizer que essas "falsas" pinturas do Quattrocento nas paredes são falsas apenas para efeitos fiscais — sussurrou ele. — Se é que você me entende.

— É mesmo? — disse Adrienne. Sentia-se como um dos operários tomando o Palácio de Inverno. Sua voz parecia fazer eco. — Mussolini foi capturado perto daqui, sabia? Pense nisso.

Martin parecia confuso.

— O que você quer dizer com isso?

— Que ele esteve por aqui. Que o capturaram. Não sei. Estava lendo um livrinho sobre isto. Me deixe em paz.

Jogou-se na cama. Martin já estava trocando de roupa. Ele era melhor quando os dois apenas namoravam, com o queijo de ervas finas. Ela afundou a cara no travesseiro, com a boca aberta como a de um cachorro, e dormiu até as seis, sonhando que havia um bebê em seus braços mas que ele tinha virado uma pilha de pratos, com a qual tinha que fazer malabarismos, arremessando-os para o alto.

Um barulho a despertou: uma mala que caíra. Todos tinham que se arrumar para o jantar, e Martin estava puxando as coisas de dentro da mala de qualquer jeito, resmungando enquanto procurava um terno e uma gravata. Adrienne foi tomar um banho e vestiu uma meia-calça que, como fazia meses que não vestia uma, se retorceu nas suas pernas como as listras enviesadas de um poste de barbeiro.

— Você está andando como se tivesse rompido um ligamento — comentou Martin, já no corredor, trancando a porta do quarto.

Adrienne puxou a meia-calça em torno do joelho, mas não deu certo.

— Diga que gostou da minha saia, Martin, se não vou ter que voltar para o quarto e nunca mais sair.

— Eu gosto da sua saia. Está ótima. Você está ótima. Eu estou ótimo — disse, como se estivesse conjugando um verbo.

Em seguida, pegou-a pelo braço e desceram mancando a escadaria curva (Era imponente? Sim, era imponente!) até a sala de jantar, onde Carlo os ajudou a encontrar seus lugares à mesa e explicou, com seu sotaque italiano acelerado, que a disposição dos lugares mudava a cada noite, para ajudar na "polinização cruzada de ideias".

— Como disse? — perguntou Adrienne.

Havia cerca de trinta e cinco pessoas, todas de meia-idade e com aquele semblante estranho dos acadêmicos que era uma mistura de alegria e cansaço. "O cruzamento de um flerte com uma colisão", Martin tinha descrito assim uma vez. O lugar de Adrienne era do lado oposto ao dele na sala, entre um historiador que estava escrevendo um livro sobre um monge chamado Joaquim de Fiori e um musicólogo que dedicara a vida a uma busca pelo "andante grave". Todos estavam sentados em vistosas cadeiras de madeira, com cabeças de gárgulas entalhadas no encosto que saltavam, feito advertências, por trás dos ombros dos comensais.

— De Fiori — disse Adrienne, confusa, desviando os olhos do *carpaccio* para o homem do monge. — Isso não quer dizer "da flor"?

Havia pouco ela aprendera que desastre significava "má estrela" e estava buscando uma oportunidade de exibir esse conhecimento durante a conversa.

O homem do monge olhou para ela.

— Você é um dos cônjuges?

— Sim. — Ela baixou os olhos e em seguida voltou a olhar para ele. — Mas isso meu marido também é.

— Você não é roteirista, é?

— Não. Sou pintora. Melhor dizendo, faço gravuras. Na verdade, sou mais... Neste momento estou em uma transição.

Ele fez um gesto com a cabeça e voltou a enterrar a cara na comida.

— Sempre tenho medo de que comecem a permitir que *roteiristas* venham para cá.

Havia uma salada de rúcula e, como prato principal, ossobuco. Ela se virou para o musicólogo.

— Então, normalmente você os acha pouco sérios? Os andantes?

Deu uma olhadela rápida por cima das várias cabeças para acenar para Martin de um jeito falso e infantil.

— É o uso que se faz da sétima menor — murmurou o musicólogo. — Tão fraudulenta e saturada.

— Se a comida não fosse tão boa, eu iria embora agora mesmo — disse ela a Martin.

Estavam deitados na cama, no rinque acarpetado que era o quarto. Sabia que podiam se passar semanas antes que transassem naquele lugar.

— *"Tão fraudulenta e saturada"* — disse ela em uma voz anasalada e alta, uma voz que Martin só tinha ouvido uma vez antes, em uma reunião de departamento conduzida por um presidente interino amargurado, que imitava os colegas ausentes. — É possível usar assim a palavra "saturada"?

— Quando estiver instalada em seu estúdio, vai se sentir melhor — disse Martin, que começava a adormecer.

Tateou sobre os lençóis procurando a mão dela.

— Eu quero o divórcio — sussurrou Adrienne.

— Eu não vou aceitar — respondeu ele, levando a mão dela a seu peito e deixando-a pousada lá, como uma medalha ou um colar de sono, depois começou a roncar suavemente, como o mais silencioso dos radiadores.

Deram-lhes lanches embrulhados e desejaram-lhes bom trabalho. O estúdio de Martin era um cubo de vidro moderno no meio de um dos jardins. O de Adrienne era uma cabana de pedra com cheiro de mofo, vinte minutos colina acima, não na direção de um promontório arborizado, mas sim de uma estrada de terra onde pequenos lagartos, rápidos como flechas, tomavam sol. Destrancou a porta com a chave que lhe fora entregue e logo sentou-se para devorar o lanche, embora ainda fossem apenas 9h30 da manhã. Duas maçãs, fatias de queijo e um sanduíche de geleia.

— Pão com geleia — disse ela alto, segurando e esquadrinhando o sanduíche sob a luz.

Colocou o caderno de desenho na mesa e iniciou a manhã de trabalho matando aranhas e desenhando seus corpos esmagados e mortos. As aranhas tinham forma de estrela, eram peludas e escapuliam como caranguejos. Eram estrelas caídas. Más estrelas. A tentativa dos animais na terra de chegarem ao céu. Quase sempre Adrienne tinha que pisar nelas duas vezes, pois eram grandes e fugiam depressa. Pisar uma vez só em geral apenas fazia com que corressem ainda mais depressa.

Estava realizando o trabalho descuidado do universo, atraída pela morte e fazendo rondas feito um policial. Sua reserva pessoal de misericórdia pelos vivos ia ser usada nas conversas nos jantares na vila. Não tinha compaixão sobressalente, apenas um lápis e um sapato.

— Arte *trouvé*? — disse Martin, secando-se após o banho.

Estavam se arrumando para o coquetel da tarde.

— Aranha *trouvé* — explicou ela. — Um delicado prato aborígine.

Martin deu uma risada ruidosa que a assustou. Olhou para ele, depois olhou para baixo, para os próprios sapatos. Ele precisava dela. No dia seguinte, teria que ir até a cidade comprar sandálias italianas sexy que deixassem seus dedos à mostra. Teria que levá-lo para dançar. Teriam que abraçar-se e conduzir um ao outro de volta para o amor, ou então enlouqueceriam ali. Acabariam se tornando debochados, maliciosos e violentos. Um dos dois ia esticar a perna, e o outro tropeçar. Esse tipo de coisa.

No jantar, ela se sentou ao lado de um medievalista que acabara de terminar seu sexto livro sobre *Os contos de Canterbury*.

— O sexto? — repetiu Adrienne.

— Há muita coisa ali — defendeu-se ele.

— Com certeza.

— Eu leio com rigor, leio as camadas profundas.

— Que bom para você.

Ele olhou para ela atentamente.

— Claro que *você* deve achar que eu deveria escrever um livro sobre Cat Stevens — comentou ele.

Ela balançou a cabeça, com uma expressão neutra.

— Eu entendo — disse ele.

Carlo estava servindo torta de chocolate branco, e ela decidiu que durante a sobremesa e o café este seria o assunto. "Doces como este nascem, não são feitos", ela diria. Já se preparava e ensaiava as falas durante as refeições.

— Quero dizer — disse ao físico sueco à sua esquerda —, até hoje, meu sentimento a respeito do chocolate branco era: para quê? Que sentido tem? Era o mesmo que comer *cera*.

Ela estava com o cotovelo apoiado na mesa, a mão perto do rosto, e olhou ansiosa para além do físico a fim de sorrir para Martin no outro extremo da extensa mesa. Seus dedos balançando no ar eram como as patas de um inseto.

— Sim, é claro — disse o físico, franzindo as sobrancelhas. — Você deve ser... bem, você é um dos *cônjuges*?

Durante as manhãs, passou a reunir-se com algumas das outras esposas (iam mandar imprimir camisetas justas para elas) na sala de música para se exercitarem. Dessa forma, podia evitar palavras como *Heideggeriano* ou *ideológico* no café da manhã; achava cedo demais para ouvir termos como esses. As mulheres empurraram os sofás de tecido adamascado e abriram espaço no tapete para que todas pudessem fazer exercícios leves para o quadril e as coxas, orientadas pela mulher do físico sueco. Para cima, para baixo, para cima, para baixo.

— Acho que isto relaxa — disse a mulher de cabelos brancos ao lado dela.

— Uísque, sim, relaxa — disse Adrienne. — Isto nos esculpe.

— O uísque nos esculpe — disse uma ruiva brasileira.

— Você precisa visitar uma pessoa na cidade — sussurrou a mulher de cabelos brancos. Ela vestia uma camiseta esportiva da marca Spalding.

— Que pessoa?

— Sim, quem? — perguntou a loira.

A mulher de cabelos brancos parou e entregou para cada uma um cartão, que tirou do bolso do short.

— É uma massagista americana. Algumas de nós começamos a frequentar. Ela aceita liras e dólares, tanto faz. É preciso ligar com dois dias de antecedência.

Adrienne enfiou o cartão no elástico da cintura.

— Obrigada — disse, e continuou a erguer e baixar as pernas, como uma cancela.

Para jantar havia *tacchino ala scala*.

— Gostaria de saber como se faz isto — disse Adrienne em voz alta.

— Minha querida, nunca se deve perguntar, apenas imaginar — disse o historiador francês à sua esquerda, em seguida, começou a falar depreciativamente do intelectualismo irrelevante, das figuras de linguagem que caíram em desuso, das contingências genealógicas.

— Sim, pratos como estes têm uma espécie de realidade omni--histórica. Ao menos, é o que me parece — disse Adrienne, e virou-se rapidamente para o outro lado.

À sua direita estava sentada uma antropóloga cultural recém-chegada da China, onde tinha estudado o infanticídio.

— Sei. O infanticídio — repetiu Adrienne.

— Eles estão à beira de algo terrível. Diz respeito ao futuro como um todo, o nosso futuro também, e algo terrível vai acontecer a eles. Dá para perceber.

— Que horror — disse Adrienne.

Não conseguia executar a tarefa mecânica de comer, de erguer e baixar garfo e faca. Deixara-os pousados no prato.

— As mulheres têm que pedir permissão para ter um filho. Tudo envolve subornos e racionamentos. Fomos fazer um passeio nas montanhas e não vimos um único pássaro, um único animal. Ao longo dos anos, todos foram comidos.

Adrienne sentiu um pequeno peso na parte interna do braço, que desaparecia e voltava, desaparecia e voltava, como a história de algo, como a história de todas as coisas.

— De onde você é? — perguntou Adrienne, incapaz de distinguir pelo sotaque.

— De Munique, a terra da Oktoberfest — respondeu a mulher. Vasculhou a comida de um jeito exasperado, depois virou-se novamente para Adrienne e sorriu com certa formalidade. — Cresci vendo aqueles adultos vestindo feltro verde vomitando na rua.

Adrienne retribuiu o sorriso. Agora era assim que aprenderia sobre o mundo, por meio de frases durante as refeições, as destilações dos outros em meio à sua própria dor vaga e silenciosa. Isso, para ela, seria o conhecimento: uma mudança para ouvir, um esvaziamento dos braços, as experiências de outras pessoas percorrendo os espaços desguarnecidos do seu cérebro, procurando um lugar para se acomodar.

— Eu? — dizia ela com frequência. — Eu sou só alguém que abandonou a graduação na Sue Bennet.

— Onde fica isto? — as pessoas perguntavam, depois de assentir educadamente.

Na manhã seguinte, no quarto, sentou-se perto do telefone, com o olhar perdido. Martin tinha ido para o estúdio; seu livro ia maravilhosamente bem, segundo ele, o que provocou em Adrienne um sentimento de abandono e mal-estar — por ser infeliz e não apoiá-lo — que a fez pensar que não era nem sequer um dos cônjuges. Quem era ela? O oposto de uma mãe. O oposto de uma esposa.

Ela era a Mulher-Aranha.

Pegou o telefone, conectou-se a uma linha externa e ligou para o número da massagista que estava no cartão.

— *Pronto!* — disse a voz do outro lado.

— Sim, alô, *per favore, parla inglese?*

— Ah, sim, inglês — disse a voz. — Sou de Minnesota.

— Não diga! — disse Adrienne, deitando-se e olhando para o teto em busca de algo para dizer. — Uma vez assinei um boletim informativo sobre casas mal-assombradas publicado em Minnesota.

— Sim — respondeu a voz, meio impaciente. — Em Minnesota há um monte desses boletins informativos.

— Eu já morei em uma casa mal-assombrada — disse Adrienne. — Na faculdade, eu e cinco colegas.

A massagista respirou fundo, sem fazer barulho.

— Sei. Uma vez me chamaram para exorcizar os demônios de uma casa mal-assombrada. Mas como posso ajudá-la?

— Está falando sério?

— Sobre a casa? Ah, sim. Quando entrei, vi que aquele lugar precisava apenas de uma limpeza. Então, foi o que fiz. Lavei a louça e tirei a poeira.

— Sim, nossa casa também era assombrada dessa maneira.

Fez-se um silêncio estranho, durante o qual Adrienne, sentindo algo tenso e úmido dentro do quarto, começou a mexer no saco com o almoço em cima da cama, abrindo os sanduíches nervosamente, sentindo que caso se virasse naquele instante, com o telefone apoiado no pescoço, a criança estaria ali, atrás dela, um pouco mais crescida agora, dando seus primeiros passos, na direção dela, de um jeito fantasmagórico, conduzida por seus próprios pais, já falecidos, uma cena da Natividade corrompida pelo erro e pelo sonho.

— Como posso ajudá-la hoje? — perguntou mais uma vez a massagista, com a voz firme.

Ajudar? Adrienne divagou e se lembrou de que em alguns países, em vez da fada do dente, havia coisas como as aranhas dos dentes. Uma aranha dos dentes poderia roubar seu filho, confundi-lo com outro, devolver um filho que não era o seu, um filho diferente.

— Gostaria de marcar uma hora na quinta-feira — disse ela. — Se possível, por favor.

O jantar era *vongole in umido*, uma carne borrachuda cozida no vinho, que suscitou comentários sobre a anatomia dos moluscos *versus* a dos crustáceos. Adrienne suspirou e mastigou. Durante os aperitivos, houvera uma longa discussão sobre os peptídeos e o teste de gravidez que usava coelhos.

— Sabia que as lagostas têm uma coisa chamada hemipênis? — disse o homem ao lado dela.

Ele era biólogo marinho, epidemiologista ou antropólogo. Adrienne tinha esquecido.

— Hemipênis.

Adrienne deu uma olhada geral na sala, com certo desespero.

— Sim. — Ele sorriu. — Não é uma palavra em particular que se queira ouvir em um momento íntimo, é claro!

— Não — disse ela, rindo também. Fez uma pausa e perguntou: — Você é um dos cônjuges?

Alguém que estava à direita do homem segurou seu braço, e ele então se virou para aquele lado para dizer que sim, claro que conhecia a Professora fulana de tal... Ela não estava em Bruxelas no ano anterior apresentando um trabalho na conferência de hermenêutica?

Chegaram as *castagne al porto* e o café. A mulher à esquerda de Adrienne finalmente se voltou para ela e apoiou a xícara no pires, fazendo um tilintar agudo.

—Você sabia? O chef tem aids — disse ela.

Adrienne ficou um pouco estática na cadeira.

— Não, não sabia.

Quem era aquela mulher?

— Como você se sente em relação a isso?

— Como assim?

— Como você se sente em relação a isso? — repetiu ela devagar, como uma professora de alfabetização.

— Não sei bem — respondeu Adrienne, franzindo o cenho para as castanhas. — Certamente preocupada conosco, caso ele nos deixe.

— Muito interessante — disse a mulher, sorrindo. Colocou a mão embaixo da mesa para pegar a bolsa e continuou falando. — Na verdade, o chef não tem aids. Pelo menos, não que eu saiba. Estou apenas fazendo uma espécie de enquete para testar como as pessoas reagem à aids, à homossexualidade e quais são as noções gerais sobre o contágio. Sou socióloga. Faz parte da minha pesquisa. Acabo de chegar, esta tarde. Me chamo Marie-Claire.

Adrienne virou-se de novo para o homem do hemipênis.

— Você acha que as pessoas aqui são cruéis?

— Claro — respondeu ele, abrindo um sorriso paternal. Fez-se um longo silêncio interrompido apenas pelo barulho da mastigação. — Mas o lugar *é* lindo como um cartão-postal.

— Sim, bem — disse Adrienne —, eu nunca envio esse tipo de postal. Não importa onde esteja, sempre mando cartões divertidos, com piadinhas de gatos.

— Vamos achar alguma piada de gato para você aqui — disse ele, apoiando brevemente a mão no ombro dela.

Deu uma olhada geral na sala, de um jeito perplexo, e olhou o relógio de pulso para ver as horas.

Tinha estabelecido aquele vínculo em uma situação de emergência, como um filhote de passarinho. Mas podia ser que o casamento a tranquilizasse. Talvez fosse agradável como um banho morno. Um banho morno em uma banheira sendo atirada de um telhado.

À noite, Martin e ela pareciam quase marido e mulher, os corpos encaixados em uma espécie de amor esquecido — um paraíso imóvel e frio no qual uma palavra ou um toque poderiam explodir como uma lua, e em seguida desaparecer sem deixar lembranças. Ela moveu os braços para colocá-los em torno dele e ele se sentiu grande, enorme, preenchendo-lhe os braços.

A mulher de cabelos brancos que tinha indicado a massagista chamava--se Kate Spalding, era casada com o cara do monge, e depois do café da mannã convidou Adrienne para correr. Encontraram-se diante dos leões, Kate outra vez vestindo camiseta da Spalding, e passaram pelo cascalho em direção aos jardins.

— Aqui é bonito como um cartão-postal, não é? — disse Kate.

Além do lago, as montanhas pareciam monitorar os pequenos vilarejos de terracota encravados abaixo delas. Era maio e os Alpes estavam perdendo a cobertura de neve, as enfermeiras começavam a soltar os cabelos. O ar estava esquentando. Tudo podia acontecer.

Adrienne suspirou.

— Mas você acha que as pessoas *transam* aqui?

Kate riu.

— Você está falando de sexo casual? Entre os hóspedes?

Adrienne ficou incomodada.

— Sexo *casual*? Não, eu não me refiro a sexo *casual*. Estou falando do sexo difícil, aleatoriamente profundo, de Sears e Roebuck. Estou falando de sexo no casamento.

Kate soltou uma risada aguda e ruidosa, o que por alguma razão magoou Adrienne.

— Eu não acredito em sexo *casual* — disse Adrienne, puxando as meias. — Eu acredito em casamento casual.

— Não olhe para mim. Casei com meu marido porque estava muito apaixonada por ele — disse Kate.

— É, bem... Eu me casei com meu marido porque pensei que seria uma ótima maneira de conhecer outros caras.

Kate agora riu de verdade. Seus cabelos brancos lhe davam um ar de avó, mas tinha o rosto jovem e bronzeado e seus dentes brilhavam, generosamente e úmidos, os incisivos de cor creme curvados como castanhas de caju.

— Eu já tinha tentado ser solteira, mas não funcionou — acrescentou Adrienne, correndo sem sair do lugar.

Kate se aproximou e massageou o pescoço dela. Sua pele era seca e enrugada.

— Você ainda não foi na Ilke, de Minnesota, foi?

Adrienne fingiu ter ficado perturbada.

— Eu pareço assim tão tensa, tão perdida, tão... — E neste ponto ela deixou que os braços se estendessem de maneira espasmódica. — Vou amanhã.

Era um bebê lindo, não acha? Na cama, Martin a abraçou até rolar para o outro lado, entrelaçar sua mão na dela e adormecer. Ao menos havia isto: um marido dormindo ao lado da mulher, um marido bacana que dormia junto dela. Isso era importante para ela. Entendia como, ao longo dos anos, o casamento acumularia forças, seu conforto animal socialmente sancionado, sua vida noturna uma dança onírica sobre o amor. Ficou acordada na cama e lembrou-se de quando seu pai finalmente ficou tão senil e doente que sua mãe não podia mais dormir na mesma cama que ele (a bagunça, o cheiro) e teve que transferi-lo, de fralda e fétido, para o quarto de hóspedes ao lado. A mãe chorou ao dar esse adeus ao marido; ao, por fim, perdê-lo dessa maneira, expulso e afastado como um morto, e nunca mais voltar a dormir com ele: ela chorou feito um bebê. A morte dele, de fato, foi menos dura para ela. Durante o funeral se manteve soturna e seca e convidou a todos para um chá discreto e elegante. Depois que se passaram dois anos, e ela foi diagnosticada com câncer, seu senso de humor tinha retornado um pouco. "O assassino silencioso", ela dizia, com uma piscadela. "*O Assassino Silencioso.*" Se deleitava repetindo isso, embora ninguém soubesse o que lhe responder e, bem no final, tinha mania de agarrar a bainha das enfermeiras para perguntar: "Por que ninguém vem me visitar?" Ninguém morava perto, Adrienne explicava. Ninguém morava tão perto de ninguém.

— Esta sopa não é *interessante?* — disse Adrienne, a ninguém em particular, apoiando a colher na mesa. — *Zup-pa mari-ta-ta!*

Sopa marital. Concluiu que talvez fosse um pouco como o próprio matrimônio: uma boa ideia que, como todas as ideias, ganhava vida de um jeito estranho.

— Você não é poeta, espero — disse o geólogo inglês ao lado dela.

— Tivemos uma poeta aqui no ano passado e foi um pouco complicado para o restante de nós.

— Ah, é?

Depois da sopa, serviram risoto na tinta de lula.

— Sim. Ela se referia o tempo todo aos insetos como "erros tipográficos de Deus" e uma noite nos reuniu depois do jantar para ouvir uma leitura de seus poemas, que consistiam basicamente em uma repetição incessante do verso "o kiwi peludo das suas bolas".

— Kiwi peludo — repetiu Adrienne, buscando um andante grave na expressão.

Ela mesma já havia escrito um poema. Chamava-se "Noite de lixo nas brumas" e era sobre uma longa e triste caminhada que fizera uma vez, na noite de coleta de lixo.

O geólogo abriu um sorrisinho ao olhar para o risoto e esperou que Adrienne dissesse algo mais, mas ela agora estava de olho em Martin, na outra mesa. Ele estava sentado ao lado da socióloga que se sentara ao lado dela na noite anterior, e enquanto o observava, notou que Martin olhava nauseado para a socióloga, em seguida para o prato, e de novo para a socióloga. "O *cozinheiro*?", ele se exaltou e em seguida deixou cair o garfo e afastou sua cadeira da mesa.

— Você foi reprovado — sentenciou a socióloga, carrancuda.

— Vou a uma massagista amanhã.

Martin estava deitado na cama de barriga para cima e Adrienne estava sentada em cima dele, umas das posições preferidas deles para conversar. Uma das fitas cassete de Mandy Patinkin que ela havia levado estava tocando.

— A massagista. Sim, ouvi falar.

— Ouviu?

— Sim, estavam falando dela ontem no jantar.

— Quem?

Ela já se sentia possessiva e sozinha.

— Ah, uma das mulheres — respondeu Martin, rindo e sacudindo a mão, em sinal de desdém.

— Uma das mulheres — repetiu Adrienne, com frieza. — Você se refere a uma das esposas, não é? Por que todos os cônjuges aqui são mulheres? Por que as mulheres acadêmicas não têm cônjuges?

— Acho que algumas têm. Eles apenas não estão aqui.

— E onde estão?

— Pode sair daqui? — disse ele, irritado. — Está sentada na minha virilha.

— Tudo bem — disse ela, e saiu de cima dele.

Na manhã seguinte, desceu a colina escalonada, passando pelos pinheiros em forma de cone — tão parecida com o terreno de um palácio, o palácio de uma princesa temperamental chamada Sophia ou Giovanna — e após dez minutos de uma caminhada sinuosa chegou lá embaixo, ao portão trancado da entrada da vila. Tinha chovido na noite anterior e os caramujos, dourados e malva, decoravam as pedras pelo caminho, às vezes instalando-se bem no centro delas e fazendo com que Adrienne afastasse o tornozelo rapidamente. "Um passo de dança", pensava ela. Moderno e com o joelho dobrado. Estilo Martha Graham. *Não nos mate. Nós a mataremos.* Perto dos últimos degraus que davam no portão, apertou a campainha que o abria eletronicamente e acelerou o passo para sair a tempo. VOCÊ TEM TRINTA SEGUNDOS, dizia a placa. TRENTA SECONDI USCIRE. PRESTO! Quando voltasse da cidade, seria necessário usar a chave, que ela segurava com força, como se fosse um amuleto.

Tinha que seguir pela Via San Carlo até Corso Magenta, passar por uma sorveteria e por uma padaria com guirlandas de pão trançado e bolinhos em forma de pássaros. Encostava-se nos edifícios para que os carros pudessem passar. Olhou para o cartão. Tinham dito que a massagista ficava em cima de uma *farmacìa*, e ela já avistava uma plaquinha com os dizeres MASSAGGIO DELLA VITA. Empurrou a porta e subiu.

Lá em cima, passou por uma porta aberta e entrou em um cômodo repleto de livros: livros sobre vegetarianismo, sobre cura, sobre sucos. Uma calopsita branca, com uma pintinha vermelha, como as das esposas dos hindus, estava empoleirada na moldura de um quadro. Era uma pintura do lago Como ou do lago Garda, embora ao semicerrar os olhos parecesse também uma caveira, com uma fenda no centro, como um arrecife.

— Adrienne — disse uma mulher sorridente com um vestido de camponesa púrpura.

Tinha cabelos longos com mechas descoloridas e um rosto grande e alegre que continha vários tons de rosa. Deu um passo à frente e estendeu a mão para Adrienne.

— Sou Ilke.

— Sim — disse Adrienne.

A calopsita de repente voou do seu poleiro e pousou no ombro de Iike. Bicou-lhe a cabeleira e depois fitou Adrienne com um olhar acusatório.

Os olhos de Ilke moveram-se rapidamente entre os olhos de Adrienne, uma leitura rápida, a varredura de um radar. Em seguida, olhou para o relógio no pulso.

— Pode ir para o quarto dos fundos, eu já vou. Pode tirar a roupa toda e também joias, relógio, anéis. Mas se quiser pode ficar de calcinha e sutiã. Como preferir.

— A maioria das pessoas faz como?

Adrienne engoliu em seco, com dificuldade e chamando a atenção. Ilke sorriu.

— Alguns de um jeito, outros de outro — respondeu ela.

— Está bem — disse Adrienne e segurou a bolsa com força. Encarou a calopsita. — Só não quero atrapalhar.

Andou com cautela até o quarto dos fundos que Ilke havia indicado e entrou, afastando uma cortina grossa e pesada. O lugar era uma alcova espaçosa, escura e sem janelas, com uma pequena luz azulada, vinda de um canto. No centro ficava a mesa de massagem, com um lençol de flanela recém-amarrotado. Havia caixas de som acopladas aos pés da mesa, por onde se ouvia um coral sinistro, ooohs e aaahs em tons menores, com canto sibilante e percussivo ao fundo, que para Adrienne parecia dizer "Jesus é o melhor, Jesus é o melhor" embora talvez fosse "Acuse o pior". Pendurado no teto, um móbile de estrelas brancas, luas crescentes e pombas. Nas paredes azuis, nuvens e flocos de neve. Era um quarto de criança, um quarto de bebê, tudo ali tentava a todo custo ser inofensivo e terno.

Adrienne tirou toda a roupa, os brincos, o relógio, os anéis. Já estava acostumada ao anel que Martin lhe dera e, por isso, tirá-lo a entristecia e a excitava, era uma olhada de relance no horizonte do adultério. Seu outro anel era um quartzo enegrecido, que um quiromante em Milwaukee (um homem vestido como professor de ginástica, sentado diante de uma mesa de jogos em um restaurante alemão) lhe havia recomendado comprar e usar no dedo indicador direito, para atrair poder.

— Que tipo de poder? — perguntara na ocasião.

— O tipo verdadeiro. Este que você tem aqui — respondeu ele, examinando sua mão esquerda e apontando para o anel fininho de prata com turquesa que tinha no dedo — não representa nada.

— Eu gosto de um quiromante que diz a você o que usar — comentou ela com Martin mais tarde no carro, a caminho de casa.

Isso foi antes do incidente no piquenique dos Spearson, e as coisas não pareciam impossíveis naquela época; desejava que Martin se apaixonasse por ela.

— Um cara que parece Mike Ditka, mas que escolhe joias para você.

— Um fulano que diz que você é sensível e que em breve vai receber dinheiro de alguém que usa óculos. De onde ele tira essas coisas?

— Você não me acha sensível.

— Estava me referindo à parte do dinheiro e dos óculos — explicou ele. — E àquela história estranha de que as pessoas vão pensar que você é um caso perdido, mas que você vai superar tudo e viver para assistir a uma mudança física radical no mundo.

— Isso foi mesmo estranho — concordou ela.

Fazia um silêncio profundo enquanto olhavam as linhas da estrada iluminadas à noite, os vaga-lumes chocando-se contra o para-brisa e manchando-o de um dourado fosforescente, como se o carro estivesse voando entre as estrelas.

— Deve ser difícil, para alguém como você, sair com alguém como eu — comentara ela.

— Por que está dizendo isso?

Subiu na mesa, despida dos adornos e do poder dos adornos, e deslizou por entre os lençóis de flanela. Por um segundo, sentiu-se entorpecida e com medo, nua em um quarto estranho, mais nua do que em um consultório médico, onde ficava com as joias, como uma odalisca. Mas fazer aquilo era algo novo, levar o corpo até ali, o corpo com sua obediência canina, seu desejo canino de agradar. Ficou deitada esperando, observando as luas do móbile girarem lentamente, meias revoluções, enquanto das caixas de som sob a mesa emanava outro tipo de música, uma canção de ninar de Brahms em versão eletrônica sintetizada. Uma criança. Voltaria a ser uma criança. Talvez pudesse tornar-se o bebê dos Spearson. Era um bebê lindo.

Ilke entrou sem fazer barulho e apareceu tão de repente atrás da cabeça de Adrienne que lhe deu um susto.

— Deslize na minha direção — sussurrou Ilke.

Deslize na minha direção e Adrienne deslocou-se até sentir o topo da cabeça roçar a barriga de Ilke. A calopsita entrou voando e pousou em uma cadeira próxima.

— Você está um pouco tensa? — perguntou ela, pressionando os polegares no centro da testa de Adrienne.

Ilke tinha mãos fortes, pequenas, ossudas. Garras encouraçadas. Quanto mais pressionava, melhor Adrienne se sentia, todos os seus pensamentos difíceis se desemaranhando e indo embora através dos polegares de Ilke.

— Respire fundo — recomendou Ilke. — É impossível respirar fundo sem relaxar.

Adrienne expandia e contraía a barriga, inspirando e expirando.

— Você vem da Villa Hirschborn, não é?

A voz de Ilke era um sorriso cúmplice.

— Ahã.

— Imaginei. As pessoas lá são muito tensas. Rígidas como tábuas.

As mãos de Ilke passaram da testa de Adrienne para as sobrancelhas, chegando às bochechas, que apertou várias vezes, em pequenos círculos, como se quisesse romper os vasos capilares mais frágeis. Segurou e puxou a cabeça de Adrienne. Ouviu-se um estalo abafado. Depois, com os nós dos dedos, fez pressão ao longo do pescoço dela.

— Você sabe por quê?

Adrienne grunhiu.

— É porque são todos tão cultos que já não conseguem conversar com as próprias mães. Isso os deixa um pouco loucos. Perderam a língua materna, literalmente. Então, me procuram. Sou a mãe deles, e não precisam dizer nada.

— Certamente lhe *pagam*.

— É claro.

Adrienne de repente caiu em um estado de dissipação: de prazer, de entrega, da morte dos olhos vidrados, um ponto de calor libertando-se dentro de um quarto. Ilke massageou os lóbulos de sua orelha, massageou seu couro cabeludo como fazem os cabeleireiros, puxou seus dedos, braços e pescoço como se estivessem emperrados. Adrienne ia transformar-se em um bebê, reunir-se com todos os bebês, no céu, onde viviam.

Ilke começou a passar óleo de sândalo nos braços de Adrienne, pressionando, polindo, esticando, parecendo, de relance, uma das lavadeiras de Degas. Adrienne fechou os olhos de novo e escutou a música, que mudara de canções de ninar sintetizadas para o som melódico de uma flauta e uma trovoada em contraponto. Com aquelas mãos sobre ela, sentiu-se um pouco perdoada e começou a pensar genericamente no perdão, de quanto perdão precisamos na vida: perdoar a todos, a si mesmo, a quem amamos, e em seguida esperar que sejamos perdoados por eles. De onde viria todo esse perdão? Onde ficava essa fonte enorme e inesgotável?

— Onde você está? — sussurrou Ilke. — Você está muito distante.

Adrienne não tinha certeza. Onde estava? Em sua cabeça, como em um sonho; no brado dos próprios pulmões. O que ela era? Talvez uma criança. Talvez um cadáver. Talvez uma samambaia na floresta durante a tormenta; um pássaro a cantar. Os lençóis agora estavam dobrados. As mãos, por todo o seu corpo. Talvez ela estivesse debaixo da maca com a música ou em um canto embolorado de seu quadril. Sentiu Ilke passar o óleo em seu peito, entre os seios, ao longo da costela e, em movimentos circulares, no abdômen.

— Há algo preso aqui — disse Ilke. — Algo que não funciona.

Em seguida a cobriu novamente com o lençol.

— Está com frio? — perguntou ela, e embora Adrienne não tenha respondido, Ilke pegou outro lençol, misteriosamente aquecido, e estendeu-o sobre ela. — Pronto.

Depois recolheu-o um pouco, de modo que só os pés de Adrienne ficassem descobertos. Passou óleo nas solas e nos dedos; algo espremido saltou de dentro de Adrienne, como uma azeitona. Teve a sensação de que ia chorar. Sentia-se como o menino Jesus. O Jesus adulto. *Os pobres sempre estarão conosco*. O Jesus morto. Acuse o melhor. Acuse o melhor.

Sentada à escrivaninha, no hall de entrada, Ilke queria dinheiro. Trinta e cinco mil liras.

— Posso fazer por trinta mil para você, caso decida vir regularmente. Você quer vir regularmente? — pergunta Ilke.

Adrienne estava remexendo a carteira. Sentou-se na cadeira de balanço de vime ao lado da escrivaninha.

— Sim — respondeu. — Claro.

Ilke pôs os óculos de leitura e abriu a agenda para verificar sua disponibilidade nas próximas semanas. Virava uma página, depois voltava para a anterior. Por cima dos óculos, olhou para Adrienne.

— Com que frequência gostaria de vir?

— Todos os dias.

— *Todos os dias?*

A exaltação de Ilke preocupou Adrienne.

— Dia sim, dia não — propôs, com a voz baixa e esperançosa.

Talvez tivesse ficado enfeitiçada pela massagem, talvez destroçada. Talvez tivesse se apaixonado.

Ilke voltou a olhar a agenda e encolheu os ombros.

— Dia sim, dia não — repetiu vagarosamente, de modo a manter o diálogo enquanto buscava um horário.

— Que tal às duas da tarde?

— Segundas, quartas e sextas?

— E talvez possamos fazer uma sessão aos sábados de vez em quando.

— Tudo bem, está ótimo.

Adrienne colocou o dinheiro na escrivaninha e se levantou. Ilke levou-a até a porta e estendeu a mão, formalmente. Seu rosto tinha mudado dos tons rosados de antes para um laranja estranho e reluzente.

— Obrigada — disse Adrienne. Apertou a mão de Ilke, mas em seguida inclinou-se e beijou-lhe o rosto. Um beijo para eliminar o caráter de negócio. — Tchau.

Desceu a escada com cuidado; ainda não tinha retornado inteiramente ao seu corpo. Precisava ir devagar. Sentia-se como se tivesse acabado de estar com Deus, mas também como se tivesse acabado de estar com uma prostituta. Já na rua, andou com cautela em direção à vila, mas antes parou na sorveteria e pediu um copinho de sorvete de avelã. O sabor era suave, tostado e amanteigado, como um belo licor, e Adrienne pensou em como era diferente dos sorvetes nos Estados Unidos, por onde a maioria deles parecia ter sido atacado por bebês armados com biscoitos.

— Bem, Martin, foi um prazer conhecer você — comentou Adrienne rindo. Estendeu a mão para cumprimentá-lo e com a outra lhe deu tapinhas nas costas. — Você tem sido um bom companheiro, espero que não guarde ressentimentos.

— Você acabou de voltar da massagem — disse ele, um pouco entorpecido. — Como foi?

— Como você diria, "relaxante". Como eu diria... bem, eu não diria nada. Martin a levou para a cama.

— Me dê um beijo e me conte tudo — pediu ele.

— Só o beijo — disse ela, beijando-o.

— Eu aceito.

Mas em seguida ela parou e foi tomar um banho antes do jantar.

Para jantar havia *zuppa ala paisana* seguida de *salsiccia ala griglia con spinaci*. Pela primeira vez desde que chegaram, ela se sentou perto de Martin, na sua diagonal esquerda. Ele estava ao lado de outro economista e falava calorosamente a respeito de um livro sobre divisão de trabalho e política econômica.

— Mas Wilkander roubou essa teoria de Boyer!

Martin deixou a colher cair violentamente na *zuppa*, até que um garçom veio e retirou a tigela.

— Digamos — disse o outro homem calmamente — que foi uma espécie de homenagem.

— Se isso é "homenagem" — disse Martin, mexendo o garfo —, eu gostaria de prestar uma singela "homenagem" ao Banco Chase Manhattan.

— Acho que se considerou que havia imprecisões suficientes para justificar uma elucidação maior.

— Certo. Um irmão gêmeo não passa de uma elucidação do texto?

— Por que não?

O outro economista sorriu. Estava calmo, talvez fosse um defensor da economia pelo lado da oferta.

Pobre Martin, pensou Adrienne. Pobre Martin keynesiano, pobre Martin marxista, transpirando e vermelho. "À *esquerda de Lenin*?", ela o ouvira exclamar outro dia a um agrônomo. "À esquerda de *Lenin*? À esquerda das Lennon Sisters, você quer dizer!" Pobre Martin, crescido--em-Ohio-e-ateu. "No Natal", dissera-lhe uma vez, "costumávamos ir à Loja da Ciência para venerar os bicos de Bunsen."

Teria que encontrar a blusa certa, o perfume certo, saudá-lo na *chaise* com um ombro à mostra, ronronando "*Olá, Sr. Macho*". Levá-lo ao lago perto da capela Sfondrata e transar com ele. Contratar alguém. Virou-se para o acadêmico ao seu lado, que chegara naquela manhã.

— Fez boa viagem? Como foi o voo?

Não tinha mais vergonha das conversas casuais que ela mesma iniciava nos jantares.

— *Voo* é a palavra certa — disse ele. — Eu precisava voar para longe do meu departamento, das minhas contas, dos problemas do meu carro. Precisava vir para um lugar onde cuidassem de mim.

— Suponho que seja aqui — disse ela. — Embora não vão consertar seu carro. Não querem nem ouvir falar disso, pude constatar.

— Vim com uma bolsa Guggenheim.

— Que ótimo!

Adrienne pensou no museu em Nova York, e no par de brincos que comprou na lojinha mas que nunca usara porque sempre lhe pareceram quebrados, embora fossem daquele jeito mesmo.

— Mas fui descuidado e não pedi dinheiro suficiente à fundação. Não me dei conta do valor que era possível pedir. Não pedi o mesmo montante que os demais, então recebi consideravelmente menos.

— Então, em vez de uma Guggenheim padrão você ganhou uma Guggenheim pequena — disse ela de forma solidária.

— Pois é.

— Uma Guggenheimini.

— Isso — disse ele, sorrindo meio perturbado.

— Então, você agora tem que viver na Vila Guggenheimini.

Ele parou de empurrar uma salsicha com o garfo.

— Sim. Ouvi dizer que as pessoas eram espirituosas aqui.

Adrienne tentou curvar os lábios como os dele.

— Desculpe, eu só estava brincando — emendou ele.

— *Jet lag* — disse ela.

— É.

— *Jet laguizinho.* — Ela sorriu para ele. — Falar como se fala com um bebê. Adoramos fazer isso. — Ela fez uma pausa. — Na semana passada, é claro, não éramos assim. Você chegou um pouco tarde.

Ele era um bebê lindo. No escuro, ouvia baques, como de tambores, e uma flauta por cima. Ela não podia olhar porque, quando olhava, chocava-se ao ver as mãos de outra mulher por todo o seu corpo. Mantinha os olhos fechados e se concentrava na entrega, na invalidez repousante daquele momento. Às vezes concentrava-se no lugar onde estavam as mãos de Ilke: nos pés, na região mais baixa da coluna.

— Os seus pais não estão mais vivos, estão? — perguntou Ilke no escuro.

— Não.

— Eles morreram ainda jovens?

— Médio. Morreram médio. Fui uma filha tardia, menopáusica.

— Quer saber o que sinto em você?

— Está bem.

— Sinto uma enorme e profunda ternura. Mas também sinto que você foi desonrada.

— Desonrada?

Tão japonês isso. Adrienne gostou de como soava.

— Sim, você tem um medo profundo guardado. Bem aqui.

Ilke pôs a mão logo abaixo de suas costelas.

Adrienne respirou fundo.

— Eu matei um bebê — disse ela baixinho.

— Sim, todos matamos um bebê. Há um bebê dentro de cada um de nós. É por isso que as pessoas me procuram, para reunir-se com ele.

— Não, eu matei um bebê de verdade.

Ilke ficou em silêncio absoluto e em seguida disse:

— Pode deitar-se de lado agora. Coloque este travesseiro sob a cabeça, e este outro entre os joelhos.

Adrienne rolou desajeitadamente e ficou de lado. Por fim, Ilke disse:

— Este país, o Papa e a igreja fazem das mulheres assassinas. Não deixe que façam isso com você. Chegue para trás, perto de mim. É isso mesmo.

Não é isso, pensou Adrienne, durante aquela dissolução temporária, vendo a morte e o nascimento, vendo o princípio e depois o fim, como eram o mesmo negrume silencioso, o mesmo nada para sempre: a vida de todos surgia no mundo como um filme em uma sala. Primeiro a escuridão, depois a luz, depois a escuridão outra vez. Mas era tudo meio incerto, de modo que em algum lugar sempre havia luz.

Não é isso. Não é isso, pensou ela. Mas obrigada.

Quando foi embora naquela tarde, em busca de açúcar em alguma loja, movia-se lentamente, cegada pelo ângulo da luz do sol da tarde, mas também porque pensava ter visto Martin vir em sua direção na rua estreita, aproximando-se feito o lenhador corpulento que às vezes parecia ser. Seu olhar semicerrado, no entanto, não conseguiu captar o olhar dele, que virou subitamente à esquerda e entrou em uma *calle*. Quando ela chegou à esquina, ele já havia desaparecido por completo. Que estranho, pensou. Sentira-se perto de algo, perto dele, e de repente, não mais. Seguiu o caminho que levava à vila, foi até o estúdio dele e bateu à porta, mas ele não estava.

— Que cheiro bom o seu — disse ela, saudando Martin. Era um pouco mais tarde e ela acabara de voltar para o quarto e encontrá-lo ali. — Tomou banho agora?

— Há pouco tempo.

Ela se enroscou nele, provocando-o.

— Não foi uma ducha? Usou a banheira? Colocou sais de banho perfumados?

— Foi um banho bem masculino.

— Que essência você usou? — perguntou ela, cheirando-o de novo.

— Uma essência viril. De rochas. Tomei um banho com perfume de rochas.

— Tomou banho de espuma?

Ela inclinou a cabeça para o lado.

Ele sorriu.

— Sim. — Mas, bem, fiz a minha própria espuma.

— É mesmo?

Ela apertou-lhe o bíceps.

— É. Golpeei a água com o punho.

Ela foi até o aparelho de som e pôs uma fita cassete. Olhou para Martin, que de repente pareceu infeliz.

— Esta música o incomoda, não é?

Martin se contorceu.

— É só que... por que ele não canta uma canção até o fim?

— Porque... — Ela pensou. — Ele é o Rei dos Medleys.

— Você não trouxe mais nada?

— Não.

Ela se sentou ao lado dele, sem dizer nada, sentindo seu perfume, como se fosse algo estranho.

No jantar havia *vitello alla salvia*, ervilhas e uma massa com caviar. "É preciso cortar pela raiz", suspirou Adrienne. "Uma geada antes do tempo."

Um homem gordo e idoso, que chegava atrasado, pôs um pé da cadeira em cima do pé dela e sentou-se. Adrienne deu um grito.

— Ah, meu Deus, me desculpe — disse ele, levantando-se o mais rápido que pôde.

— Tudo bem. De verdade, está tudo bem.

Mas na manhã seguinte, durante a ginástica, Adrienne observou o pé de perto enquanto fazia exercícios levantando a perna. O dedão estava inchado e azul e a unha estava quase solta, em um ângulo torto e esquisito.

— Essa sua unha vai cair — disse Kate.

— Que ótimo — respondeu ela.

— Isso aconteceu comigo uma vez, no meu primeiro casamento. Meu marido deixou um dicionário cair no meu pé. Uma dessas coisas do subconsciente. A fúria na forma de um livro enorme.

— Você já tinha sido casada?

— Ah, sim. — Ela suspirou. — Tive um casamento desses que são tipo um ensaio, sabe? Aqueles em que você é uma feminista e treina o cara, aí uma *outra* feminista chega e *rouba* o cara.

— Não sei. — Adrienne franziu o rosto. — Acho que há algo de errado com *feminista* e *rouba o cara* na mesma frase.

— Sim, bem...

— Você ficou mal?

— Claro. Mas depois resolvi fazer tudo. Insisti na separação de bens, em termos total independência financeira. Eu trabalhava. Eu cuidava das crianças. Eu sustentava a casa, eu cozinhava, eu limpava. Me peguei gritando: "Feminismo é isto? Obrigada, Gloria e Betty!"

— Mas agora você está com outra pessoa.

— Treinado. Com sistema autolimpante. Pilhas incluídas.

— Alguém o treinou e depois você roubou.

— Claro — disse Kate, sorrindo. — Acha que sou louca?

— O que aconteceu com o seu dedo?

— A unha caiu. E a que nasceu no lugar era ondulada e escura e costumava assustar as crianças.

— Ah — disse Adrienne.

— O que leva alguém a publicar seis livros sobre Chaucer?

Adrienne estava observando Martin se vestir. Também estava fumando um cigarro. Uma das coisas estranhas naquela vila era que os fumantes tinham todos deixado de fumar, e os não fumantes tinham incorporado esse hábito. As pessoas estavam entrando em contato com o seu eu alternativo. Abundavam os cigarros ofertados. Maços apareciam à porta das pessoas.

— Você precisa entender a lógica das publicações acadêmicas — disse Martin. — Ninguém lê esses livros. Todo mundo apenas concorda em publicar todo mundo. É um grande círculo cretino. É um grande acordo econômico. Pensando bem, provavelmente viola a lei Sherman.

— Um círculo cretino? — perguntou, incerta.

O cigarro a estava deixando tonta.

— Sim — disse Martin, dando o nó da gravata outra vez.

— Mas seis livros sobre Chaucer? Por que não, por exemplo, um livro sobre Cat Stevens?

— Não olhe para mim. Eu faço parte do círculo.

Adrienne suspirou.

— Então, vou cantar para você. Música ambiente. — Ela inventou uma melodia romântica, com sonoridade asiática, e dançou pelo quarto com o cigarro, como se flutuasse e seus braços fossem asas. — Esta é a minha dança Hopi — disse ela. — Cheia de esperança.

Então chegou a hora de irem jantar.

A calopsita parecia ter se acostumado com Adrienne; assobiava duas vezes, depois voava pelo quarto dos fundos, pousava na moldura do quadro e aguardava por Ilke com ela. Adrienne fechou os olhos e respirou profundamente, com o lençol de flanela preso firmemente sob os braços, como se fosse um sarongue.

O rosto de Ilke surgiu por cima de sua cabeça, no escuro, como se fosse uma mãe conferindo se estava tudo em ordem, espreitando o berço.

— Como está se sentindo hoje?

Adrienne abriu os olhos e viu que Ilke vestia uma camiseta que dizia FAÇA UMA ORAÇÃO. TENHA UMA PEDRA DE ESTIMAÇÃO.

Faça uma oração.

— Bem — disse Adrienne. — Estou me sentindo bem.

Tenha uma pedra de estimação.

Ilke passou os dedos pelos cabelos de Adrienne, cantarolando baixinho.

— Que música é esta de hoje? — perguntou.

Como Martin, ela também tinha se cansado das fitas de Mandy Patinkin, com toda aquela exuberância sem freios.

— Grilos e uapiti — murmurou Ilke.

— Grilos e uapiti.

— Grilos e uapiti e um pouco de harpa.

Ilke começou a se mover ao redor da mesa, puxando os membros de Adrienne e pressionando com força seus tendões.

— Hoje vou fazer uma massagem coreografada — explicou Ilke. — É por isso que estou usando este vestido.

Adrienne não havia reparado no vestido. Em vez disso, à luz fraca, exceto pelas nuvens iluminadas na parede ao lado, sentia-se afundar nos charcos da morte nas profundezas de seus ossos, nos poços escuros de solidão, fracasso, culpa.

— Pode virar agora. — Ouviu Ilke dizer.

Debateu-se um pouco com os lençóis tentando mudar de posição, até que Ilke a ajudou, como se fosse uma enfermeira, e Adrienne, uma pessoa velha e doente — vítima de um derrame, era o que ela era. Tinha se tornado vítima de um derrame. Em seguida, pousando o rosto no apoio vazado e acolchoado de que a mesa dispunha ("o berço", segundo Ilke), Adrienne começou a chorar em silêncio, a massagem profunda em seu corpo fazendo com que se fundisse em uma equação de tristeza animal, couro de sapato e salmoura. Começou a entender por que havia pessoas que desejavam viver naquelas zonas baixas e sombrias, a fusão provocada pelo sono, pela bebida ou por aquilo. Parecia algo mais verdadeiro, mais familiar à alma do que o lampejo atarefado e complexo que era a vida normal. Os braços de Ilke debruçaram-se sobre ela, os seios roçando suavemente sua cabeça, que agora parecia ligada ao resto de si mesma somente por fios e filamentos. O corpo de repente parecia um tumor no cérebro, um mero meio de transporte, um vagão; o carrinho infantil imaginário agora desmontado, as peças espalhadas sobre aquela mesa.

— Você tem um nó aqui, no trapézio — disse Ilke, massageando os ombros de Adrienne. — Sinto o miolo do nó bem aqui — acrescentou, pressionando com força, machucando-lhe um pouco o ombro e, em seguida, relaxando-o. — Liberte-se. Liberte-se completamente, de tudo.

— É capaz de eu morrer — disse Adrienne.

De repente a música soou mais alto e ela não ouviu a resposta de Ilke, mas lhe pareceu que foi algo como: "As mudanças são boas." Mas talvez tivesse sido: "As chances são poucas." Ilke puxou os dedos do pé de Adrienne, inclusive o dedão ferido com a unha descolada e a pele de baixo aparente, depois deixou-a ali no escuro, com a música, embora Adrienne sentisse que na verdade era ela quem estava indo embora, como uma pessoa morrendo, como um trem partindo. Sentiu a raiva desprendendo-se de suas costas, flutuando sem rumo dentro dela, a raiva que não sabia contra o que ou quem enraivecer-se, embora seguisse raivosa.

Acordou quando Ilke a sacudiu delicadamente.

— Levante-se, Adrienne. Tenho outro cliente daqui a pouco.

— Devo ter pegado no sono. Me desculpe.

Levantou-se devagar, vestiu-se e foi para a salinha da frente. A calopsita saiu zunindo ao mesmo tempo e passou raspando por sua cabeça.

— Tenho a sensação de que acabei de ser bombardeada — comentou Adrienne, prendendo os cabelos.

Ilke franziu a testa.

— O pássaro, estou falando do pássaro. *Lá dentro* — apontou para o quarto de massagens — foi uma maravilha.

Enfiou a mão na bolsa para pegar o dinheiro. Ilke havia movido a cadeira de vime para o outro lado da sala, de modo que não havia mais lugar para sentar-se e se demorar.

— Quer em liras ou em dólares? — perguntou Adrienne.

E foi pega de surpresa quando Ilke respondeu com bastante firmeza:

— Prefiro em liras.

Ilke estava farta dela. Era isso. Adrienne estava tendo uma experiência religiosa, mas Ilke... Ilke estava apenas sendo educada. Adrienne lhe entregou o dinheiro e Ilke logo abriu a porta de entrada, lhe deu dois beijinhos apressados de despedida (direita, esquerda) e fechou a porta.

Adrienne estava confusa, suas pernas moles como fios de macarrão, seus olhos desacostumados à luz. Na rua, em frente à *farmacìa*, se não tivesse cuidado seria atropelada por um carro. Como Ilke podia deixar as pessoas saírem para a rua movimentada naquele estado, dispersas e atordoadas? Adrienne sentia seu corpo mole e pegajoso. Isso era bom, ela supunha. A decomposição. Andava devagar e com cautela, com passos de Martha Graham, ao longo da calçada estreita entre a rua e as lojas. E quando virou a esquina para tomar o caminho de volta à Villa Hirschborn, lá estava Martin, seu marido, dobrando uma esquina e vindo em sua direção.

— Oi! — disse ela, feliz pelo encontro repentino, longe daquilo a que agora se referia como "a clausura". — Você vai à *farmacìa*?

— Ah, sim — disse Martin, e lhe deu um beijo na bochecha.

— Quer companhia?

Martin parecia um pouco confuso, como se precisasse ficar sozinho. Talvez ele estivesse indo comprar camisinhas.

— Ah, deixa para lá — disse ela, alegremente. — Nos vemos mais tarde lá na clausura, antes do jantar.

— Ótimo — disse ele, pegando a mão dela, dando dois passos adiante e deixando que a mão se soltasse, suavemente, no ar.

Adrienne afastou-se em direção a um pequeno parque, il Giardino Leonardo, depois da estação dos *vaporetti*. Perto de um rododendro particularmente exuberante, estava sentada uma mulher negra e baixa, com um lenço turquesa amarrado no pescoço. Tinha montado uma mesa com uma plaquinha com os dizeres: CHIROMANTE: TAROT E FACCIA. Adrienne sentou-se na cadeira vazia diante dela.

— Americano — disse ela.

— Leio rostos, mãos ou cartas — disse a mulher do lenço.

Adrienne olhou para as próprias mãos. Não queria que lesse o seu rosto. Isso já faziam. Na vila, as pessoas tentavam ler-lhe o rosto o tempo todo, congelando o seu cérebro com olhares pétreos e comentários maliciosos e obscuros, de modo que não pudesse ler o rosto *delas* enquanto estavam ocupadas lendo o seu. Tudo isso lhe causava arrepios, como uma cabeça solitária em um pôster qualquer.

— O melhor são as cartas — disse a mulher. — Dez mil liras.

— Tudo bem — disse Adrienne, ainda observando as linhas entrelaçadas em suas mãos abertas, o leito seco do rio da vida, bem ali. — As cartas.

A mulher recolheu as cartas e distribuiu metade sobre a mesa, formando uma espécie de suástica. Em seguida, sem olhá-las, inclinou-se para a frente e, atrevida, disse a Adrienne:

— Você está insatisfeita sexualmente, não está?

— É isso que as cartas dizem?

— De maneira geral. É preciso pegar o baralho completo e interpretá-las.

— O que diz esta carta? — perguntou Adrienne, apontando para uma figura com cadáveres nus saindo de caixões.

— Nenhuma carta diz nada por si só. É a sensação geral que transmitem. — Ela repartiu rapidamente o restante do baralho por cima das outras cartas. — Você está buscando um guia, uma espécie de guia, porque o homem com quem está não a faz feliz, certo?

— Talvez — disse Adrienne, que já procurava a carteira para pagar as dez mil liras e ir embora.

— Eu acertei — disse a mulher, pegando o dinheiro e entregando a Adrienne um pequeno cartão de visita todo borrado. — Passe por aqui amanhã. Venha à minha loja. Tenho um pó.

Adrienne vagou um pouco até sair do parque, passou por um grupo de turistas que desciam de um ônibus e depois seguiu em direção à Villa Hirschborn: atravessou o portão, que abriu com sua chave, e subiu a longa escada de pedra até o topo do promontório. Em vez de voltar à vila, adentrou os bosques rumo ao estúdio, rumo aos tufos das aranhas mortas, uma espécie de memorial à sua dor. Decidiu tomar outro caminho, não o que levava ao estúdio, mas um mais íngreme que levava a um ponto mais no alto da colina, em um campo aberto, com uma pequena ruína romana em um extremo — um canto da fortaleza original ainda estava lá. Mas no meio do campo, algo a tomou — um vento ameno, o calor da caminhada —, e ela tirou toda a roupa, deitou-se na grama e ficou olhando o céu que escurecia. De ambos os lados, os galhos das árvores se entrecruzavam no alto formando uma espécie de cama de gato. Bem acima dela, observou o brilho prateado de um jato, a extremidade metálica do rastro branco era como a ponta de um termômetro. Havia uma centena de pessoas dentro daquela cabeça de alfinete, pensou Adrienne. Ou seria, quem sabe, apenas uma cabeça de alfinete? Quando é que as coisas eram realmente pequenas e quando era a distância que causava essa impressão? Os galhos das árvores pareciam se curvar para dentro e girar um pouco para a esquerda, um pouco para a direita, como algo mecânico, e quando ela começou a adormecer, viu o lindo bebê dos Spearson arrulhando e vestindo um chapéu de palhaço; viu Martin nadando furiosamente em uma piscina; viu as contas esparramadas de sua fertilidade, todos os óvulos que havia dentro dela voarem para longe, como uma caixa de tapioca arremessada de um penhasco. Tinha a sensação de que tudo que precisava saber na vida, ela soubera em uma ocasião ou outra, mas nunca as soubera todas de uma vez, ao mesmo tempo, em um único momento. Estavam todas espalhadas, e tinha que abandonar e esquecer uma a fim de alcançar outra. Uma sombra caiu sobre ela, dentro dela, e ela sentiu que recuava para aquele lugar em seus ossos onde ficava a morte, que você a cumprimentava como se fosse uma conhecida em uma sala; dizia olá e então estava pronto para o que quer que viesse em seguida — que poderia ser um guia, o guia que lhe seria enviado, o guia que conduziria você à vida de novo.

Alguém a sacudia suavemente. Despertou por segundos e viu o rosto pálido e etéreo de uma senhora esquisita olhando para ela como se fosse algo estranho no fundo de uma xícara de chá. A mulher estava toda de branco, bermuda branca, suéter branco, lenço branco na cabeça. A guia.

— Você é... a *guia*? — sussurrou Adrienne.

— Sim, minha querida — respondeu a mulher com um ligeiro sotaque inglês que soou como a voz de Glinda, a bruxa boa do Norte de *O mágico de Oz*.

— É sério?

— Sim. E trouxe o grupo até aqui para ver a antiga fortaleza. Mas fiquei um pouco preocupada que pudesse não gostar de pessoas andando por aqui enquanto você... Você está bem?

Adrienne estava mais desperta agora, e se sentou. Avistou na beira do campo o grupo de turistas que havia visto antes na vila, descendo do ônibus.

— Estou, obrigada — murmurou.

Deitou-se novamente para pensar, escondendo-se em meio à grama, feito uma criança tentando eludir os fatos.

— Ah, meu Deus — disse, por fim, tateando ao redor à procura de suas roupas.

Segurou-as com força sobre a barriga, em pânico. Respirou fundo e vestiu-se, o mais rente ao chão que pôde, feito uma cobra que volta a meter-se em sua pele, uma mudança, talvez, de coração reptiliano. Em seguida levantou-se, fechou o zíper da calça, afivelou o cinto e deu adeus com a mão, estufando o peito e passando corajosamente diante do ônibus e dos turistas que, embora tentassem não olhar escancaradamente para ela, estavam olhando.

Àquela altura, todos na vila faziam, reservadamente, imitações dos demais.

— Martin, antes de imitar, você tem que dizer quem é — sugeriu Adrienne, enquanto se vestia para o jantar. — Eu não consigo adivinhar.

— Yuppies de contrafilé! — Martin vociferou para o teto. — Lendas em sua própria mente! Rumores em seu próprio quarto!

— Você está imitando você mesmo.

Ela ajeitou o colarinho dele, tentando comportar-se como uma boa esposa.

No jantar serviram *cioppino*, *insalata mista* e *pesce con pignoli*, um filete de peixe fino como uma folha. De todos os cantos da sala de jantar, fragmentos de conversas — arames farpados retóricos, indignados e enigmáticos — flutuavam na direção dela. "Como especialista em estética, é impossível que não se interesse pelo sublime!" Ou: "Nunca tinha ouvido algo tão superficial!" Ou: "Pelo amor de Deus, pode explicar a ele o que foi a Revolta Camponesa?" Mas ninguém se dirigia a ela diretamente. Adrienne não tinha assunto, nada que lhe interessasse, na verdade, exceto talvez filmes e estrelas de cinema. Martin estava em uma mesa distante, de costas para ela, ouvindo o homem do monge. Em situações como esta, pensou, talvez fosse uma boa ideia ter um fantoche.

Apoiou as mãos no colo e ficou tamborilando os dedos.

Finalmente, um homem sentado perto dela se apresentou. Tinha o rosto pontuado por suíças e parecia olhar para baixo, como se observasse o movimento da própria boca. Quando ela perguntou o que ele estava achando dali, ouviu uma breve história do Império Otomano. Assentiu, sorriu e, no fim, ele passou a mão sobre a barba escura, olhou-a com compaixão e disse:

— Não somos uma boa propaganda para esta vida, somos?

— Aqui *tem* muito bate-boca — admitiu ela. Ele pareceu um pouco ofendido, então ela acrescentou: — Mas eu gosto disso em um lugar. De verdade.

Quando saiu para caminhar com Martin depois do jantar, tentou entabular uma conversa sobre atores e celebridades.

— Não paro de pensar na morte do marido da princesa Caroline de Mônaco.

Martin ficou calado.

— Pobre família — continuou Adrienne. — Vivenciaram tantas tragédias.

Martin a encarou com um olhar de reprovação.

— É verdade — disse com ironia. — Pobre família, que maldição. Fico pensando: O que posso fazer para ajudar? O que é que eu posso fazer? Fico pensando, pensando sem parar, mas me sinto impotente. Lavo as minhas mãos, não posso fazer nada! Sou impotente!

Martin começou a apertar o passo, caminhando à frente dela, descendo em direção à cidade. Adrienne começou a correr para acompanhá-lo. Estava desatinada. O casamento, pensou, que bela instituição!

Perto da *piazza* principal, sob um poste de luz, a mulher instalara outra vez sua mesa com a plaquinha com os dizeres CHIROMANTE: TAROT E FACCIA. Ao ver Adrienne, ela gritou:

— *Signora*, me diga a sua data de aniversário e a do seu marido, vou jogar as cartas e dizer se vocês são compatíveis! Ou... — Ela fez uma pausa para examinar Martin com ceticismo enquanto ele passava correndo. — Ou posso lhe dizer agora mesmo.

— Você conhece essa mulher? — perguntou Martin, desacelerando.

Adrienne agarrou-o pelo braço e começou a levá-lo para longe dali.

— Precisei de uma mudança de cenário.

Ele parou.

— Bem — disse, compreensivo, mais calmo após o exercício. — Não dá para culpar você.

Adrienne segurou a mão dele e sentiu-se grata pelo amor conjugal. Sozinha, na Itália, à noite, em maio. Havia algum amor que não fosse, no fundo, cheio de gratidão? A luz da lua brilhava no lago como um peixe elétrico, como um cardume de gelo.

— O que está fazendo? — perguntou Adrienne a Ilke na tarde seguinte.

A iluminação estava particularmente fraca, embora houvesse um foco de luz sobre um retrato da mãe de Ilke, que ela havia colocado em uma mesa de canto, naquele mês, em homenagem ao dia das mães. A mãe tinha um ar fantasmagórico, como um sacrifício. E se Ilke fosse na verdade uma bruxa? E se ela estivesse coletando fluidos, cabelos e unhas para fazer uma oferenda em memória da mãe?

— Estou amaciando a sua aura — respondeu ela. — Está bastante escura hoje, queimada a ponto de restar apenas uma margem sombria.

Ilke estava manipulando os dedos dos pés de Adrienne que, de repente, teve uma visão de filme de terror em que Ilke guardava em um armário jarras cheias de suco de dedos para Satã, que, logo seria revelado, *era* a mãe de Ilke. Talvez Ilke se inclinasse subitamente para morder o ombro de Adrienne e beber seu sangue. Como Adrienne podia controlar esses pensamentos? Sentia sua aura se amaciar como a pelagem de um gato guinchando. Pela primeira vez pensou que nunca mais voltaria ali. *Adeus. Até à vista.* Seria uma relação breve, insignificante; um papo na varanda durante uma festa.

Felizmente, havia outras atividades para que Adrienne se mantivesse ocupada.

Tinha começado a pintar as aranhas com tinta spray e os resultados eram interessantes. Já era capaz de se ver, de volta em casa, explicando a um *marchand* que aquele trabalho representava a teia de aranha da solidão, que uma vibração periférica reverbera para o interior (experimental, ensurdecedora), e a aranha se afasta correndo do centro para devorar o homem do gongo e o próprio gongo. Gongórico. Imaginava o *marchand* pedindo seu número de telefone e anotando-o num pedaço de papel de rascunho.

E havia as cantorias ocasionais após o jantar, acadêmicos e suas esposas reunidos ao redor do piano em variados estados de embriaguez e esquecimento.

— Ok, Harold, talvez você tenha aprendido assim, mas não *é* assim.

Tinha também a Festa dos Aspargos, à qual, por sugestão de Carlo, ela e Kate Spalding, com uma das suas camisetas (*tudo bem, já chega dessas camisetas, Kate*), decidiram ir. Pegaram uma lancha para atravessar o lago e depois seguiram por uma estrada íngreme que levava à praça da igreja. Era longa e cansativa, e Adrienne passou a chamá-la de "Trilha Mortal dos Aspargos".

— Vai ver não é bem uma festa — suspeitou, mal conseguindo respirar, mas Kate continuava firme, andando na sua frente.

— Aperte o passo! — disse Kate, que gostava demais de se exercitar.

Adrienne suspirou. Até o ano anterior, sempre achara que as pessoas diziam "Aperte o *pássaro*". Agora, em meio às árvores, ouvia o piar rangente de alguns deles, junto com os sinos de duas igrejas, que disputavam o anúncio da hora. Meia hora depois, uma única badalada fora de tom. Quando finalmente as duas chegaram à Festa dos Aspargos, descobriram que não passava de uma pequena cerimônia na qual umas poucas pessoas ofereciam quantias exorbitantes por ramos de aspargos que chamavam de "*bello, bello*", e o valor arrecadado era doado à igreja local.

— Eu plantava aspargos — disse Kate durante a descida.

Estavam voltando por um caminho diferente, e o lago e seus vilarejos de cor ocre se estendiam diante delas, pacíficos e distantes. Ao longo da estrada, flores silvestres cresciam em uma paleta de tons pastel, como sabonetes.

— Eu nunca consegui cultivar aspargos — disse Adrienne. Quando criança, seu prato favorito era "aspargos com molho holandês". — Cultivei uma cenoura uma vez. Mas era tão pequena que resolvi colar na agenda.

— Você continua indo à Ilke?

— Esta semana vou sem falta. E você?

— Ela está com a agenda cheia. Não consegui horário. Todos os acadêmicos estão indo com regularidade.

— É mesmo?

— É, sim — respondeu Kate, segura do que dizia. — Parece que eles andam duros feito moedas.

Àquela altura, Adrienne já sentia o cheiro da fumaça dos carros Fiat, dos barcos e das caminhonetes de entregas, a Festa dos Aspargos bem longe.

— Duros feito moedas?

De volta à vila, Adrienne esperou por Martin e, quando ele chegou, cheirando a sândalo, todas as pequenas mortes que tinha nos ossos lhe disseram: ele estava indo à massagista.

Cheirou a doce parábola de seu pescoço e deu um passo para trás.

— Quero saber há quanto tempo você está fazendo massagem. Não minta para mim — disse ela devagar, a voz dura como uma estaca de ferro.

A ansiedade fez com que ele franzisse o rosto: a boca cedeu, os olhos se apertaram e brilharam de temor.

— O que a faz pensar que tenho feito... — Ele começou a dizer. — Bom, só fiz uma ou duas vezes.

Ela se afastou dele com um pulo e começou a andar furiosa pelo quarto, tocando os móveis, sem olhar para ele.

— Como foi capaz? — perguntou. — Você sabe o que ir lá significava para mim! Como pôde não me contar? — Ela pegou um livro que estava na penteadeira (*Sistemas de relações industriais*) e o colocou de volta no lugar com violência. — Como você teve coragem de se intrometer nessa experiência? Como pôde ser tão furtivo e mentiroso?

— Eu sinto muito.

— É, eu também — disse Adrienne. — E quando voltarmos para casa, vou pedir o divórcio.

Agora ela podia ver: o apartamento vazio, a berinjela à parmegiana ruim, todos os Dias das Bruxas em que iria atender à campainha, uma divorciada embriagada assustando as criancinhas com seu excesso de entusiasmo pelas fantasias delas.

— Porra, me sinto tão *desonrada*!

Nada em torno dela parecia capaz de manter-se firme; nada se sustentava.

Martin ficou calado, ela ficou calada, e então ele começou a falar, de um jeito suplicante, lá estava a súplica de novo, roncando na beira de sua vida feito um caminhão.

— Estamos os dois muito solitários aqui — disse ele. — Mas eu tenho apenas esperado por você. Foi tudo o que fiz nos últimos oito meses. Tentei não deixar outras coisas intervirem, dei a você o tempo que precisasse, garanti que comesse algo, comprei um novo banco de piquenique para os malditos Spearson, trouxe você a um lugar onde tudo poderia acontecer, onde você pudesse até mesmo me deixar, mas onde pelo menos você voltasse à vida...

— Você fez isso?

— Isso o quê?

— Você comprou um *banco de piquenique* novo para o jardim dos Spearson?

— Comprei.

Ela pensou a respeito.

— E eles não acharam esse gesto hostil?

— Bem... Acho que sim, provavelmente acharam hostil.

Quanto mais Adrienne pensava neles, nos pobres e enlutados Spearson — e também em Martin e em tudo que ele fizera para tentar demonstrar que estava ao lado dela, o que quer que isso significasse, em como era ao mesmo tempo a esperança e a desgraça dele que fizesse sempre o melhor que podia —, mais se sentia tola e desprovida de motivos. Sua raiva foi se afastando, desengonçada feito um pato. Sentiu-se como havia se sentido quando seus pais, frios e impetuosos, tinham por fim ficado doentes e velhos, magros e pelancudos, protegidos pela enfermidade do mesmo jeito que a fofura protege os bebês, ou deveria, a fofura deveria proteger os bebês, e a deixaram com sua raiva (vestígios de sua raiva adolescente), inadequada e intacta. Ao se despedir, abraçava seus pais, aqueles sacos suaves e esvaziados que tinham se tornado, e pensava: *Para onde vocês foram?*

O tempo, pensou Adrienne. Que fraude.

Martin de repente tinha começado a chorar. Estava sentado na beira da cama, curvado, seu rosto suave e peludo enterrado nas mãos grandes e duras, a cabeça pendendo sobre o xadrez colorido da camisa.

Sentiu-se tonta e virou-se para a janela. Uma névoa se instalara, e à luz do fim de tarde o céu e o lago tinham um azul singular, como um Monet.

— Nunca vi você chorar — disse ela.

— Pois eu choro — respondeu ele. — Posso chorar até lendo o caderno de esportes, quando há uma disputa acirrada entre dois times. Olhe para mim, Adrienne. Você nunca olha para mim de verdade.

Mas ela só conseguia olhar pela janela, passando os dedos pela persiana e pelo caixilho. Sentia-se distante, como se estivesse de volta à sua casa, andando pela vizinhança na hora do jantar: quando os gatos soavam como bebês e os bebês soavam como pássaros, e os pais estavam em casa depois de um dia de trabalho, com seus filhos no colo a mastigar a linguagem, o ar moldando suas gargantas floridas e um parque de cantorias. Pelas janelas entrava um cheiro de comida no fogo.

— Estamos um com o outro agora — dizia Martin. — E de uma maneira ou de outra, isso quer dizer que temos que tentar construir uma vida juntos.

Lá fora, sobre a torre da capela de Sfondrata, onde a névoa tinha se dissipado, ela pensou ter visto uma estrela solitária, como o nariz distante de um jato. Havia gente nas nuvens espessas. Ela se virou e por um instante pareceu que estavam todos ali, nos olhos de Martin, todos os mortos absolvidos morando no rosto dele, o anjo do bebê morto brilhando como uma criatura em chamas, e ela foi até ele, para protegê--lo e tomá-lo nos braços, procurando o melhor truque do coração, *ah, coração maravilhoso.*

— Por favor, me perdoe — disse ela.

— Claro — sussurrou ele. — É a única coisa a fazer. Claro.

Este livro foi composto na tipografia Classical
Garamond BT, em corpo 11/15, e impresso
em papel off-white no Sistema Cameron da
Divisão Gráfica da Distribuidora Record.